David Baldacci

Dubbelspel

Vertaald uit het Engels door Miebeth van Horn
en Rosalyn van Moorselaar

A.W. Bruna Uitgevers

Oorspronkelijke titel
To Die For

Published by arrangement with Lennart Sane Agency AB.
Vertaling
Miebeth van Horn en Rosalyn van Moorselaar
Omslagbeeld
© Mark Owen/Arcangel Images
Omslagontwerp
Studio Jan de Boer

ISBN 978 94 005 1794 3
NUR 332

Ter nagedachtenis aan Guinness, de andere helft van ons dynamische hondenduo. Zestien jaar lang gaf je ons alleen maar liefde, Guinn. Ik zal je nooit vergeten.

1

Travis Devine zat in de taxi naar het briefje te staren dat hij net in zijn jaszak had gevonden en vroeg zich af hoeveel minuten hij nog te leven had.

En hij had nog wel gedacht dat hij met een mok peperdure koffie en een goed boek eens een avond kon chillen na een missie waarin hij zijn leven diverse keren bijna was verloren.

En waarom lijkt het wel of ik nog steeds in vechtmodus ben terwijl ik geen uniform meer draag?

Devine was net teruggekeerd uit Maine, waar de meeste mensen heen gingen om te vissen, in de bergen te wandelen en om één te worden met de natuur. In plaats daarvan was hij in botsing gekomen met mensen die hem de grond in wilden trappen zonder een fatsoenlijke begrafenis.

Hij las de woorden nog eens na.

> *Leuk dat ik je toevallig tegenkwam op het vliegveld, ex-kapitein Devine. We hebben je de eerste twee keer niet te pakken gekregen. Maar je weet wat ze zeggen: drie keer is scheepsrecht, meestal. Dat kun je in elk geval hopen. We zien elkaar gauw weer. Dat beloof ik.*
> XOXO
> *De vrouw in de trein*

De chauffeur van de taxi vanaf het vliegveld, een sikh met een grijze baard en met een *pagri* aan, wierp een blik op Devine en zei behulpzaam: 'Hou uw kaart of telefoon maar naast het scherm, meneer, en volg de instructies. Fluitje van een cent.'

Devine keek naar hem op, raakte met zijn telefoon het apparaat aan dat op het plastic scherm tussen voor- en achterbank gemonteerd zat en voltooide de transactie.

'Ziet u, fluitje van een cent,' zei de chauffeur.

'Ja, fluitje van een cent.'

Devine stapte uit met zijn tas, zijn Glock, en zijn wantrouwen jegens alles en iedereen.

Een paar ogenblikken lang speurde hij rondom de omgeving af, zonder te weten waarnaar hij precies op zoek was, maar hij wist zeker dat het er was. Dat zíj er was. Om te beginnen in de trein die als een adelaar door de Zwitserse Alpen gleed, vervolgens op duistere achterafwegen in moorddadig en stervenskoud Maine, en nu hier, op een steenworp afstand van de Amerikaanse hoofdstad.

Het had er veel van weg dat de vrouw uit de trein een beetje geobsedeerd met hem aan het raken was.

Devine liep het hotel binnen waar hij eerder een kamer had besproken, aangezien hij op dat moment geen vast adres had. Zijn bezigheden stonden een mens niet echt toe om ergens te wortelen, en dat gold ook voor zijn karakter. Mensen waren er meestal op uit om hem te vermoorden dan wel om hem te laten opdraaien voor deze of gene misdaad, en dus was hij zo'n beetje de slechtste huurder of buurman ter wereld. Maar als je iets had met langeafstandsschoten door een keukenraam of een staaf C4 onder de bloempotten bij de voordeur, dan had je aan hem een goeie.

Misschien moet ik gewoon stoppen met mijn pensioenverzekering, want dat haal ik toch niet.

Hij liep de balie voorbij tot hij de achteringang bereikte. Hij sloeg links af toen hij het dure gebouw uit was en begon harder te lopen. Doodsbedreigingen vroegen er bijna altijd om dat je je plannen omgooide, en hij had er geen behoefte aan om een makkelijk doelwit van zichzelf te maken. Sterker nog, het reglement schreef voor dat je het zo lastig mogelijk moest maken. Anders zouden sommige mensen er weleens misbruik van kunnen maken.

Ondanks wat er in het briefje stond, hadden ze eigenlijk al dríé keer geprobeerd hem te vermoorden, waaronder die eerste keer in de hogesnelheidstrein tussen Genève en Milaan. Dus dit was de vierde keer, en dat had meestal niets met scheepsrecht te maken, voor zover een gewelddadige dood al ooit iets met recht te maken had. En als ze er nu wel in slaagden hem te vermoorden, had dat naar Devines idee meer te maken met onhandigheid van zijn kant dan van hun vaardigheid.

Hij stuurde zijn baas Emerson Campbell een bericht om melding te maken van het dreigbriefje.

Campbell antwoordde onmiddellijk: *Blijf waar je bent, we komen je halen.*

Devine antwoordde: *Nee, ik kom naar jullie toe. Als ik het niet red, dan veel sterkte voor degene die me gaat vervangen. En in plaats van bloemen graag een donatie aan de Veteranenbond.*

Hij liep een kantoorgebouw in en nam de lift naar de veertiende verdieping, waar hij door de glazen wand neerkeek op alle nijverheid beneden. Als je op het slagveld tijd en ruimte kreeg, had je de gelegenheid om dingen in gedachten door te nemen, alle details die misschien belangrijk genoeg waren om er later voor te zorgen dat je in leven bleef. Maar als de kogels je om de oren vlogen en je het gevoel had dat je in het bonzende hart van een uitbarstende vulkaan zat, dan ging zijn voorkeur uit naar puur geluk boven hersenen en vakkundigheid. Maar hoe harder Devine werkte, hoe meer geluk hij leek te hebben, dus in dat opzicht was er wel zoiets als gerechtigheid, in een wereld die verder niet echt ergens op leek te slaan.

Devine zag stelletjes cafés of restaurants binnengaan; gezinnen op weg naar plekken waar gezinnen nu eenmaal altijd heen gaan; ploeteraars haastig op weg naar hun eerste, tweede, derde baan of bijbaantje; en mensen die rondhingen met hun sigaret of hun vape met vruchtensmaak. Maar niemand die eruitzag of ze zomaar iemand of hem in het bijzonder wilden vermoorden. En vanuit zijn standpunt bezien was dat echt heel jammer en een verspild uitstapje naar een hoog punt op het slagveld dat meestal allerlei antwoorden opleverde.

Hij nam de lift naar beneden en dacht intussen na over een plan hoe het nu verder moest. Halverwege omlaag had hij de flarden van zo'n plan bedacht. Toen de lift op de begane grond tot stilstand kwam, had hij een strategie geformuleerd die waarschijnlijk zo'n vijftig procent kans had om ook echt te werken. En dat nam hij op dat moment voor lief.

Hij bleef uit de lift staan kijken en begon met de *combat breath*: vier tellen inademen, dan vier tellen vasthouden, vier tellen uitademen en dan vier tellen vasthouden. Herhalen. Niet dat hij verwachtte dat hij meteen bij het verlaten van de lift zou moeten doden of gedood zou worden, maar zijn geest en zenuwen moesten gereset worden en die beheerste manier van lucht opsnuiven en loslaten zorgde daarvoor.

Devine stapte de lift uit en bedacht dat deze mensen voor hun brood moordden, net als hij in bepaalde opzichten. Hij had alleen aangenomen dat hij moreel gezien boven hen stond. Maar wie maakte dat echt uit? Dood was hoe dan ook dood, en de overwinnaars bleven achter om het verhaal helemaal op hun eigen manier te vertellen.

Hij hield een taxi aan, maar wuifde hem weer weg toen zijn waarschuwingssensoren begonnen te tintelen, al was dat misschien eenvoudigweg een kwestie van achterdochtig zijn. Je kon beter voorzichtig zijn dan dood. Hij liep een paar huizenblokken verder en keek vanuit weer een andere hotellobby naar de gebutste zilveren Honda die aan de overkant van de straat halt hield in reactie op zijn verzoek om een Uber. De chauffeur zat aan de telefoon, misschien om alvast te checken wat er als volgende rit op zijn lijstje stond.

Terwijl hij bleef staan kijken, kwamen er twee mannen in beeld gekuierd, ieder aan een andere kant van de straat. De bobbel onder hun jasje wees op het wapen dat ze bij zich droegen. De hobbel tegen de achterkant van hun tailleband verried de aanwezigheid van een transponder die hun oordopjes met hun kronkelige draadjes aanstuurde, zodat ze met hun handen vrij konden communiceren.

Ze deden te hard hun best om cool en achteloos te doen en hielden hun blik ook braaf van elkaar afgewend. Maar hun wapens, hun communicatieapparatuur en de vloeiende synchroniciteit van hun bewegingen volstonden voor Devine om de conclusie te trekken dat ze samenwerkten met het vaste voornemen om een eind aan zijn leven te maken, tenzij de Amerikaanse president hier straks zou komen en zij deel uitmaakten van het vooruitgestuurde team van de geheime dienst. Maar ze zagen er niet legaal uit. Eerder als het tegenovergestelde.

Devine kreeg de bevestiging van die mogelijkheid toen hij de forse zwarte Lincoln-SUV met rondom donkergekleurde ramen opmerkte die in zicht gleed als een slijmerige slang die zijn hol uit kwam gekropen op zoek naar een maaltje.

Ze waren op de hoogte van de Uber. En ze zijn me vast vanaf het vliegveld hierheen gevolgd. En die SUV is er om me naar de vrouw uit de trein te brengen, zodat die fatsoenlijk afscheid van me kan nemen met een kogel in mijn hersenen. Maar dat gaat niet gebeuren. In elk geval niet nu. Ik heb andere dingen te doen.

Hij mikte zijn telefoon in de vuilnisbak aangezien die duidelijk was gehackt en dus vergelijkbaar was met een op zijn schedel gerichte laserstraal. Hij zette hem niet uit, verwijderde de simkaart niet en trapte hem niet kapot, want nu zouden ze tijd verspillen op zoek naar het apparaat (en dus naar hem, zouden ze denken), tot in deze afvalbak. En zonder zijn gezichtsherkenningsauthenticator en zijn wachtwoord om zijn cloud in te komen was de telefoon een zinloos geval in plaats van een schat aan gegevens.

Devine verliet het gebouw aan de achterkant, zocht een ouderwetse taxistandplaats op aan de voorkant van nog weer een ander duur hotel in Northern Virginia en stapte bij de voorste taxi in.

Hij gaf de chauffeur het adres en zei: 'Rij zo snel als de wind, vriend.'

'Ik krijg liever geen boete,' zei de man, terwijl hij Devine via de achteruitkijkspiegel opnam.

Devine liet zijn badge zien. 'Maak je geen zorgen, die krijg je niet. En nu rijden.'

De chauffeur bekeek het gebosseleerde symbool van overheidsgezag.

'Dus jij bent een grote jongen?' vroeg hij.

'Vandaag wel,' antwoordde Devine.

2

Tijdens de hele rit bleef Devine waakzaam opletten terwijl ze over de hoofdstedelijke randweg stoven met duizenden andere auto's op de tredmolen die bekendstaat als het hoofdstedelijke spitsuur, maar die zich in feite over meer uren uitstrekte dan welke vermoeide forens ook wenste toe te geven. Dat was een van de redenen waarom Devine nooit een kantoorbaan had willen hebben.

Toen ze de snelweg verlieten, wist hij dat niet meer zo zeker.

Annandale bestond uit een reeks door immigranten opgezette winkeltjes en restaurants waar tientallen internationale keukens werden aangeboden waarvan de geuren voortdurend hongerigen aanlokten. Dat deel van de US50 was een eeuwig verstopte verkeersader vol vermoeide reizigers die rechtstreeks op weg waren naar of van het hart van de hoofdstad. Elke reden om Annandales doodnormale activiteiten op het terrein van commercie en forenzen met iets clandestiens in verband te brengen leek te ontbreken.

Dat was dan ook het punt, en de enige reden waarom Devine daar was.

Hij verraste de chauffeur door contant te betalen en stapte uit, waarbij hij zijn blik van voor naar achter liet gaan om eventuele dreigingen op te sporen.

Het winkelcentrum zag er net zo uit als duizenden andere van dat soort plekken in heel Amerika, waar goedkoop en nutteloos de alomtegenwoordige stijl was van een land dat aan het uiteenvallen was in het puin van de kapitalistische overdaad. Het kantoortje dat daar was gevestigd was zo onopvallend dat je het bestaan ervan drie, vier voetstappen verderop alweer vergeten zou zijn.

Dat was ook de beoogde reactie.

In de etalage stond een bordje met ALLEEN OP AFSPRAAK.

Om deze kleine poging tot misleiding moest Devine glimlachen, terwijl er verder weinig te glimlachen viel.

Dit was een van de plekken vanwaaruit het Office of Special Projects opereerde, de piepkleine, hoogst geheime onderafdeling onder de overvolle circustent van Homeland Security, het conglomeraat van de overheidswereld dat wemelde van de afdelingen die met een of andere afkorting werden aangeduid.

Devine betwijfelde dat er veel mensen bij Homeland Security zaten die zelfs maar op de hoogte waren van het bestaan ervan. Hij werkte voor die kleine, praktisch ingestelde organisatie die met de grote jongens kon meekomen en dat vaak ook deed. Zijn diensten waren echter niet compleet vrijwillig.

Devine was een afmaker, spion, fixer en onderzoeker, en soms moest hij iemand vermoorden om zelf te kunnen blijven ademhalen of een missie af te ronden. Daar probeerde hij niet te veel over na te denken, net zomin als hij dat had gedaan toen hij uit naam van zijn land een uniform had gedragen. Maar doden was doden, wat de reden ook was, nobel of wreed of een combinatie daarvan. Als je daar geen gevoelens bij kreeg, was je misschien niet in staat om wat dan ook te voelen en kreeg je iets weg van Ted Bundy, John Wayne Gacy of Jeffrey Dahmer, en dat was nooit een van zijn levensdoelen geweest.

Binnen ging hij tegenover Emerson Campbell zitten in een kantoor dat was ingericht met gebutste tweedehands overheidsspullen. Zijn baas was een gepensioneerde tweesterrengeneraal wiens afkeer van stompzinnige politieke spelletjes binnen het leger hem een welverdiende gooi naar een derde en vierde ster had gekost. Hij had kortgeknipt staalgrijs haar, de klauwen van een bouwvakker en een stierennek, en een fluisterstem die angstaanjagender was dan de speekselrijke bariton van een drilmeester. Hij verdiende een luxueuzere omgeving, maar Devine wist dat de man daar geen bal om gaf. Hij had oorlogen uitgevochten in helse omgevingen; indrukwekkend kantoormeubilair en muren vol opschepperige foto's zoals ze die op het hoogste niveau in het Pentagon hadden deed Campbells innerlijke naald nog geen millimeter uitslaan.

Hij nam Devine behoedzaam op. 'Onderweg nog problemen tegengekomen?'

'Afgezien van het feit dat ze kennelijk precies weten wat ik ga doen, geen centje pijn. Ik heb trouwens een nieuwe telefoon nodig. Mijn oude ligt in een vuilnisbak in Reston. En een nieuwe creditcard. Die hebben ze vast ook gehackt.'

Campbell verstuurde een bericht en een minuut later kon Devine een nieuwe telefoon en creditcard in ontvangst nemen.

Devine stopte ze weg en zei: 'Die assistent van u, Dawn Schuman. U dacht dat zij het lek was waar ik mee te maken heb?'

'We hebben haar niet gevonden. Of haar lijk. Nog niet. Maar het lijkt duidelijk dat zij het is. Ik heb er nog steeds moeite mee te geloven dat zij is omgeturnd, maar er is geen andere verklaring voor haar verdwijning.'

'Dus dan heeft ze met mijn telefoon geknoeid voordat ze ervandoor ging?'

'Of ze gaf de types met wie ze te maken had de informatie die ze nodig hadden om hem te kraken.'

'Dan mag ik kennelijk van geluk spreken dat de vrouw uit de trein geen naald met vloeibare fentanyl in mijn donder heeft gestoken toen ze dat briefje in mijn zak stopte.'

'Ik kijk er ook echt van op dat ze die kans hebben laten lopen,' merkte Campbell op.

'En u bent hopelijk ook opgelucht,' zei Devine koeltjes.

Campbell nam hem met een strakke blik op militaire wijze van top tot teen op, maar toen verscheen er uit het niets een zweem van begrip, zelfs van medeleven op zijn gezicht. 'Moet je horen, Devine. Ik snap dat je hier kwaad over bent en daar heb je alle recht toe. Maar we doen er echt alles aan om dit zo snel mogelijk op te lossen.'

'Fijn, want ik weet niet zo zeker dat ik erop kan rekenen dat ze idioten blijven sturen die ik kan doden voordat zij mij doden.'

'Ik snap je frustratie, soldaat. Heus waar.'

'Dan zit mijn werk wat dat aangaat erop, meneer.' Hij nam vier seconden de tijd om in te ademen om de woede in zijn borstkas te laten betijen. 'Wat nu?'

'Een nieuwe opdracht. Aan de Westkust.'

'Waarom? Om me hier zo ver mogelijk vandaan te krijgen?'

'En om je op een plek te krijgen waar je nodig bent. Om iemand te beveiligen.'

'Dus nu ben ik ineens een chique lijfwacht?'

'En misschien wordt het wel een nostalgische toestand voor je.'

'Oké, u hebt mijn volle aandacht.'

'Danny Glass. Zegt die naam je iets?'

Devine knikte. 'Irak. We zijn elkaar tijdens een missie tegengekomen. Hij heeft ons allemaal het leven gered met wat hij daar heeft gedaan. Ik heb hem aanbevolen voor een eervolle vermelding. Wat heeft hij hiermee te maken?'

'Hij heeft kort na de slag waar jij aan refereert het leger verlaten. En hij heeft geen beste reputatie.'

'Ik heb indertijd wat geruchten over hem gehoord, maar ga uw gang.'

'De overheid gaat een fors proces tegen hem aanspannen in Seattle. Een vriendje van me bij Justitie heeft contact opgenomen. Hij wilde weten of ik iemand wist die geknipt was voor deze missie. Hij had het erover dat Danny Glass bij de zaak betrokken was, en ik herinnerde me dat jij Glass had meegemaakt toen je nog bij het leger zat. Het leek me een goede combinatie. Dat zei ik tegen hem en hij was het ermee eens.'

'En vertrouwt u dat vriendje van u?'

'Ja. We hebben samen gediend voordat hij overstapte naar de kant van de burgers. Ik heb eens zijn leven gered.'

'In een gevecht?' vroeg Devine.

'Nee, op de snelweg bij L.A. Een voorval met een agressieve weggebruiker.'

'Aha, en wat nog meer?'

'Glass heeft een nichtje, Betsy Odom, twaalf jaar oud. Haar ouders zijn onlangs gestorven, en Glass is haar enige nog levende familielid. Hij wil haar voogd worden en haar uiteindelijk adopteren.'

'En waarom is Justitie daarin geïnteresseerd?'

Campbell haalde een ouderwets papieren dossier uit zijn bureau tevoorschijn en legde dat voor hem neer. 'Om heel eerlijk te zijn weet ik er niet het fijne van, en dat bevalt me absoluut niet. Zo deden we die dingen niet toen we nog in uniform waren, alleen is dat kennelijk iets waar we bij dit soort gezamenlijke operaties mee moeten leven. Maar dit gezegd hebbende ga ik er echt alles aan doen om een vollediger plaatje te krijgen. En alles wat ik te weten kom, krijg jij meteen te horen. Ik hou er niet van om mijn mensen op grond van halfslachtige briefings het gevaar tegemoet te sturen.'

Devine ontspande zich en leunde naar achteren. Hij had heel veel respect voor deze man, die in sommige opzichten een oudere versie van hemzelf was. En Campbells laatste woorden hadden wat Devine betreft precies de juiste geruststellende toon getroffen.

'Nou ja, wat heb ik anders te doen dan tijd te verspillen en bloed te vergieten, meneer? Laten we beginnen.'

3

Twee avonden later liep Devine resoluut een steile, glibberige straat in Seattle op, terwijl de met een zeeblauw laagje geverniste duisternis hem omhulde als een fort van lakens dat een kind gebouwd had. De hellingshoek van bijna vijfenveertig graden zorgde ervoor dat zijn hartslag opliep. In elk geval droeg hij geen rugzak van vijfendertig kilo, maar slechts een beker koffie van anderhalf ons.

Achter hem was een haven vol commerciële, militaire en recreatieve activiteiten op nautisch terrein. Voor hem lag de rest van de stad over diverse heuvels uitgespreid als een modern fort met duidelijk uitzicht op naderende legers. Hij logeerde zelf in een hotel en was nu op weg naar een ander hotel om iemand te spreken. Nou ja, eigenlijk twee mensen. Hij wist heel weinig, maar dat in elk geval wel.

De vlucht was zonder incidenten verlopen. Vijf uur in een A320 van United Airlines. Campbell had getrakteerd op eerste klas, zodat Devine zijn lange benen kon strekken. Hij had zichzelf ook de luxe gegund van een biertje, aangezien die in dat deel van het vliegtuig gratis waren. Het was hoe dan ook te verkiezen boven een ondergekotste stoel in een afgeladen Air Force C130, maar dat gold ook voor een tweedeklas plek of zelfs een ritje op de verdomde vleugel.

Seattle was in deze tijd van het jaar altijd kil, regenachtig en mistig. Devine was hier vaker geweest en vond het in bepaalde opzichten een boeiende, qua sfeer samenhangende stad. Maar zoals voor elke grote metropolis gold, kon je altijd zonder veel waarschuwing zomaar ergens door worden besprongen.

Hij had zijn bestemming opgespoord in een deel van de stad dat nog in afwachting was van een volledige opknapbeurt. Het hotel met drie verdiepingen zat ingeklemd tussen een vapewinkel en een cannabisuitgiftepunt met nepklimop tegen de bakstenen buitenmuur geplakt. Die mengeling van geuren deed hem denken aan die keer dat hij als onderdeel van een ontgroening op West Point in een afvalcontainer was gegooid door een stuk of vijf dronken ouderejaars die nu het bevel voerden over bewapende mannen in uniform.

De kleine, armoedige lobby was leeg, en de enige, gebutste lift die er was, was buiten gebruik. Er stonden wel een zilveren koffiekan en een stapel kopjes op een ronde tafel met een bordje ernaast met de tekst 'WARME APPELCIDER, GA UW GANG'.

Devine ging zijn gang niet. Hij gooide zijn koffie weg en liep de trap op.

Op de tweede verdieping sloeg hij rechts af en sjokte naar het eind van de gang. Het tapijt was gescheurd en zat onder de vlekken; de muren waren aan een nieuwe laag verf toe. En de zware cannabisgeur en de weeïg zoete stank vanuit de vapewinkel waren aan beide kanten door de dunne buitenmuren getrokken en tot een bedwelmende alchemie versmolten voor de mensen die hier verbleven. Devine hield zijn adem in om niet beneveld en verslaafd te raken door alleen al lucht in te ademen.

Hij dacht het kraken van een deur te horen, het zachte geluid van een voetstap, en Devine meende ook hier en daar een paar schaduwen op te merken. Maar toch verscheen er geen concrete bedreiging, dus nam hij aan dat het te maken had met de nieuwsgierigheid van mensen die hier woonden of werkten. Hij liet de kolf van zijn Glock los en liep verder.

Hij klopte een speciale roffel op de laatste deur in de gang en kreeg er een andere voor terug, die hij beantwoordde met een andere combinatie van klopjes. Hij had een beetje het gevoel dat hij in een spionagefilm uit de jaren zestig zat, maar een geheime klop kon je in elk geval niet hacken. De deur ging open zo ver als het dunne deurkettinkje het toeliet en er gluurde een vrouw naar buiten.

'Travis Devine?'

'Jawel, mevrouw.'

'Je ID?'

Die haalde hij tevoorschijn. Zij maakte de ketting los, trok de deur helemaal open en gebaarde dat hij binnen moest komen. Ze stak haar hoofd naar buiten en keek de gang door, waarna ze de deur dichtdeed en afsloot.

Hij zag dat ze een donkerkleurige Sig 9mm met een matte finish in haar rechterhand had. Ze was zo'n 1 meter 65 lang, een beetje plomp en had vermoeide trekken. Haar sliertige haar met aardig wat grijze lokken viel rond haar gezicht van ergens boven de veertig. Ze zag eruit of ze te weinig sliep en ongelukkig was, en dat alles in één enkele grauwe verpakking.

Ze stak haar wapen terug in de holster en liet hem haar legitimatiebewijs zien. 'Special agent FBI, Ellen Saxby.'

Devine liet zijn blik door het kamertje gaan, langs het versleten kleed, de oude meubels, en een alomvattende sfeer van verwaarlozing. Vervolgens zag Devine een half opgegeten broodje gehakt van Subway op een bijzettafeltje liggen. Een open deur bood uitzicht op een bescheiden badkamer die eruitzag alsof hij uit de jaren zeventig stamde. Ook merkte hij een dichte deur op die waarschijnlijk naar de enige slaapkamer leidde. En verder stond er nog een vlekkerige bank met een kussen en een deken erop tegen een muur van de kamer geschoven. Zo te zien was dat de nederige plek waar Saxby haar vermoeide hoofd te rusten legde.

'Doen ze bij de FBI niet meer aan dagvergoedingen?' vroeg hij, terwijl hij de vrouw opnam.

'De overheid is ook aan een budget gebonden, Devine.'

Hij dacht aan zijn eersteklasvlucht hierheen, maar dat was dan ook inderdaad iets zeldzaams.

'Dat weet ik, alleen denken de meeste Amerikanen vast dat de overheid helemaal niet aan een budget gebonden is. Waar is Betsy Odom?'

'Die ligt even te slapen. In de enige slaapkamer.'

'Sta jij er alleen voor?'

Ze knikte. 'Ik heb de afgelopen paar dagen misschien bij elkaar zo'n tien uur geslapen.'

'Waar heb je die mazzel aan te danken?'

'Waarschijnlijk omdat ik het lievelingetje van mijn supervisor ervan beschuldigde dat hij een vrouwonvriendelijke lul was. Mijn klacht bezorgde het lievelingetje een fijne, nieuwe baan op het kantoor in New York en ik zit hier als een veredeld soort oppas in een smerige tent die moet doorgaan voor een hotel en naar wolvenpies stinkt.'

Devine leunde tegen de muur. Hij keek een beetje op van de negatieve houding van de vrouw en van het feit dat ze zulke persoonlijke informatie aan een onbekende onthulde. 'Vertel me eens wat er aan de hand is.'

'Ben je niet ingelicht door jouw mensen?' vroeg ze, duidelijk verrast door zijn vraag.

'Die zeiden dat ze niet volledig op de hoogte waren gesteld. Dus ik moet nog worden bijgepraat.'

'Vertel maar wat je wel weet, dan kunnen we dat als uitgangspunt nemen.'

'Aan de andere kant van die deur naar de slaapkamer ligt naar ik aanneem Betsy Odom van twaalf jaar oud. Haar ouders zijn onlangs gestorven. Het Bureau is in het meisje geïnteresseerd vanwege haar oom Danny Glass.'

'Oké, weet je wie Danny Glass is?'

'Ik heb hem kort meegemaakt toen hij en ik in het leger zaten.'

'Kun je daar nog wat meer over zeggen?'

'Ik kwam van West Point en hij was gewoon een soldaat, we hebben een keer samen gevochten in Irak. Daarna ben ik hem uit het oog verloren, maar nu weet ik dat de overheid achter hem aan zit vanwege een hele partij misdaden.'

Saxby wierp een blik op de deur van de slaapkamer en begon heel zacht te spreken. 'Op dit moment is hij de verdachte in een federale zaak wegens deelname aan een criminele organisatie die binnenkort hier in Seattle gaat beginnen. Van oorsprong stond het in New York op de rol, maar de zaak is naar een ander arrondissement verplaatst en nu zitten we dus hier aan de Westkust. Glass is op borgtocht vrij omdat hij zich de beste advocaten kan veroorloven. Maar hij heeft weinig bewegingsvrijheid. Hij heeft oneindige financiële middelen en een privévliegtuig. Dus ze hebben zijn paspoort ingenomen en hij heeft een elektronische enkelband om. Eén misstap en hij draait de nor in.'

'Ik heb begrepen dat hij de voogd van zijn nichtje wil worden, met adoptie als doel.'

'Ja. Hij heeft een aanvraag ingediend voor noodvoogdij voor een minderjarige.'

'Wat betekent dat precies?'

'De staat Washington heeft een paar jaar geleden zijn wetten en procedures rondom voogdij gewijzigd. Normaal gesproken kost het nu zestig dagen om een aanvraag voor voogdij af te ronden. Maar dat kun je omzeilen door een noodaanvraag in te dienen, en dat heeft Glass gedaan. Als die wordt toegekend, is zo'n noodvoogdij meestal zestig dagen geldig. Dat is de reden waarom Glass ook een zogenoemde voogdij voor minderjarigen heeft aangevraagd. Die twee zaken heeft de rechtbank die daarover gaat samengevoegd, wat gebruikelijk is.'

'Maar hij heeft niet de voogdij over Betsy. Die heeft het Bureau. Hoe komt dat?'

'Op de dag dat de Odoms stierven, stapte Justitie naar de rechtbank om de FBI de tijdelijke voogdij te verlenen. Maar haast voordat de inkt op onze noodaanvraag droog was, kwamen de advocaten van Glass erachter dat wij haar voogd waren. En aangezien Betsy boven de twaalf is, kreeg ze de dag daarop de melding dat Glass haar voogd wilde worden en ons eruit wilde werken.'

'Dat zal geen verrassing zijn geweest.'

'Maar verdacht was het ook. Het leek wel of hij wist dat haar ouders zouden sterven en dat hij van tevoren alles in stelling had gebracht.'

'Hebben jullie daar bewijzen voor?'

'Was het maar waar.'

'Kan hij haar voogd worden? En haar adopteren? Ik bedoel, die kerel is een schurk.'

'Dat zegt men in elk geval wel. De strafzaak heeft nog niets opgeleverd, en tot die tijd ben je onschuldig. Dus strikt genomen is hij wat de rechtbank aangaat zo zuiver op de graat als maar kan.'

'Maar de rechter kan die strafzaak toch in zijn overwegingen betrekken?'

'Nou en of. En we hopen dat dat volstaat om te voorkomen dat hij haar voogd wordt.'

'Jullie hebben de voogdij gekregen op de dag dat haar ouders stierven. Hoe kan dat zo snel?'

'We zitten al jaren achter Glass aan en wisten alles over zijn zus en zwager. Toen zij onlangs onder verdachte omstandigheden een hoop geld kregen, hebben we ze weer op de korrel genomen. Toen ze stierven, heeft Justitie al haar juridische trucs van stal gehaald en ik werd hierheen gestuurd om voogd te worden van een meisje dat ik nog nooit had gezien.'

'De Odoms kwamen onder verdachte omstandigheden aan een hoop geld, zei je?'

'We vermoeden dat dat geld van Glass kwam, maar bewijzen hebben we niet. Misschien was het smeergeld omdat ze iets belastends over hem wisten. Het geld werd gebruikt voor de aankoop van een huis en een auto.'

'En waarom is het meisje precies van belang voor jullie?'

'Ze heeft misschien iets gehoord. Iets gezien. Stel dat ze een gevaar is voor Glass, of dat hij denkt dat ze dat is? Daarom hebben we ingegrepen.'

'Hebben jullie iets in die richting uit haar gekregen?'

'Nee. Ze is nogal zwijgzaam.'

'Wat zijn eigenlijk precies de misdaden waar Glass van verdacht wordt?'

'In de zaak wegens deelname aan een criminele organisatie wordt hij beschuldigd van op grote schaal drugs maken en verspreiden, afpersing, fraude, omkoperij, mensensmokkel, en historische voorwerpen uit het Midden-Oosten en Azië stelen en verkopen, om maar wat te noemen. Glass heeft een reeks legale ondernemingen in allerlei soorten en maten, en wij geloven dat de illegale inkomsten via die weg worden witgewassen.'

'Dus hoe kan een rechter haar nu door zo'n kerel laten adopteren?'

'Er zijn geen garanties, Devine, maar we hebben wel een potentiële troef in handen.'

'Wat dan?'

'Betsy mag ook haar zegje doen.'

'Wil ze eigenlijk met hem mee?'

'Geen idee. Zoals ik al zei, laat ze zich niet in de kaart kijken. Daarom zei ik ook dat het een potentiële troef is.'

'En ik ben hier om Betsy naar een ontmoeting met haar oom te begeleiden?'

'Ja. Morgen bij het Four Seasons.'

'Waarom hebben ze mij nodig? Jij bent haar voogd.'

'Wanneer een paar loeizware gorilla's als de FBI en Homeland Security met elkaar in het strijdperk treden, weet je maar nooit wat er gaat gebeuren, Devine. En wat is er eigenlijk zo speciaal aan jou dat je deze klus hebt gekregen?'

'Dat zal wel zijn omdat ik Glass nog ken uit onze tijd in het leger in Irak. Ik neem aan dat de grote bazen dachten dat dat misschien van pas zou komen. Hoe zijn haar ouders eigenlijk overleden?' vroeg hij.

'Dwayne en Alice Odom zijn in hun auto aan een overdosis gestorven. Het schijnt dat Betsy nog geprobeerd heeft om ze met Narcan bij te brengen. Ik heb gehoord dat dat niet de eerste keer was dat ze dat heeft gedaan. Ze schijnen een forse dosis fentanyl te hebben geslikt, dus die waren er geweest zodra dat spul in hun bloedbaan terechtkwam. Ze zijn voor haar ogen gestorven.'

'Goeie god. Dat is voor wie dan ook behoorlijk traumatisch, en zeker voor een kind.'

'Tot dat moment was hun leven nogal een klerezooi. Ze verhuisden voortdurend. Soms waren ze dakloos. Geen idee hoe Betsy kans heeft gezien om regelmatig naar school te gaan. Wat we wel weten, is dat Glass en Dwayne Odom niet echt close waren. Glass was een stuk ouder dan zijn zus. In hun jeugd was hij een soort beschermende grote broer.'

'Dus broer en zus waren wel close?'

'Blijkbaar. Maar Dwayne verscheen ten tonele toen Glass nog in het leger zat en pakte Alice volledig in. Dwayne was ook jaren ouder dan Alice. Hij had heel wat van het leven gezien, terwijl zij behoorlijk beschermd was opgegroeid en nogal naïef was. Ik vermoed dat Alice iets in Dwayne zag wat ze wilde hebben. Ze trouwden, en een poosje later kregen ze Betsy.'

'Kan ik haar spreken?'

Een geluidje zorgde ervoor dat Devine opkeek naar de slaapkamerdeur. Die stond nu open. En daar stond Betsy, met haar kastanjebruine krullen, haar sproeterige huid en een rond, emotieloos gezicht, strak naar hem te staren.

4

'Betsy Odom, dit is agent Travis Devine,' zei Saxby.

Devine stapte naar voren. 'Zeg maar gewoon Travis, Betsy.'

Hij bekeek haar van top tot teen. Ze had een wijde, verschoten spijkerbroek aan met gaten op de knieën die er echt uitzagen en niet gefabriceerd, een lichtblauw Nike-sweatshirt en roze enkelsokken waar de rechter grote teen door een gat heen stak. Ze was wat gezet op de gebruikelijke kinderlijke plekken, het soort extra gewicht dat voor groeispurten en een langere gestalte gebruikt zou worden. Haar ogen waren zacht groenbruin, haar lippen waren tot een vastberaden, koppige lijn getrokken.

'Meneer Devine wil graag even met je praten,' zei Saxby.

'Ik heb honger,' zei Betsy zonder naar haar te kijken.

'Eet de rest van mijn broodje gehakt maar op. Ik kan een blikje fris en chips voor je uit de automaat verderop in de gang halen.'

'Nee. Ik eet die restjes van jou niet op. Ik wil de deur uit naar een tent om iets te eten.'

'Wat voor tent?' vroeg Saxby verbaasd.

'Maakt niet uit.'

'Maar meneer Devine wil met je praten.'

'Hij zei dat ik hem Travis mag noemen. We kunnen in die tent praten.'

'Oké, goed, dan haal ik even mijn jas,' zei Saxby.

'Nee, jij niet. Alleen Travis en ik.'

'Dat is niet...' begon Saxby.

Devine onderbrak haar. 'Joh, het maakt niet uit. Ik ben even verderop langs een hamburgertent gekomen.'

'Dan moet ik mee.'

'Nee,' zei Betsy. 'Alleen Travis. Blijft u maar hier om uw gehaktballen op te eten.'

'Ik moet een telefoontje plegen,' zei Saxby.

'Het is nog geen dertig meter verderop,' merkte Devine op.

'En toch moet ik bellen,' zei Saxby.

'Ga je gang.'

'Ik ga me klaarmaken,' zei Betsy enthousiast. Blijkbaar zag ze een voordeeltje in de lucht hangen.

'Betsy,' begon Saxby, maar Betsy gooide de slaapkamerdeur keihard dicht.

'Joh,' zei Devine, 'het is maar één straat verderop. Misschien kun jij even slapen.'

Saxby keek verlangend naar de bank. 'Dat zou fijn zijn. Maar…'

De slaapkamerdeur ging open en daar stond Betsy in een verschoten blauw ski-jack en lompe, grote sportschoenen.

'Ik ben zover.'

'Dan gaan we,' zei Devine.

Saxby pakte haar telefoon. 'Kunnen jullie niet even wachten tot ik goedkeuring krijg?'

Devine wierp haar een blik toe. 'Als het Bureau hier een probleem mee heeft, stuur me dan maar een berichtje, dan nemen we het eten mee terug hierheen.'

Buiten sloegen de twee rechts af en liepen naar de volgende zijstraat.

'Die dame is getikt,' zei Betsy, terwijl ze haar haar wegstak.

'Nee, ze probeert er alleen voor te zorgen dat jij beschermd wordt.'

'Waartegen dan precies?'

Goede vraag, dacht Devine. Misschien tegen je oom die je wil adopteren.

Ze gingen de rood-blauw betegelde hamburgertent in en sloten achteraan in de rij.

'Ben jij er zo eentje die alles op zijn hamburger wil hebben?' vroeg ze.

'Dat is toch de enige eetbare soort?' zei hij, terwijl hij van alle aanwezigen beoordeelde of ze een bedreiging zouden kunnen vormen. 'Wil jij er ook een milkshake en patatjes bij?'

'Ik ben al te dik.'

Devine wist niet echt hoe hij hierop moest reageren. Zijn zus was een stuk ouder dan hij, dus hij had weinig ervaring met omgaan met meisjes van Betsy's leeftijd. En hij wilde op geen enkele manier commentaar leveren op haar... fysieke voorkomen, zeg maar. En toch had hij het gevoel dat hij iets moest zeggen, want ze leek een reactie te verwachten.

'Je lichaam maakt zich gewoon klaar om razendsnel te groeien en... Nou ja, dat extra gewicht heeft je lijf nodig om dat voor elkaar te krijgen,' maakte hij zijn zin onhandig af, waarna hij even diep inademde. *Oké, had hij dit even verknald.*

'Mijn moeder was lang. Echt lang, bedoel ik. Maar mijn vader was gemiddeld.'

'Lengte wordt nadrukkelijk doorgegeven in de genenpool. Dus je moet er niet van opkijken als je straks een basketbalbeurs voor je studie binnenhaalt,' zei Devine bij wijze van grapje.

'Jij bent lang,' zei ze, en ze keek naar hem op.

'En dat zijn mijn vader en mijn broer en zus ook.'

'Ik heb geen broers of zussen. En geen ouders meer,' voegde ze er somber aan toe.

Ze namen hun eten in ontvangst en namen het mee naar een vrije tafel. Betsy had een aardbeienmilkshake en een grote portie frietjes gekozen voor bij haar dubbele cheeseburger met bacon met alles dubbel erop en eraan.

Terwijl ze zaten te eten wierp Devine een blik door het

raam en zag iets merkwaardigs. Hij draaide zich weer om naar Betsy. 'Ik vind het heel erg van je vader en moeder.'

Aanvankelijk reageerde ze daarop met een kwade blik. 'Je kende ze niet eens. Zeg nou geen dingen in de hoop dat ik je aardig ga vinden.'

'Ik gedraag me gewoon menselijk, Betsy. Het is dieptragisch als mensen op die manier sterven. En ik weet dat het vreselijk voor jou moet zijn geweest om erbij te zijn toen het gebeurde.'

Voordat ze antwoord gaf, nam ze een hap van haar cheeseburger en een slok van haar milkshake.

'Het was ook klote. Ik kon niets doen.'

'Je hebt je best gedaan. Je hebt geprobeerd om ze met Narcan bij te brengen.'

Ze wierp hem een vragende blik toe. 'Nar-wat?'

'Narcan. Daar kunnen mensen na een overdosis opioïden van bijkomen. Maar... Maar dat weet je, hè?'

'Opioïden? Mijn ouders gebruikten geen drugs.'

'Ze hebben me verteld dat zij een overdosis hadden genomen en dat jij hebt geprobeerd om ze bij te brengen.'

'Dat is niet waar,' zei ze fel en met een van opwinding vertrokken gezicht.

Mensen aan de andere tafeltjes wierpen zenuwachtige blikken naar hen.

Dat zag Devine en hij zei: 'Oké, oké. Ik geloof je.'

Maar hij dacht: wat is hier verdomme aan de hand?

Hij keek toe terwijl Betsy een handjevol frietjes bij elkaar schoof en in haar mond propte. Vervolgens nam ze een aantal overdreven slurpende slokken van haar milkshake.

Ze keek Devine woedend aan. 'Opioïden. Wat een gelul.'

'Kun je me iets vertellen over de dag dat het gebeurde?'

'Waarom?'

'Omdat ik benieuwd ben. Tenzij je een goede reden hebt om het me niet te vertellen.'

'Ik ken je niet. Ik weet niet waarom je het wilt weten. En ik vertrouw je niet. Kijk aan. Drie goede redenen, grote jongen.'

'Jij zou een uitstekende debater zijn. Helemaal in aanmerking genomen dat je pas twaalf bent.'

'Binnenkort word ik dertien. En dat zijn dan alleen nog maar kalenderjaren.'

Hij kauwde op een frietje en vroeg oprecht nieuwsgierig: 'Kalenderjaren? Afgezet tegen wat?'

Voordat ze antwoordde, nam ze weer een grote hap van haar cheeseburger. 'Klotejaren, zo noem ik ze. Dan ben ik achtentwintig.'

'Hoe bereken je dat?'

Ze slikte de grote hap eten door. 'Dat is mijn geheim. Wie weet verkoop ik dat nog eens een keer voor een hoop geld. Of ik ga stomme danspassen op TikTok doen of voor een smak geld hippe lipgloss op mijn mond smeren voor miljoenen Instagram-volgers die me aanbidden.' Ze trok een gezicht. 'Mensen zijn toch zo zielig.'

'Je klinkt eerlijk gezegd eerder als tweeënveertig in klotejaren.'

'Ik hoop dat ik dat haal, in kalenderjaren, dan.'

Hij keek geschrokken. Tot op dat moment had hij aangenomen dat ze de jonge slimmerik uithing. Maar in deze laatste uitspraak leek ze echt te geloven. 'Waarom zou je dat niet halen?'

'Ik ben hier nu al meer dan tien jaar. Dat is lang voor iemand als ik.'

'En wat betekent dat precies?'

'Dat betekent wat ik net zei,' kaatste ze terug.

Hij leunde naar achteren. 'Oké, wat kun je me over je oom vertellen? Heb je hem weleens ontmoet?'

'Niet dat ik me herinner, maar mijn moeder heeft me over hem verteld.'

'Wat heeft ze precies over hem verteld?'

Ze stak haar telefoon omhoog. 'Je hebt zoiets als Google. Moet je echt eens proberen.'

'Mooie telefoon,' merkte hij op.

Haar gezicht betrok. 'Heeft mijn vader een paar maanden terug voor me gekocht. Het is… Het is mijn eerste.'

Devine zag hoe diep verdrietig haar gezichtsuitdrukking was en wilde iets bemoedigends zeggen, maar opnieuw wilde hij geen onhandige opmerking maken waar zij geïrriteerd van zou raken.

Verdomme, dit is lastiger dan terroristen ondervragen.

'Ik heb gehoord dat je ouders onlangs geld hadden gekregen. Weet jij daar iets van?'

Daar kreeg hij opnieuw een woeste blik voor terug. 'Nee, dat weet ik niet. Oké?'

Leuk geprobeerd om haar niet te irriteren.

'Oké. Wil je door je oom geadopteerd worden?'

'Gehaktbal heeft me dat al gevraagd.' Vermoeid voegde ze eraan toe: 'Zo'n beetje honderd keer.'

'Agent Saxby bedoel je. En waarom heb je geen antwoord gegeven?'

Ze legde haar cheeseburger neer en keek hem zo lang strak aan dat hij uiteindelijk zei: 'Wat nou, zit er ketchup op mijn kin?'

'Je ziet eruit als een aardige kerel, stom, maar aardig,' zei ze. 'Dus ik zal je vraag beantwoorden, en dan kun jij dat gauw aan Gehaktbal gaan vertellen, zodat zij me eindelijk eens met rust laat.'

'Ik luister.' Hij verbaasde zich erover hoe handig dat jonge meisje de verhoudingen in dit gesprek had omgegooid en in feite de touwtjes in handen had genomen.

'Oké, daar komt-ie. Zet je schrap… Duh, natuurlijk wil ik door hem worden geadopteerd.'

'Waarom?'

'Hij is schatrijk en hij heeft een heel stel huizen en een privévliegtuig.' Ze stak haar telefoon weer omhoog. 'Volgens Google dan.'

'Dus jij wordt gemotiveerd door rijkdom?'

Ze pakte haar cheeseburger weer op. 'Wie wil er nou arm zijn? Jij?'

'Nee. Maar mijn beslissingen worden er niet door bepaald.'

'Goed van je, braverik. De mijne dus wel.'

'Weet je hoe hij aan zijn geld komt?' vroeg hij.

'Hoe komen rijkaards aan hun geld? Door anderen te naaien.'

'Ik weet niet of het wel zo gezond is om zo op rijkdom gefixeerd te zijn.'

'Ben je weleens dakloos geweest? Of heb je weleens honger gehad?' vroeg ze.

'Nee.'

'Oké, hou dan je bek. Dus ik ga bij hem op bezoek en dan zeg ik dat ik heel veel van hem hou. En dat hij geweldig is. Blablabla.'

'Hij gaat misschien wel de gevangenis in.'

'Dan kan ik helemaal in mijn eentje in zijn paleizen wonen en zijn vliegtuig gebruiken. Nog beter.'

'Je hebt kennelijk overal een antwoord op.'

Ze veegde haar mond af en stond ineens op. 'Ik moet terug, even wat slapen voordat ik mijn lievelingsoom zie. Ik wil echt staan trappelen straks.' Betsy nam hem met een strakke blik op. 'Even voor de duidelijkheid: als jij dit verkloot, Travis, verkloot ik jou.'

'Je spreekt een aardig mondje schuttingtaal.'

Ze grijnsde. 'Ik gedraag me juist heel netjes, want je lijkt me nogal kwetsbaar.'

'Ik word alleen maar geacht jou heen en terug te begeleiden. Dat is alles.'

'Het punt is dat jij volgens mij nog weleens Gehaktbal nummer twee kunt blijken te zijn. Kom mee.'

Met grote passen liep ze weg, waarmee ze Devine dwong overeind te springen en achter haar aan te rennen.

Ik ben zo-even op mijn nummer gezet door een twaalfjarige die binnenkort tweeënveertig wordt.

5

Op de terugweg naar het hotel zei Devine: ‘Niet omkijken, maar we worden gevolgd door twee kerels. Ik zag ze al buiten de hamburgertent staan kijken.’

‘Jongens van Gehaktbal?’ vroeg ze achteloos zonder om te kijken.

‘Ze zien er dakloos uit.’

‘Ben je bang voor ze?’

‘Moet dat?’

‘Je kent ze niet, en je weet niet waarom ze ons volgen, dus ja, dat moet.’

Terug in het hotel ging ze meteen haar kamer in en trok de deur dicht.

Saxby sprong er meteen bovenop. ‘Wat is er gebeurd? Wat ben je te weten gekomen?’

‘Nou ja, ze heeft me verteld dat ze door haar oom geadopteerd wil worden omdat hij rijk is.’

Opmerkelijk genoeg zei Saxby: ‘Ach ja, waarom zou een mens ook niet voor de grote prijs gaan?’

‘Zelfs als die grote prijs een schurk is?’

‘Ze is een kind, wat weet ze nou helemaal?’

‘Vast meer dan jij denkt,’ antwoordde Devine.

Hij wierp een blik op de verpakking waar het broodje in had gezeten. Saxby had haar avondeten blijkbaar ook achter de kiezen.

‘Als Betsy echt waardevol is voor de FBI, waarom hebben ze er dan maar één agent op gezet om haar te beschermen?’

'We weten niet of ze wel waardevol is. In elk geval nog niet.'

'Hoe staat het met die strafzaak?'

'Die liep geweldig, tot drie van de getuigen à charge werden vermoord.'

Devines mond viel open. 'Denken jullie dat Glass daarachter zit?'

'Vast wel, maar we hebben geen bewijs.'

'Nu we het toch over bewijs hebben, in tegenstelling tot wat jij me vertelde, zei Betsy dat haar ouders niet verslaafd waren en dat ze hen niet heeft geprobeerd bij te brengen met Narcan. Ze wist niet eens wat dat was.'

'Dan is hier wat info voor je: het is een leugenachtig klein kreng. En het rapport van de plaatselijke politie was behoorlijk duidelijk.'

'Leugenachtig kreng? Raak je je objectiviteit een beetje kwijt, agent Saxby?'

'Probeer jij maar eens dagenlang met die meid op te trekken. Het is me er eentje.'

'Het is een kind en ze heeft haar ouders voor haar ogen zien sterven,' blafte Devine zichtbaar woedend.

'Dat weet ik. Zeg, kun jij hier even blijven? Ik heb behoefte aan een sigaret,' zei ze schuldbewust.

'Ja hoor. Ik denk dat je je hoofd even helder moet krijgen, en misschien je longen ook wel.'

Ze wierp hem een kwade blik toe, pakte haar handtas en vertrok.

Devine ging op de bank zitten. Even later ging de slaapkamerdeur open en daar stond Betsy in een grijs joggingpak en op blote voeten.

'Ik dacht dat je even een schoonheidsslaapje wilde doen?'

'Hoe lang ik ook slaap, ik word nooit mooi wakker.'

'En, wanneer klopte de FBI precies bij je aan?'

Ze ging op het andere uiteinde van de bank zitten en wreef

over haar tenen. 'Ik werd door een paar agenten naar het politiebureau gebracht. Niemand wilde me iets vertellen. Er verschenen een stel mensen in pak en die namen me mee. En uiteindelijk belandde ik hier, met de Gehaktbal.'

'Dat was vast doodeng, Betsy. Dat zou het voor iedereen zijn geweest.'

Ze haalde haar schouders op. 'Ik had toch niets kunnen doen. Volwassenen zeggen gewoon wat je moet doen. Of in elk geval denken ze dat ze dat kunnen doen,' voegde ze er een beetje verbitterd aan toe.

'Als het dan geen drugs waren, vraag ik me af wat er met je ouders gebeurd kan zijn.' Devine kon het meisje moeilijk de duimschroeven aanzetten, maar toch moest hij proberen wat informatie uit haar los te krijgen.

'Ik heb geen zin om erover te praten, oké? Wat maakt het trouwens nog uit?'

'Ik kan niet goed volgen waarom de FBI erbij betrokken is.'

Ze wierp hem een blik toe. 'Hoor jij daar dan niet bij?'

'Nee, andere organisatie. Ik ben van Homeland Security.'

'Ze zeiden gewoon dat ik moest meekomen.'

'Ben je zenuwachtig voor die eerste ontmoeting met je oom?' vroeg Devine.

'Moet dat dan?' antwoordde ze met haar blik strak op hem gericht.

'Geen idee, Betsy. Echt geen idee.'

'Jij weet ook niet veel,' snauwde ze.

Je slaat de spijker op zijn kop.

Saxby kwam weer binnen met een tabaksgeur om zich heen. 'Ik dacht dat je in bed lag, Betsy.'

Zonder een woord te zeggen schoot Betsy haar kamer in en deed haastig de deur dicht.

'Verder nog iets wat je me kunt vertellen waar ik wat aan kan hebben?'

'Alleen noodzakelijke informatie, Devine.'

'Altijd al een hekel aan die uitdrukking gehad.'

'Ik maak de regels niet,' zei ze.

Hij vertrok, terwijl Saxby mismoedig omlaagstaarde naar haar bankbed.

6

Devine was ongeveer halverwege op weg naar zijn hotel toen hij merkte dat iemand hem volgde, en het was niet het stel heren van eerder. Deze achtervolger was in zijn eentje op pad.

Bij een kruising sloeg Devine rechts af, hij ging iets sneller lopen en sloeg bij de volgende straat opnieuw rechts af.

Toen de man die hem schaduwde hetzelfde deed, stapte Devine uit een nis in de gevel van een gebouw en zei: 'Je maakt een verdwaalde indruk, vriend.'

De man keek met een grijns op zijn gezicht naar hem op. Hij was zo'n 1 meter 65 lang, met een rafelige jaap van mondhoek naar oor, in een goedkoop pak en met afgetrapte instappers. Zijn haar was snel dunner aan het worden, waardoor er plekken bleke, schilferige schedel zichtbaar waren. Hij rook naar drank en rookte een sigaret. Hij was zo te zien totaal niet geschrokken van de plotselinge confrontatie. Sterker nog, hij zag eruit alsof hij in zijn nopjes was terwijl hij as op het trottoir tikte.

'Ik ben precies waar ik moet zijn, vriend. En jij misschien ook wel,' merkte hij op.

'Ik luister.'

'Je bent net bij Betsy Odom en haar begeleider vertrokken.'

'Is dat zo?'

Er trok een frons over het gezicht van de man. 'Ik word er echt niet jonger op, dus ga nou niet mijn tijd verspillen door de sukkel uit te hangen, want dan komen we nergens.'

'We komen hoe dan ook waarschijnlijk nergens. Wat wil je eigenlijk precies?'

'Wat wil jíj eigenlijk? Je bent een *fed*. Dus ik hou het erop dat je informatie over Danny Glass wilt hebben, waar of niet? Hij wil zich dat meisje toe-eigenen.'

'Tóé-eigenen? Interessante woordkeus.'

'Glass bezit mensen, wist je dat niet?'

'En waarom weet u iets over hem?' vroeg Devine beleefd.

'Ik leg mijn oor te luisteren. Mensen die dat doen, weten vaak dingen, waardevolle dingen.'

'Bent u van hier?'

'Misschien,' zei de man kortaf.

'Nou ja, Glass is niet van hier. Dus waarom zou u iets van hem weten?'

'Ik ben ook niet van hier. En ze vervolgen hem hier in Seattle. Maar als jij geen dealtje wilt, zoek ik iemand die dat wel wil. Tot ziens, sukkel.'

Hij begon weg te lopen, maar Devine greep zijn magere arm vast en de man verstijfde.

'Laten we opnieuw beginnen. Laten we beginnen met uw naam.'

'Mij best. Ik heet Fred. En jij?'

'Oké, Fred, wat weet je over Glass?'

'Zo werkt dat niet, sufferd. Jij komt met geld en dan vertel ik het je.'

'En als ik het nou niet waard vind wat ik ervoor heb betaald?' vroeg Devine.

'Dan dien je maar een klacht in bij het Better Business Bureau. En maak je geen zorgen, ik heb daar een goede staat van dienst.'

'Over hoeveel geld hebben we het eigenlijk?' vroeg Devine.

'Een ton is een mooi rond bedrag, vind je niet? Ik geef je mijn rekeningnummer wel. Ik loop niet graag met cash rond. Te veel criminelen hier. Die steken je al neer voor een cadeaubon.'

'Een ton? Ja hoor, ik ga wel even tweehonderd keer bij een pinautomaat langs om te zien of mijn pinpas van de overheid echt smelt.'

'Graag of niet. Mij maakt het niet uit.'

'Voor zo'n bedrag heb ik minstens van drie niveaus goedkeuring nodig plus een sessie met een compleet bataljon overheidsaccountants. Over een jaar heb ik vast een beslissing binnen, maar ik denk niet dat ons tegenbod je zal bevallen, en dat zou best weleens een cadeaubon kunnen zijn.'

'Laat ik nou toch gedacht hebben dat je verstand had. Stom van me.'

'Wat kun je me vertellen voor bijvoorbeeld honderd dollar?'

'Dat heb ik al gedaan. Mijn naam. Fred. Dus kom maar op met dat flappie.'

'Je bent echt heel grappig,' merkte Devine op.

'En jij bent een totaal niet grappige loser.'

'Weet je iets over Betsy Odom?'

'Ik weet dat Glass haar wil. En heel misschien weet ik ook waarom, en dat zou volgens mij weleens waardevol kunnen zijn voor jou, maar misschien vergis ik me.' De uitdrukking op zijn gezicht strookte niet met zijn laatste paar woorden.

Devine verwerkte deze uitdagende uitspraak in combinatie met de triomfantelijke blik van de man. 'Oké, misschien kan ik wel wat geld voor je regelen.'

'Dan moet je opschieten. Ik hoor dat hij zich dat meisje heel binnenkort gaat toe-eigenen.'

'Je schijnt toegang te hebben tot informatie waar je geen toegang toe hoort te hebben,' merkte Devine op.

'Een mens moet nu eenmaal ergens van leven. En zo doe ik dat.'

'En hoe is dat dan precies?'

'Ik lever waardevolle informatie en word daar waardevol voor gecompenseerd. Hopelijk door jou, als je slim genoeg bent om een kans te grijpen die voor het grijpen ligt.'

'Hoe kan ik contact met je opnemen?' vroeg Devine.

'Ik neem wel contact met jou op als dat nodig is. Maar wacht niet te lang.'

Fred liep weg, en ditmaal hield Devine hem niet tegen.

Hij wachtte tot de man bijna buiten zicht was en zette de achtervolging in.

7

Devine volgde Fred-met-de-jaap door de zompige straten van Seattle naar een buurt waar de lucht zilt en vochtig was, sommige gebouwen duister, somber en aan een opknapbeurt toe waren, en het verkeer en de stromen voetgangers plotseling opkwamen en zich dan weer terugtrokken als de eb.

Fred sloeg af en liep op zijn afgetrapte instappers snel een stel afgesleten, vlekkerige stenen treden op en verdween door een afbladderende rode deur. Devine schoot achter hem aan en bekeek het bordje boven de deur: THE SAND BAR.

Heel origineel.

Hij kwam in een grote ruimte vol hitte, vocht en groepjes lijven die dansten, dronken, heen en weer zwaaiden, door elkaar heen liepen, en soms vals meezongen met de deuntjes die vanboven hun hoofd ten gehore werden gebracht, waarschijnlijk van een Spotify-account. De bar in de stijl van een Engelse pub stond tegen een muur. De met parket belegde dansvloer was in het midden; in een uitbouw aan de rechterkant bevond zich het aangeboden vermaak in de vorm van de flipperkast, het biljart en het tafelvoetbalspel. Aangeschoten mensen voerden het eeuwenoude flirtritueel uit, terwijl Devine op zoek was naar Fred die in de zee van dronken hippe types was verdwenen.

Devine zag achterin een gang en liep die in. Hij stelde zich voor dat Fred had gemerkt dat hij gevolgd werd en deze tent had gebruikt om hem af te schudden. De achterdeur gaf toegang tot een steeg. Rechts was een muur met stapels vuilniszakken ervoor, dus Devine sloeg links af en ging sneller lopen.

Een minuut later keek hij om en zag dat de twee mannen die Betsy en hem terug naar het hotel hadden gevolgd weer achter hem aan liepen.

Hij zocht zijn weg naar de steeg waar de Gum Wall zich bevond. Die muur werd zo genoemd vanwege alle felgekleurde kauwgom die voorbijgangers ertegenaan hadden geplakt. Sommige stukjes kauwgom waren uitgerekt en zagen er nu uit als piepkleine kleurige stalagmieten.

Hij was bij een eerder bezoek al eens in deze steeg geweest en wist dat voetstappen voor hem uit of achter zijn rug luid en duidelijk tegen de stenen van het plaveisel in combinatie met de hoge muren aan beide kanten zouden weerklinken. Binnen een paar seconden pikte hij de geluiden op van twee stel voetstappen achter zijn rug.

En uit de mistige duisternis kwamen een innig verstrengelde man en vrouw op hem af gestrompeld die zo te zien zo'n vijf mojito's voorbij de toegang tot het paradijs waren. Maar uiterlijk kan bedrieglijk zijn en dus vroeg Devine zich af of hij zowel op zes als op twaalf uur werd gevolgd. Omzichtig haalde hij de Glock uit zijn holster, maar hij hield hem verborgen achter zijn jasje. Zijn wijsvinger gleed richting trekker. Hij verstrakte naarmate het stel dichterbij kwam, maar ze gunden hem niet eens een blik waardig toen ze al zoenend voorbij zwalkten.

Devine had nog steeds dat andere stel achter zich, dus er waren nog steeds twee problemen om op te lossen.

Hij sloeg een andere zijstraat in, bleef staan en draaide zich om.

Met de hand op zijn wapen bleef hij staan wachten.

De mannen sloegen af en bleven achteloos zijn kant op lopen. Ze hielden halt en staarden naar hem. En naar zijn pistool, dat hij inmiddels duidelijk zichtbaar had gemaakt.

'Zijn jullie verdwaald of moeten jullie gewoon dezelfde kant op als ik?' vroeg hij.

De ene was zwart en had een kaal hoofd. Hij was een kleerkast, dik en gespierd, en een paar centimeter langer dan Devine. De andere kerel was zo'n 1 meter 80 lang, wit, met een reusachtige hoeveelheid blond haar, een zacht, gezet postuur en een buik die over zijn broekriem hing. Onmiddellijk bestempelde Devine ze tot Baldy en Big Hair, aangezien hij zomaar het idee had dat ze hun echte naam niet zouden verklappen.

'We zijn jou aan het volgen, man,' zei Baldy met een lage stem die bij zijn gespierde, forse gestalte paste.

'Dank dat je me even op de hoogte brengt. Het zou me anders nooit zijn opgevallen. Wil je ook vertellen waarom?'

'Shit, moet je nou echt met dat pistool zwaaien?' zei Big Hair met een nerveuze tic in zijn hoge stem.

'Geen idee, zeggen jullie het maar.'

'We willen gewoon praten. We zijn hier niet om iemand iets aan te doen, meneer. Ik bedoel, schei uit, zeg.'

'Vertel op dan,' zei Devine, terwijl hij het pistool op zijn plek hield.

'Jij houdt Betsy Odom in de gaten, hè?' zei Big Hair.

'Is dat zo?' Devine had even een déjà vu en dacht aan zijn gesprek met Fred-met-de-jaap.

Baldy deed ook een duit in het zakje en zei: 'Die griet van de feds en jij.'

'En wat gaat dat jullie aan?'

'We hebben Betsy's ouders gekend. En haar ook,' zei Big Hair.

'Hoe?'

Baldy zei: 'We hebben met Dwayne op de middelbare school gezeten. Toen verhuisde hij ergens heen, trouwde en kwam terug met Alice en Betsy. En toen pakten we de draad weer op. Leuke tijd gehad. Echt leuk. Aardig gezin.'

'En nu zijn ze dood,' zei Devine. 'Daar nog ideeën over?'

'Waar zijn ze aan dood gegaan, zeggen ze?' zei Baldy.

'Heeft dat niet in de krant gestaan?'

'Wij lezen geen kranten, man. Ik bedoel, zeg nou zelf,' zei Big Hair grijnzend. 'Zien wij eruit alsof we op de *Wall Street Journal* of zo geabonneerd zijn?'

Even aarzelde Devine, maar toen kwam hij tot de conclusie dat het de moeite waard was om er wat nuttige informatie voor terug te krijgen. 'Overdosis.'

'Dat is gelul,' zei Baldy.

'Waarom?'

'Ze waren niet aan de drugs.'

Net zoals Betsy had gezegd.

'Hoe weten jullie dat?'

Baldy zei: 'Ze waren hier nu al jaren terug. We zagen ze vaak. Nooit drugs of wat dan ook bij ze gezien. En neem van mij aan, als je gebruikt, dan kom je het bij jou thuis tegen, op je huid, in je ogen, in je pies, noem maar op.'

'En hoe weet jij dat?' zei Devine.

Baldy stak een arm omhoog. 'Ritssluitingsporen op allebei mijn armen.' Hij wees naar zijn neus. 'Ik heb dat tussenschotje compleet weggesnoven met coke. Ik ruik bijna niks meer, behalve als mijn maatje de kok hier te veel paksoi of Franse stinkkaas gebruikt.'

Big Hair knikte en zei: 'Ik was aan de meth. Poos terug mijn dikke darm geruïneerd. Kan ik je niet aanraden, man. Schijtberoerd werd ik ervan, en dan bedoel ik dat schijt letterlijk.'

Baldy zei: 'Punt is dat wij het echt wel weten of iemand wel of niet gebruikt. En dat deden zij niet.'

'Maar in het politierapport staat wat anders. En daar staat ook in dat Betsy nog heeft geprobeerd om ze met Narcan bij te brengen. Blijkbaar hadden ze een overdosis fentanyl genomen.'

Big Hair schudde zijn hoofd. 'Heeft Betsy gezegd dat ze dat heeft gedaan? Narcan, bedoel ik?'

Weer aarzelde Devine even, maar toen zei hij: 'Nee, dat heeft ze niet gezegd. Ze zei juist van niet.'

Big Hair wierp Devine een triomfantelijke blik toe. 'Zie je wel? Wat zei ik je nou?'

'Wat denken jullie dan dat ze is overkomen?'

Baldy wierp Devine een behoedzame blik toe. 'Geen idee. Maar als ze bij de politie dingen uit hun duim gaan zuigen, dan is jouw eigen slag dingen aan het doen die ze niet horen te doen.'

'Mijn slag?' vroeg Devine.

'Jij bent toch van de politie? Van de federale politie, zoals je eruitziet.'

'Heb je ervaring met de politie, federaal of plaatselijk?'

'Wat denk jij?' vroeg Baldy uitdagend. 'Zie ik er soms uit of ik op Harvard heb gezeten met een trustfonds?'

'Hebben jullie een strafblad?'

Baldy richtte zijn grote bruine ogen op Devine. 'Het is nogal lastig om een echte baan te krijgen als je niet door de plastest komt en een strafblad hebt. En een mens moet nu eenmaal ergens van leven. Meer ga ik er niet over zeggen.'

'En Danny Glass? Hadden de Odoms het weleens over hem?'

De mannen keken elkaar ongemakkelijk aan. Big Hair zei: 'We weten van zijn bestaan. Dwayne was niet echt gek op die man. Maar Alice...'

'Alice wat?'

'Alice dacht daar niet echt hetzelfde over als Dwayne.'

Devine kreeg meer info dan waar hij om gevraagd had, en hij besloot door te zetten. 'Ik hoorde dat ze wat geld hadden gekregen. Voor een huis en een auto. Kwam dat van Glass?'

Baldy haalde zijn brede schouders op. 'Dat hebben ze nooit gezegd en wij hebben het niet gevraagd. Maar om nou te zeggen dat ze veel rijke vrienden hadden die hun zo'n bedrag zouden geven...'

'Waar is dat huis?'

'Kittitas County. In het oosten, een of ander gat, tweeënhalf uur of zo met de auto hiervandaan.'

'Weet je een adres? Ik wil het zelf zien.'

'We hebben een postbusnummer, alleen schiet je daar niks mee op. Maar we kunnen je wel vertellen hoe je er moet komen.'

Big Hair gaf hem een gedetailleerde routebeschrijving, die Devine in de notitie-app in zijn telefoon zette.

'Als je eenmaal van de snelweg bent, is het niet makkelijk te vinden,' voegde Baldy eraan toe. 'Met Google kom je er echt niet. Maar als je je houdt aan wat wij je hebben verteld, vind je het wel.'

'Bedankt. Glass wil de voogdij over Betsy hebben, wisten jullie dat?'

'Als ik jou was, mister, zou ik daar een stokje voor steken,' zei Big Hair.

'Om een bepaalde reden?'

'Waarom zou zo'n kerel een klein meisje om zich heen willen hebben?'

'Nou ja, hij is wel haar oom en het enige familielid dat ze nog heeft.'

'Mijn kop eraf dat massa's criminelen nichtjes hebben. Hoeveel van hen willen graag dat er een klein meisje bij ze woont, denk je?' vroeg Big Hair. 'Als je het mij vraagt, is dat nogal eigenaardig.'

'Hebben jullie Glass weleens ontmoet?'

'Nee, meneer,' zei Baldy. 'Maar Dwayne heeft ons weleens dingen verteld. Die Glass is gestoord, dat is verdomd zeker.'

'Kwam hij weleens bij de Odoms over de vloer?'

'Niet dat ze dat ooit gezegd hebben,' antwoordde Baldy.

'Hoe heten jullie trouwens? Ik wil graag jullie groeten overbrengen aan Betsy.'

'Pas jij nou maar gewoon op haar, mister. Ze is een bijzonder meisje. Zo slim als wat. En eigengereid als de pieten.'

'Dat heb ik gezien, ja.'

'Kloteleventje, maar haar ouders hielden wel van haar, man,' zei Baldy. 'Ze wisten gewoon niet hoe ze... normaal moesten zijn, denk ik. Dwayne had een loeigroot hart, maar dat was zo'n beetje alles wat die jongen had. Het lukte hem maar niet om een baantje te houden en hij had geen cent te makken. Hij verwachtte altijd dat hem wel iets in de schoot zou vallen om hem te redden.'

'Een dromer,' voegde Big Hair eraan toe.

'Tja,' zei Devine. 'En in plaats daarvan kreeg hij een nachtmerrie. Bedankt voor de info. Ik zal doen wat ik kan.'

De twee mannen lieten hem alleen, en Devine keerde via een omweg terug naar de bar waar hij Fred was kwijtgeraakt.

Toen hij geschreeuw hoorde, zette Devine het op een lopen.

In de bar merkte hij dat de muziek was opgehouden en hetzelfde gold voor de feeststemming. Mensen stonden om iets heen wat op de dansvloer lag. Een vrouw draaide zich om naar de zijkant en kotste zo'n beetje alles uit wat ze die avond aan drank en eten had binnengekregen.

Hij baande zich een weg door de menigte naar het voorwerp waar alle aandacht naar uitging.

Fred lag op zijn rug met zijn handen voor zijn buik, alsof hij iets wilde verbergen. De vloer onder hem zat onder het bloed en Devine zag een spoor ervan richting de gang achterin lopen, alsof iemand dat hele eind rode verf had gedruppeld.

Freds ogen gingen open en hij zag Devine.

'Wie heeft je dit aangedaan?' vroeg Devine en hij knielde naast de man neer.

Fred brabbelde iets en greep Devines arm vast. De woorden die hij daarna zei waren duidelijker, maar Devine begreep ze nog steeds niet. Toen vielen Freds ogen dicht, zijn greep verslapte, en het mannetje slaakte een lange zucht die zijn allerlaatste bleek te zijn.

8

'Dus die man bood informatie aan in ruil voor cash, kwam het daarop neer?' vroeg rechercheur Stephen Braddock van de plaatselijke politie.

Devine knikte, terwijl beide mannen naar het lijk keken van wijlen Perry Rollins, bijgenaamd Fred, wiens identiteit onomstotelijk werd bevestigd door het rijbewijs dat in zijn portefeuille zat, naast veertig verfrommelde briefjes van één dollar, twee kwartjes, een verlopen creditcard en een recente bon van een plaatselijke bouwmarkt voor gipsplaatvuller, verf, batterijen en een muizenval.

Braddock was zwaargebouwd en van gemiddelde lengte. Op zijn kin zaten stoppels van een paar dagen oud. De man had een stel doordringende ogen die in hun oogkassen heen en weer schoten, blijkbaar om niets te missen van wat zich in de directe omgeving van hun eigenaar afspeelde. Tijdens het gesprek met Devine had hij al vier stuks kauwgom weggekauwd.

'Daar komt het zo'n beetje op neer,' bevestigde Devine. Hij was achtergebleven om met de hulpverleners te praten, had zich als federaal agent geïdentificeerd en was toen blijven hangen om Braddock te spreken. Het forensisch team was druk bezig hun ding te doen met het beschikbare bewijsmateriaal. De bezoekers die niet voor de komst van de politie overhaast de benen hadden genomen, waren van schrik ontnuchterd en waren inmiddels bijeengedreven in een kamer boven zodat hun gegevens konden worden genoteerd en ze konden worden ondervraagd.

'Had hij familie?' vroeg Devine.

'Niet dat we weten. Rollins had trouwens al eens eerder ons pad gekruist. Volgens mij is hij ruim tien jaar geleden hierheen gekomen. Hij heeft hier weleens vastgezeten. Voor kleine vergrijpen. Maar hij hield wel zijn oren open. Hij heeft ons zelfs weleens in een paar zaken info verschaft waar we echt wat aan hadden.'

'Hij wist meer over mijn situatie dan had gemogen.'

'Hij schijnt een bescheiden inkomen te hebben verdiend met dingen weten die hij niet had mogen weten.'

'Dus als hij een politieverklikker was, dan heeft misschien iemand over wie hij had geklikt wraak genomen.'

'Misschien,' zei Braddock behoedzaam.

'Maar je denkt dat de timing nogal toevallig is?' merkte Devine op.

'Je gaat achter hem aan als hij je iets te koop aanbiedt, en bam, die kerel legt het loodje.' Braddock nam hem op. 'Volgens een paar getuigen heeft Rollins misschien wel iets tegen je gezegd voordat hij zijn ogen voorgoed sloot.'

'Dat klopt. Maar ik kon het niet verstaan. Het was gebrabbel. Die kerel gaf bloed op, misschien was hij aan het ijlen.'

Braddock knikte. 'Oké, maar als dat gebrabbel minder gebrabbel wordt, laat het me dan weten.'

'Doe ik,' zei Devine. Hij had wel een paar woorden verstaan, maar die sloegen nergens op en hij besloot ze nog even niet te openbaren.

'Dus hij wilde je informatie verkopen. Waarover precies?'

'Daarvoor moeten we naar de Oostkust bellen, beste Braddock. En op dit tijdstip in de nacht neemt niemand daar op.'

Braddock keek teleurgesteld. 'Laat ik nou denken dat jullie van de FBI met dat enorme budget van jullie vierentwintig uur per dag draaiden.'

'Dat is een sprookje.'

'Aha, vast wel.'

Devine keek strak naar het gescheurde overhemd van Rollins. 'Zo te zien twee messteken in de buikstreek, hè? Pijnlijke manier om te sterven. Misschien betekent dat iets.'

'Misschien niet meer dan dat het minder herrie maakt dan een pistoolschot in een volle bar.'

'Inderdaad. Nou ja, je hebt mijn contactgegevens.'

'En je belt morgenochtend naar de Oostkust, hè? Ik verwacht meteen daarna iets van je te horen. Maakt niet uit hoe vroeg het is. In mijn soort werk verwacht ik tegenwoordig niet echt meer dat ik veel slaap krijg.'

'Ik doe mijn best.'

Braddock schudde zijn hoofd. 'Ik snap niet hoe jullie van de FBI met jezelf kunnen leven, zoals jullie de plaatselijke politie naaien.'

Devine wist niet of de man nu serieus of sarcastisch was, of misschien allebei tegelijk.

Hij liet Braddock gebogen over het bebloede lijk van wijlen Perry Rollins achter. Maar hij verliet het pand niet. Devine volgde het spoor bloeddruppels door de gang tot de plek waar het begon, bij de herentoiletten. De andere mensen die er bezig waren, hadden hem blijkbaar met Braddock zien praten en hadden dus niet de neiging om zijn binnendringen in het hart van hun onderzoek aan de kaak te stellen.

In de toiletruimte waren twee jonge vrouwelijke forensisch onderzoekers met behulp van geavanceerde instrumenten en ongetwijfeld jarenlange training en praktijkervaring bezig met bestuiven, fotograferen, meten en speuren naar microscopisch klein afval.

'Hier is hij zeker neergestoken, hè?' zei hij. Toen ze achterdochtig naar hem opkeken, haalde hij zijn ID-kaart tevoorschijn.

'Ik werk hier samen met Braddock aan,' loog hij.

'In het achterste wc-hokje,' zei een van de vrouwen met een rukje van haar hoofd die kant op.

'Zag eruit als messteken in zijn buik,' merkte Devine op.

'Best een lang lemmet,' zei de andere vrouw. 'De aorta is waarschijnlijk aangeprikt, maar niet doorgesneden; anders was het hem nooit gelukt om de toiletruimte uit te komen. Maar het leegbloeden moet relatief snel zijn gegaan. Dat zal de autopsie bevestigen.'

'Heeft iemand iets gezien?'

'Er worden nog gegevens genoteerd en getuigenverklaringen afgenomen. In elk geval van degenen die niet dronken waren.'

Devine boog naar buiten en bekeek de camera die in een hoek van het plafond even verderop in de gang zat vastgeschroefd.

'Heeft die beveiligingscamera nog iets nuttigs opgepikt?'

'Wordt nog bekeken,' zei de eerste onderzoeker weer. Ze wierp hem een achterdochtige blik toe, die hij beantwoordde met een scheve grijns. En in het besef dat hij waarschijnlijk net even te lang was gebleven, liep hij de achterdeur uit. Daar stond hij de geur van de oceaan op te snuiven, terwijl hij lichte motregen uit de inmiddels samengepakte wolken voelde neerdalen.

Hij keek de steeg door en vroeg zich af of Big Hair en Baldy dit konden hebben gedaan voordat ze Devine hadden aangesproken. Qua timing was het krap geweest. Misschien te krap. Geen van beide mannen had iets van bloedvlekken op zich gehad. En nádat ze Devine hadden achtergelaten, hadden ze het niet kunnen doen. Hij was rechtstreeks teruggegaan naar de bar, en zij waren de tegenovergestelde kant op gelopen.

Hij liep naar zijn hotel; gelukkig begon het pas echt te plenzen toen hij een dak boven zijn hoofd had. Hij deed zijn jas uit en was vijf minuten aan de wastafel bezig om te proberen Rollins' bloed uit de mouw van zijn jasje te wrijven, maar daar slaagde hij maar half in. Hij hing het jasje te drogen, kleedde zich uit en stapte in bed. Meestal viel hij makkelijk in slaap, maar die avond niet. Er was te veel in te korte tijd gebeurd om zijn geest de tijd en de ruimte te geven die nodig was om volledig tot stilstand te komen.

Uiteindelijk stond hij op, liep naar het raam en keek uit over de vochtige, winderige straten. Devine keek op zijn horloge. Over achtenhalf uur zou hij Betsy Odom ophalen en die twaalfjarige misschien wel bij de duivel afleveren. En die duivel kon weleens een man met voor hem schadelijke informatie in een herentoilet overhoop hebben laten steken.

Van die gedachte viel Devine niet makkelijker in slaap.

9

Vermoeid en met een jetlag sloeg Devine zijn normale ochtendtraining over en sliep uit, waarna hij opstond, een douche nam en zich aankleedde, en in het kleine supermarktje naast de lobby koffie en een bagel haalde.

Klokslag tien uur klopte hij bij Saxby op de deur. De FBI-agent zag er uitgeput uit, met donkere kringen onder haar ogen, en hield een beker zwarte koffie vast.

'Beetje leuke avond gehad?' vroeg hij.

'Probeer je grappig te zijn? En jij?'

'Veel gebeurd.'

'Wat betekent dat?' vroeg ze scherp.

Hij vertelde over wijlen Perry Rollins, maar niet over de twee mannen die hadden gezegd dat ze de Odoms kenden. Hij was niet zo heel erg in de stemming om mensen te vertrouwen en wilde liever eerst zien hoe dit allemaal verderging voordat hij het Bureau er volledig bij zou betrekken, als hij dat al ooit zou doen.

Ze riep uit: 'Dus een kerel die rottigheid over Glass verkoopt legt het loodje binnen een paar minuten nadat hij bij jou zijn verkooppraatje heeft afgestoken? Denk je dat Glass hem heeft laten vermoorden?'

'Geen idee.'

'Dan kan ze echt niet naar hem toe,' was Saxby's conclusie. 'Er is een man die iets met Glass te maken heeft vermóórd.'

Devine schudde zijn hoofd. 'Zoals jij al eerder hebt gezegd: onschuldig tot het tegendeel is bewezen. En als je een stokje voor die afspraak probeert te steken, laat je leidinggevende je geheid permanent overplaatsen naar een eenpersoonskantoor in de binnenlanden van Alaska. Ik betwijfel of je er zin in hebt om de rest van je overheidspensioen bij elkaar te verdienen met het aftellen van de seconden van je leven.'

Ze nam een slok koffie, haalde haar hand door haar ongekamde haar en plofte op de bank neer. 'Op dit soort ellende zit ik echt niet te wachten.'

'Maar voorlopig spelen we tikkertje, en ik ben 'm. Ik neem haar mee en breng haar terug.'

Ze keek naar hem omhoog. 'Oké, het gaat zo. Glass heeft gereserveerd in het restaurant van het Four Seasons. De bijeenkomst duurt maximaal twee uur. Ze gaan nergens anders heen. Je mag ze alleen laten, maar wat er ook gebeurt, je mag ze niet uit het oog verliezen.'

'Oké. Is Betsy zover?'

'Ik hoorde haar al omstreeks zes uur rommelen. Dus ik denk zeker van wel.'

'Ze is vast opgetogen.'

'Of zenuwachtig,' kaatste ze terug.

'Of allebei,' antwoordde Devine. 'Hoe heb je geslapen?'

'Die verdomde bank is ouder dan ik. En ik heb al twee jaar last van slapeloosheid.'

'Het leger heeft een methode om in slaap te vallen. Kan ik je wel leren.'

'Bedankt, maar nee. Het leger, dus. Hoe lang heb je daar gezeten?' vroeg Saxby.

'Iets meer dan tien jaar.'

'Dan was je aardig op weg om de rit vol te maken en een leuk pensioen binnen te halen.'

'Hoe weet je dat soort dingen?'

'Mijn ex zat bij de mariniers.'

'Heeft hij de rit volgemaakt?' vroeg Devine.

'Ja, en toen scheidde die klootzak van me en trouwde hij

met een haarstyliste van in de twintig, die ik aan hem had voorgesteld om aan zijn kale kruin te werken om hem een beter gevoel over zichzelf te bezorgen. Het is toch om je dood te lachen.'

Opnieuw schrok Devine van al die persoonlijke informatie en hij reageerde er niet rechtstreeks op. 'Heb je kinderen?'

Ze knikte en haar mond verbreedde zich bijna tot een glimlach. 'Twee jongens. Veertien en zestien.'

'Bij wie zijn ze als jij op pad bent?'

De bijna-glimlach werd weggeveegd door een frons. 'Ze verdelen hun tijd tussen mij en hun vader en zijn nieuwe bruid. Ze heeft rijke ouders, maar kennelijk beschouwt ze zichzelf als een kunstenaar met tondeuse en föhn. Ze hebben een huis met een zwembad erbij. Ik stel me voor dat mijn jongens het heerlijk vinden om hun stiefmoeder te zien dartelen in haar minuscule bikini. Ik moet er bijna van kotsen.'

Het werd allemaal zo ongemakkelijk dat Devine bijna een kreet van opluchting slaakte toen de deur van de slaapkamer openging en Betsy tevoorschijn kwam. Ze had een zwarte lange broek aan, groene veterlaarzen en een donkerblauwe coltrui. Haar haar was net gewassen en opgestoken op een manier die het meisje vast enige tijd en inspanning had gekost.

'Ik ben klaar,' zei ze. 'Hoe zie ik eruit?'

'Prima,' was Devines commentaar.

Saxby nam alleen met een treurig gezicht slokjes van haar koffie.

'We gaan,' zei Devine.

Betsy pakte haar jas en ze vertrokken. Voordat de deur achter hen dichtging, pakte Saxby zijn arm. 'Als je haar maar als een havik in de gaten houdt,' fluisterde ze dringend.

'Dat ben ik ook van plan,' zei Devine vlak. 'Want daar ben ik voor ingehuurd.'

Devine bestelde een Uber. Drie minuten later kwam de

Kia-SUV aangereden, en Devine bekeek de fris ogende jonge vrouw achter het stuur die hen begroette met een warme glimlach en hun een zuurtje aanbood. Allebei sloegen ze het aanbod af.

Onderweg keek Devine naar Betsy en vroeg: 'Goed geslapen?'

'Best wel.' Ze wierp hem een steelse blik toe. 'Ik was wel een beetje gespannen.'

'Begrijpelijk.'

'Ik heb gisteravond nog wat op internet over mijn oom gelezen. Wat is dat gedoe rond die beschuldiging van deelname aan een criminele organisatie?'

'Een stelletje wetten die hij volgens de overheid heeft overtreden.'

'Ik wist wel dat hij een beetje een slechterik was.'

'Van je ouders? Of van Google?' grapte hij.

Ze gaf geen antwoord.

'Luister, als het ook maar even ongemakkelijk met hem wordt, geef je me een seintje en dan beëindig ik de ontmoeting.'

'Wat voor seintje?' vroeg ze, en ze wierp hem een nieuwsgierige blik toe.

Devine wreef met zijn hand over de zitting en boog zijn hoofd naar rechts. 'Als je die twee dingen tegelijkertijd doet, kom ik meteen en is het afgelopen. Maak je geen zorgen, ik bedenk wel een excuus en ik neem de schuld op me,' voegde hij eraan toe toen Betsy op het punt leek te staan te protesteren.

Devine ging verder: 'Die kerels die ons gisteravond volgden, die zeiden dat ze bevriend waren met je pa en ma. Ze hadden samen met je vader op de middelbare school gezeten.' Hij beschreef Big Hair en Baldy. 'Komen ze je bekend voor?'

Ze keek hem behoedzaam aan. Devine werd getroffen door het besef dat Betsy niemand vertrouwde. Misschien was dat ook heel zinnig. *En niet alleen voor haar, maar ook voor mij.*

'Misschien,' zei ze. 'En wat zeiden ze?'

'Dat ze het met je eens zijn dat je ouders geen drugsgebruikers waren en dat dat dus niet de oorzaak van hun dood kan zijn.'

'Zie je nou wel?' zei ze fel.

'Dat zij dat beweren wil nog niet zeggen dat het zo is, helemaal als de politie iets anders zegt.'

'Dan liegen ze bij de politie. En ik zei zelf ook al dat mijn ouders geen drugsgebruikers waren.'

Devine betrapte de jonge chauffeur erop dat ze hen door de achteruitkijkspiegel zat aan te staren met een geschrokken uitdrukking op haar gezicht door wat ze net had opgepikt.

Hij stak zijn badge omhoog en zei: 'Ogen op de weg, mevrouw. Dit is een officiële overheidsaangelegenheid, hier op de achterbank. En wilt u de radio wat harder zetten?'

Ze liep rood aan, wendde snel haar blik af en zette de radio harder.

Boven de zangstem van Mick Jagger op de radio uit zei Devine met een blik op Betsy: 'Dat is nogal een beschuldiging aan het adres van de politie.'

'Het is de wáárheid, Travis. En die moet jij bewijzen.'

'Ik?'

'Ja, is dat niet jouw werk? Om de waarheid te vinden? Gisteren stelde je allemaal vragen.'

'Waar je nauwelijks antwoord op gaf.'

'Omdat ik niet veel weet. En hou nou je mond, dan kan ik me voorbereiden op mijn "auditie".'

'Denk je echt dat jij hier je best voor moet doen? Hij wil je duidelijk in zijn leven hebben.'

'In mijn wereld moet je voor alles je best doen. En dan krijg je nog nooit wat je echt wilt hebben.'

Ze leunde naar achteren en staarde uit het raam, terwijl Devine haar gadesloeg.

10

'Juffrouw Odom?'

De man begroette hen bij de voordeur van het Four Seasons. Hij was in de vijftig, had grijs haar, en zijn forse torso werd slordig omsloten door een donkerblauw confectiepak met een gesteven crèmekleurig overhemd dat tot bovenaan zat dichtgeknoopt, maar zonder stropdas. De losse huid op zijn hals puilde over de hoge kraag en het zag er in Devines ogen verre van comfortabel uit.

'Ik ben Betsy Odom.'

'En ik Dennis Hastings. Ik werk voor je oom.' Hij schudde haar de hand, wierp een minachtende blik naar Devine, en zei: 'Deze kant op. Je oom verheugt zich er erg op om je te ontmoeten, jongedame.'

Onderweg hield Hastings zijn pas in tot hij naast Devine liep en fluisterde: 'Ben je gewapend?'

'En jij?'

'Het is maar een vraagje.'

'Bedankt. Dat stel ik op prijs,' zei Devine.

'Je hebt geen wapen nodig.'

'Zegt de uitdrukking "*from my cold, dead hands*" je iets?'

Hastings liep weg terwijl hij iets mompelde wat in Devines oren als 'klootzak' klonk.

Hij liep achter het stel aan de eetzaal in, waar hij Danny Glass in zijn eentje aan een tafel zag zitten, met zijn rug naar de muur. Zijn zwarte pak stak scherp af tegen het stralend witte tafelkleed. Ook zijn overhemd zat helemaal dichtgeknoopt, merkte Devine op, zonder stropdas. Hastings had zijn baas duidelijk in dat detail nageaapt. Alleen had Glass geen vet dat over zijn kraag lubberde en geen uitpuilende vetrollen die tegen zijn jasje drukten. Bovendien leek dit een maatpak dat de magere, pezige 1 meter 75 lange gestalte van de man volmaakt omsloot. Zijn kaalgeschoren hoofd onthulde een volmaakte schedel waarop vrijwel geen oneffenheidje te bekennen viel. Een keurig gevouwen witte pochet maakte het plaatje van een geslaagde zakenman af, al was het dan een zakenman die je in stukken liet hakken en in een vuilniszak liet stoppen als je hem dwarsboomde.

Devine merkte ook de twee grote kerels in pak op die in de buurt rondhingen. Hun blik en daarmee hun aandacht dwaalden af naar hem.

'Betsy,' zei Glass, terwijl hij opstond en haar omhelsde. Hij keek niet naar Devine. 'Ik ben oom Danny. Geweldig om je eindelijk te ontmoeten. Ik hoop dat je trek hebt.'

Ze gingen zitten en Devine bleef waar hij was.

Aangemoedigd door een betekenisvolle blik van zijn baas haastte Hastings zich naar Devine en zei: 'Hé, man, gun die twee eens wat privacy, oké?'

Devine trok zich vijf meter verder terug naar een muur waar hij vrij zicht had.

Hastings kwam weer op hem af en zei: 'Zit er nou echt niet meer in? Ze zijn familie van elkaar.'

Devine wierp hem een blik toe bij wijze van antwoord, installeerde zich om de komende twee uur de wacht te houden, en zette de timer op zijn telefoon aan.

Hastings trok zich terug en Devine bleef naar het stel aan de tafel staan kijken. Intussen gingen zijn gedachten terug naar de tijd dat Glass en hij hetzelfde uniform hadden gedragen.

Tegen het eind van zijn carrière bij het leger was Glass toegevoegd aan een eenheid in Irak die in dezelfde sector actief was als indertijd luitenant Devine en zijn peloton. De twee mannen hadden samen iets meegemaakt wat hun allebei bijna het leven had gekost. Sindsdien had Devine Glass nooit meer gezien.

Devine had alleen maar duistere geruchten over Glass gehoord toen die nog in dienst was. Dat hij misschien wel drugs had verkocht of artefacten uit het Midden-Oosten had gestolen, of dat er plaatselijke Irakese vrouwen vermist waren geraakt en in Azië terecht waren gekomen als 'gezelschapsdames' voor rijke mannen.

De inlichtingendienst van het leger was erin gaan graven en de naam van Glass was herhaaldelijk opgedoken, maar Devine had van sommige geheim agenten te horen gekregen dat er niets aan de man bleef kleven. Maar het was Glass duidelijk te heet onder de voeten geworden en hij had 'ontslag wegens wangedrag' geaccepteerd en was bij het leger vertrokken. Vervolgens voelde hij zich blijkbaar gerechtigd om het soort leven te leiden dat hij altijd al had gewild. En de rest is, zoals ze zeggen, criminele geschiedenis.

Terwijl hij hem opnam, kon Devine bijna zowel zijn brandende ambitie als zijn reusachtige prikkelbaarheid voelen.

Hij mocht dan misschien een levenslange gevangenisstraf tegemoetzien, Glass leek geen andere zorg in het leven te hebben dan zijn nichtje. Dat bezorgde Devine met tegenzin een gevoel van respect voor de man. En ze hadden het uniform gedragen en gevochten en bloed verloren voor hun land. Dat betekende ook wat voor Devine.

Een paar keer leek Betsy gespannen, om niet te zeggen zenuwachtig, en één keer, toen Glass dicht naar haar toe boog en ernstig aan het praten was, dacht hij dat het meisje hem misschien wel het teken ging geven om er een einde aan te maken. Hij dacht dat hij haar hand de glijdende beweging zag inzetten en haar hoofd zijwaarts zag zakken, maar toen zei Glass iets waar Betsy om moest lachen.

Daarna zou dat signaal niet meer komen, voorspelde Devine.

En dat was ook zo. Toen de maaltijd achter de rug was, had de timer van Devine nog vier minuten te gaan. Glass begeleidde zijn nichtje naar Devine en stak zijn hand uit.

'Bedankt dat u Betsy hierheen hebt gebracht,' zei hij zonder teken van herkenning.

'Graag gedaan.'

Glass knielde en omhelsde haar. 'Tot gauw, goed?'

'Goed, oom Danny.'

Toen kwam Glass overeind en liep naar buiten, en zijn beveiligers repten zich achter hun baas aan.

Op dat moment merkte Devine op dat de pijpen van Glass' lange broek naar onderen wijd uitliepen.

Om de elektronische enkelband te verbergen. Dat is me nog eens een dreun voor het ego van die ouwe schurk.

Toen Betsy en hij vertrokken, vroeg Devine: 'Hoe ging het?'

'Goed.'

'Heel even dacht ik dat je me het teken ging geven.'

Ze keek naar hem op, en Devine kon haar blik niet echt plaatsen.

'Alles in orde, Betsy?'

'Ja hoor. Dank je wel dat je de boel niet hebt verpest.'

'Graag gedaan.'

Tijdens de terugreis met de Uber zat ze met een peinzende blik uit het raam te staren. Devine kon merken dat het meisje ergens mee worstelde.

Uiteindelijk keek ze met een vragende blik naar hem om.

'Zit je ergens mee?' vroeg hij.

'Ik heb niet gehuild.'

'Pardon?' zei Devine.

'Om mijn vader en moeder. Ik heb niet gehuild, weet je wel. Dat is... Dat is hartstikke raar, toch?'

Omzichtig koos Devine zijn woorden. 'Je moet jezelf niet

aan anderen afmeten als het om verdriet gaat. Iedereen gaat daar anders mee om.'

Haar gezicht liep rood aan van kwaadheid. 'Dat zeg je alleen maar om mij op te beuren.'

'Nee, ik vertel je gewoon wat mijn ervaring is.'

Ze wierp hem een blik toe, en haar irritatie was omgeslagen in nieuwsgierigheid. 'Wat bedoel je?'

'Ik ben vrienden verloren in de strijd. Vrienden die me nader aan het hart lagen dan mijn familie. En ik verwerkte het op een andere manier dan anderen.'

'Hoe kunnen vrienden je nou dierbaarder zijn dan je familie?' vroeg ze.

'Dat hangt ervan af wat voor vrienden en wat voor familie je hebt, hè?' zei hij kortaf.

'Dat... Dat zal wel.'

'Wat je ouders is overkomen, en jou, is zwaar, ingewikkeld. Er zijn gewoon geen makkelijke antwoorden, geen goede of verkeerde manieren om daardoorheen te komen.'

'Denk jij dan dat ik nog wel een keer ga huilen?'

'Ik heb zo'n idee van wel, Betsy. En misschien wel harder dan je ooit voor mogelijk had gehouden,' zei hij zacht.

Ze keerde zich van hem af en liet haar gezicht tegen het raampje rusten. Ze zag er in zijn ogen uit als het eenzaamste meisje ter wereld.

'Dus die voogdij gaat 'm wel worden, als ik het goed begrijp?' zei hij even later.

'Laten we hopen van wel.'

'Heb je het met hem gehad over wat er met je ouders is gebeurd?'

'Ik ben moe. En ik moet die broek en die schoenen uittrekken. Mijn moeder heeft ze een poosje geleden gekocht en ik ben... een beetje gegroeid. Ze snijden mijn bloedsomloop af.'

De rest van de terugrit werd in stilte doorgebracht. Devine wist niet echt hoe hij door de muren heen moest breken die het meisje naar zijn idee om zichzelf had opgetrokken.

Ze ging rechtstreeks naar haar kamer en trok de deur dicht.

Saxby, die naar een sterke combinatie van mentholsigaretten en Listerine rook, zei: 'Vertel.'

'Ze ging zitten, ze aten en praatten met elkaar, en dat was het.'

'Dat was het? Echt?' zei ze, duidelijk diep teleurgesteld.

'Wat had je dan verwacht? Een schietpartij?'

Ze zakte onderuit op de bank, pakte haar handtas en haalde haar pakje sigaretten eruit. Ze stak er een tussen haar lippen. 'Geen idee. In elk geval iets, neem ik aan.'

'Staat er voor jou meer op het spel, agent Saxby?'

Ze wierp hem een vernietigende blik toe. 'Wat bedoel je daar nou weer mee? Ik ben haar tijdelijke voogd. Dat is alles.'

'En toch maak je op mij de indruk dat je veel te emotioneel op deze hele toestand reageert.'

'O wee als je bij mij komt aanzetten met dat gelul over hysterische vrouwen, Devine. En ik leef nu eenmaal mee met een jong meisje dat haar ondergang tegemoetgaat.'

'Maar je weet helemaal niet of dat het geval is.'

'O, kom op zeg.' Ze haalde een dunne chroomkleurige aansteker uit haar tas tevoorschijn en stak de sigaret op.

'Mag je hierbinnen wel roken?'

'Dan betaal ik de boete wel. Wat maakt het uit? De hele tent moet eens flink worden uitgerookt. Dan gaan er misschien wat van die verdomde ziektekiemen dood.'

De slaapkamerdeur ging open. Betsy was weer in het grijze joggingpak van de avond tevoren gestoken, en haar haar viel weer langs haar schouders omlaag.

'Die twee kerels die ons gisteravond volgden, die heten Nate Shore en Korey Rose. Nate is de zwarte kerel. Een kleerkast. Korey is ontzettend lief en kan geweldig koken.'

Saxby drukte haar sigaret op de tafel uit en zei: 'Hoezo, kerels die jullie volgden?' Ze draaide zich met een ruk om naar

Devine. 'Wat probeer jij hier verdomme voor spelletje te spelen?'

'Sorry, was me even ontschoten.' Hij keek naar Betsy. 'Wat kun je me nog meer over ze vertellen?'

'Ze hadden drugsproblemen en mijn ouders hielpen ze.'

'Hoe?' vroeg Devine.

'Ik weet dat ze hun wat geld gaven. En ze bleven vaak bij ons slapen. Eerst, toen we nog in de flat woonden. En later toen we ons eigen huis hadden. En ze deden klusjes rond het huis. Korey maakte eten klaar. En Nate repareerde spullen. Mijn ouders brachten ze vaak met de auto naar hun werk en naar die afkickdingen van ze.'

'Heb jij gisteravond met dat dynamische duo gesproken, Devine?' blafte Saxby.

'Ja. En ze vertelden me dat de Odoms geen gebruikers waren, en dat iedereen en alles wat beweert dat dat wel zo was ernaast zit, politierapporten incluis.'

'Precies wat ik ook al had gezegd,' zei Betsy kwaad.

'Dus wat kunnen we daaraan doen?' vroeg Devine, terwijl hij Saxby recht in de ogen keek.

'Waaraan doen?' zei ze. Ze zag er moe en verslagen uit.

Devine wierp een blik naar Betsy. 'Kun jij ons even alleen laten, Betsy? Agent Saxby en ik moeten wat overheidszaken bespreken.'

'Maar dit gaat wel over mij,' kaatste Betsy terug. 'Ik moet dit ook mogen horen.'

'En dat gebeurt ook, alleen niet op dit moment,' antwoordde Devine. 'Alsjeblieft,' voegde hij eraan toe.

Ze sjokte naar haar kamer en sloeg de deur dicht.

Devine draaide zich om naar Saxby. 'Goed, we moeten erachter zien te komen hoe ze echt zijn gestorven.'

'Dat valt niet binnen mijn opdracht. Als jij dat wilt opnemen met de plaatselijke autoriteiten, ga je gang.'

'Dus de ouders van iemand die misschien van waarde is

voor het Bureau worden vermoord en de doodsoorzaak is misschien gelogen, en toch wil het Bureau er niks mee te maken hebben?' vroeg Devine ongelovig.

'Die kerels kunnen best liegen,' zei Saxby.

'Maar Betsy volgens mij niet. Wat zou haar motief dan zijn?'

Saxby keek naar wat er nog over was van haar sigaret. 'Ik weet niet wat ik tegen je moet zeggen.'

'Wat dacht je ervan om dit te melden bij de grote bazen en dan te eisen dat het Bureau ernaar kijkt?' stelde Devine op scherpe toon voor.

'Twee meldingen uit de tweede hand van twee types die zelf toegeven dat ze gebruiken? Ik zou worden weggelachen en naar mijn carrière kunnen fluiten.'

Betsy kwam de slaapkamer uit gevlogen, waar ze kennelijk naar deze uitwisseling had staan luisteren. Ze zette haar handen in haar zij. 'Ben je verdomme doof of zo? Ik zeg precies hetzelfde.'

'Jij bent een kind. En let een beetje op je taal. Als je mijn kind was, propte ik een stuk zeep door je strot.'

Betsy's kleine borstkas zwoegde snel op en neer. Voordat Devine kon reageren, pakte ze een leeg colaflesje van een tafel en smeet het naar Saxby. Gelukkig mikte ze niet goed, en het flesje spatte in scherven uit elkaar tegen de muur.

De FBI-agent was zo verbijsterd dat ze niets anders kon doen dan trillend van woede blijven zitten. Uiteindelijk hervond ze haar stem. 'Hoe durf je, klein kreng?'

'Je haalt me de woorden uit de mond, ouwe trut.'

Betsy stormde de slaapkamer weer in en sloeg de deur dicht.

Saxby keek Devine woedend aan. 'Dat is toch niet te geloven? Een aanval op een federaal agent.'

'Kom op, zeg. Verplaats je nou eens in haar twaalfjarige schoenen. Wat zou jij dan doen?'

'Iemand moet die meid manieren bijbrengen.'

'Je hebt mijn vraag niet beantwoord.'

'En dat ga ik ook niet doen. Jij hebt je opdracht uitgevoerd, Devine. Dus maak dat je wegkomt. Als het een beetje meezit, wijst de rechtbank Glass de tijdelijke voogdij toe en dan ben ik van haar af.'

'Heb jij even een omslag gemaakt wat betreft je mening over het vooruitzicht dat Glass haar in handen krijgt.'

'Ik denk echt dat ze voor elkaar gemaakt zijn. En nu wegwezen.'

Devine keek naar de slaapkamerdeur, waarachter hij volgens hem Betsy kon horen huilen. 'Als je er maar voor zorgt dat dat meisje niets overkomt, goed?' zei hij.

'Ik zal mijn werk doen. Zonder hulp of commentaar van jou.'

Ze duwde Devine de deur uit.

Hij liep de straat op en belde Emerson Campbell.

Want ik ga dat kind van mijn lang zal ze leven niet zo achterlaten.

11

De hele rit terug naar zijn hotel was Devine aan de lijn met Campbell om te vertellen wat er tot dusver was gebeurd en om te zeggen dat hij graag in de stad wilde blijven om de situatie te blijven volgen.

'Ik wist dat dit weleens veel ingewikkelder kon blijken te zijn dan het werd gepresenteerd,' reageerde Campbell. 'Er was te veel onbekend. Fijn om te weten dat ik nog altijd op mijn intuïtie kan vertrouwen.'

'Ja, meneer.'

'Die FBI-agent klinkt nogal getikt. Wat vind jij van haar?'

'Ze heeft inderdaad zo haar problemen. Maar ik heb nog geen duidelijk beeld.'

'Ik zal zo veel mogelijk te weten proberen te komen bij een paar contacten van me bij het Bureau. En dat Odom-meisje?'

'In sommige opzichten veel volwassener dan haar leeftijd. En ik heb nog steeds niet helder waarom het Bureau de voogdij over haar op zich heeft genomen.'

'Wat voor info over Glass kan die Rollins hebben gehad?'

'Geen idee. Maar de rechercheur die het onderzoek naar de moord op hem leidt, wil weten wat ik hier doe.'

'Doe op dat punt maar een beetje rustig aan, Devine,' zei Campbell. 'Voordat je iets zegt, moet ik met onze mensen praten. De plaatselijke politie zou de zaak kunnen verpesten.'

'En waarom had het Bureau mij eigenlijk nodig? Saxby had Betsy naar de ontmoeting met Glass kunnen begeleiden.'

'Deze toestand is dan misschien begonnen met een klusje

voor jou om iemand te begeleiden, Devine. Maar nu draait het er dus om of jij hier blijft rondhangen tot de zaak is opgelost, en het klinkt alsof dat is wat jij wilt doen.'

'Ze heeft om hulp gevraagd, ja. Ik ben bereid die hulp te verlenen. Dit is zo'n puinhoop, meneer. Ik kan niet met een gerust geweten weggaan.'

'Maar als ik het zo hoor, is die Glass een klootzak, dus je moet voorzichtig te werk gaan.'

'Hij doet erg zijn best om die indruk te wekken, en dat maakt hem nog gevaarlijker. De echte lafaards doen stoer en vallen dood neer als jij een vuist maakt.'

'Heb jij enig idee waarom hij dat meisje wil hebben?'

'Nog niet. Als ik daarachter kom, zouden het Bureau én Justitie daar weleens wat aan kunnen hebben, aangezien die blijkbaar met een niet vol te houden vaart getuigen aan het kwijtraken zijn in die strafzaak.'

'Als je daar al achter komt. En het overleeft.'

'Klopt. Maar ik ben op alle twee die punten best goed.'

'Ga voorzichtig om met die plaatselijke types en probeer de zaak zo lang mogelijk te rekken.'

De twee mannen spraken nog een paar minuten en vervolgens hing Devine op, liep zijn hotel in en nam de lift naar zijn kamer. Hij ging op bed zitten en wierp een blik op zijn andere jasje dat over een kleerhanger hing, en zag er nog steeds bloed van een dode man op zitten. Hij stopte het in een plastic zak die hij uit zijn kast had gehaald, belde *housekeeping* en droeg het aan hen over om te proberen de vlek te verwijderen. Jammer genoeg konden ze dat niet doen met de herinnering aan de manier waarop die vlek erop was gekomen.

Tijdens het telefoontje had hij Campbell ook gevraagd om alles boven water te halen wat hij maar kon vinden over Dwayne en Alice Odom en Perry Rollins. Hij verwachtte niet dat hij meteen iets te horen zou krijgen, dus hij bedacht dat hij wel tijd had om op eigen houtje wat onderzoek te doen. Maar eerst moest hij nog iemand bellen.

'Hallo, rechercheur Braddock. Hoe gaat het?'

'Of het goed of slecht gaat hangt af van wat je me nu gaat vertellen. En ik had je telefoontje vanochtend al verwacht. Die feds aan de Oostkust moeten al een poosje wakker zijn om de wereld te beschermen uit naam van de democratie.'

'Sorry, ik werd even opgehouden. Heb je tijd om iets af te spreken? Ik doe dit niet graag over de telefoon.'

'Denk je dat ik dit gesprek opneem?'

'Het idee alleen al.'

'Ik weet wel een koffietentje.'

'In Seattle? Meen je dat nou?' zei Devine bij wijze van grapje.

'Over een uur.' Hij gaf Devine het adres en verbrak de verbinding.

Devine bestelde een Uber en liet zich bij de Sand Bar afzetten. Hij stapte uit en zag het gele afzetlint dat over de voordeuren was gespannen. Een agent stond de omgeving te bewaken.

Devine liep naar hem toe en hield zijn badge en federaal legitimatiebewijs omhoog. 'Ik ben hier gisteravond samen met rechercheur Braddock met deze zaak bezig geweest. Is hij hier nog?'

Devine hoopte van niet, want hij wilde alles nog eens bekijken zonder dat de rechercheur ongemakkelijke vragen ging stellen terwijl hij wat privéspeurwerk verrichtte.

De jonge agent staarde in stille aanbidding naar de glinsterende badge van Homeland Security en het bijbehorende legitimatiebewijs.

'Nee, hij is zo'n uur geleden vertrokken. Homeland Security, hè? Beetje prettige omgeving om te werken?' vroeg hij. 'Ik denk er weleens over... u weet wel. Om de overstap te wagen.'

'Je land dienen is wat mij betreft altijd goed.'

De agent liet hem erlangs, en Devine hield even halt om blauwe schoenhoesjes en plastic handschoenen aan te trekken die in twee bakken lagen op een tafel die bij de ingang was neergezet.

Hij herhaalde het badge/ID-ritueel nog eens voor een vrouw in uniform binnen bij de ingang, en zij noteerde zijn naam en informatie in het logboek.

'Ik kan me u herinneren van gisteren. De fed?'

'De fed,' gaf Devine toe, 'maar wel een aardige fed.'

Ze snoof. 'Da's een goeie.'

Er was nog steeds een hoop gaande. Lui van de technische recherche die bedrijvig heen en weer vlogen, en een paar verveeld kijkende geüniformeerde agenten die aan hun koffie nipten in afwachting van het moment dat ze konden uitklokken.

Het stoffelijk overschot van Perry Rollins was verwijderd, maar zijn bloed lag nog steeds op het parket van de dansvloer, een lelijke vlek op een versleten oppervlak vol krassen van talloze dronken hakken. Binnenkort zou niemand meer weten hoe hij was gestorven of zich wat dan ook over de man herinneren.

Niet dat ik nou zo weg was van hem, maar ik weet vrijwel zeker dat hij beter had verdiend.

Devine merkte de technisch rechercheur op die hij de avond ervoor ook had gezien, de jonge vrouw die in de herentoiletten met haar werk bezig was.

Hij liep naar haar toe en zei: 'Ik ben van Homeland Security. Gisteravond was ik hier met rechercheur Braddock.'

'Ik kan me u herinneren,' zei ze op een toon die Devine niet helemaal kon duiden. 'Ik ben rechercheur Beth Walker.'

Ze glimlachte zo breed dat het haar gezicht én dat van Devine deed oplichten. En hij wist nu precies hoe hij die blik moest opvatten.

'Travis Devine, Beth. Aangenaam.'

'Van hetzelfde.'

Ze was ongeveer van zijn leeftijd, met asblond haar en lichtblauwe ogen.

'Dus rechercheurs doen dit soort werk?' zei hij met een blik op haar beschermende kleding.

'Daar worden ze betere rechercheurs van. Dat is in elk geval het idee erachter, en ik ben het ermee eens.'

'En, hebben jullie nog iets gevonden op de camera in de gang achterin?'

Ze schakelde een iPad in en scrolde door een paar schermpjes. 'De camera is een gevalletje van niks uit de jaren negentig zonder toeters en bellen. De opnamen zijn korrelig en ze haperen om de haverklap omdat ze de band heel vaak hebben overschreven. En we weten niet eens of de tijdstempel wel klopt, omdat de stroom nogal haperde en de boel kortsluiting maakte. Je zou toch denken dat iedereen inmiddels wel van draadloze digitale camera's met cloudopslag had gehoord.' Ze keek op. 'Dus ik ben bang dat het antwoord nee is.'

'In elk geval bedankt dat jullie het geprobeerd hebben. Hebben de getuigen van gisteravond nog iets opgeleverd?'

'Ik heb net even navraag gedaan bij de mensen die de gesprekken hebben gevoerd. Tot nu toe zegt iedereen dat ze Rollins voor het eerst zagen toen hij vanuit de gang naar binnen kwam strompelen. Maar ik neem ook aan dat degenen die erbij betrokken waren er al vandoor waren. Er was trouwens wel iemand die zei dat hij rond die tijd naar de wc had gewild, maar dat hij de deur niet open kreeg.'

'Heb je daar nog ideeën over?'

'Het is zo'n zwaaideur die je openduwt, zonder slot, omdat er urinoirs en aparte wc-hokjes vlak bij de deur zijn. Op de vloer vlak bij de deur hebben we wat verdachte sporen aangetroffen. Ik denk dat er iets van een wig is gebruikt om de deur dicht te houden. Dat zou de moordenaar natuurlijk kunnen hebben gedaan om ervoor te zorgen dat hij alleen met Rollins daarbinnen was.'

'Dus de moordenaar ziet hem naar binnen gaan, wacht tot de ruimte verder leeg is en schuift dan een wig onder de deur. Een misdaad die is gepleegd omdat de kans zich voordeed.'

'Precies. Hij steekt hem neer, haalt de wig weg en gaat ervandoor.'

'Maar het was hier stampvol. Iemand had toch iets moeten zien.'

'Mijn ervaring is dat mensen gewoon nergens bij betrokken willen raken, en al helemaal niet bij moord. Als iemand iets gezien heeft, is die er misschien vandoor gegaan, en zet diegene alles op alles om het zich verkeerd te herinneren of totaal te vergeten wat hij heeft gezien. We hebben hier ook nogal wat ernstige problemen met bendes, en wie wil daar nou bij betrokken raken?'

'Braddock zei dat hij het slachtoffer wel kende.'

'Hij had wat kleine vergrijpen op zijn kerfstok, van lang geleden. Ik kan ze je wel mailen.' Ze wierp hem opnieuw een glimlach toe. 'Dan heb ik alleen wel je contactinformatie nodig, Travis.'

Die gaf hij en hij bedankte haar, en zij ging weer aan de slag terwijl Devine op weg ging naar de herentoiletten, waar hij de ruimte vanuit de deuropening opnam.

Het bloedspoor was gemarkeerd met gele kegels. Hij stapte er voorzichtig omheen en bereikte het laatste wc-hokje. Voorzichtig duwde hij de deur open en zag de gele kegel op de vloer recht voor de toiletpot. Op deze plek was het bloedspoor met name hevig.

Devine wierp een blik op de spiegel die op de tegenovergelegen wand hing en op de wastafels eronder.

Oké, dacht hij. Rollins was op de wc, waarschijnlijk om zich voor mij te verbergen, zonder te weten dat het zijn laatste avond zou worden. Hij doet de wc-deur open en wordt neergestoken. Die persoon steekt hem nog eens voor alle zekerheid, draait zich om en vertrekt. Hevig bloedend strompelt Rollins naar buiten met zijn handen tegen zijn buik, weet door de gang de dansvloer te bereiken, waar hij in elkaar zakt en sterft.

Als dat verhaal over de wig onder de deur overeind bleef, was dat de verklaring waarom niemand in de herentoiletten iets gezien had. Devine kon zich wel voor zijn kop slaan dat hij die ruimte de vorige avond niet al had bekeken, maar hij had aangenomen dat Rollins door de achterdeur van de bar was gevlucht.

En de bloedspatten in aanmerking genomen, moest degene die Rollins had neergestoken zelf ook onder het bloed hebben gezeten. Hoe konden mensen dat nu gemist hebben? Maar goed, ooggetuigenverslagen waren het ergste soort. Misschien had de moordenaar het ergens mee afgedekt. En de getuigen die op dat tijdstip aanwezig waren, waren niet echt nuchter.

Devine staakte de verkenning en knikte bij vertrek naar Beth Walker. Ze hield haar iPad omhoog. Glimlachend stak hij een duim naar haar op. Hij passeerde de jonge agent buiten en liep in de richting van het koffietentje waar hij over een paar minuten Braddock zou ontmoeten.

Hij opende de e-mail die Walker hem net had gestuurd en bekeek het strafblad van wijlen Perry Rollins. Walker had gelijk gehad toen ze zei dat het hoofdzakelijk kleine overtredingen waren. Maar eentje sprong eruit. Jaren geleden was Rollins aangeklaagd vanwege gluren en een poging tot afpersing. Hij had een vrouw in haar badkamer bespioneerd en naaktfoto's van haar gemaakt, en later had hij geprobeerd haar af te persen met die foto's. Ze kende hem omdat hij in de buurt woonde.

Lekker type, dacht Devine. Rollins had het niet verdiend om vermoord te worden, maar hij was overduidelijk wel een stuk schorem. Hij had zijn straf uitgezeten en was vrijgekomen. Hij was kennelijk naar de Westkust verhuisd, want zijn volgende arrestatie vond een halfjaar later plaats in Portland, Oregon, wegens winkeldiefstal.

Devine vroeg zich af wat voor informatie Rollins had gehad die kon verklaren waarom Glass zijn nichtje wilde adopteren. Misschien kon hij meeliften op Braddocks onderzoek om daarachter te komen.

Op weg naar zijn afspraak met Braddock dacht hij erover na hoe hij zo veel mogelijk hulp van hem zou kunnen loskrijgen en hij tegelijkertijd zo min mogelijk aan de rechercheur hoefde te verklappen.

Het zou lastig worden, maar het meeste wat Devine ooit had gedaan was lastig geweest.

En ik sta nog steeds overeind. In elk geval nu nog wel.

12

Braddock droeg nog dezelfde gekreukelde trenchcoat als de avond ervoor en er stonden ietsje meer stoppels op zijn gezicht. Hij nam regelmatig slokjes van zijn koffie terwijl Devine en hij aan een tafeltje achteraf zaten, zo ver mogelijk verwijderd van alle mensen die naar hun telefoon of laptop zaten te staren alsof hun leven ervan afhing.

'En, heb je nog naar de Oostkust gebeld?' vroeg hij. 'Want als dat niet zo is, ben ik een heel erg niet blije plaatselijke wetshandhaver en jij een nog veel minder blije federaal agent.'

'Ik heb gebeld. Maar hou voor ogen dat ik niet alles weet.'

Braddock wierp achteloos een blik op zijn horloge. 'Best wel vroeg om mijn eerste lulantwoord van de dag te incasseren, maar ga door. Dit kan leuk worden. Of niet. Voor jou dan.'

Devine keek hem aan. 'Als je ook maar iets van feds weet, dan weet je dat "alleen noodzakelijke kennis" hun lievelingsuitdrukking is, en ik zit nu eenmaal niet hoog in die keten. Dat was in het leger net zo.'

Braddocks ogen lichtten op van interesse. 'Heb je in het leger gezeten?'

'Als kapitein vertrokken.'

'Van West Point?' vroeg Braddock.

'Yep.'

'Net als mijn ouwe.'

Nu keek Devine nieuwsgierig. 'Leeft hij nog?'

Braddock knikte, en zijn gezicht betrok. 'In een tehuis, met zijn herinneringen, voor zover hij die nog heeft.'

'Wat ellendig.'

'Mijn moeder is een jaar geleden overleden, dus het is wel goed dat hij zich niet herinnert dat ze dood is. Hij is gelukkig en veilig. Maar de Oostkust, dus...' drong Braddock aan.

Devine moest een beslissing nemen. Hij wist zeker dat Braddock slim, taai en rechtdoorzee was. Dat waren karaktertrekken waar Devine prima mee uit de voeten kon, maar er was iets wat hij nog even moest checken.

'Ik ben hierheen gestuurd om een jong meisje te begeleiden naar een ontmoeting met haar oom.'

'En waarom houdt de overheid zich daarmee bezig?'

'Die oom is Danny Glass. En het jonge meisje is Betsy Odom.'

Devine kreeg de reactie waarop hij gehoopt had.

'Oké, Danny Glass, de man van de zaak wegens deelname aan een criminele organisatie,' zei Braddock.

'Precies. Het proces begint binnenkort, maar Justitie zit met drie dode getuigen, en er volgen er vast meer.'

'Ik lees de krant, en onze politiebulletins. Dus daar ben ik van op de hoogte. En wat ik ook weet, is dat de ouders van Betsy Odom in de zuidoosthoek van deze staat aan een overdosis zijn gestorven. De dochter heeft nog geprobeerd ze bij te brengen, maar dat is niet gelukt.'

'Dat is in elk geval de officiële versie van de politie.' Devine kon zien dat hij met die opmerking duidelijk de aandacht van de rechercheur getrokken had.

'Is er dan nog een andere versie?'

Devine boog naar voren en zei zachtjes: 'Toen ik nog in het leger zat, moest ik tegen heel veel vijanden vechten. Een paar daarvan bleken hetzelfde uniform te dragen als ik. Dat kwam me heel duur te staan. Maar ik dacht dat dat het juiste was.' Hij leunde weer naar achteren. 'Wat zeg je me daarvan?'

Braddock greep zijn koffiekopje vast, al bracht hij het niet naar zijn mond. Het leek wel of hij zich ergens aan moest vastklampen terwijl hij daarover nadacht.

'Als je zegt wat ik denk dat je zegt, dan hebben we het hier over de doos van Pandora, Devine.'

'Je hebt geen antwoord gegeven. En zonder antwoord zie ik niet hoe wij hierin samen verder moeten.'

'Wat is je bewijs?'

'Om te beginnen moet je me vertellen of je bereid bent daarheen te gaan waar het bewijsmateriaal je heen voert, ook al zou het je ergens naartoe brengen waar je helemaal niet wilt zijn.'

Nu dronk Braddock zijn koffie op. 'Laten we een eindje gaan lopen.'

Ze verlieten het koffietentje en liepen een van de grote avenues van Seattle op, met een stevige wind die hen vanuit de haven tegemoet blies. Braddock liep flink door en Devine hield hem stap voor stap bij.

'Ik ben negenenveertig, Devine, de jongste van vijf kinderen. Allemaal jongens, behalve de vier meisjes,' merkte hij grappig op. 'Stuk voor stuk onafhankelijke meiden met een eigen willetje, die mij op z'n best een onaantrekkelijke lastpost vonden. Maar dat zorgde er wel voor dat ik nog meer mijn best deed. Ik begon als straatagent, net als iedereen. Draaide vroege en late diensten, net als iedereen. Werd meteen na de vijf jaar die er minimaal voor staan brigadier, wat niet heel vaak voorkomt. Drie jaar later solliciteerde ik naar de positie van kandidaat-rechercheur en ik werd aangenomen. Ook dat is aan de vroege kant, maar dat was mijn uiteindelijke doel en ik werkte me er te pletter voor. Als beginnend rechercheur draaide ik een paar jaar mee bij de technische recherche om thuis te raken in forensisch onderzoek, zoals je gisteravond die mensen hebt zien doen. Toen vroeg ik om overplaatsing naar de MCU, het onderzoeksbureau van de afdeling Ernstige misdaden, en ik werd aangenomen. Die taak heb ik een fors aantal jaren bij ons bureau in het zuidwesten van Seattle verricht. En dat deed ik goed, vierennegentig procent van mijn zaken werd opgelost, omdat ik een doorbijter ben en het gevoel heb dat ik me tekortgedaan voel, waarschijnlijk ook weer vanwege mijn zussen en hun rotstreken. Toen verhuisde ik naar Bureau West, waar het centrum van Seattle en een handjevol omliggende buitenwijken onder vallen. Vijf jaar geleden maakte ik deel uit van een gezamenlijke operatie met de MCU van King County. Er waren wat kartelgedoe en bijbehorende huurmoorden van de county naar de stad overgeslagen en andersom.' Hij bleef staan en Devine deed hetzelfde.

'We hadden een paar agenten die op de loonlijst van het kartel stonden. Daar kwam ik achter en ik stelde ze aan de kaak. Ze bedreigden mij en mijn gezin.'

'En toen? Hebben ze geprobeerd die dreigementen waar te maken?'

'Ze bestookten mijn huis met brandbommen en vermoordden mijn vrouw.'

Die had Devine niet zien aankomen. 'Jezus.'

'Eigenlijk had ik thuis moeten zijn. En mijn vrouw niet. Ze moest naar iets op school voor onze jongste zoon. Maar op het laatste moment was ze verhinderd en ze vroeg mij te gaan. Die klootzakken die mijn huis opbliezen, dachten kennelijk dat ik daar was en zij niet, al betwijfel ik of ze ook maar een spat om haar gaven. Godzijdank was onze andere zoon niet thuis.'

'Zeg alsjeblieft dat je die rotzakken te pakken hebt gekregen.'

'Tot de laatste aan toe, een rechercheur en drie agenten. Levenslang zonder mogelijkheid tot vervroegde vrijlating. Af en toe bezoek ik ze en dan zit ik ze alleen maar aan te staren. Ik zeg nooit wat. Ik kijk alleen maar naar ze. En dan grijns ik naar ze, sta op en loop naar de deur, iets wat zij de rest van hun leven nooit meer zullen kunnen doen.' Hij zweeg en nam Devine op. 'Dat is een lang antwoord op je vraag. Ik laat me leiden door het bewijsmateriaal en het interesseert me geen reet wie eraan gaat. Is dat duidelijk?'

'Ik stel je openhartigheid op prijs. En ik vind het verschrikkelijk dat dit jou en je gezin is overkomen.'

Braddock begon weer te lopen en Devine volgde zijn voorbeeld.

Hij zei: 'Ik weet drie mensen die de Odoms hebben gekend en zeggen dat ze nooit drugs hebben gebruikt.'

'Welke drie mensen?'

'Twee vrienden van de middelbare school van Dwayne Odom, die allebei verslaafd waren en weten op welke signalen je moet letten.'

'En de derde?'

'Betsy Odom. Die zegt ook dat haar ouders nooit hebben gebruikt en ze zweert dat ze nooit heeft geprobeerd om ze Narcan toe te dienen, ondanks wat er in het officiële rapport staat.'

Braddock knikte en zei: 'Als ik het me goed herinner, zijn de Odoms dood aangetroffen in het stadje Ricketts in Asotin County.'

'Ken jij de politie daar?'

'Niet persoonlijk. Nogal een klein stadje.'

'Ik heb gehoord dat de Odoms in Kittitas County woonden. Is Ricketts daar ver vandaan?'

'Ruim vierenhalf uur rijden, al is een flink deel daarvan wel over de snelweg. Maar als er veel sneeuw ligt, kan de route door het Cascadegebergte behoorlijk gevaarlijk zijn, zelfs op de snelweg. En zodra je van de snelweg af bent, zijn het veel achterafweggetjes, en zodra je in de county's Garfield en Asotin belandt, worden de hoogteverschillen weer groter, zo tussen de twaalf- en achttienhonderd meter.'

'Enig idee waarom de Odoms in Ricketts zaten?'

'Nee. Maar het was geen zaak van mij, en er stond niets over in de bulletins die we in de hele staat krijgen. Wist het meisje waarom ze daar waren?'

'Dat heb ik haar niet echt gevraagd, in elk geval niet rechtstreeks. En ze wilde dat moment niet nog eens beleven.'

Braddock knikte met vochtige ogen. 'Als je een mengeling van diep verdriet en afgrijzen wilt zien, Devine, probeer je kinderen dan maar eens te vertellen dat hun moeder dood is. Dus ik kan helemaal meeleven met dat meisje.' Braddock herstelde zich en zei: 'Goed, en ik stel jouw openhartigheid ook op prijs. Dus je zei dat je hierheen bent gekomen om het meisje te begeleiden naar haar ontmoeting met Glass? Is dat inmiddels gebeurd?'

'Jawel.'

'Wil ze bij hem gaan wonen?'

'Daar lijkt het wel op. Hij is rijk en zij heeft armoede geleden, en ze heeft verder geen familie.'

'Oké. En waarom is Homeland Security erbij betrokken?'

'Niet alleen wij. Het Bureau heeft Betsy Odom kort na het overlijden van haar ouders voor haar eigen veiligheid meegenomen. Ze zit in Seattle met een aan haar toegewezen FBI-agent. Dus het draait kennelijk allemaal om Danny Glass, maar Betsy zegt dat ze de man nog nooit ontmoet heeft.'

'Dus waarom wordt daar tijd en geld aan verspild? Wat kan ze het Bureau voor waardevols te bieden hebben?'

'Geen idee. Misschien dat het Bureau zich indekt voor het geval ze echt iets weet.'

'Maar als jouw klus erop zit, ga je hier weg?'

'Ik heb het zo kunnen regelen dat ik hier kan blijven om te zien of ik wat licht op de zaak kan werpen.'

'Waarom zou je dat willen?'

'Ik hou niet van dingen die nergens op slaan,' antwoordde Devine.

'Je leeftijd in aanmerking genomen heb je de rit tot je pensioen niet volgemaakt, ook al heb je het tot kapitein gebracht. Je zei dat je in opstand kwam tegen de types in uniform en dat dat niet goed viel bij de hotemetoten. Ben je daarom voortijdig uit het leger vertrokken?'

'Alles heeft zijn reden, en dit kan er als reden best mee door.'

'Ik zal je eerlijk zeggen dat ik niet de bevoegdheid heb om me met de dood van de Odoms bezig te houden.'

'Maar je bent wel met de zaak-Rollins bezig. En die twee komen elkaar misschien ooit ergens tegen.'

'Is het jouw theorie dat Rollins door Glass is vermoord omdat hij jou iets belastends over hem zou gaan vertellen wat zijn kans om zijn nichtje te adopteren misschien zou verpesten?'

'Het is maar een theorie. Misschien wel de enige die ik op dit moment heb. Maar Perry Rollins was een klein crimineeltje. Hoe zou die aan belastende informatie moeten komen over een crimineel van wereldformaat zoals Glass?'

'Zelfs een crimineel van wereldformaat overkomt weleens iets vervelends,' antwoordde Braddock. 'Ik denk dat ik eens met Betsy Odom moet gaan praten.'

'Dat moet je dan via het Bureau spelen.'

'O, wat een heerlijk vooruitzicht,' zei Braddock, en Devine grijnsde. 'Ik snap wel dat de FBI zich indekt voor het geval Betsy Odom iets weet over haar oom. Maar waarom wil Glass haar dan adopteren? Als hij haar ouders heeft laten vermoorden, kan hij toch net zo goed haar ook uitschakelen?'

Devine dacht even terug aan de manier waarop Glass zich gedroeg in Betsy's gezelschap.

'Nou ja, van wat ik gezien heb kreeg ik de indruk dat hij oprecht om het meisje geeft.'

'We moeten aannemen dat hij ook van zijn zus hield, en die is dood.'

'Misschien weet hij wie haar en haar man werkelijk heeft vermoord, en wil hij Betsy beschermen.'

Braddock knikte langzaam. 'Een type als Glass heeft ongetwijfeld een hoop vijanden. Maar stel dat de politie in Ricketts de zaak in de doofpot heeft gestopt en een onzinrapport heeft geschreven? Dan werken ze daar voor degene die hen echt heeft vermoord.'

'Misschien moet ik daar maar eens heen om een kijkje te nemen.'

'Als je maar zorgt dat je gewapend bent en geen moment vergeet op je hoede te zijn.'

'En je zei net dat je die agenten in Ricketts niet kende.'

'Maar ik ken lui bij de politie die ze wel kennen. Ricketts is een geïsoleerd plaatsje in een uithoek van de staat, waar mensen doen wat ze moeten doen om zich op een of andere manier te redden. En uit wat ik te horen heb gekregen, maakt de commissaris die daar al een hele tijd zit, ene Eric King, zijn achternaam helemaal waar. Dat stadje is *zíjn* domein.'

'Kan hij zijn omgekocht om de omstandigheden waaronder de Odoms zijn gestorven verkeerd voor te stellen?'

'Laat ik het zo zeggen: ik heb goede vrienden bij een organisatie voor sheriffs en commissarissen in deze staat. En vrijwel niemand van die lui is een fan van Eric King.'

'Waarom is hij nog steeds aan de macht als hij zo'n slechte reputatie heeft?'

'Commissarissen worden aangesteld, meestal door de gemeenteraad. Ik heb ook gehoord dat niemand moedig genoeg is om hem uit te dagen. En blijkbaar is het nog niemand gelukt om te bewijzen dat de man iets op zijn kerfstok heeft. Politielui zijn er niet zo goed in om het tegen andere lui van de politie op te nemen, hoezeer die het ook verdienen.'

'Jij wel,' zei Devine.

'Ja, en kijk eens wat dat me heeft gekost.'

'Dat is waar. En, nog iets te melden over de dood van Rollins?' vroeg Devine.

'Er is een getuige die denkt dat hij vlak voordat Rollins

bloedend naar buiten kwam gewankeld, een man uit de toiletruimte heeft zien komen. Maar hij kon geen duidelijke beschrijving geven, want hij was dronken. En qua forensisch bewijsmateriaal is er ook nog niets uit gekomen.'

'Is er nog iets op Rollins zelf gevonden waar je misschien wat aan hebt?'

'De sleutels van zijn appartement. Dat hebben we doorzocht. Als hij informatie in de aanbieding had, zat die ofwel alleen in zijn hoofd of hij bewaarde die elders. Ik ben een onderzoek gestart naar zijn bankrekeningen, en of hij ergens een kluis had, dat soort dingen.'

'Mag ik een kijkje nemen in zijn flat?'

'Waarom?'

'Een tweede paar ogen, en als zijn dood echt met Glass in verband staat, worden de feds er toch op een gegeven moment bij betrokken. Wil je dat ik of de FBI je daar van meet af aan voor de voeten loopt?'

Braddock gaf hem het adres van het appartement van Rollins. 'Ik zal mijn mensen waarschuwen dat je langskomt. Als er iets is wat je opvalt, verwacht ik wel dat ik de eerste ben die dat hoort. Vóór de FBI.'

'Dat beloof ik.'

'Hmm.' Braddock bleef staan en keek hem strak aan. 'Wat Rollins tegen je zei voordat hij het loodje legde, is dat al wat minder gebrabbel geworden in je hoofd?'

Devine besloot het Braddock te vertellen, al zag hij niet op wat voor manier het kon helpen.

'Hij zei iets wat op "koekoek" leek, en iets wat als "gas" klonk.'

Devine keek een beetje gegeneerd naar de rechercheur.

Braddock zei: 'Oké, dus ofwel de vogel ofwel iets getikts, en brandstof? Jeetje, dan is de zaak meteen in één klap helder.'

13

Devine huurde een Toyota 4Runner. Volgens Google Maps was de countygrens van Kittitas zo'n honderdvijfentachtig kilometer verderop, helemaal over de snelweg, met een doorsteek door het Cascadegebergte. Met de routebeschrijving die hij van Korey Rose had gekregen, zou hij meer kilometers en tijd kwijt zijn om bij de stacaravan terecht te komen, en dat was niet over een snelweg. Hij had zo'n idee dat hij wel wat meer power en het vermogen van een fourwheeldrive nodig zou hebben zodra hij van de snelweg af was, en al helemaal als er noodweer losbarstte.

Hij reed Seattle uit en zette koers naar het oosten. De groene wand van het Cascadegebergte loopt van Noord-Californië naar Brits-Columbia, en naarmate hij verder oostwaarts kwam, vulde dat uitzicht zijn voorruit vrijwel onafgebroken. Een horde trucks met opleggers bezette alle rijstroken, die onderweg in aantal afnamen van vier naar drie naar twee. Daarna sloeg hij van de I-90 af en volgde verder de routebeschrijving die Rose hem had gegeven. Het was heuvelachtig tot bergachtig gebied. Eenmaal verdwaalde hij, maar toen bedacht hij waar hij de fout in was gegaan, volgde de weg terug en hield uiteindelijk zo'n twintig minuten later halt voor het huis van de Odoms, na een stuk over een smal, onverhard pad door dicht bos. Het was hier donker en koel, en hij was blij dat hij zijn dikke jack had aangetrokken.

De stacaravan was een dubbel breed exemplaar met witte aluminium beplating en een dak van zwarte dakspanen, op een stel strategisch geplaatste lage stapeltjes sintelblokken. Treden van geperste planken vol knoesten leidden naar de voordeur. Nate Shore had geen grapje gemaakt toen hij zei dat de Odoms in een gat woonden. Devine vroeg zich af waarom ze deze locatie hadden uitgekozen om hun eerste woning letterlijk neer te planten.

Hij parkeerde, stapte uit en keek rond.

Aangezien de doodsoorzaak van de Odoms was aangemerkt als een onopzettelijke overdosis, nam hij aan dat de politie de boel hier nog niet had doorzocht. Het huis stond er zo te zien verlaten bij.

Hij liep om het geheel heen en zag in de achtertuin een oude, zwart uitgeslagen en gebutste metalen ton die eruitzag alsof hij was gebruikt om er afval in te verbranden. Rechts naast het huis stond een grote propaangastank. De achterdeur zat op slot. Devine haalde zijn *lockpick gun* tevoorschijn en maakte korte metten met het obstakel.

Devine kwam in een kleine keuken terecht die het midden van het bouwsel besloeg. Toen hij rondkeek, zag hij dat het er ruimer was dan het er aan de buitenkant uitzag. Er waren drie slaapkamers, twee badkamers, een keuken met een kleine eetkamer ernaast, en een piepkleine woonkamer, die eruitzag alsof hij bijna was vergeten, naast de voordeur. Het geheel was misschien maar tachtig vierkante meter, maar Devine bedacht dat het in de ogen van een gezin dat voor die tijd nu en dan dakloos was geweest, moest hebben gevoeld als een paleis.

Even snel doorzocht hij de grootste slaapkamer aan het ene uiteinde van de stacaravan, duidelijk het domein van Dwayne en Alice, en vond niets waar hij wat aan had. Wat hij ook niet vond, waren spulletjes die nodig zijn om drugs te nemen, wat de bewering van Betsy en haar vrienden dat haar ouders geen gebruikers waren ondersteunde. De middelste slaapkamer zag eruit alsof hij gebruikt werd, al wist hij aanvankelijk niet zeker door wie. Maar toen hij wat van de voorwerpen zag die er lagen, kreeg hij een duidelijker beeld van de bewoners.

Aan de andere kant van de stacaravan was overduidelijk Betsy's kamer. Hij zag eruit als een typische kamer van een jonge tiener, wat dat vandaag de dag ook mocht betekenen, al zag hij geen computer of ander elektronisch apparaat. Maar Devine wist dat ze haar telefoon bij zich had. Bergen kleren en stapels boeken die ze zo te zien uit de openbare bibliotheek had geleend. Het meisje had een eclectische smaak: fantasy, sciencefiction, een paar romannetjes zo te zien, een inleiding over bloemen en kruiden, een kookboek, drie biografieën over vrouwen die glazen plafonds hadden verpulverd en... Hij ging op het bed zitten en bekeek het laatste boek op de stapel.

Denk groot – word rijk. Het was een bijgewerkte herdruk van de bestseller.

Hij sloeg het open en zag dat er een stempel op het schutblad stond: BOOKCAVE TWEEDEHANDS BOEKEN. Met een prijs van één dollar.

Devine bladerde door het boek en zag allerlei onderstreepte zinnen en opmerkingen in de kantlijn, naar hij aannam in Betsy Odoms handschrift. Dingen als: *Denk aan dat in jezelf geloven.* En: *Dit kun jij ook.* En ten slotte: *Ik zal voor mijn ouders zorgen.*

Oké, dat valt wel onder het kopje hartverscheurend.

Hij stak het boek in zijn zak en keek om zich heen naar de rondslingerende kleren. Ze hadden haar kennelijk niet laten terugkomen na de dood van haar ouders, of anders had iemand wat kleren voor haar opgehaald.

Toen schoot hem weer te binnen dat ze had geklaagd over haar te krappe kleren en schoenen. Hij keek om zich heen, zag een sporttas liggen, propte er zo veel mogelijk kleren, schoenen, boeken en andere dingen in die een meisje maar kon willen of nodig kon hebben, en ritste hem dicht.

Net toen hij naar buiten wilde gaan, zag hij even een beweging in de bossen aan de linkerkant van de stacaravan. Hij hurkte en gluurde door het raam. Toen hij zag wie het was, kwam Devine overeind en liep met de tas over zijn schouder de achterdeur uit.

'Wat doen jullie tweeën hier?' vroeg hij.

Korey Rose en Nate Shore kwamen allebei met een verbijsterde blik op hun gezicht het bos uit en liepen naar hem toe.

'Hé, Korey en Nate, leuk om jullie weer te zien,' zei Devine.

Schaapachtig zei Rose: 'Je hebt met Betsy gesproken, hè? Die heeft je verteld wie we zijn.'

'Ze zei ook dat jullie aardige kerels zijn die hier altijd hielpen.'

'Zij hebben ons meer geholpen dan wij hen, en dat is verdomd waar,' zei Shore.

'Ze zei ook dat jij heel lekker kunt koken, Korey.'

'Ik kan wel aardig uit de voeten met een fornuis en koekenpan,' reageerde hij bescheiden. 'Mensen moeten nu eenmaal eten, zei mijn ouwe opoe altijd tegen me.'

Shore nam de tas achterdochtig op. 'Je pikt toch geen spullen mee, hè?'

'Kleren en boeken en nog wat onmisbare spullen voor Betsy. Ze heeft niet veel bij zich.'

'O, oké,' zei Shore opgelucht. 'Ik dacht...' Maar hij keek beschaamd en maakte zijn zin niet af.

'Je gaat me toch niet vertellen dat jullie ergens in de stacaravan drugs hebben verstopt, hè?' zei Devine scherp. 'Dat zou een heel slecht idee zijn.'

'Er zijn hier geen drugs, alleen Advil, dat zweer ik met een hand op mijn hart,' zei Rose. 'We gebruiken die troep niet meer. We zijn al aardig op weg naar herstel.'

'Oké,' zei Devine, maar hij was niet echt overtuigd.

'Ik denk dat Nate zich zorgen maakte over zijn verzameling "tijdschriften". Er zitten echte klassiekers bij,' voegde Rose er grijnzend aan toe, terwijl hij zijn maatje een por met zijn elleboog gaf.

Toen Devine begreep waar Rose het over had, keek hij opgelucht. 'Juist ja. Ik heb die oude *Playboys* trouwens laten liggen waar ik ze heb gevonden. Zeg dat wel, een echte vintage verzameling. En die dumbbells ook. Vijfendertig kilo. Indrukwekkend.'

Rose moest lachen. 'Die zijn niet van mij. Ik kan er niet eens één met mijn hele lijf optillen. Maar die goeie ouwe Nate gooit ze in het rond alsof het cupcakes zijn.'

Shore gromde: 'Sporten brengt de endorfine op gang. Een natuurlijke drug, snap je. Dan hoef ik die andere troep niet.'

'En de *Playboys* stimuleren hem ook, alleen op een andere manier,' merkte Rose op. Dat leverde hem een stomp van zijn maatje tegen zijn arm op.

'Die zijn van mijn opa. Hij heeft ze aan mij nagelaten. Die ga ik echt niet weggooien. Ze zijn vast wel wat waard. Die leveren geld op. Alleen nog even de juiste koper vinden.'

'Nou ja, je hebt die bladen nu al een hele tijd, dus ik weet niet zo zeker of je ooit de juiste koper gaat vinden, Nate.'

Devine vroeg: 'Hoe zijn jullie van hier naar Seattle en weer terug gekomen?'

'Met de bus,' zei Rose. 'Die heeft ons een paar kilometer verderop afgezet.'

'Hadden jullie daar dan geld voor?' Hij zag dat ze nog dezelfde kleren aanhadden als de avond ervoor. Ze hadden ook ieder een opgerolde slaapzak en een met snelbinders vastgebonden deken bij zich.

Shore zei: 'We hebben de afgelopen paar dagen wat geklust, en zo wat geld bij elkaar gescharreld. En Dwayne had ons al eens wat geld gegeven.'

'Waar hebben jullie in Seattle overnacht?'

Lachend hield Rose de slaapzak omhoog. 'Bij het Ritz, man. Of in elk geval achter hun container. Ze gooien daar het beste eten weg. Gisteravond heb ik een eersteklas kotelet gegeten, en Nate had een smakelijke kip met gesmolten Parmezaanse kaas.'

'En waarom zijn jullie hier?'

Shore zei nogal schaapachtig: 'Eerlijk gezegd hebben we op het moment geen woonplek... dus...'

Daar voegde Rose aan toe: 'We hebben een sleutel, van Dwayne gekregen. Dus we dachten dat we hier wel een paar dagen konden bivakkeren. Tot we wat zaken hebben geregeld,' voegde hij eraan toe met een hoopvolle blik naar Devine.

Die keek naar de stacaravan. 'Nou ja, ik kan moeilijk tegen jullie zeggen wat je moet doen. De politie is hier duidelijk nog niet geweest, maar ze kunnen hier best nog komen.'

'Als we die zien aankomen, maken we dat we wegkomen,' beloofde Rose.

'Heel snel,' echode Shore. 'Die agenten en wij, dat is water en vuur. We zijn geen criminelen, maar zo kijken ze wel tegen ons aan.'

Devine zette de tas neer, stak zijn hand in zijn portefeuille en trok er wat geld uit. 'Hier. Geen idee of jullie hier iets mee opschieten, maar meer heb ik niet bij me.'

Allebei schudden de mannen hun hoofd. Shore zei: 'Nee, man, we gaan die laatste dollars van je niet aannemen. Shit, we hebben niet veel, maar zo zijn we niet.'

'Ik kan altijd aan meer komen. En dit is geld van de overheid, niet van mij,' voegde hij eraan toe. 'Daar kunnen ze altijd bijdrukken als ze meer nodig hebben.'

Langzaam stak Shore zijn hand uit, pakte het geld aan en gaf de helft aan zijn vriend. 'Bedankt.'

'Konden wij maar wat geld bijdrukken,' zei Rose.

'Dat kan, maar als burgers dat doen is het valsemunterij. Zeg, kan ik jullie ergens heen brengen?'

'We hebben nog niks gegeten vandaag,' zei Rose. Hij stak

het geld omhoog. 'Een paar kilometer verderop is wel een leuk tentje. Ik ken de kok, hij kookt echt goed. Is trots op zijn gerechten. We kunnen je wel op een hap trakteren, met jouw geld.' Hij glimlachte flauwtjes.

'Kom mee, maar ik trakteer. Hebben jullie een telefoon?'

Ze schudden hun hoofd.

Bij het restaurant in het stadje waar Devine hen naartoe reed, aten de mannen alle twee drie voorgerechten en een hoofdgerecht. Devine vond een winkel waar hij voor ieder van hen een prepaidtelefoon kocht. Daarna bracht hij ze naar een buurtsupermarkt, waar Rose zorgvuldig wat etenswaren voor hen beiden uitkoos, die Devine afrekende. Ook kocht hij twee boodschappenkaarten voor hen. Daarna zette hij hen weer af bij de stacaravan.

'Is het echt goed dat we hier een poosje bivakkeren?' vroeg Shore, en hij rilde even en hoestte in zijn elleboog. Devine zag dat zijn vieze jas erg dun was, terwijl de nachttemperatuur hier binnenkort onder nul zou komen.

'Sterker nog, jullie mogen de zaak in de gaten houden. Ik neem aan dat de boel nu van Betsy is.'

'Dan zorgen we ervoor namens haar,' zei Rose enthousiast. 'En doe haar de groeten van ons.'

'Weten jullie hoe het komt dat ze hier zijn komen wonen?' vroeg Devine.

Rose zei: 'Geen idee waarom Dwayne deze plek had uitgezocht, maar hij had een lap grond gekocht. Ze kwamen dat enorme huis op een joekel van een oplegger afleveren. Wij waren er ook bij toen die over de weg aan kwam rijden. Die knaap paste er maar net door.'

Shore voegde eraan toe: 'Het komt namelijk in twee stukken, snap je, en die kerels schroefden het in elkaar.' Hij grijnsde. 'Alsof het een poppenhuis was.'

'Ze zijn echt heel goed,' zei Rose. 'Het hele gedoe was in een paar uur af. Boem, boem, boem. Ik heb even met een van die kerels gepraat. Die vertelde dat ze goed worden getraind maar verdomd slecht betaald krijgen. En geen ziektekostenverzekering. Ik bedoel, dat geloof je toch niet? Werk je keihard, dan moet je toch ook naar de dokter kunnen als je iets breekt of ziek wordt.'

'Dat kan allemaal niet niks hebben gekost,' merkte Devine op.

Rose zei: 'Geen idee wat de grond heeft gekost, maar Dwayne zei dat het huis en het neerzetten en zo ruim honderddertigduizend ballen heeft gekost. Nog altijd stukken goedkoper dan een gewoon huis, denk ik. Geen idee, ik heb nooit een echt huis gehad. Het idee alleen al.'

'En toen je opgroeide?' vroeg Devine.

'Ik woonde bij familie zo hier en daar, en die huurden of ze kraakten, of ze woonden in de kelder bij andere mensen.'

'En je ouders?'

'Die zijn aan de *joy juice* kapotgegaan toen ik nog een baby was.'

'Joy juice?'

'Heroïne en autorijden zijn geen beste combinatie. Ze zijn zo een ravijn in gereden, is me verteld.'

Devine keek naar Shore. 'Heb jij nog familie?'

'Mijn ouders hebben het afgelegd tegen de smerissen en de kanker. Heb een poosje bij mijn grootouders gewoond. En sinds mijn vijftiende sta ik er alleen voor.'

'Wat erg allemaal, jongens. Jullie zeiden dat jullie Dwayne van school kenden.'

'Yep,' zei Shore. 'We hebben samen de middelbare school gedaan. Hij had ook niks, net als wij. We vormden een kleine gang. Niet een echte, maar voor de lol. Ik deed aan football, en Dwayne en Kor kwamen me aanmoedigen.'

Rose grijnsde. 'Hij was echt goed, ze noemden hem de bulldozer. Of afgekort "Dozer". Hij kon het je heel lastig maken. Hij had een footballbeurs kunnen krijgen.'

'Maar toen verruïneerde ik een knie, en daarna was ik net wat minder snel, dus dat kon ik vergeten. *Glory Days*, zoals de Boss zegt.'

'Oftewel, na de middelbare school hebben wij er een klotezooi van gemaakt,' merkte Rose op. 'Maar jij bent bij het leger gegaan, Dozer, en ik ging koken.'

Devine verlegde zijn aandacht naar Shore. 'Het leger? Hoe lang heb je daar gezeten?'

'Te lang,' zei Shore nors, zonder hem aan te kijken.

'En Dwayne?' vroeg Devine.

'Nee. Dwayne was niet al te slim, maar slim genoeg om niet te doen wat wij hebben gedaan,' zei Rose.

'Toen hij een jaar of vijfentwintig was, is hij verhuisd,' voegde Shore daaraan toe. 'Toen hij terugkwam, was hij getrouwd en had hij Betsy. Daar stonden we even van te kijken.'

'Hoe kregen jullie weer contact?'

'Hij spoorde ons op. Geen idee hoe hij dat heeft gedaan. Maar op een dag wandelt hij zo de ontwenningskliniek binnen en zegt: "Hallo Kor, hallo Dozer." Alsof er nog geen dag was verstreken.'

'Ik was helemaal beduusd,' zei Shore. 'Het deed me zo goed dat hij zich ons nog herinnerde.'

'Daar keken we echt van op,' zei Rose. 'Maar het was ook net of we elkaar nooit uit het oog waren verloren, snap je? We pakten gewoon de draad weer op alsof we nog op de middelbare school zaten. En Alice was een schatje. Dwayne en zij hielden echt van elkaar. Ze was jonger dan wij. Volgens mij keek Alice echt naar hem op.'

Devine zat onafgebroken te knikken. 'Dus jullie hebben geen idee hoe hij aan het geld voor het huis en de auto kwam?'

Rose wierp Shore een zenuwachtige blik toe. En die zei: 'Kijk, Dwayne was een ontzettend aardige kerel, die je alles zou geven wat hij maar had, maar hij kletste wel uit zijn nek.'

'Wat zei hij dan?'

Shore haalde zijn schouders op. 'Dat hij de loterij had gewonnen. Zo was hij volgens hem aan het huis en de auto gekomen.'

'De loterij? Maar je geloofde hem niet?'

Rose grinnikte. 'Toen hij dat zei, keek ik naar Alice en die rolde zo met haar ogen, weet je wel? En...'

'En wat?'

'Nou ja, ze zag er niet al te blij uit.'

'Maar jullie hebben nooit aan haar gevraagd waar het geld dan echt vandaan kwam?'

'Heb ik wel geprobeerd, één keertje,' zei Shore. 'Maar je kon aan haar merken dat ze het daar niet over wilde hebben, dus toen heb ik het erbij laten zitten. Alice was een aardige meid, maar je moest echt geen ruzie met haar krijgen.'

Waar Rose aan toevoegde: 'Ze deed zo'n beetje alles wat Dwayne wilde, maar dat betekende nog niet dat ze het met alles eens was wat Dwayne wou.'

'Oké, bedankt voor de info.' Devine gaf hun zijn telefoonnummer. 'Als hier iemand opduikt die problemen maakt, of jullie bedenken nog iets wat zou kunnen helpen, of jullie moeten om wat voor reden dan ook contact opnemen, bel me dan, goed?'

De mannen beloofden dat ze dat zouden doen, bedankten hem uitgebreid en toen hij wegreed dacht Devine: blij dat ik niet in hun schoenen sta.

14

Pru Jackson sloeg traag een kruis, voor het geval er iemand keek. Het verbaasde haar eigenlijk hoe automatisch haar hand de juiste bewegingen maakte, want het boterde al een hele poos niet meer tussen God en Jackson. Ze pakte de hand van de op sterven liggende vrouw en keek omlaag naar het gezicht dat ooit op het hare had geleken.

Het was heel gebruikelijk dat kinderen hun stervende moeders voortdurend bezochten in het hospice, hield ze zichzelf voor. Weten dat ze haar persoonlijke verdriet met een hoop mensen deelde, maakte het echter niet makkelijker om haar weg hierin te vinden.

Het was behoorlijk riskant voor Jackson geweest om hier afscheid te komen nemen, maar deze vrouw was het risico wel waard. En ze was ook niet onvoorbereid gekomen, voor het geval ze nog steeds naar haar op zoek waren, ook al hadden ze geen reden om te geloven dat ze nog leefde. Maar goed, ze waren van het slag dat nooit ophoudt met zoeken.

Maar ik zal ook nooit ophouden met naar hen te zoeken.

Jackson was gekleed als een vrouw van ongeveer de leeftijd van haar moeder. Elke lijn, rimpel en wal onder haar ogen was prachtig uitgevoerd. Haar geveinsde traagheid van bewegen en onzekere pas klopten ook helemaal voor een niet echt gezonde oudere vrouw.

De naam die ze op de bezoekerslijst had geschreven was Karen Crawford, iemand die lang geleden een buurvrouw van haar moeder was geweest, tot ze zich in Florida had teruggetrokken en een bescheiden blauw geschilderd Caribisch huisje had betrokken op een kilometer afstand van het strand. Crawford had er geen weet van dat Molly Jacksons wervelwind van een dochter haar identiteit had aangenomen om haar op sterven liggende moeder te bezoeken.

Jackson had zichzelf opnieuw uitgevonden in een vorm die niet erg afweek van de rol die ze namens de Amerikaanse overheid had vervuld: een stralend baken op de heuvel tot de tijd was gekomen om te doden, vernietigen, ontregelen, ontheemden en over het geheel genomen iedereen te naaien die de stars-and-stripes dwarsboomde. Ze was erg bedreven geweest in het organiseren en vervolgens uitvoeren van dat soort operaties, en had medailles en promoties toegekend gekregen voor de heldhaftige inspanningen die ze namens een dankbaar land had geleverd. En toen was haar wereld ingestort en had ze vervolgens jaren van haar leven doorgebracht in een helse nachtmerrie die zelfs Orwell in zijn diepste, duisterste overpeinzingen nog op geen vijfhonderd kilometer had kunnen benaderen.

Haar inmiddels overleden vader had nooit een rol gespeeld in haar leven. Toen Jackson pas een halfjaar oud was, was hij zijn verantwoordelijkheden ontvlucht, nadat hij haar moeder van omstreeks de veertig tegen haar zin had bezwangerd. Maar haar moeder had altijd van haar enige kind gehouden en haar opgevoed tot een sterk, onafhankelijk, weerbaar en vasthoudend mens. Toen Jackson eenmaal volwassen was, besefte ze dat haar vaardigheden en andere persoonlijke kwaliteiten haar weleens konden helpen om het soort superster te worden dat zich maar eens in een generatie voordoet, en dat op het terrein van de spionage.

Toen ze op een relatief jonge leeftijd het absolute toppunt binnen haar werkterrein had bereikt, was ze opgeofferd voor een andere prijs die van groter belang werd geacht voor het land. En op dat moment, toen die kogel eenmaal door de kerk was, was er niets meer – niet haar eerdere werk, niet haar vaardigheden, noch haar contacten – wat haar nog kon redden. Doodgewoon menselijk fatsoen had de balans misschien nog in haar voordeel kunnen laten doorslaan, maar blijkbaar beschikte niemand met wie ze samenwerkte daarover.

Toen die symbolische deur achter haar was dichtgeslagen, had ze twee jaar die wel vijftig jaar leken te duren in gruwelijke gevangenschap doorgebracht, waarbij de vastberaden, pijnlijke gelijkvormigheid van elke dag alleen werd overschaduwd door ogenblikken van angst en martelende pijn die ze nooit zag aankomen. Jackson had dingen doorstaan die ze degenen die zij op de korrel had genomen nooit had aangedaan, want Jackson beschikte over morele grenzen die ze nooit zou overschrijden.

Degenen die haar gevangenhielden hadden die problemen niet.

Het had haar na haar ontsnapping alleen al twee jaar gekost om haar lichaam weer op te bouwen. Ze was er nog niet helemaal in geslaagd om haar geest voorbij die beproeving te herijken, maar in elk geval had ze die morele grenzen niet meer.

Haar volledige voornaam luidde Prudence, waar inzicht uit sprak. Prudent was ze volgens zichzelf zeker. Maar nog zoveel meer dan dat.

Ze boog voorover en kuste haar moeder ten afscheid.

Met behulp van een looprek liep ze langzaam de gang door met onhandige bewegingen van haar zogenaamd weggekwijnde armen en benen.

Toen ze de lobby binnenkwam, hing er in de buurt van de balie een man in pak rond. Jackson nam hem onopvallend op. Hij viel zo nadrukkelijk op dat hij net zo goed iedereen die voorbijkwam zijn badge onder de neus had kunnen duwen.

Dus ze weten, of liever gezegd, ze vermoeden dat ik nog leef?

Ze strompelde richting de balie, zette haar bril goed en

glimlachte naar de man in pak. Opzettelijk klungelde ze met de pen, die de overheidsman beleefd opraapte en haar aanreikte. Ze schreef haar naam in het krabbelige schuinschrift van een oude dame.

'Dank je wel, jongeman,' zei ze met de kraakstem van een oude vrouw, en toen ging ze op weg naar buiten terwijl ze de pen stiekem wegstopte. Haar vingerafdrukken stonden in een beperkt toegankelijke database.

Ze had de taxi laten wachten, en nadat de chauffeur haar op de achterbank had geholpen, borg hij haar looprek op in de kofferbak.

Toen de taxi wegreed, wierp ze een blik in de zijspiegel. De waarnemer in zijn overheidspak had niet eens de moeite genomen om haar vanuit de deuropening te zien wegrijden. De lat was sinds haar tijd daar duidelijk een stuk lager gelegd.

Maar er was ook een andere verklaring.

Ze vermoeden dat ik het ben, maar doen net of ze niks in de gaten hebben. En ik word gevolgd.

Nou, laat de strijd maar beginnen.

Uren later was ze door diverse vermommingen en 'ontregelingskokers' gegaan, zoals ze die zelf noemde, die stuk voor stuk bedoeld waren om zelfs de meest bedreven achtervolger kwijt te raken.

Nu ze veilig was, was de oude vrouw verdwenen, en was Pru Jackson weer zichzelf, wat dat tegenwoordig ook mocht betekenen.

Ruimvallende kleding verborg haar atletisch gevormde, gespierde lichaam. Degenen die haar gevangen hadden genomen, hadden botten gebroken die uit zichzelf weer aan elkaar hadden moeten groeien, wat niet goed was gegaan. Dus na haar bevrijding moesten ze opnieuw worden gebroken en met behulp van pennen en platen moest de schade worden hersteld om haar van de pijnlijke onbeweeglijkheid af te helpen. Ze stond vaak moeizaam op met stijve ledematen.

Voor het passeren van de security op het vliegveld moest ze een doktersattest hebben vanwege alle bellen die gingen rinkelen door al het metaal dat ze nu in haar lichaam meedroeg. Dat was een van de redenen waarom ze graag privé vloog, en daar had ze nu de financiële middelen voor.

Ze nam een Uber naar het vliegveld en ging aan boord van een vliegtuigje voor een vlucht naar de andere kant van het land.

Seattle in de staat Washington was haar bestemming. Er was daar iemand die ze heel graag wilde ontmoeten.

Hij heette Travis Devine, voorheen bij het Amerikaanse leger, maar nu de zoveelste brave stille voor diezelfde overheid die haar had laten vallen.

Ze was bang voor Travis Devine en ze keek tegen hem op, want hij had bewezen dat hij een overlever was.

We lijken misschien best veel op elkaar, voormalig kapitein Devine.

Dus het was nu helemaal aan haar om een eind te maken aan het leven van die man, want ze had er genoeg van om erop te rekenen dat een ander dat wel zou doen.

Devine had haar makkelijk kunnen vermoorden in die trein tussen Genève en Milaan.

En ik had hem op het vliegveld van Dulles kunnen vermoorden, toen ik dat briefje in zijn zak stopte.

Dus op dat punt stonden ze quitte. En nu ging een van hen dood.

Het is even afwachten wie van de twee dat gaat worden.

15

Tegen middernacht kwam Jackson aan in de kille, miezerige kaken van de noordwestkust. Ze nam een Uber naar een Airbnb in een betere wijk die ze zich op het salaris van Uncle Sam nooit had kunnen veroorloven. In de garage stonden een vierdeurs Hyundai-SUV en een kleiner type auto, waarmee ze zich heimelijk door de streek kon verplaatsen. Die laatste checkte ze in de garage, waarbij ze ook meteen de andere spullen bekeek die ze hier samen met de twee wagens had laten afleveren. Alles leek in orde. Ze pakte de wapenkoffer uit die ze mee aan boord had genomen.

De keuken was voorzien van een hele lijst speciale etenswaren die ze had besteld. Ze maakte haar avondeten klaar en kauwde langzaam, waarbij ze alle tijd nam omdat dat wel moest. Jacksons spijsverteringsstelsel was voorgoed verknald door de jarenlange kwellingen. Water was de enige drank die ze tot zich nam, en soms was zelfs dat lastig weg te slikken en binnen te houden. Ze had herhaaldelijk ethanol binnengegoten gekregen bij wijze van verbasterde waterboarding, met als gevolg dat ze al bijna niet eens naar een fles wijn, bier of sterkedrank kon kijken. De maag-darmarts in België die haar ingewanden had onderzocht en haar na haar ontsnapping had behandeld, had haar twee vragen gesteld: hoe was het mogelijk dat ze nog leefde? En wilde ze dat eigenlijk wel? Na wat ze allemaal had doorstaan om te kunnen overleven en te ontsnappen, had Jackson die dokter met alle liefde van zijn ingewanden ontdaan en ze aan hem te eten gegeven.

Toen ze klaar was met eten, liep ze de woonkamer in, deed de gashaard aan tegen de kou die zich in haar botten en metaal had genesteld, ging zitten en opende haar laptop. Ze scrolde door de pagina's vol informatie waar ze bij diverse bronnen voor betaald had en die haar hadden geholpen zich op Devine te richten. Hij was hier op een missie en ze moest die missie beter begrijpen om een aannemelijke val te zetten.

Ze wist dat het niet eenvoudig zou worden.

Hij weet dat ik achter hem aan zit, en hij zal zijn best doen om me voor te zijn. Maar ik betwijfel dat hij weet dat het me gelukt is hem hierheen te volgen.

Ze wist dat ene Danny Glass de reden was voor Devines aanwezigheid hier. Ze was op de hoogte van een paar van de criminele activiteiten van Glass, en zijn huidige juridische toestanden met de overheid, maar zelf had ze geen problemen met hem en voor haar stond er niets op het spel.

Voortaan wordt het iedere man en vrouw voor zichzelf, en vooral wat deze vrouw aangaat.

Jackson ging naar bed en sliep zes uur lang als een blok, wat ongewoon was. Nog steeds werd haar slaap vaak verstoord door nachtmerries. Ze stond op en deed in de kleine sportruimte van het huis een halfuur rekoefeningen, waarna ze drie kwartier lang op de loopband rende. Haar ledematen voelden onhandig en traag aan, en haar geest was er niet veel beter aan toe. Ze verafschuwde de ochtenden, want dat was tijdens haar gevangenschap de tijd dat ze wakker schoot uit een heerlijke droom waarin ze vrij en gelukkig was, om tot de ontdekking te komen dat ze geen van beide was.

Tegen de middag ging het meestal wel weer goed met haar. Ze vroeg zich af of Devine haar daardoor in Genève had kunnen ontglippen; ze was zo vroeg in de ochtend niet op haar best geweest. Maar in alle eerlijkheid had het meer met Devine te maken. Hij had met gemak de twee mannen gedood die ze had meegenomen om hem te vermoorden en je moest toch aannemen dat die twee op alle uren van de dag prima functioneerden. Ze waren aanbevolen als eersteklas professionals in het omleggen van anderen. Ze bleken niet opgewassen te zijn tegen de voormalig Army Ranger.

En ik was geen haar beter.

Ze liet haar vinger langs haar kaak gaan waar Devine haar in de trein geraakt had. Uit ervaring wist ze dat zijn dreun krachtig maar beheerst was geweest.

Het was geen klap geweest om te doden. Hij zag de weerspiegeling van mijn mes in het treinraam. Stomme vergissing van mijn kant. Maar toen maakte hij zelf net zo'n fout door me in leven te laten.

Ze ging onder de douche, trok andere kleren aan, ontbeet en reed naar het centrum van Seattle.

Aan de overkant van zijn hotel ging ze op de uitkijk staan, op een parkeerplaats aan een straat die loodrecht stond op de plek waar hij logeerde, met haar wagen recht vooruit zodat ze zicht had op de ingang van het hotel.

Nadat ze een poosje had zitten kijken, dook Devine uit zijn hotel op, sloeg rechts af en liep de straat uit. Ze nam hem van top tot teen op. Hoe hij liep, hoe hij alles om zich heen observeerde. Vol zelfvertrouwen, maar niet verwaand. Op alles voorbereid.

Net als ik. Omdat we wel moeten.

Ze stapte uit haar SUV en liep achter hem aan, maar wel aan de overkant van de straat. Ze leek een gezette, oude vrouw. Ze had gemerkt dat de meeste mensen nooit zelfs maar een blik op iemand wierpen die er zo uitzag, laat staan dat ze zich door zo iemand bedreigd zouden voelen.

Jackson wist dat de jarenlange martelingen haar levensverwachting hadden verlaagd. De artsen hadden dat al aangegeven, en ze voelde het ook op talloze manieren, hoe goed ze ook at en hoe hard ze ook sportte. Haar lichaam was naar plekken gebracht waar geen mens naartoe mocht worden gedwongen, en de schade was waarschijnlijk onomkeerbaar. Ze had geen tijd te verspillen en had genoeg geld gespaard, dus nu was het haar missie om iedereen in de commandoketen die haar had verraden en aan haar lot had overgelaten op te sporen en te doden. En zodra ze met Devine had afgerekend, werd de eerste naam van haar lijst geschrapt.

Ze volgde Devine naar een koffietentje waar hij even later met een beker in zijn hand weer uit opdook. Hij liep terug naar het hotel en bleef daar voor de deur staan. Uit het een en ander leidde ze af waarop hij wachtte, en ze keerde snel terug naar haar SUV voordat zijn huurauto om de hoek kwam en naar de ingang reed, met een van de hotelbediendes achter het stuur.

Even later reed Devine weg en zij maakte rechtsomkeer en volgde hem. Ze reden een poosje, waarna Devine zijn auto voor de deur van de Sand Bar neerzette, waar de boel nog steeds met politielint was afgezet. Hij liet zijn badge zien en liep naar binnen, terwijl Jackson een vrije parkeerplek aan de overkant op reed.

Jackson googelde de Sand Bar en scrolde omlaag naar het meest recente nieuwsbericht over ene Perry Rollins die daarbinnen was vermoord. De jacht op Devine was begonnen.

De spelen kunnen beginnen. Al was het niet echt een spel, hè? Niet als je zeker wist dat er aan het eind een lijk zou zijn.

Van hem of van mij.

16

'Hoi, Beth,' zei Devine tegen Walker toen hij zich bij haar voegde tegen een muur in de Sand Bar, waar ze op haar laptop zat te tikken. Ze had haar blauwe beschermende kleding aan en haar haar zat in een paardenstaart. Ze had een honkbalpet met een opdruk van de SPD erop.

'Hé, Travis. Kom je weer eens wat speurneuzen?' Ze trok haar gezicht in een grijns.

'Ik doe mijn best. Voordat ik gisteren de stad uit ging, heb ik een goed gesprek met Braddock gehad. Dat is pas een vastberaden speurneus.'

'Nou en of.' Ze viel even stil en haar gezichtsuitdrukking werd ernstig. 'Heeft hij je verteld over...'

'Inderdaad. Ik ben blij dat ze de rotzakken te pakken hebben gekregen.'

'Steves zoons studeren nu allebei aan de Oostkust, dus zijn werk is nu in feite zijn leven. En hij is een geweldige mentor geweest voor mij en sommige andere jonge rechercheurs.'

'Dat zegt veel goeds over hem.'

'Zei je nu dat je de stad uit bent geweest?'

'Ik moest even iets checken in verband met iets anders waar ik mee bezig ben. Hoe gaat het in het politiewereldje van Seattle? Redden jullie het wel?'

'Het aantal opgeloste zaken daalt in het hele land, en Seattle is geen uitzondering. Deels komt dat door gebrek aan geld, en ons voetvolk slinkt, net als bij andere afdelingen. Een hoop mensen die met pensioen gaan en niet veel rekruten die bereid zijn ze te vervangen. Het aantal gewone agenten is bij ons met bijna een derde afgenomen. Dus iedereen moet harder werken, en dat is niet goed voor het moreel, ondanks het feit dat de lonen de laatste tijd flink zijn gestegen. Maar we werken ons uit de naad om alles gedaan te krijgen.'

'Ze kunnen jullie nooit genoeg betalen. Hé, ik wilde later vandaag nog even naar de flat van Rollins toe om de zaak te bekijken. Volgens Braddock hebben ze er niet veel gevonden, maar hij zei wel dat ik best even rond kon snuffelen. Heb je zin om mee te gaan?'

'Ik ben hier zo'n beetje klaar, en ik wilde er zelf ook nog een kijkje nemen. We hebben hier onze handen zo vol gehad dat een ander team zijn flat voor hun rekening heeft genomen.'

'Hier nog iets nieuws?'

'Helaas niet. Geef me tien minuten, dan kunnen we gaan.'

'Prima, mijn huurauto staat hier voor de deur. Ik kan je hier terugbrengen.'

Rollins had in een vervallen flatgebouw gewoond, in een krottenwijk een paar kilometer buiten het centrum in een buurt die volgens Walker in een overgangsfase zat. Een overgang waarheen, daar was ze niet zo duidelijk over.

'Het ging niet zo heel goed met zijn "bedrijf", heb ik de indruk,' zei Devine. Ze namen de trap naar de eerste verdieping, waar een agent bij Rollins voor de deur stond.

Ze werden binnengelaten en keken om zich heen.

'Ze hebben geen andere vingerafdrukken gevonden dan die van Rollins,' zei ze.

'Had hij een auto?' vroeg hij.

'We hebben geen rijbewijs op zijn naam gevonden.'

Devine liep naar het midden van de kleine woonkamer die toegang gaf tot een slaapkamer en een badkamer. De keuken bestond uit een tafelmodel koelkast en een magnetron. In de kastjes stond maar weinig eetbaars. In de kledingkast lagen wat smoezelige kleren op een stapel. In de badkamer stonden een oude deodorant en een afgesleten stuk zeep. Er waren geen boeken, geen foto's, geen spulletjes, niets persoonlijks eigenlijk.

'Ik denk dat Rollins al in de gaten werd gehouden voordat hij mij begon te volgen.'

'Heb je het over het tijdstip van zijn dood?' vroeg ze.

'Precies. Ik denk dat ze hem volgden, hem met mij zagen praten, en dat ze ons toen allebei naar de bar zijn gevolgd. Na mijn vertrek hebben ze hem vermoord. Dat betekent dat ze wisten dat Rollins informatie had waarvan ze niet wilden dat hij die verkocht.'

'Dat klinkt aannemelijk, maar wat hebben wij daaraan?' vroeg ze.

'Ik heb nog geen idee. Hebben jullie zijn telefoon gevonden?'

'Nee. Er staat een telefoon op zijn naam, maar die hebben we niet op hem aangetroffen. En hier is ook geen telefoon gevonden.'

'Dus die hebben ze meegenomen nadat hij was neergestoken.'

'Waarschijnlijk wel.'

'Kunnen jullie bij zijn gegevens komen?'

'We hebben een bevel ingediend.'

'Punt is dat ik Rollins niet inschat als een loslippig type. Hij verdiende zijn geld met geheimen achterhalen om die vervolgens te verkopen. Dus hoe hebben ze hem überhaupt in de peiling gekregen?'

'Iedereen maakt fouten.'

'Nou ja, mij heeft hij info over Danny Glass aangeboden, dus misschien heeft hij die ook aan anderen aangeboden.'

'Onder wie de mensen die hem hebben vermoord?' vroeg Walker sceptisch.

Devine keek nog eens nadrukkelijk de armoedige flat rond. 'Nou ja, het is niet alsof de zaken van die kerel nou zo geweldig goed gingen, tenzij hij nog ergens een paar miljoen in een sok verstopt heeft liggen. Dus misschien was hij wel zo wanhopig.'

'Geen mens gaat in de clinch met Danny Glass zonder iets van een plan B te hebben.'

Devine knikte. 'Ik denk dat Rollins in elk geval slim genoeg was om dat te weten. Dus wat voor informatie hij ook had, hij zal gezorgd hebben dat die ergens veilig was opgeslagen, wat er ook met hem zou gebeuren. Bij wijze van verzekering, al heeft die hem in dit geval niet beschermd.'

'Dus als Glass dat ook had bedacht, en laten we even aannemen dat hij dat heeft gedaan, dan zou hij iedereen vóór willen zijn om die info te vinden.'

'Precies.' Het volgende ogenblik verstijfde Devine. Hij haalde zijn telefoon tevoorschijn en mailde iets.

Hij wees naar haar broekzak waar haar telefoon zich in aftekende. Walker las de mail die hij haar net had gestuurd en keek verbaasd naar hem op.

Devine zei: 'Nou ja, ik schaam me niet om te bekennen dat dit me boven de pet gaat. Hier gaan we echt niks vinden. Kom mee.'

Ze verlieten de flat.

'Die mail van je... Denk je dat ze Rollins lieten volgen?'

'Dat zou helemaal niet zo gek zijn,' zei Devine.

Devine nam haar mee naar de flat tegenover die van Rollins en klopte aan. Boven het lawaai uit van een tv die binnen aan stond hoorden ze gebonk hun richting op komen. Toen de deur openging, zat daar een oudere vrouw op een rollator met in haar ene hand een stok. Het bonkende geluid dat ze hadden gehoord, moest afkomstig zijn van de stok die op de vloer sloeg terwijl zij zich voortbewoog, was de conclusie van Devine.

'Ja?' zei ze geïrriteerd. 'En vlug een beetje. Ik ben aan het bingewatchen.'

'Neem me niet kwalijk, mevrouw.' Hij wierp een blik op het

cijfer 302 op haar deur. 'We zijn op zoek naar Doug Simms. We hadden gehoord dat hij in appartement 306 woont, maar hij doet niet open. Kent u Doug?'

'Wie wil dat weten?'

Walker stak haar badge naar voren. 'De politie van Seattle. En wie bent u?'

Met een kwaad gezicht zei ze: 'Lynn Martin.'

'Dus, hoe zit het met 306?' vroeg Devine.

'Die "Doug Simms", wie dat ook mag zijn, die woont daar niet, want daar woont niemand. Die flat staat al weken leeg.'

'En flat 304?' vroeg Devine.

'Ben jij soms ook van de politie?' vroeg Martin.

'Hij werkt met ons samen,' legde Walker uit.

'Hmm. Daar zit volgens mij een luchtje aan. Perry Rollins woonde op nummer 304. En die is niet thuis omdat hij dood is. Volgens het nieuws op de tv, tenminste.'

'Kende u meneer Rollins?' vroeg Walker.

'Even goed als iedereen hier. Oké, hij was een tikkie verdacht, maar ik mocht hem wel. Hij zorgde voor wat leven in de brouwerij. Verder is het hier nogal een dooie boel, zeg maar, en ik ben niet dood, in elk geval nog niet. Hij deed weleens wat klusjes voor me. Repareerde dingen. Een lekkende wc, gat in de muur, hij heeft mijn keuken overgeschilderd. Heel handig. En hij vroeg er niet veel voor. Ik betaalde hem meestal in eten. En hij was altijd aardig tegen Miss Persimmon.'

'Tegen wie?' vroeg Devine.

'Mijn kat.'

'Kunnen we binnen even praten?' vroeg Devine.

'Nee.'

'Waarom niet?'

'Ik ga dat beetje tijd dat ik nog heb niet aan jullie verspillen. En ik ben aan het bingewatchen.'

Ze sloeg de deur in hun gezicht dicht.

‘Die moet je niet kwaad maken,’ merkte Walker op.

‘Volgens mij hebben we dat net gedaan.’

Ze gingen bij nummer 306 voor de deur staan en Devine haalde zijn lockpick gun tevoorschijn.

‘Dat heb ik niet gezien,’ zei Walker met een blik naar hem.

‘Wat niet?’ zei Devine.

Even later waren ze binnen. Het kostte niet veel tijd. Tegen de muur aan de kant van Rollins’ flat zat een zwart apparaatje van zo’n tien centimeter lang bevestigd. Walker nam er een foto van en ze vertrokken weer.

‘Afluisterapparaat,’ zei hij en Walker knikte instemmend. ‘Opmerkelijk dat ze die hier niet zijn komen weghalen. Is er een manier om na te gaan waar dat signaal heen gaat zonder ze te laten weten dat we dat ding gevonden hebben?’

‘Ik kan het proberen,’ zei ze. ‘Ik haal er een IT-team bij, eens zien wat die voor elkaar krijgen. Ik kan hier blijven om ze op te vangen. Ze kunnen proberen het signaal hier te traceren.’ Ze nam hem met een waarderende blik op. ‘We hadden geen bevel om hier binnen te komen. Jullie doen het bij Homeland Security kennelijk anders.’

‘Kennelijk, ja. Zorg dat je dit allemaal aan Braddock vertelt. Ik heb gezegd dat ik hem op de hoogte zou houden.’

Hij liet haar daar achter en ging op pad naar de volgende halte in zijn onderzoek: Betsy Odom.

17

‘Wat doe jij hier nou weer?’ vroeg Saxby verbaasd toen ze de deur had geopend.

Devine zette de tas die hij bij zich had neer en zei: ‘Ik heb wat kleren en andere spullen uit haar stacaravan voor Betsy meegenomen. En ik moet haar even spreken.’

‘Waarom?’

‘De moord op Rollins.’

‘Die vond je niet belangrijk genoeg om haar ontmoeting met haar oom af te blazen. Dus wat is er dan nu weer aan de hand?’

‘Wat er aan de hand is, is dat we nu meer weten. Dus ik moet Betsy echt spreken,’ zei hij kribbig.

‘Oké, maar dan blijf ik er ook bij. Anders kun je vertrekken,’ snauwde Saxby terug.

Daar stemde Devine met tegenzin mee in, en de FBI-agent ging het meisje uit haar kamer halen.

Betsy zag er slaperig en verfomfaaid uit en was nog steeds in pyjama. Rond haar hals hing een lichtgroene koptelefoon.

‘Gaat het een beetje?’ vroeg hij.

Ze wreef in haar ogen. ‘Ja hoor. Is dat alles wat je wilt weten? Ik lag uit te slapen.’

Hij tilde de tas op. ‘Ik heb wat kleren en andere spullen uit je huis meegenomen.’

Onmiddellijk fleurde ze op en zei: ‘Geweldig. Hoe wist je nou waar het was?’

'Van je vrienden Nate Shore en Korey Rose. Die zitten daar nu om de boel in de gaten te houden.'

Ze nam de tas van hem over. 'Bedankt, Travis. Ik had alleen de spullen die ik in de auto aanhad en wat kleren in de achterbak die mijn moeder altijd in een tas mee had.'

'Waarom?' vroeg Devine.

'Voor als we ergens snel weg moesten, snap je wel,' zei ze gegeneerd.

'Er zitten ook boeken in.' Devine wierp een blik naar Saxby. 'En nu we het er toch over hebben, hoe doet ze dat nu met school?'

'Mijn moeder gaf me thuis les,' antwoordde Betsy.

'Ik heb nergens in huis schoolspullen of lesboeken zien liggen.'

'Ze had haar eigen aanpak. En dat ging wat mij betreft best goed,' zei Betsy stijfjes.

Hij wierp opnieuw een blik naar Saxby. 'Hoe lang wordt ze hier vastgehouden? En waarom eigenlijk?'

'Je weet best waarom.'

'Nee, ik weet niet zo zeker of ik dat wel weet. Maar ik neem jullie mee uit eten en dan kunnen we het erover hebben.'

'Ik verga van de honger,' zei Betsy. 'Maar moet zij ook per se mee?'

'Ja, dat moet,' snauwde Saxby. 'En hij heeft trouwens niks te zeggen over wat ik doe of laat,' voegde ze er kwaad aan toe. 'En jij evenmin.'

'Kleed je aan, Betsy, dan gaan we op pad,' zei Devine.

'Niet naar die hamburgertent,' zei Betsy. 'Na het Four Seasons verwacht mijn maag wat beters.'

Ze ging terug naar haar slaapkamer.

'Geweldig,' zei Saxby. 'Nou krijgt dat kind ook nog praatjes op culinair gebied.'

'Wat is hier nou eigenlijk echt het einddoel, agent Saxby?'

'Noem me maar gewoon Ellen,' zei ze vermoeid, terwijl ze

op de bank neerplofte. Ze haalde een sigaret tevoorschijn, maar stak hem ditmaal niet op. 'Trouwens, ik heb vandaag contact opgenomen met mijn leidinggevenden over waar wij het over hebben gehad. Ze hebben nog niet gereageerd. Dat wijst er volgens mij op dat er enig verschil van mening is over hoe we precies moeten omgaan met de omstandigheden rond de dood van de Odoms.'

Hij ging in een stoel tegenover haar zitten. 'Wat heeft Betsy eigenlijk precies voor waarde voor jullie? Ontgaat me hier iets?'

'Tja, ik ben net zo'n eenvoudige soldaat als jij. Ik volg gewoon bevelen op, oké?' zei ze, terwijl ze de sigaret verfrommelde en in de prullenmand gooide. Ze pakte een fles water en dronk hem leeg. 'Maar we mogen Danny Glass niet onderschatten,' zei ze gedecideerd. 'Best mogelijk dat die gast hierbij betrokken is op een manier waar wij nog niet eens aan gedacht hebben. Ik heb genoeg zaken gehad die zomaar ineens omsloegen en op iets uitdraaiden wat niemand had voorzien. Als je ook maar even niet oplet, ben je de klos.'

Na deze slimme opmerking had Devine meer vertrouwen in Saxby's vaardigheden als agent.

'Oké, maar wie kan het dan op haar voorzien hebben?'

'Nou ja, als haar ouders inderdaad niet aan een overdosis overleden zijn, zoals zij beweert, dan zal degene die ze vermoord heeft geen warme gevoelens voor haar koesteren.'

'Maar dat slaat nergens op. Waarom heeft diegene Betsy dan niet meteen ook vermoord?'

'Zoals ik al zei, daar word ik niet voor betaald, Devine. En, nog iets te melden over de moord op Rollins?'

Hij praatte haar bij, ook over de afluisterapparatuur in het appartement naast dat van Rollins.

'Het lijkt erop dat Rollins meer wist over Glass, misschien genoeg om zijn voogdijschap en adoptie van zijn nichtje in het honderd te sturen. Iemand liet hem volgen en nu is hij dood.'

Saxby knikte. 'Oké, dat is absoluut een motief voor Glass om hem te laten vermoorden. Misschien was hij ook wel degene die Rollins' flat liet afluisteren.'

De deur van de slaapkamer ging open en Betsy verscheen in kleren die Devine had meegenomen.

Ze zei gretig: 'Oké, laten we gaan eten.'

18

Ze liepen naar een visrestaurant vier straten verderop, waar de meeste van de aangeboden ingewikkelde gerechten prominent in de etalage stonden uitgestald. Devine had honger en Betsy zag eruit alsof ze eraan toe was om een hele koe te verorberen. Saxby was lusteloos meegehobbeld, met haar blik op het trottoir gericht en een sigaret in haar mond.

Ze deden hun bestelling en in afwachting van hun eten vertelde Devine Betsy over Rollins, waarover hij Devine had benaderd, en dat hij vervolgens dood was aangetroffen in de Sand Bar.

'Hebben je ouders het weleens over Rollins gehad?' vroeg hij.

'Nee,' zei de zichtbaar geschokte Betsy.

Dat ontging hem niet, en hij zei: 'Ik zou willen dat ik het niet over dit soort dingen met je hoefde te hebben, Betsy, maar je moet gewoon weten wat er speelt.'

Saxby droeg ook haar steentje bij en zei: 'En we zorgen dat niemand jou iets aandoet.'

Devine wierp haar even een blik toe en ging verder: 'Rollins wist iets over je oom, Betsy. Iets wat hij aan mij wilde slijten.'

'Voor hoeveel?' vroeg ze.

'Honderdduizend dollar.'

'Jezus, dan moet het iets heel ergs zijn geweest,' riep Saxby uit.

'Het kan anders ook best gelul zijn geweest,' bracht Betsy daartegen in.

'Dat kan,' zei Devine. 'Maar hij wist vast dat hij gelazer zou krijgen als bleek dat het verzonnen was. Het kan zijn dat hij echt iets van waarde wist. En als dat zo was, zal het niet alleen in zijn hoofd hebben gezeten. Dan moeten er harde bewijzen zijn geweest om zijn bewering te ondersteunen. En ik geloof dat hij die dan op een heel veilige plek moet hebben achtergelaten.'

'Maar je hebt geen idee waar dat zou kunnen zijn?' vroeg Saxby.

'Nee.' Devine nam Betsy op. 'Als het iets heel ergs was, zou je dan toch bij je oom willen wonen?'

'Dat hangt er maar van af wat je "heel erg" noemt,' kaatste ze terug.

Opnieuw was Devine onder de indruk van haar rijpheid, in elk geval in bepaalde opzichten. Toen moest hij denken aan het boek waarin ze aan het lezen was geweest en waarin ze aantekeningen had gemaakt: *Denk groot – word rijk*.

Dankzij de bloeiende tandartspraktijk van zijn vader was Devine opgegroeid met het comfort van de hogere middenklasse in Connecticut. Hij had nooit honger geleden, was nooit dakloos geweest of wat dan ook dat bij benadering te vergelijken was met wat Betsy Odom had doorstaan. Dus hij kon zich best voorstellen hoe verleidelijk het was om te worden geadopteerd door een rijk familielid, ongeacht diens morele waarden.

'Wat ga je doen om erachter te komen wat hij wist?' vroeg Saxby.

'Ik heb niet echt veel om op af te gaan.'

'En dan nog iets anders,' zei ze. 'We hebben wat van de advocaten van Glass gehoord. Donderdag staat er een rechtszitting over zijn aanvraag voor een noodadoptie gepland.'

Devine wierp een blik op Betsy om te zien hoe ze daarop reageerde.

Het gezicht van het meisje was net zo onbewogen als de eerste keer dat hij haar ontmoette.

'En als zijn voogdij wordt goedgekeurd, waar gaat ze dan bij hem wonen?' vroeg hij.

'Hij moet vanwege die strafzaak in Seattle blijven, dus hij kan niet even met haar naar Europa of Azië vliegen, als je dat bedoelt.'

Devine zag dat Betsy leek te schrikken bij het idee dat dat er zelfs maar in had gezeten.

'Maar ik neem aan dat hij Betsy naar een van zijn huizen kan sturen,' ging Saxby verder. 'Zij kan uiteraard vrijuit reizen. Maar om te beginnen moet hij die noodvoogdij toegekend krijgen, en neem van mij aan dat Justitie alles op alles zal zetten om dat te dwarsbomen.'

Hun maaltijd verscheen, en onder het eten zei Devine: 'Je had het erover dat je moeder het weleens met jou over haar broer had, Betsy. Wat zei ze dan over hem?'

Betsy ging door met het verorberen van haar gefrituurde garnalen, die ze diep in de cocktailsaus doopte.

'Kun je je helemaal niets herinneren?' vroeg Saxby.

Betsy slikte haar eten door en nam even de tijd om haar mond af te vegen. 'Nou ja, ze vertelde dat hij rijk was. En dat hij in het leger had gezeten. En dat hij haar toen ze klein was altijd beschermde. Mijn grootvader zal wel niet zo'n fijne kerel zijn geweest of zoiets.'

'Wist ze iets van wat voor zaken hij deed?' vroeg Saxby.

'Bedoel je of ze wist dat hij een schurk was? Dat denk ik niet. In elk geval heeft ze dat nooit tegen me gezegd.'

'Ik werk samen met ene rechercheur Braddock aan de moord op Rollins, maar ik moet ook achterhalen waar je ouders zijn gestorven,' zei Devine. 'Ik snap dat dit heel pijnlijk is, maar alles wat je me over die dag kunt vertellen, zou kunnen helpen. Als ze niet verslaafd waren, moeten ze op een andere manier zijn gestorven. Ik wil de waarheid achterhalen, zoals jij me gevraagd hebt,' voegde hij eraan toe.

'Waarom hoor ik nu pas dat ze je dat heeft gevraagd?' mopperde Saxby. 'En ga nou niet weer beweren dat het je ontschoten was. Daar kom je niet mee weg, Devine.'

Hij gaf geen antwoord, maar bleef op Betsy letten. Devine had het gevoel dat dit weleens een cruciaal moment kon zijn.

Betsy slikte een hap rijst door, legde haar vork neer en frummelde met een takje peterselie op haar bord.

Hij zei: 'Het stadje Ricketts ligt in Asotin County, bijna vijf uur rijden van waar jullie woonden. Dus heen en terug tien uur rijden voor je ouders en jou. Waarom waren jullie daar eigenlijk die dag? Kenden je ouders daar iemand, Betsy?'

Ze liet de peterselie weer met rust. 'Dat hebben ze niet gezegd. We gingen er gewoon heen.'

'Wat hebben jullie daar gedaan?' vroeg Devine.

'We hebben geluncht. Bij een tent ergens in het centrum.'

'Weet je nog hoe die heette?' vroeg Devine.

'Nee. Het was gewoon een armoedige tent.'

'Maar kun je je er iets van herinneren? Het interieur? Het uniform van het bedienend personeel?'

Ze dacht even na. 'De serveerder had een zwarte rok en een witte blouse aan.'

'Behoorlijk doorsnee. En verder?'

'Er was een bar.' Ze kneep haar ogen toe. 'En een jukebox.'

'Herinner je je of het gerecht dat je nam een bepaalde naam had? Of dat de gerechten een bepaald thema hadden?'

Betsy klaarde op. 'Ja, de menu's.'

'Wat was daarmee?'

'Die hadden de vorm van een hoed. Een cowboyhoed.'

Devine keek even naar Saxby. 'Oké, dat moet genoeg zijn. En je ouders hebben je dus nooit verteld waarom jullie daar waren?'

'Nee. We hebben gewoon geluncht. En later hadden ze een afspraak met een stel kerels terwijl ik in de auto bleef zitten.'

Devine verstijfde. 'Een paar kerels? Waar hadden ze afgesproken?'

‘We zijn met de auto een stukje de stad uit gereden. Mijn vader ging de weg af. Er stond nog een andere auto geparkeerd. Twee kerels stapten uit, en mijn ouders ook. Ze zeiden dat ik in de auto moest wachten.’

‘En ze praatten met elkaar?’ vroeg Saxby.

‘Precies. Een paar minuten.’

‘Praatten ze alleen maar of deden ze nog andere dingen?’ vroeg Devine.

‘Een van die kerels gaf iets aan mijn vader.’

Devine en Saxby schoten allebei overeind. ‘Wat dan?’ vroeg Devine.

‘Een sporttas.’

‘Hoe groot?’

‘Ongeveer even groot als die je net hebt meegenomen met mijn spullen.’

‘En wat gebeurde er toen?’

‘Mijn vader zette hem neer, maakte hem open en keek erin. Toen deed hij hem weer dicht, die kerels vertrokken, mijn ouders stapten weer in en we reden weg.’

‘Lieten ze zien wat erin zat?’

‘Nee, mijn vader stopte hem in de achterbak voordat hij weer instapte.’

‘En ze hebben je niets verteld over die afspraak? Of over wat er in die tas zat?’

‘Nee. Ik was slaperig geworden na de lunch, en toen ze weer instapten, zat ik half te pitten.’

‘En hoe lang duurde het voordat ze ziek werden?’

‘Een paar minuten. Papa reed ineens van de weg af. Hij had problemen met ademhalen. Ik… Ik had het niet meteen in de gaten, waarschijnlijk omdat ik weer in zat te dutten. Ik vroeg hem wat er aan de hand was, en ineens zag ik dat mama er ook niet best uitzag. En toen… toen haalden ze ineens allebei geen adem meer.’ Ze keek weg. ‘Ik belde het alarmnummer, en de hulpdiensten kwamen, en… meer weet ik niet.’

'Wat is er met die tas gebeurd?' vroeg Saxby.

'Weet ik niet. Misschien ligt die nog in de auto.'

'Die nog in Ricketts staat?'

'Die lui van de politie hebben me meegenomen naar het bureau. Ik weet niet wat er met onze auto is gebeurd.'

'Leken die twee kerels op een van de mannen die in het Four Seasons bij je oom waren?'

'Nee, totaal niet.'

'Heb je de politie of de FBI verteld dat je ouders een afspraak met die mannen hadden en dat ze die sporttas kregen?'

Betsy wierp een blik naar Saxby. 'Nee, daar hebben ze niet naar gevraagd.'

Devine keek even snel naar Saxby. 'Oké, Betsy, dank je wel. Hier hebben we echt wat aan.'

'Waarom maakt Homeland Security zich hier eigenlijk druk over?' vroeg Saxby geïrriteerd. 'Valt dit wel onder hun jurisdictie?'

'Alles op Amerikaanse bodem valt onder hun jurisdictie.' Devine had geen idee of dat wel waar was, maar hij had nu even geen zin in een partijtje gehakketak met het Bureau.

'En wat is nu je volgende stap?' vroeg Saxby.

'Ik moet naar Ricketts, waar de politiecommissaris naar het schijnt een kleine dictator is.'

'Waar ligt dat precies?' vroeg Saxby.

'In het zuidoosten van de staat, behoorlijk afgelegen.'

'Net als waar wij woonden,' zei Betsy. 'Niet veel mensen.'

'Werkten je ouders?' vroeg Devine.

'Papa werkte af en toe. Er zijn daar een paar boerderijen en papa zei dat ze daar veel hooi en dat soort dingen produceren. Dat gaat het land uit voor renpaarden en zo, of dat zei hij tenminste. Soms werkte hij in de bouw of tuinonderhoud. Niet ver daarvandaan was een opleidingscentrum waar hij soms werkte. Papa was graag buiten. Mama gaf mij thuis les, zoals ik al zei, en ze deed het huishouden en zo. Maar in haar vrije tijd werkte ze bij de plaatselijke kruidenier, vakken vullen en zo.'

'Ik weet dat het er erg verlaten is, maar hadden jullie buren? Of vrienden?'

'Het dichtstbijzijnde huis was kilometers verderop. En daar was niemand van ongeveer mijn leeftijd. Dus ik had alleen mijn ouders. En Nate en Kor, als die langskwamen.'

Saxby wierp Devine een blik toe. 'Pas maar op als je in Ricketts langsgaat. Sommige lui van de plaatselijke politie beschouwen de feds als de vijand.'

En misschien zijn we dat ook, dacht Devine. Intussen vroeg hij zich ook af waarom de FBI Betsy niet had ondervraagd over de dood van haar ouders of over vreemde gebeurtenissen op de laatste dag dat ze leefden. Wisten ze iets wat Devine niet wist?

Toen ze waren uitgegeten en vertrokken, keek de oudere vrouw die vijf tafeltjes verderop naar iets op haar AirPods had zitten luisteren hen na, terwijl ze een opzichtige broche op haar blouse beroerde.

Pru Jackson had een hoop opgestoken. Ze ging Devine nog steeds vermoorden, maar het was wel iets ingewikkelder geworden.

19

Devine zette Saxby en Betsy af bij hun hotel en reed naar het zijne. Net toen hij naar binnen wilde stappen, dook er een man naast hem op. Hij had in de kleine toegangspoort naar het hotel staan wachten.

'Meneer Devine?'

Hij draaide zich om en zag Dennis Hastings staan, het mannetje van Glass. Hastings maakte een nijdige indruk en wilde duidelijk liever ergens anders zijn.

'Ja?'

'Meneer Glass wil u graag spreken.'

'Dan zal hij een afspraak moeten maken. Ik heb het druk.'

Hastings keek diep geschokt. 'Meneer Glass wil u nú spreken.'

'Tja, *you can't always get what you want*, zoals de songtekst luidt.'

'Dat gaat niet op voor meneer Glass.'

'Jazeker wel. En waarom wil hij mij spreken?'

'Hij had het over Operatie Asjoera. Weet u wat hij daarmee bedoelt?'

Van deze opmerking stond Devine even te kijken. 'Jawel,' zei hij.

'Dus dan komt u mee?' vroeg Hastings beleefd, al strookte zijn barse gezichtsuitdrukking niet met de toon die hij aansloeg. Devine kon merken dat de man naar een robbertje vechten snakte, wat hij zou verliezen tenzij hij nog zo'n vijf man gewapende soldaten achter de hand had. En dat zou best kunnen, als Hastings slim was.

'Ja, maar ik kom op eigen gelegenheid.'

'Ik heb een wagen bij me.' Hij wees naar een zwarte SUV met heel donkergetinte ramen die er net zo uitzag als de auto die Devine in Virginia in het zicht had zien glijden. Maar er waren massa's zwarte SUV's met getinte ramen en massa's gevaarlijke types die daarin reden.

'Veel plezier met je ritje in die wagen dan maar. Ik ben over twintig minuten bij het hotel.'

Duidelijk gefrustreerd beende Hastings weg, stapte in de SUV en reed weg, terwijl Devine een ritje bestelde met de app van Uber. En nu wist hij dat Danny Glass zich hem wel degelijk herinnerde uit hun dagen op het slagveld in het Midden-Oosten. Het was de eerste en enige gelegenheid geweest waarbij de twee militairen elkaars pad hadden gekruist.

Operatie Asjoera had onder leiding gestaan van Iraakse troepen samen met door Iran ondersteunde sjiitische troepen om het stadje Jurf al-Sakhar terug te veroveren, dat strategisch lag ten opzichte van Bagdad. Amerika werd niet geacht troepen ter plekke te hebben in dit specifieke conflict, maar bij de aanval waren drie pelotons Amerikaanse soldaten betrokken om ervoor te zorgen dat het niet zou mislukken. Ze hadden ook de taak gehad om de Amerikaanse luchtaanvallen te coördineren op de Islamitische Staat in Irak en de Levant, ook wel bekend als ISIL. Aan beide zijden was er hard gevochten en het voordeel in de strijd was van de ene naar de andere zijde heen en weer geslingerd. Dat nam niet weg dat ze er uiteindelijk in waren geslaagd Jurf al-Sakhar weer in te nemen en ISIL te verdrijven. Dat had er ook voor gezorgd dat miljoenen sjiieten veilig hadden kunnen oversteken om een pelgrimstocht te ondernemen naar Karbala en Najaf om met vasten en gebed Asjoera te gedenken.

Devine en Glass waren onderdeel geweest van verschillende legeronderdelen die erheen waren gestuurd om aan de slag deel te nemen. Devine, die indertijd luitenant was, had het bevel gevoerd over een van de pelotons. Zijn mannen en hij waren in een chaotisch kruisvuur beland en uiteindelijk werd hun aftocht verhinderd door ruim tweehonderd geharde ISIL-strijders die een uitval deden om de veel kleinere Amerikaanse eenheid in de pan te hakken. Ze kregen ondersteuning van raketwerpers, één zwaar type machinegeweer, en twee lichte machinegeweren, en de zaak zag er niet best uit. Devine besefte dat als ze werden gevangengenomen door ISIL, ze op social media en in uitzendingen aan de wereld zouden worden getoond om te bewijzen dat Amerikaanse soldaten actief deelnamen aan aanvallen op Iraaks grondgebied terwijl ze geacht werden alleen steun te verlenen. En vervolgens zouden de nog levende manschappen en hij waarschijnlijk voor het oog van de hele wereld worden onthoofd.

Dat zou echt een afgrijselijk beeld hebben neergezet. Maar op die dag maakte Devine zich veel meer zorgen om het leven van zijn manschappen dan om de eventuele politieke gevolgen.

De gewonde Danny Glass was een ware held geweest en had een heel stel van zijn medesoldaten weten te redden, waarbij hij zelf groot gevaar had gelopen. En het was voor een groot deel te danken geweest aan de inspanningen van Glass dat Devine en zijn mannen kans hadden gezien het vol te houden tot er versterkingen kwamen opdagen.

Devine had een aanbevelingsbrief voor hem geschreven, die was geaccepteerd, dus zijn connectie met Glass maakte deel uit van de officiële legerdocumenten.

Hij vroeg zich niet voor het eerst af of hij vanwege deze band voor deze missie was uitgekozen.

Maar waarom zou dat van belang zijn? Glass was hier toch de vijand? Waar of niet?

Hij kwam aan bij het Four Seasons en werd in de lobby opgevangen door Hastings.

'Meneer Glass is in de presidentiële suite,' zei Hastings.

'Uiteraard,' antwoordde Devine.

Ze namen de lift omhoog. Voor de suite stonden twee onder de littekens zittende karteltypes die eruitzagen alsof ze van hun leven nog nooit hadden gelachen. En allebei straalden ze uit dat ze met alle liefde gratis en voor niks een kogel in Devines schedel zouden pompen.

Hastings klopte aan en de deur werd geopend door een man die sprekend op de twee voor de deur leek, alleen nog een graadje gemener. Devine en Hastings werden voorbij de foyer een grote zitkamer in geloodst met een overweldigend uitzicht op de baai door twee wanden met ramen, en tegen een andere wand een breedbeeld-tv boven een gashaard. De gloed van de blauwrode vlammen verwarmde de ruimte. Daar zat Glass in een zwarte lange broek en een lichtblauwe kasjmier trui en hij zag er slank, actief en gelukkig uit, dacht Devine. In aanmerking genomen dat hij was aangeklaagd voor misdaden die hem levenslang in de gevangenis konden doen belanden, zag Glass er opmerkelijk onbezorgd uit, dacht Devine voor de tweede keer. En opnieuw vroeg hij zich af hoe dat kwam.

Glass kwam overeind van zijn stoel en stak zijn hand uit naar Devine.

'Neem me niet kwalijk dat ik niet liet merken dat ik je kende toen je Betsy bij me bracht. Ik wist eigenlijk verdomd zeker dat jij het was, maar ik wist niet beter dan dat je nog in het leger zat, dus maakte ik mezelf wijs dat je niet luitenant Travis Devine kon zijn.'

'Tegenwoordig is het gewoon Travis Devine, meneer Glass. En ik ben als kapitein vertrokken.'

'Zeg maar Danny. Ik ben nooit zo'n meneer geweest.'

'Oké, Danny.'

Glass wees naar een stoel en ze gingen tegenover elkaar zitten. Devine zag dat Hastings en die andere gewapende kleerkast uit zicht waren verdwenen, maar hij betwijfelde dat ze ver weg waren.

'Dus je bent tegenwoordig federaal agent?' zei Glass.

'Iets in die richting. En jij?'

Glass glimlachte. 'Ik weet zeker dat je uitgebreid bent ingeseind over wat ik allemaal zoal heb uitgehaald. In elk geval volgens de kijk van de overheid.'

'Dus er is een andere kijk?'

'Er is altijd een andere kijk, Travis. Onschuldig tot het tegendeel is bewezen, nietwaar?'

'Klopt.'

'Waarom heb je het leger verlaten?'

'Ik had het gevoel dat mijn mazzel opraakte,' antwoordde Devine.

'Dat kan ik volgen. Wie wil er nou in een vreemd land voor niks creperen?'

'Nou ja, we dienden wel ons land.'

'Zoals ik al zei: voor niks.'

Die trap tegen de stars-and-strips liet Devine passeren. 'Waarom wilde je me spreken? Ik weet dat je een drukbezet man bent. Dus er moet een reden zijn.'

'Ik wilde gewoon even een medesoldaat gedag zeggen die samen met mij in het nauw heeft gezeten.'

'We staan allemaal bij je in het krijt. Dat heb ik ook geschreven in mijn brief aan de hotemetoten.'

'Ik ben blij dat je dat hebt geschreven, Travis. In elk geval wat dat in het krijt staan aangaat.'

De spanning in de kamer schoot van elf punten omhoog naar de Dag des Oordeels.

'Kun je me volgen, Travis?' zei Glass.

'Ik zal wel traag van begrip zijn, maar nee.'

'Betsy is een geweldige meid. Wat er met mijn zus en haar man is gebeurd... Dieptragisch.'

'Ja, dat is zo.' Devine besloot een gooi te doen en tegelijkertijd de richting van het gesprek om te buigen. 'Wist jij dat ze drugs gebruikten?'

'Ik wist vrijwel niks van ze. Ze trouwden toen ik overzee zat. Ik zag Alice toen ik met verlof was, en Dwayne was op pad, op zoek naar werk dat hij bijna nooit vond. Dat was voordat ze Betsy kregen. Toen zij eenmaal geboren was, trokken ze veel rond. Gisteren heb ik haar voor het eerst in levenden lijve gezien.'

'En nu wil je haar voogd worden.'

'Onze ouders zijn allang dood. En die van Dwayne ook. Ik voel me verplicht. Ik ben de enige die ze nog heeft. Betsy is mijn familie.'

'En hoe zit het met dat in het krijt staan?' zei Devine, waarmee hij het gesprek terug naar het begin bracht. 'Om heel duidelijk te zijn, ik heb helemaal niets te zeggen over wat er met haar gebeurt. En al was dat wel zo, dan nog zou ik me op geen enkele manier met het proces bemoeien.'

De gezichtsuitdrukking van Glass sloeg in een oogwenk om van luchtig en opgewekt naar straathond. 'Dus je hebt niet echt het gevoel dat je bij me in het krijt staat? Je lulde maar wat?'

'Je weet vast dat ik niets voor je kan doen, Danny. Dus waarom ben ik nu echt hier?'

'Je staat me bij als iemand die zich aan de regels houdt. Maar mensen veranderen. Misschien jij alleen niet.'

'Ik ben niet veranderd, in elk geval niet wat zoiets als dit aangaat.'

'Dan heb ik mijn antwoord en is deze bijeenkomst voor mij de moeite waard geweest.'

'Laten we het dan ook nog even voor mij de moeite waard maken. Heb je weleens van ene Perry Rollins gehoord?'

'Sorry, doet geen belletje rinkelen,' zei Glass zo soepel dat Devine veronderstelde dat hij loog.

'Oké. Betsy en jij leken het goed met elkaar te kunnen vinden bij de lunch.'

'Ze doet me erg aan Alice denken. En ze wil bij me komen wonen. Ik kan in haar behoeften voorzien.'

'Zelfs vanuit de gevangenis?'

'Mijn advocaten gaan hun best doen. We zullen zien hoe het loopt. Zoals je weet heb ik vaker in het nauw gezeten en ben ik toch levend weggekomen. Maar hoe het ook loopt, voor Betsy wordt gezorgd.'

'Ik heb begrepen dat de zaak van de overheid gebukt gaat onder het feit dat een paar getuigen geen adem meer halen?'

'Als jij het zegt,' zei Glass achteloos. 'Ik hou het allemaal niet zo bij. Ik richt me op Betsy.'

'Als ik levenslang zou kunnen krijgen, weet ik niet of ik wel aan iets anders zou kunnen denken.'

'Dat is dan blijkbaar het verschil tussen jou en mij,' kaatste Glass terug.

'Juist ja. Ik ga maar weer eens,' zei Devine en hij kwam overeind.

'Hoe zit dat met die Rollins?' vroeg Glass, die bleef zitten.

'Die is dood. Iemand heeft hem in de Sand Bar hier in Seattle vermoord.'

'Waarom zou iemand hem dood willen hebben?'

'Misschien omdat hij iets van iemand wist, iets belastends, en wilde die persoon niet dat Rollins dat zou doorkletsen.'

'Wanneer is hij vermoord?'

Dat vertelde Devine hem.

Glass schoof zijn broekspijp omhoog, waardoor zijn enkelband zichtbaar werd. 'Ik was die nacht hier. En dat zal dit geval bewijzen.'

'Waarom denk je dat ik je ervan zou verdenken dat je iets met die moord te maken hebt?'

'Omdat ze me bij de FBI maar van van alles en nog wat blijven beschuldigen,' zei Glass koeltjes.

'Een kerel als jij heeft types tot zijn beschikking die naar zijn pijpen dansen. Vier van die types zijn op dit moment onder handbereik.'

'Jij hebt duidelijk dat flesje gif van de overheid leeggedronken, meneer de West Pointer. Ik was maar een eenvoudige soldaat.'

'Jij hebt hard en moedig gevochten, Danny. Het maakt me niet uit dat je geen strepen op je schouder had.'

'Dat is lang geleden.'

'Blijkbaar een heel leven geleden, als ik zie hoe het allemaal met jou verlopen is,' zei Devine. 'Wees voorzichtig en veel succes. Ik denk dat je dat nodig zult hebben.'

20

De volgende ochtend pakte Devine zijn tas in. Hij had twee pistolen en extra kogels bij zich, en hij vroeg zich af of hij hier ergens een raketlanceerder kon huren voor zijn pelgrimstocht naar Ricketts.

Tijdens zijn rit in de Toyota 4Runner op weg Seattle uit richting het oosten, werd hij gebeld door Emerson Campbell.

'We zijn nog steeds achtergrondinformatie aan het opgraven over de Odoms en Perry Rollins. Zodra de boel compleet is, wordt het naar je toe gemaild.'

'Wat kunt u me nu al vertellen?'

'Na de middelbare school zwierf Odom rond in de Pacific Northwest. Toen hij eenmaal midden twintig was, trok hij naar het oosten voor een nieuwe start. Een tijdje later ontmoette hij Alice in haar geboortestad in Ohio. Ze trouwden en kregen later hun dochter. Weer jaren later verhuisden ze terug naar de streek rond Seattle. En Danny Glass was een stuk ouder dan zijn zus. Misschien was ze het resultaat van een onbedoelde zwangerschap.'

'Als ik het goed heb begrepen, waren Glass en Alice best close?'

'Ja, en hij beschermde Alice tegen haar vader. Uit wat we hebben kunnen vinden, leiden we af dat die man niet bepaald zorgzaam was. Eerder een regelrechte sadist.'

'Maar hoe ging het dan toen Glass bij het leger ging en haar niet meer kon beschermen? Indertijd was Alice nog minderjarig en woonde ze thuis.'

'Uit wat we te weten zijn gekomen, blijkt dat ze het zwaar had, al deed haar moeder kennelijk alles wat ze kon om haar dochter tegen hem te beschermen. Een van de mensen die we spraken die het gezin Glass goed kenden, zei dat toen Alice klaar was met de middelbare school, een paar vrienden van de familie een baan voor haar regelden en haar hielpen om aan de andere kant van de stad samen met een huisgenoot een huisje te huren. Daarna zag ze haar vader niet vaak meer.'

'Volgens Glass zag hij Alice toen ze inmiddels met Dwayne was getrouwd en hij op verlof in de stad was. Betsy was nog niet geboren, dus het was in het begin van hun huwelijk. Dwayne was op pad, om te zoeken naar werk.'

'Tja, uit ons onderzoek blijkt dat hij maar zelden kans zag een baan lang aan te houden.'

'Ik heb met zijn vrienden hier gesproken en die zeiden hetzelfde. En dat geld om het huis en de auto te kopen? Hebben jullie daar nog iets over gevonden?'

'We hebben de bankrekening van de Odoms voor omstreeks de betreffende tijd bekeken. Ze hebben geen grote stortingen gedaan, cash of anderszins.'

'Maar dat slaat nergens op. Hoe hebben ze dan die stacaravan en een auto gekocht?'

'Het geld voor de stacaravan en de bijkomende kosten en voor de auto is rechtstreeks overgemaakt aan de verkopers vanuit een bron die we nog niet hebben kunnen achterhalen.'

'Kom op, hoe kan dat nou? Er zijn wetten en regels om dat soort witwassen te voorkomen. Of om te voorkomen dat mensen geld schenken boven de jaarlijkse limiet zonder de vereiste belastingen te betalen. Anders kunnen mensen hun rijkdommen aan hun kinderen of andere derden overmaken zonder dat er geld naar de schatkist gaat en zo de vereiste successierechten compleet omzeilen. En een overgemaakt bedrag van zes cijfers is mijlenver boven de grens waarboven de alarmbellen moeten afgaan bij de fraudeafdeling van een bank.'

Campbell grinnikte. ‘Was ik toch bijna vergeten dat je je MBA hebt gehaald en op Wall Street hebt gewerkt. Maar om je vraag te beantwoorden: die wetten hebben in dit geval kennelijk gefaald. Nu ben jij aan de beurt. Kom maar op met je rapport.’

Devine praatte hem bij over alles wat hij sinds hun laatste gesprek had opgestoken.

‘Dit is allemaal zo onduidelijk, Devine,’ merkte Campbell op. ‘We weten zelfs niet eens echt waar de Odoms aan zijn overleden. En het meisje zegt dat de politie liegt.’

‘Vergeet niet dat Nate Shore en Korey Rose het met haar eens zijn.’

‘Dus die politielui in Ricketts zijn omgekocht? En de voor de hand liggende verdachte is opnieuw...’

‘Danny Glass. Zolang de ouders van zijn nichtje nog leefden, kon hij onmogelijk de voogdij over haar krijgen.’

‘Maar waarom wil hij die voogdij? Dat is de grote vraag.’

‘Hij maakt op mij de indruk dat hij nogal een controlefreak is, maar hij kon zijn zus niet onder controle houden. Het lijkt erop dat ze achter zijn rug om met Dwayne trouwde, een gezin stichtte en verhuisde. Dus misschien wil hij de touwtjes in handen nemen wat betreft zijn nichtje.’

‘Vermoordt iemand daarvoor twee mensen, Devine? Zelfs iemand als Glass?’

‘Geen idee, meneer.’

‘En wat kan Perry Rollins hier nou helemaal van hebben geweten?’

‘Geen idee,’ zei Devine.

‘Wat denk je dan in Ricketts te ontdekken?’

‘Voornamelijk waarom de Odoms daar waren en met wie ze contact hadden. En wat er in die sporttas zat. Als de Odoms niet aan drugs zijn overleden, moeten ze op een of andere manier zijn vergiftigd. Ik kan niets anders bedenken wat een verklaring zou kunnen zijn voor wat hun is overkomen dan dat ze aan iets zijn blootgesteld.’

'Maar hoe kan dat dan zijn toegediend zonder dat iemand iets heeft gezien?'

'Volgens mij is niemand daarnaar gevraagd. Het werd meteen aangemerkt als een overdosis.'

'Zelfs al bestrijdt het meisje dat?' vroeg Campbell.

'Ik heb de indruk dat haar woord het aflegt tegen het woord van de politie. En zoals ik al zei, is er voor zover ik weet geen strafrechtelijk onderzoek gedaan. Dus ik betwijfel dat ze haar ook maar iets hebben gevraagd of haar verklaring hebben afgenomen.'

'Pas daar maar heel goed op jezelf. Het klinkt als vijandelijk gebied.'

'Doe ik. Nog iets te melden over uw ongrijpbare voormalig assistent Dawn Schuman?'

'Niets. Nog enig levensteken van de vrouw uit de trein daar?'

'Nee.'

'Mooi zo.'

Devine verbrak de verbinding en reed verder. Het was zo'n zes uur rijden naar het stadje Ricketts, en algauw had hij alle sporen van het stedelijke leven achter zich gelaten. Hij had voor hetzelfde geld op een andere planeet kunnen zijn, zij het dan wel eentje met prachtige vergezichten. Hij was waarachtig ontspannen.

Dat duurde voort tot hij Ricketts binnenreed en er een surveillancewagen van de politie achter hem ging rijden.

21

Devine controleerde zijn snelheid. Nauwelijks een kilometer boven de maximumsnelheid. Hij wierp een blik in de achteruitkijkspiegel en zag dat de politiewagen keurig op afstand bleef, maar dat de twee kerels die erin zaten abnormaal op hem gefocust waren.

Oké, ofwel ze hebben de tip gekregen dat ik eraan kwam, of ze besteden dit soort aandacht aan iedereen. En waarom denk ik nou dat het dat eerste is?

Devine had oprecht respect voor kleine stadjes. Niet omdat ze schattig waren, maar omdat ze zo dodelijk konden zijn. Oppervlakkig beschouwd was Putnam in Maine een idyllisch lapje grond van een paar vierkante kilometer aan de Atlantische Oceaan waar je een fijne vakantie kon doorbrengen. Alleen ging er vlak onder die doodgewone oppervlakte een gewelf schuil vol dodelijke geheimen en mensen die er koste wat het kost voor wilden zorgen dat ze daar bleven, wie er ook voor in een graf of een urn moest belanden. Devine had de indruk dat als mensen met minder waren, ze vaak een tikje territoriaal werden.

Toen Devine eenmaal het piepkleine stadscentrum had bereikt, ging hij langzamer rijden en sloeg rechts af. De politiewagen volgde zijn bewegingen.

Oké, dus ze weten dat ik weet dat ze achter me zitten. Wat is hier aan de hand?

Hij ging op een parkeerplek langs het trottoir staan en bleef in de Toyota zitten, zogenaamd om op zijn telefoon te kijken.

De agenten gingen zo'n beetje parallel aan hem aan de overkant staan.

Hij dacht na over wat Betsy hem had verteld. Over die lunch bij de tent met de menukaart in de vorm van een cowboyhoed. De ontmoeting met de twee mannen. De sporttas met iets erin. De dood van de Odoms die veroorzaakt kon zijn door een soort gif. Maar als dat zo was, hoe was het dan toegediend? Misschien zat het in iets wat ze bij de lunch hadden gegeten of gedronken. Maar stel je voor dat Betsy daar ook iets van had genomen? Had ze gewoon geluk gehad dat ze nog leefde? Werden ze alle drie geacht overleden te zijn en waren die overdosis en haar pogingen om hen met Narcan bij te brengen gewoon een verhaal dat bedacht was toen Betsy het er tot hun verrassing levend van af had gebracht?

Of was het einddoel echt geweest dat Dwayne en Alice uit de weg werden geruimd en dat Betsy als wees achterbleef?

En dan verschijnt vervolgens Danny Glass ten tonele?

Zou je dat doen, Danny? Ben je zo'n klootzak? Misschien wel.

Hij stapte uit en bekeek de zaak waar hij de auto voor had neergezet.

De Cowboy Tavern. In de etalage stond de menukaart in de vorm van een cowboyhoed die Betsy had beschreven. Hij had gezien dat de twee agenten niet waren uitgestapt. Misschien luidde hun opdracht dat ze alleen moesten observeren.

Oké, blijf dan maar observeren.

De zaak was zo laat in de middag maar voor een kwart gevuld. Hij werd begroet door de gastvrouw, een jonge vrouw van in de twintig met bruin haar en bijpassende ogen. Ze droeg een strakke spijkerbroek en een blouse met lange mouwen met de naam en het logo van de Cowboy Tavern erop geborduurd.

Ze bracht hem naar een tafeltje, waar hij zijn badge tevoorschijn haalde en haar naar de Odoms vroeg. Zij had die dag niet gewerkt, vertelde ze, maar ze ging navragen of een van de andere werknemers die vandaag hier waren er toen wel was geweest. Een paar minuten later kwam er een vrouw van in de zestig naar hem toe. Ze was lang en dun, en haar huid zat onder de ouderdomsvlekken. Ze stelde zich met een krakerige, doorrookte stem voor als Wendy Roman en liet weten dat ze de Odoms die dag had bediend.

Hij stak zijn telefoon omhoog met een foto van het gezin op het scherm. 'Alleen om even te checken.'

Roman knikte. 'Ja hoor, ik kan me ze herinneren. De politie heeft al met me gepraat, schat.'

'Dus de politie heeft inderdaad onderzoek gedaan?'

'Nou ja, dat weet ik niet. Ze stelden gewoon een paar vragen over hen. Als je dat een onderzoek noemt, dan hebben ze dat gedaan, schat. Nou, wat zeg je van wat te drinken en te eten? De taco's zijn heel behoorlijk en onze ribeye van een pond is verdomd lekker. En je ziet eruit alsof je honger hebt.'

'Later misschien. Wat kunt u me vertellen over die dag?'

Nu haar verkooppraatje en de kans op een fooi waren verkeken, leek ze wel voor zijn ogen te verwelken. 'Daar is niet veel over te vertellen, schat. Ze kwamen binnen om te lunchen. Aardig gezin. Ik kan me ze herinneren omdat ik ze niet herkende. Vreemdelingen in de stad. De meeste lui die hier komen, zijn vaste gasten die in Ricketts wonen. We krijgen hier namelijk niet veel toeristen, behalve van die types die één willen worden met de natuur, zogezegd. En die komen niet als het koud is, want dan bevalt de natuur ze kennelijk niet.' Die opmerking sloot ze af met een kakelend lachje.

'U weet vast niet meer wat ze bestelden?'

Ze grijnsde. 'Ja zeg, als ik zo'n goed geheugen had, zou ik me wel aanmelden voor zo'n verdomde quiz om een hoop geld te winnen of naar Vegas of weet ik veel waarheen gaan.' Ze viel even stil. 'Ik kan me dat meisje herinneren. Een beetje een propje, zoals meisjes van haar leeftijd vaak zijn. Zo was ik ook, en moet je me nou zien. Ze had van die koptelefoondingen op, wat ik nogal vreemd vond. Maar dat heb je met die kinderen van vandaag de dag. Die lopen altijd rond met een telefoon of een tablet of een of ander elektronisch gevalletje in hun hand. Het probleem is dat mensen niet meer met elkaar praten. En dat gaat niet alleen op voor kinderen maar ook voor hun ouders en hun oma's en opa's. Wat kan er nou in godsnaam zo belangrijk zijn dat je de hele tijd naar die troep moet luisteren? Ik ben oud genoeg om nog te weten dat je vroeger alleen de telefoon pakte om iemand te bellen.' Ze schudde haar hoofd. 'Die tijd is voorbij.'

'En praatten ze nog met iemand toen ze hier waren? Kwam er iemand naar ze toe om ze te begroeten?'

Daar dacht ze even over na, waarna ze haar hoofd schudde. 'Nee. Ze kwamen binnen, aten wat en vertrokken. Niks bijzonders.'

'U zei dat de politie u vragen heeft gesteld.'

'Ja, toen die mensen dood in hun auto waren gevonden. Overdosis, heb ik gehoord. Ze vroegen of ze een opgefokte indruk maakten of zo, alsof ze iets hadden gebruikt. En ik heb gezegd dat ze een schichtige indruk maakten, alsof ze zich niet lekker voelden.' Ze liet haar stem dalen. 'Ik heb ervaring met drugs en zo en ik herken de signalen. Je komt het vandaag de dag overal tegen. Zo erg is het naar mijn idee nog nooit geweest.'

'Dus voor alle duidelijkheid: u dacht dat ze gebruikers waren?'

'Ja, klopt. Ik had met het meisje te doen. Ouders die gebruiken? Niet best voor haar.'

'Misschien waren ze schichtig omdat ze zich ergens zenuwachtig om maakten,' suggereerde Devine.

'Misschien, ja,' zei ze sceptisch.

'Heeft iemand van hen iets gezegd over waarom ze in Ricketts waren? U zei al dat er in deze tijd van het jaar niet veel toeristen komen. Hadden ze met iemand afgesproken?'

Terwijl ze hierover nadacht, trommelde ze met haar vingers op de tafel. 'Nee. Ik kan me herinneren dat ik vroeg waar ze vandaan kwamen, en de man noemde een of andere plaats. Dat herinner ik me niet echt meer.'

'En hebt u gezien welke kant ze op gingen toen ze vertrokken?'

Ze schudde haar hoofd. 'Nee. Ze rekenden af en dat was dat. Ik had nog andere tafels om voor te zorgen. Als ik mijn werk niet doe, heb ik geen werk meer, schat. Ik zal toch al moeten werken tot ik erbij neerval. Deze meid heeft geen leuk spaarcentje achter de hand.'

'Dus u maakt vast lange dagen?'

'Ik doe het ontbijt, de lunch en het vroege diner. Van halfzeven 's ochtends tot halfzes 's avonds. Tegen die tijd ben ik hondsmoe. Maar de fooien zijn vaak niet slecht.'

Hij gaf haar zijn kaartje. 'Oké, bedankt. Als u nog iets te binnen schiet, hoor ik het graag.'

Ze keek strak naar het kaartje, alsof er een dreigement op geschreven stond. Toen stopte ze het weg en zei: 'Wat kan ik te drinken voor je halen? De IPA's zijn goed en we hebben Blue Moon op de tap.'

Devine stond op en zei: 'Ik denk dat ik dat aanbod voor nu moet afslaan.'

Terwijl ze wegliep, zag Devine kans met zijn telefoon een foto van haar te nemen. Hij stuurde die naar Emerson Campbell met een verzoek.

Hij liep naar buiten en bedacht intussen dat haar mening over het drugsgebruik niet erg aannemelijk had geklonken, zowel omdat hij diverse verklaringen had gehoord die het tegendeel beweerden als omdat de vrouw alle kanten op had gekeken behalve naar hem toen ze dat zei.

Komt me dat even goed uit, dat de meeste mensen niet kunnen liegen.

Schat.

22

De agenten zaten nog steeds in hun auto. Devine vroeg zich af hoeveel agenten er eigenlijk zouden zijn in zo'n klein stadje. In Putnam in Maine waren dat er twee, en een van die twee was de commissaris.

Maar toen hij even een blik wierp op de voorruit van de patrouillewagen, zag hij dat geen van beiden Eric King was. Devine had de man met Google opgezocht en zijn foto te zien gekregen. Zijn pagina op Wikipedia zag eruit alsof die door de commissaris zelf was geschreven, met diverse schermen vol lovende woorden.

Hij keek langs de rustieke winkelpuien en zag een paar moderne bewakingscamera's. Hij vroeg zich af hoe groot de kans was dat hij beelden te zien kon krijgen van de dag dat de Odoms in de stad waren geweest.

Iets met sint-juttemis kwam in zijn hoofd op. Maar misschien kon hij een andere weg bewandelen. Hij stuurde Campbell een bericht en vertelde waar hij was en wat hij nodig had, met specifieke details erbij. Twee minuten later kreeg hij een kort antwoord.

Ben ermee bezig.

Hij wist nog steeds niet waar de ontmoeting met de twee mannen had plaatsgevonden en wat er in de sporttas had gezeten die de Odoms hadden gekregen. Geld misschien? De politie had de auto van de Odoms waarschijnlijk in beslag genomen, maar hij verwachtte weinig medewerking van hun kant.

Dus wat doe je hier dan in vredesnaam, Devine?

Nou ja, als je twijfelt, moet je de vijand verrassen. Een terugtrekking omzetten in een frontale aanval.

Hij hoopte dat het meer iets werd in de richting van Teddy Roosevelt en de Slag om San Juan Hill dan van de mislukte charge van George Pickett bij Gettysburg.

Hij stak de straat over naar de surveillancewagen. De agent op de passagiersplek draaide zijn raampje omlaag.

Devine liet hun zijn officiële ID-kaart zien.

'Ik onderzoek de dood van Dwayne en Alice Odom. Zou ik beelden kunnen krijgen van hun wagen, denkt u?'

'Waarom is de FBI in die zaak geïnteresseerd?' vroeg de agent, die in de dertig was, en blond haar, een lang gezicht en achterdochtige ogen had. Devine wierp een blik op zijn partner, die een exacte kopie was van zijn collega.

De agent voegde eraan toe: 'Gewoon een overdosis. Gebeurt hier de hele tijd.'

'Heeft met een lopend onderzoek te maken,' zei Devine, waarna hij stopte en de man strak bleef aankijken.

'Daar moeten we navraag naar doen,' zei de agent.

'Oké,' antwoordde Devine. Hij bleef staan waar hij stond.

Zenuwachtig pakte de agent zijn radio om zich te melden.

Na wat heen en weer gepraat zei hij: 'U kunt achter ons aan rijden naar het hoofdbureau, meneer.'

Terwijl Devine in de Toyota achter hen aan reed, kwam hij er al snel achter dat het hoofdbureau op loopafstand was van de plek waar hij had gestaan. Maar het hoofdbureau was heel wat anders dan Devine had verwacht in een plattelandsstadje.

Het gebouw besloeg minstens tweeduizend vierkante meter, zag er nieuw uit, was opgetrokken van rode baksteen en glas en had één verdieping. Op een met een hekwerk afgezet terrein aan de zijkant stonden twee dezelfde Humvee tactische voertuigen, drie pantserwagens voor personenvervoer, een met satellietnavigatie uitgeruste wagen en vier opgevoerde patrouillewagens met aan de voorkant een bullbar. Aan de lange vlaggenstok aan de voorkant wapperden de Amerikaanse vlag en die van de staat, golvend in de wind die van de hoger gelegen plekken om hen heen afkomstig was.

Devine stapte uit en voegde zich bij de twee agenten die al buiten stonden. Ze waren beiden ongeveer van zijn lengte en bezochten zo te zien regelmatig een sportschool.

'Hoeveel agenten zitten er hier bij het korps?' vroeg hij.

Degene met wie hij eerder had gesproken, nam zijn zonnebril met blauwe spiegelglazen af en zei: 'Dat is geheime informatie.'

Even dacht Devine dat hij een grapje maakte, tot bleek dat dat niet zo was.

In de entree zag Devine een luifel hangen met daarop de namen van prominente gemeenteambtenaren en het telefoonnummer van hun kantoor.

'Is Mercedes King burgemeester? Familie van de commissaris?' vroeg Devine.

'Zijn vrouw,' zei de andere agent. 'Geen sprake van nepotisme,' voegde hij er sarcastisch aan toe.

'Ze doen goed werk voor Ricketts,' zei zijn collega verdedigend.

Devine keek naar de andere agent, die nu met een gesloten gezichtsuitdrukking naar zijn schoenen keek.

Devine werd door een brede gang geleid met aan de muur schilderijen, ingelijste foto's en mededelingenborden met plaatselijke informatie erop geprikt.

Ze kwamen bij een stel dubbele deuren voorzien van het woord CHIEF in tien centimeter hoge letters, en een van de mannen klopte aan.

'Kom binnen,' zei een mannenstem vanuit de kamer.

Devine werd een groot hoekkantoor binnengeleid. Er waren twee brede ramen met daaronder dure, op maat gemaakte kastjes. Tegen een andere muur hing een reusachtig tvscherm dat op een nieuwskanaal stond afgestemd met het geluid uit. Achter een gestroomlijnd, breed bureau van gestreept hout zat een geüniformeerde man met vier gouden sterren op elk van zijn epauletten bevestigd.

Devine kreeg het gevoel dat hij net het Pentagon was binnengewandeld voor een ontmoeting met de voorzitter van de gezamenlijke stafchefs.

'Agent Devine,' zei de man met een nasale stem. 'Ik ben commissaris King. Ga zitten.' Hij wuifde de twee agenten weg. Die trokken zich onmiddellijk terug en sloten de deur.

Devine ging zitten en keek over het brede bureaublad naar de commissaris van Ricketts. Die was halverwege de zestig, en had grijs, dunner wordend haar en een slank, bijna uitgeteerd postuur. Hij had strakke gelaatstrekken en zijn huid zag er ongezond uit, met donkere vlekken op zijn gezicht. Op grond van zijn reputatie en de biografietjes op internet had Devine zich een voorstelling gemaakt van een imposante figuur met een bulderende stem en een narcistische uitstraling vanjewelste.

'Ik heb gehoord dat u navraag doet naar de dood van de Odoms,' zei King.

'Ja.'

'Mag ik vragen waarom?'

'Alice Odom was de zus van Danny Glass.' Devine keek de man strak aan om te zien of het vermelden van de verdachte in de zaak wegens deelname aan een criminele organisatie een reactie losmaakte.

'En?' vroeg King.

'Zijn zus en haar man zijn gestorven. En Glass probeert hun dochter Betsy te adopteren.'

'Heeft het meisje nog andere familieleden die haar kunnen opnemen?'

'Niet dat ik weet.'

'En waarom heeft dat de belangstelling van de federale overheid?'

'Danny Glass is verdachte in een federale strafzaak in Seattle.'

'Oké. En verder?' zei hij met overduidelijk gebrek aan interesse.

'Ik zou graag de autopsierapporten van de Odoms inzien.'

'Waarom?' vroeg King.

'Om de doodsoorzaak te bekijken.'

'Als ik het me goed herinner, was het een overdosis, iets wat hier veel te vaak voorkomt. Wanhoopsdrugs worden ze genoemd, en dat zijn ze ook.'

'Dus kan ik die autopsierapporten bekijken?'

'Als u dat echt wilt.'

'En kan ik de betrokken hulpverleners spreken?'

'Dan wil ik opnieuw weten waarom,' zei King.

'Die hebben misschien nuttige informatie.'

'Waarover?' vroeg King, terwijl hij met zijn vingers op het bureaublad trommelde.

'Ik denk dat ik dat pas weet als ik het hoor.'

'Ik zal kijken of ik hun namen voor u kan regelen,' antwoordde King afwezig, terwijl hij naar een paar papieren keek die voor hem lagen.

'Ik heb begrepen dat hun dochter heeft geprobeerd om ze met Narcan bij te brengen.'

'Als u dat zegt.'

'Dat stond in het politierapport; of in elk geval is dat tegen mij gezegd,' merkte Devine op.

'Mijn excuses dat ik niet elk detail ken van elk proces-verbaal dat in mijn district wordt opgemaakt.'

Devine keek naar de strak kijkende man die de indruk wekte Devines aanwezigheid maar vervelend te vinden. Hij overlegde even met zichzelf of hij King naar de sporttas zou vragen waarover Betsy Odom het had gehad. Maar hij kwam tot de slotsom dat het een betere optie was om die niet te noemen.

'Natuurlijk. Massa's overdoses, zoals u al zei. En hoe zit het met hun auto?'

'Die staat op het terrein voor in beslag genomen zaken. Die wilt u zeker ook bekijken?'

'Jazeker,' zei Devine.

'We vroegen ons al af wat we ermee aan moesten. Misschien kunnen jullie bij de FBI die van ons overnemen.'

Oké, verrassend aanbod, dat betekent iets.

'Daar zal ik me zeker over buigen.'

'Hmm,' zei King. Hij pakte zijn telefoon erbij en vroeg om een kopie van de autopsierapporten. 'Ik neem u wel even mee naar het terrein. Het is hier meteen achter het gebouw.'

Hij verraste Devine alweer, door achter zijn bureau vandaan te komen in een rolstoel die Devine nog niet had opgemerkt omdat hij niet zichtbaar was vanaf de plek waar hij zat.

King keek naar hem op. 'Gewapende overval toen ik nog straatagent was. Ik werd neergeschoten en in mijn ruggengraat geraakt. Zo ben ik levenslang in deze rolstoel beland.'

'Wat vreselijk.'

'Ach. Ik leef nog. Dat kan ik van die andere gozer niet zeggen. Mijn kogel trof hem in zijn hart. We hebben allebei iets verloren, kun je zeggen, alleen hij meer dan ik.'

'Dat kun je wel zeggen.'

23

'Daar heb je hem,' zei King, terwijl hij met zijn hand in de richting wapperde van een donkerblauwe Genesis-vierdeurs-auto naast het wrak van een Dodge-bestelwagen.

'Een G70?' zei Devine. 'Chic, zeg.'

'Ik heb er geen verstand van. Ik koop alleen Amerikaans. Deze wordt door Hyundai gemaakt. Chinees.' Hij sprak het woord uit alsof hij poep op zijn tong had.

'Hyundai is in Zuid-Korea gevestigd, een van onze bondgenoten. Ik ben daar gestationeerd geweest.'

Behendig draaide King zijn rolstoel om en keek omhoog naar Devine. 'Leger?'

'Ja. En u?'

'Nee. Mijn grote broer. Ik was de jongste, met drie zussen tussen ons in. Hij heeft in Vietnam gevochten. Hij is niet teruggekeerd.'

'Wat vreselijk.'

King knikte. 'Als het goed is zit het sleuteltje onder de wielkast aan de passagierskant. Tegen een magneet. Ga uw gang.'

Devine boog naar voren, pakte het sleuteltje en maakte de auto open. Hij wierp een blik naar King. 'Ik neem aan dat u andere dingen te doen hebt. Laat me maar weten waar ik het autopsierapport kan ophalen. O ja.' Hij gaf King een kaartje. 'De hulpverleners kunnen mij rechtstreeks bellen.'

King pakte het kaartje aan. Toen hun vingers elkaar beroerden, voelde Devine een ijskoude stijfheid in die van King. Hij bedacht dat dat misschien een gevolg was van de schade die de man aan zijn ruggengraat had opgelopen.

Hij keek toe terwijl de man wegreed en richtte zijn aandacht vervolgens op de auto. In het handschoenenvak trof hij de autopapieren aan op naam van Dwayne en Alice Odom. De auto was nieuw gekocht en pas een jaar oud. Hij zocht de Genesis met Google op en zag dat een model als dit ergens tussen de 45.000 en 55.000 dollar kostte, afhankelijk van de hoeveelheid toeters en bellen.

Hij doorzocht de auto van de kofferbak tot onder de motorkap en eronder. Daar was hij erg goed in geworden in het buitenland, als hij toezicht hield terwijl voertuigen werden gecheckt op explosieven. Hij vond geen Narcan, geen sporttas, geen drugs, geen met elastiekjes samengebonden ongemarkeerde bankbiljetten, geen ruime hoeveelheden gif. Sterker nog: hij vond helemaal niets. Zelfs geen modder op de vloermatten.

Dus de wagen is volledig schoongeveegd en gestript. Daarom vindt hij het goed dat ik hem bekijk.

Toen hij zich wegdraaide van de Genesis, ging er een deur open en verscheen er een vrouw van in de veertig met een dossiermap in haar hand. Ze had een laboratoriumjas aan en haar bril stond laag op haar neus. Met ferme pas kwam ze op hem af.

'Agent Devine?'

'Jawel?'

'Hier zijn de autopsierapporten betreffende Dwayne en Alice Odom waar u om hebt gevraagd.'

Ze gaf ze aan hem.

'Bedankt. Eh, hebben jullie ook wat er eventueel in de auto is aangetroffen?'

De vrouw aarzelde even. 'Dan moet dat in de bewijskamer liggen.'

'Kan ik daar toegang toe krijgen?'

'Dat zal ik even checken,' zei ze.
'Bedankt.'
'Verder nog iets?'
'Op dit moment niet, nee, juffrouw...?'
'Mevróúw Doris Chandler.'
'Hebt u autopsie verricht op de Odoms?' vroeg hij.
'Goeie hemel, nee. Ik doe alleen het administratieve werk en het verwerken van gegevens voor de lijkschouwer. Dokter Coburn heeft de autopsies verricht.'
'Is hij hier?'
'Zíj. Deborah Coburn. En nee, ik vrees van niet. Ze is de lijkschouwer van diverse county's, en ze is veel onderweg.'
'Hebt u haar contactgegevens?'
'Jawel, maar ik vrees dat ik die zonder haar toestemming niet kan geven.'
Devine stak haar zijn kaartje toe. 'Nou ja, hier zijn mijn contactgegevens. Wilt u haar vragen zodra ze even kan contact met mij op te nemen?'
'Heeft dit betrekking op de autopsies? Die waren behoorlijk simpel, zoals u ongetwijfeld zult zien als u de rapporten doorleest.'
'Dat geloof ik graag, maar toch wil ik haar spreken.'
'Ik zal uw verzoek doorgeven,' zei Chandler.
'En of ik in de bewijskamer mag kijken?'
Ze draaide zich om en liep zonder antwoord te geven weer naar binnen.
Devine keek haar na en dacht: hoe is het toch mogelijk dat iedereen hier zo beleefd en behulpzaam lijkt en me in feite niets nuttigs geeft?
Hij ging in de 4Runner zitten en las de resultaten van de obductie door.
Die waren inderdaad heel simpel, voor wat ze waard waren. De toxicologische rapporten waarin absoluut zeker vermeld zou staan wat ze bij hun dood in hun lijf hadden, waren ech-

ter nog niet binnen, dus er was nog geen officiële doodsoorzaak. Maar alle andere forensische indicaties wezen in de richting van een door fentanyl veroorzaakte overdosis, of in elk geval stelde dokter Coburn dat in kortaf geformuleerde bewoordingen die zo droog waren als aangebrande toast. Ze had ook een knobbeltje opgemerkt in de rechterborst van Alice Odom dat misschien kwaadaardig was. Maar daar zou ze duidelijk niet aan doodgaan.

Uit Dwaynes rapport was niets uitzonderlijks gekomen. Afgezien van het feit dat hij dood was, was hij verder gezond. Maar stel nu dat ze die fentanyl zonder dat zij het zelf wisten in een grotere dosis toegediend hadden gekregen om hen te vermoorden?

Hij liep naar de deur waar Doris Chandler weer naar binnen was gegaan nadat ze hem de rapporten had gegeven. Er was een bel. Ze verscheen toen hij erop gedrukt had.

'Kan ik de lichamen bekijken?' vroeg hij.

'Dat is onmogelijk, ben ik bang,' antwoordde Chandler.

'Waarom?'

'Ze zijn gecremeerd.'

'Op wiens verzoek?' riep Devine.

'De nabestaanden,' antwoordde Chandler.

'Betsy Odom is minderjarig, dus die kan geen opdracht hebben gegeven.'

'Ik had het niet over haar.'

'Wie dan?' vroeg Devine.

'Volgens mij iemand die Daniel Glass heet.'

24

Devine was op de terugweg naar zijn SUV toen er een andere vrouw op de parkeerplaats naar hem toe kwam.

Ze was eind dertig, zo'n 1 meter 70 lang en weelderig gevormd. Haar make-up was bescheiden, ze ging gekleed in een zwart jasje en bijpassende lange broek, met een witte blouse met een lange, puntige kraag en dubbele manchetten. Haar vingers glinsterden van de zo te zien peperdure ringen en rond haar hals droeg ze een snoer grijze pareltjes. Haar stilettohakken tikten als uitroeptekens op de bestrating.

'Agent Devine?' vroeg ze met een schorre stem die klonk alsof ze een verkoudheid onder de leden had.

'Ja?'

'Ik ben Mercedes King.'

Devine reageerde zo spontaan verrast dat er niets te verhullen of te verbergen viel.

Ze glimlachte veelbetekenend. 'Eric is inderdaad een stuk ouder dan ik. Niet dat er ook maar iets moet worden uitgelegd,' voegde ze er liefjes met subtiel venijn aan toe.

'Natuurlijk niet.'

'Hebben onze mensen u goed geholpen?' vroeg ze.

'Jawel. Ik had alleen gehoopt dat ik de spullen die in de auto van de Odoms zijn gevonden had kunnen bekijken. En ik keek er nogal van op dat hun stoffelijk overschot al is gecremeerd.'

'Is dat een probleem? Volgens mij waren de autopsies al verricht. Vreselijk tragisch wat hun is overkomen. Drugs. De gesel van onze maatschappij.'

Hij stak het dossier omhoog. 'Ik heb de rapporten hier.'

'Mooi zo. Nou ja, als u verder nog iets nodig hebt, laat het ons dan weten.'

'De spullen uit de auto?'

'Dat zal ik navragen.'

Ja hoor, vast.

En ineens zette ze hem volledig op het verkeerde been. 'Ik wil u graag trakteren op een diner. Acht uur? Ik moet nog wat werk afmaken.'

Devine vroeg zich af wat dit moest voorstellen, maar besloot de uitnodiging aan te nemen of erin te trappen, welke van de twee het ook was. 'Dan moet ik hier overnachten. Hebt u nog aanbevelingen?'

'The Havens aan Central Street. Naast onze enige bioscoop. Een prima B&B. Ik kan ze wel even bellen om voor u te reserveren.'

'Bedankt. Ik stel al jullie medewerking zeer op prijs.' Hij moest een grijns onderdrukken.

'We werken altijd graag samen met onze federale vrienden.' Ze gaf hem het adres van het restaurant.

'Kan wat ik nu aanheb ermee door?'

'Neemt u nu maar gewoon uzelf mee, agent Devine, dat is meer dan genoeg.'

Zei de spin tegen de vlieg.

Ze liep weg, waarbij ze naar zijn idee het zwaaien van haar heupen en billen nogal overdreef, maar misschien bewoog ze zich wel altijd zo voort. Sommige vrouwen die hij in het verleden had ontmoet deden dat wel. En al zijn ontmoetingen met die vrouwen waren slecht afgelopen.

Dus hoe zal het u vergaan, burgemeester Mercedes?

Hij reed terug naar het centrum en zette de auto langs de stoeprand, waarna hij Campbell een bericht stuurde om hem van de jongste ontwikkelingen op de hoogte te stellen. Door de crematie was elke kans verkeken om te bepalen wat de

Odoms werkelijk was overkomen. En het was duidelijk dat hij niet te zien zou krijgen wat er in de auto was gevonden. Hij zou dit akkefietje op een andere manier moeten benaderen.

Hij keek in zijn achteruitkijkspiegel en zag dezelfde patrouillewagen die hem eerder had gevolgd drie autolengtes terug aan de overkant geparkeerd staan. Met dezelfde twee agenten erin.

Hij belde het nummer van Betsy Odom, die na tweemaal overgaan opnam.

'Hallo?'

'Je spreekt met Travis, Betsy.'

'Waar ben je?'

'In Ricketts, zoals ik al zei. Ik heb hier en daar vragen gesteld, zeg maar, om te zien wat ik te weten kan komen over... wat er met je ouders is gebeurd.' Het was nog maar net tot Devine doorgedrongen dat hij het met een meisje over de moord op haar ouders had.

'Ben je erachter gekomen wat ze is overkomen?' vroeg ze gespannen. 'Heeft iemand het gedaan? Wie dan?'

'Ho even, rustig aan. Ik heb niet echt iets ontdekt. Nog niet.'

'Heb je ze gezien? Papa en mama, bedoel ik.'

Shit. Devine kon het niet over zijn hart verkrijgen om haar te vertellen dat hun lichamen gecremeerd waren.

'Nee, niet. Ze waren... Hun lichamen... Ik bedoel... Nee, niet,' sloot hij onhandig af.

'Ik heb weer een afspraak met mijn oom.'

Verbijsterd zei Devine: 'Wat? Wanneer?'

'Er gaat iets bij de rechtbank gebeuren.'

'Ja, dat weet ik, de rechtszitting over de voogdijaanvraag van je oom. Maar waarom heb jij een afspraak met hem?'

'Hij wil me om een of andere reden voor de rechtszitting nog even zien. Travis, kun jij...'

'Kan ik wat?'

'Kun jij mee naar die afspraak met mijn oom en dan ook naar dat gedoe bij de rechtbank?'

'Ja, natuurlijk. Als jij dat wilt.'

'Bedankt.'

Ze klonk in de verste verte niet als de wijsneuzige, vloekende kleine meid van eerst. Ze klonk precies zoals ze werkelijk was: een angstig, bedroefd en verward meisje van twaalf.

'Ben je wel iets over mijn ouders te weten gekomen?'

'Een beetje. Morgen ben ik terug in Seattle, dan kom ik bij jullie langs, goed? Dan hebben we het over je afspraak met je oom en de rechtszitting.'

'Goed, dank je wel, Travis.'

Terwijl hij de tijd tot het diner zat te doden met het nogmaals doornemen van de autopsierapporten, kwam de achtergrondinformatie over Rollins die Campbell voor hem had geregeld zijn postvak binnen. Hij scrolde door de aanhangsels.

Perry Rollins was in het Midden-Westen geboren en had daarna nogal wat rondgetrokken. Hij was ooit getrouwd geweest, had geen kinderen, en het was niet bekend waar zijn ex woonde. Hij had nogal een sporadisch arbeidsverleden en zijn belastingaangiften waren al net zo lukraak. Sterker nog: er was door de belastingdienst beslag gelegd op zijn bankrekening, waar maar een paar honderd dollar op stond. Er stond geen auto op zijn naam.

Zo te zien was hier niet veel te vinden, maar hij moest het allemaal tot in de details bekijken, dus dat deed hij. Bij sommige stukken was het nodig om ze diverse keren te lezen om de informatie te laten doordringen.

Toen Devine een poosje later opkeek, zag hij dat de duistere straten totaal waren leeggelopen.

En op dat moment klopte er iemand op zijn raampje.

25

Zodra Devine die kant op keek, wist hij dat hij niet op zijn hoede was gebleven en op het punt stond daar de prijs voor te betalen, terwijl een tweede man aan de andere kant van zijn wagen het portier aan de passagierskant opendeed en een pistool op hem richtte.

Devine keek in zijn achteruitkijkspiegel. De politiewagen was verdwenen; het hele stadje zag er verlaten uit in de kille duisternis.

De man stapte in terwijl zijn maat die op het raam had geklopt de achterdeur aan de chauffeurskant opende en op de achterbank schoof.

De eerste man zei: 'Rijden jij. Ik geef aanwijzingen.'

'Als jullie mijn auto willen jatten, prima, maar dan hoef ik niet mee,' zei Devine. 'Ik heb een andere afspraak.'

Dat leverde hem een harde klap tegen zijn achterhoofd op met het pistool dat de kerel op de achterbank vasthield.

'Rijden,' zei de man nogmaals.

Terwijl zijn hoofd nog natolde van de dreun reed Devine weg, terwijl de kerel hem aanwijzingen gaf. Al snel werden ze verzwolgen door de duisternis van een bewolkte avond, zonder maar een sprankje natuurlijk licht of waarneembare hoop in de nabijheid.

Devine rook de smerige adem van de man op de achterbank, die over zijn schouder hing. Wat hij ook rook, was de stank van hun zweet. Dat vond hij veelzeggend. Die lui waren net zo zenuwachtig als ze waarschijnlijk van hem aannamen.

Alleen was Devine dat niet. Hij was zowel voor, tijdens als na de storm kalm. Hoe dan ook, dit was het soort situatie waarin Devine in zijn element en op zijn best was.

'Kan ik naar het programma voor ons uitstapje informeren?' zei Devine.

'Tuurlijk, informeren kan altijd,' zei de man naast hem.

Devine had al een blik op de man en zijn wapen geworpen, en met behulp van de achteruitkijkspiegel had hij hetzelfde gedaan met zijn maat met de knoflookadem op de achterbank.

In zijn hoofd speelde Devine diverse scenario's af om zijn huidige benarde situatie te beëindigen, en hij koos er eentje uit, enkel en alleen op basis van het feit dat de mannen één cruciale fout hadden begaan.

Nou ja, twee, als ik meereken dat ze het überhaupt tegen me hebben opgenomen.

'Daar verderop sla je rechts af,' zei de man op de passagiersstoel met zijn blik naar buiten gericht.

Devine sloeg af.

'En nou langzaam rijden,' zei de man, terwijl ze over een onverharde weg reden met aan weerszijden dichte bebossing.

Devine nam gas terug.

'Daar verderop stoppen.'

'Ik geef je nog één kans om het me te vertellen,' zei Devine. 'Zijn jullie vriend of vijand? Want dat maakt voor mij verschil, en dat betekent dat het voor jullie ook verschil maakt.'

'Wat ben jij er voor eentje, een komediant of zo? Je bent er geweest, stuk ongeluk,' zei de man op de achterbank. Devine zag dat hij zijn wapen weer optilde, waarschijnlijk om een gat in zijn achterhoofd te pompen of om hem nog een bijpassende blauwe plek te bezorgen. Het deed er allemaal niet meer toe.

'Meer hoef ik niet te weten. En dan is hier de afmaker.'

Hij gaf vol gas en woest heen en weer springend over de

hobbelige weg spoot de 4Runner vooruit. Door de G-krachten die het gevolg waren van de plotselinge versnelling werden de twee mannen met een klap plat tegen de rugleuning gedrukt.

Toen de snelheidsmeter boven de honderdvijftig kwam, gebruikte Devine zijn beide voeten om op de rem te trappen. Terwijl hij het stuur op zijn plek hield schoot hij tegelijkertijd opzij, omdat hij wist wat er ging gebeuren. De man achterin die zijn autogordel niet had vastgemaakt, vloog over Devine heen met zijn hoofd tegen de voorruit. Zijn maat op de passagiersstoel voorin had die bestemming een fractie van een seconde eerder bereikt.

Devine werd besproeid door een nevel van bloed dat afkomstig was van de man die oorspronkelijk achter hem had gezeten. Devine veegde de spatjes van de andere man van zijn gezicht en duwde hem boven op zijn maatje, die achteruit was gevallen op zijn stoel, piepkleine stukjes voorruit staken uit zijn hoofd.

Beide mannen waren bewusteloos, of misschien dood. Dat maakte Devine eigenlijk niet uit.

Hij maakte zijn autogordel los en gleed de wagen uit. Toen hij zijn hand weer naar binnen stak op zoek naar een ID-bewijs op de man die het dichtst bij was, suisde er een schot langs zijn hoofd. De kogel sloeg in de bast van een den vlakbij, waarbij er houtsnippers de mistslierten in vlogen.

Devine trok zijn Glock en vuurde vijf schoten terug. Daarna reikte hij weer de 4Runner in en trok de man die het dichtstbij lag naar buiten en op de grond. Toen er weer een schot de SUV in vloog, sprong Devine de Toyota in en trok het portier dicht. Hij boog zich over de andere man, deed het portier aan de passagierskant open en duwde met zijn benen zijn bebloede partner de wagen uit.

Devine deed zijn autogordel om, gaf vol gas, en de Toyota schoot vooruit, waarbij het portier aan de passagierskant dichtsloeg. Hij had geen idee of er voor hem uit een uitweg was, maar voorlopig had hij geen andere keus. Er klonk weer een schot, die ditmaal door de achterruit ging. Hij dook ineen toen de kogel tegen de toch al geruïneerde voorruit sloeg, waarbij er weer nieuwe spinnenwebben in het glas ontstonden.

'Verdomme nog aan toe,' riep Devine, toen hij naar voren keek.

Het pad eindigde in een muur van omgevallen bomen en rotsblokken. Hij trapte op de rem, zette de Toyota in zijn achteruit en reed weg met wielen die als een graafmachine aarde omhoog lieten spuiten. Vervolgens trapte hij even licht op de rem, trok het stuur naar rechts, maakte een J-bocht, gaf weer plankgas, trok het stuur weer recht, waarbij het leer onder zijn vingers door gleed, en spoot weg in tegenovergestelde richting.

Toen Devine de koplampen zag die recht op hem afkwamen, draaide hij zijn raampje omlaag en liet de Glock op het zijraam rusten om stabiel te kunnen richten. Ze leken wel twee futuristische ridders die op het punt stonden in een dodelijk steekspel verwikkeld te raken.

Hij leegde zijn magazijn in de richting van de naderende wagen, waarbij het glas van de voorruit en de metalen grille aan flarden gingen. Devine dook weg toen ze terugschoten, met kogels die afketsten tegen portierposten, motorkap en grille en stukken toch al gebarsten glas wegrukten. Maar er ketste niets tegen hem af, en daar ging het om.

Met zijn vinger wipte hij het gebruikte magazijn weg en duwde met zijn rechterhand behendig een nieuwe naar binnen. Heel even haalde hij beide handen van het stuur om de slede naar achteren te trekken. Hij liet het wapen weer op het raampje rusten, maar voordat hij kon schieten, hoorde hij tientallen kogels snelvuur losbarsten. Hij begon weg te duiken, maar besefte toen dat ze niet op hem afkwamen en evenmin afkomstig waren van de andere wagen, die ineens woest begon te slingeren. Op het allerlaatste ogenblik gooide Devine het stuur naar rechts en vloog langs een auto die hij nu herkende als een grote Cadillac Escalade. De geklapte rechterachterband had repen weggebrand rubber achtergelaten. De achterruit ontbrak ook, en de uitlaat zag eruit als het doelwit op een schietbaan.

Toen hij naar voren keek, zag hij één enkel achterlicht.

Een motor die op hoge snelheid de plaats delict verliet? Hij trapte het gaspedaal in tot op de beklede vloer, maar kennelijk had de 4Runner geen versnelling meer in zijn donder. Een van de kogels had kennelijk iets geraakt wat van vitaal belang was voor de prestaties van de wagen, waardoor hij niet harder dan negentig kon. Hij reed langs de plek waar de twee zwaargewonde, bebloede mannen op de grond lagen en reed verder. Het achterlicht was steeds verder weg en verdween uit zicht toen het de weg had bereikt. Toen Devine ter plekke kwam, was de motor verdwenen. Maar wie het ook was geweest, diegene had wel zijn leven gered.

Hij zette de verwarming voluit en nog was het ijskoud in de wagen vanwege de weggeblazen voor- en achterruit, die ook nog eens een soort ijzige windtunnel schiepen waardoor hij het gevoel kreeg dat hij boven op de Mount Everest was. Hij liet de stukjes schedel en haren die op zijn kapotte voorruit en dashboard zaten onberoerd. Zijn wagen was immers een rijdende plaats delict geworden. Ruim een kilometer verderop remde hij af tot een matig gangetje en reed terug naar Ricketts voor zijn eetafspraak met burgemeester Mercedes.

Devine vroeg zich af of die afspraak nog opwindender kon worden dan wat hem zo-even was overkomen.

26

Devine parkeerde de wagen aan de overkant van het steakhouse en bevoelde de grote, weke bobbel op zijn achterhoofd waar de man hem had geraakt met de achterkant van zijn wapen. Zijn vingers kwamen bebloed tevoorschijn. Hij pakte zijn noodtas uit de achterbak en haalde er een eerstehulpdoosje uit. Hij maakte zijn wond schoon, deed er wat antibioticum op en streek zijn haar er weer overheen. Hij keek even of zijn kleren relatief schoon en grotendeels vrij van bloedvlekken en glasscherven waren, en stak de straat over naar het restaurant. Of Mercedes King er al of niet was, kon weleens veelzeggend zijn. Devine nam aan dat het allemaal afhing van hoe efficiënt de communicatielijnen van de vijand werkten.

Hij liep naar binnen en werd begroet door een jonge vrouw die van top tot teen in het zwart was gestoken. Hij noemde de naam van de burgemeester en zij bracht hem naar een tafel achterin. Dus er was in elk geval een tafel gereserveerd. Als de burgemeester al betrokken was bij wat hem zojuist was overkomen, dan deed ze misschien aan risicospreiding.

Het was rustig in de tent, met maar een paar klanten achter hun eten en wijn.

'Als burgemeester King er is, zal ik haar naar u toe brengen,' zei de vrouw.

Hij ging zitten en keek op zijn horloge. Vijf minuten over acht.

Oké.

Hij pakte het menu op en zijn blik gleed doelloos over de hoofdgerechten. Als hij zo-even niet bijna een gewelddadige dood was gestorven en geen bonzende hoofdpijn had door de dreun tegen zijn schedel, had hij vast trek gehad.

'Agent Devine?'

Hij keek op en zag Mercedes King haastig op hem afkomen. Ze had zich omgekleed en droeg nu een zwarte plooirok, en een witte blouse onder een kort lavendelblauw jasje. Ze leek buiten adem.

'Sorry dat ik te laat ben. Onverwachte toestand met een kiezer. Meestal ben ik erg punctueel.'

'Geen probleem,' zei hij, terwijl hij haar nauwkeurig opnam. Dat ze hem weigerde aan te kijken, was misschien alles wat hij hoefde te weten. Alsof ze met een man praatte die geacht werd dood te zijn, en zij reusachtig in de war en geschokt was omdat hij dat niet was.

Ze schoof op de stoel tegenover hem en zei: 'En, hoe was de rest van uw dag?'

'Ging wel. Leuk stadje hebt u hier. Maar zodra je buiten de officiële stadsgrenzen komt, wordt het ineens heel erg geïsoleerd. Mensen zouden iemand daar ik weet niet wat kunnen aandoen zonder dat iemand het merkt,' voegde hij eraan toe.

'Meent u dat nou? Ik heb er nooit zo over nagedacht. Ik vind het hier geweldig,' voegde ze eraan toe, terwijl ze een hand door haar haren haalde alsof ze haar uitspraak wilde onderstrepen.

Dat zal wel, dacht Devine, hier in de binnenlanden, getrouwd met een kerel die dertig jaar ouder is dan jij, en met de persoonlijkheid van een knolraap.

'Hebt u zin in wijn? Ik kan wel een glas gebruiken,' voegde ze er schor aan toe.

'Kiest u maar. Ik ben niet zo'n kenner.'

Ze stak haar hand op en de serveerder kwam aansnellen

alsof ze uit een kanon was afgeschoten. King bestelde twee glazen rode wijn.

'Wat kunt u aanbevelen?' vroeg hij.

'De varkenshaas. Honderdvijftig gram, of in elk geval krijg ik dat meestal. Gezonde eiwitten, en ik hou mijn gewicht in de gaten. Dat ligt anders voor mannen. Niet dat u zich daar zorgen over hoeft te maken.' Ze wierp hem een blik toe die Devine aanvankelijk niet kon ontcijferen. Zat ze misschien te flirten? Maar dan duidelijk wel uit eigenbelang.

'Hoe lang bent u al burgemeester?'

'Dit is mijn eerste termijn. Volgend jaar ga ik op voor herverkiezing.'

'En wanneer bent u met de commissaris getrouwd?'

Ze pakte haar menukaart en liet haar blik erlangs gaan. 'Een poosje geleden,' antwoordde ze voordat ze naar hem opkeek. Ze legde het menu neer. 'Kan ik openhartig zijn?' vroeg ze alsof ze verdere persoonlijke vragen die hij misschien nog ging stellen wilde afkappen.

'Zeker. Dat was ik zelf ook van plan.'

'Daarom wilde ik onder vier ogen met u praten.' Ze leunde samenzweerderig naar voren, terwijl Devine stijf rechtop bleef zitten.

'Wat de Odoms is overkomen is verschrikkelijk. Het is binnen de grenzen van Ricketts gebeurd, dus valt het onder de verantwoordelijkheid van mijn man, en hij vat die verantwoordelijkheid hoogst serieus op.'

'Dat siert hem.'

Ze nam hem op en haar blik veranderde. 'U ziet er anders uit.'

'U ook, maar u hebt zich omgekleed. Wat was die toestand met een kiezer?'

'Huh?'

'Die toestand met een kiezer waardoor u te laat was.'

'Gezeur over iets waarvan mensen denken dat een burgemeester daar invloed op heeft.'

'En u was openhartig?' spoorde hij haar aan.

Hun wijn werd gebracht en voordat ze antwoord gaf nam ze een slok. 'Het maakt een slechte indruk als de federale overheid in een stad onderzoek komt doen. Die arme Eric krijgt het gevoel dat hij iets verkeerds heeft gedaan, of dat hij zijn werk niet aankan.'

Devine liet zijn wijnglas met rust. 'En heeft hij iets verkeerds gedaan?'

Ze fronste haar wenkbrauwen. 'Waar doelt u precies op?'

'Ik stel gewoon een vraag. Mijn ervaring is dat mensen die zich ergens schuldig aan hebben gemaakt zich zorgen maken, en dat onschuldige mensen denken dat alles wel op zijn pootjes terecht zal komen, ze hebben immers niets te verbergen.'

'Eric heeft niets te verbergen, neemt u dat van me aan,' zei ze kil. Ze gooide haar luxueuze haar van de ene naar de andere schouder, alsof ze fysieke actie wilde toevoegen aan haar botte woorden.

'Maar goed, in antwoord op uw uitspraak: de federale overheid betaalt mijn salaris, dus ik ga waar zij me heen sturen. Daar heb ik geen enkele invloed op. En als ik ergens ter plekke ben, word ik geacht mijn werk te doen.'

'Maar wat is precies het probleem hier dat uw aandacht vereist? Twee mensen zijn aan een overdosis gestorven. Ik snap niet waarom dat een overheidsaangelegenheid zou zijn. Er gaan helaas een hele hoop mensen op die manier dood.'

'Maar wanneer twee mensen die "op die manier" doodgaan banden hebben met iemand die Danny Glass heet, dan is de FBI nu eenmaal geïnteresseerd.'

'Danny wie?'

Hij keek haar langdurig aan voordat hij verderging: 'Oftewel Daniel Glass, zoals Doris Chandler me vertelde. Glass is degene op wiens verzoek de Odoms zijn gecremeerd.'

'Hoe kon die Glass dat doen?' vroeg ze met een gezichtsuitdrukking waar minzame nieuwsgierigheid uit sprak.

‘Hij is een nabestaande, de broer van Alice Odom.’

‘Aha, oké, en wat is dan precies het probleem?’

‘Wilt u blijven volhouden dat u niet weet wie Danny Glass is?’

‘Moet dat dan?’ antwoordde ze koeltjes.

‘Waarschijnlijk wel ja, maar wie ben ik om daar een oordeel over te geven? Hij wordt ervan verdacht een crimineel van wereldformaat te zijn en is op dit moment het onderwerp van een federale strafzaak in Seattle. Die zaak krijgt een hoop aandacht in de pers.’

Ze nam weer een slok van haar wijn en zei: ‘Ik vrees dat ik niet veel weet van een wereldwijd opererende crimineel. Ik ben maar de burgemeester van een klein stadje en al mijn aandacht gaat daarnaar uit.’

‘Dat overheidsgebouw moet miljoenen hebben gekost. En dan al dat politiematerieel van legerklasse. Daar hangt ook een fors prijskaartje aan.’

‘Die wagens zijn gekocht met ruimhartige steun van Homeland Security, oftewel uw branche, klopt dat? Datzelfde hebben ze na 11 september voor heel veel plaatsen gedaan.’

‘De spullen die ik heb zien staan, zijn bij lange na niet ruim twintig jaar oud. Of zelfs maar tien jaar.’

‘We hebben de boel geüpdatet, ook weer met ruimhartige overheidssubsidies. En Eric staat hoog aangeschreven bij de politiegemeenschap, dus we krijgen dat soort opstekers ook van de staat.’

Blijkbaar staat hij in de ogen van andere politiekorpsen hier in de staat toch niet zo hoog aangeschreven, dacht Devine toen hem te binnen schoot wat Braddock hem over Eric King had verteld.

‘En het gebouw?’

‘Gewoon die goeie ouwe belastingen.’

‘Ik had niet gedacht dat die belastingen hier nou zoveel opbrengen.’

‘Weet u, ik heb ineens niet meer zoveel trek en ik heb nog werk liggen.’ Ze stond op en keek naar hem omlaag. ‘Veel plezier vannacht, agent Devine. En veel geluk, waar u uiteindelijk ook mag belanden.’

Zoals bijvoorbeeld in een graf, bedoelt u? dacht Devine.

‘Ik passeerde op weg hierheen uw auto,’ zei ze. ‘Ik herkende hem van eerder vandaag bij het overheidsgebouw. Het glas is versplinterd en er zitten zo te zien gaten in het portier aan de kant van de chauffeur.’

‘Gewoon een voorvalletje met een agressieve weggebruiker.’

‘Goeie hemel, dat moet u bij de politie melden.’

‘Misschien stap ik er wel rechtstreeks mee naar uw man.’

Devine keek haar na. Haar heupen en billen zwaaiden niet meer zo heen en weer als eerst. De vrouw liep weg alsof ze hier de eigenaar was.

En dat is ze blijkbaar ook. Van de hele bedoening hier.

Hij haalde zijn telefoon tevoorschijn en maakte een foto van Kings gezicht in de spiegel waar ze op afliep. Devine had het idee dat die nog weleens van pas zou kunnen komen.

Vervolgens pakte hij de steel van haar wijnglas vast, schonk haar wijn in zijn glas over, verpakte het hare zorgvuldig in een servet, en liep naar buiten.

27

Devine nam niet de moeite om te overnachten in de B&B die Mercedes King had aangeraden. Hij had zo'n idee dat het niet best zou zijn voor zijn gezondheid. Hij vond een bouwmarkt die nog open was, kocht karton en breed plakband, en deed zijn best om zijn gehavende 4Runner zo goed mogelijk op te lappen voor de terugweg.

Hij ging op pad en onderweg belde hij Nate Shore op de telefoon die hij de mannen had gegeven.

'Hoi Nate, je spreekt met Travis Devine. Zit je nog in het huis van de Odoms?'

'Ja, man. Wij alle twee. We kunnen nu toch nergens anders heen.'

'Ik kom jullie kant op. Tot over een paar uur. Jullie hoeven niet op te blijven. Laat de achterdeur maar van het slot. Ik kom een nacht bij jullie slapen, en ik moet jullie het een en ander vragen.'

'Oké, prima. En wij zijn nogal nachtbrakers, dus we zijn dan nog op. Heb je straks honger? We hebben eten in huis.'

'Fastfood?'

'Nee, we hebben boodschappen gedaan. We waren door de dingen heen die jij voor ons in huis had gehaald. Maar goed, Kor heeft vis klaargemaakt. Zo lekker heb ik nog nooit gegeten.'

'Waar heeft hij leren koken?'

'Dat heeft hij zichzelf bijgebracht. Vooral om geen honger te lijden. Maar Kor hield altijd al van koken. Hij heeft bij een heel stel restaurants gewerkt, en dan deed hij er ook nog iets van catering naast. Van een chique bordenwasser tot chef de partie, bij grillen, bakken, sauzen, zeevruchten en braden. Kor heeft het allemaal gedaan. Hij deed het geweldig bij een chique tent in Seattle met linnen servetten en echt zilveren bestek.'

'Wat is hem dan overkomen?'

'Meth is hem overkomen. Je raakt uitgeput van koken, man. Kor had iets nodig om hem op te peppen. En dat deed het ook. Heeft die knaap alles gekost wat hij had, net als bij mij. Het is echt klote geweest.'

'Oké. Ik zie jullie over een paar uur.'

Om te beginnen nam Devine dezelfde route als hij noodgedwongen met de twee mannen had gevolgd. Hij sloeg de onverharde weg in en zette de auto stil waar de twee mannen op de grond hadden gelegen. Ze waren weg, en dat gold ook voor de wagen met de aan flarden geschoten band.

Hij stapte uit en keek rond, met zijn wapen in de aanslag en al zijn zintuigen op scherp, want slechteriken kwamen inderdaad weleens terug naar de plaats waar ze hun delicten hadden gepleegd. Met behulp van zijn zaklantaarn ging hij op zoek naar patroonhulzen en hij vond er eentje. Uit de plek waar die lag, leidde hij af dat de kogel weleens kon zijn afgevuurd door de motorrijder. Hij stak hem in zijn zak, keek nog een paar minuten rond, en stapte vervolgens weer in de Toyota.

Hij reed de weg af en stopte ongeveer op de plek waar hij de motor had zien wegrijden. Met zijn zaklantaarn bescheen hij het smalle bandenspoor dat alleen afkomstig kon zijn van dat soort vervoermiddel. Met zijn telefoon nam hij er een foto van, waarna hij weer in de 4Runner stapte en wegreed. Toen schoot hem iets te binnen. Hij had de motor niet gehóórd. En die dingen waren meestal behoorlijk luidruchtig, helemaal als ze op een hoog toerental draaiden.

Oké, dat is veelzeggend.

Het plakband en de platen karton deden hun werk redelijk

goed, dus hij was niet doodgevroren tegen de tijd dat hij uren later bij het huis van de Odoms voor de deur parkeerde, en evenmin was hij aangehouden door de politie, die misschien best wat vragen zou hebben over zijn kapotgeschoten wagen. Nate Shore deed de deur open. Hij had een wit mouwloos T-shirt aan waarin zijn indrukwekkende delta's, triceps en biceps goed tot hun recht kwamen, en een camouflagebroek die er in de ogen van Devine als het echte werk uitzag.

'De vorige keer dat we elkaar spraken, hoorde ik dat je in het leger had gezeten,' zei Devine terwijl Shore de deur sloot. 'Maar je bent afgezwaaid?'

'Ja. Ik heb me meteen na het eindexamen gemeld. Had bedacht dat ik geld voor een studie kon sparen of dat ik een vak kon leren waar ik na mijn afzwaaien wat centen mee kon verdienen. Ik heb het tot sergeant gebracht, E-5. Ik heb mijn contract bij het leger volgemaakt, ben naar huis teruggegaan en heb weer contact opgenomen met Kor. Hij was met zijn kookgedoe bezig en ik begon als bouwvakker. Het ging allemaal best goed, tot we in de problemen raakten, zeg maar.'

'Dus ook al had je het tot E-5 geschopt, je hebt niet bijgetekend. Hoe kwam dat? Lag het leger je niet?'

Shore keek even weg, met een gezichtsuitdrukking die Devine niet goed kon duiden. 'Eh, het beviel me best. Toen ik sergeant was geworden, kwam ik zelfs in aanmerking voor Delta Force. Dat was het moeilijkste wat ik ooit heb gedaan. Ze pakken je daar stevig aan, echt hoor. Van sommige dingen die ze ons lieten doen wist ik niet eens dat ik ze kon. En ik moest uit vliegtuigen springen waar niks mis mee was. Er zaten verdomd slimme gozers in die groep. Veel slimmer dan ik. Sommigen waren hartstikke goed in vreemde talen, en er zaten kerels bij die verdomd goed waren in dat contraterrorismegedoe. En ik? Ik was goed in wapens, man tegen man vechten en dingen opblazen.'

'Delta! Jemig, Nate, dat is de elite,' merkte Devine diep onder de indruk op. 'De meeste rekruten van Delta zijn afkomstig uit het 75th Ranger Regiment, maar ik had een paar vrienden bij de Rangers die prima soldaten waren maar het niet haalden toen ze zich probeerden te kwalificeren.'

'Ja, het stelde best wel wat voor. Ik werd tot het uiterste gedreven en toen erdoorheen.'

'Wat is er dan gebeurd? Je brengt het niet tot Delta om vervolgens weg te lopen.'

'Ik ben niet weggelopen.'

'Dat snap ik niet.'

'Er zat een stelletje rednecks bij Delta die het niet zo op kerels hadden die eruitzien zoals ik. Die hebben me het leven behoorlijk zuur gemaakt. En de hotemetoten keken de andere kant op. Dus ik heb niet bijgetekend. Ik wil me best uit de naad werken om iets te bereiken, maar ik ga echt niet mijn leven lang shit pikken van een stelletje klootzakken.'

'Wat erg dat dat je is overkomen, Nate.'

Shore haalde zijn schouders op. 'Kan niet zeggen dat ik dat soort gelazer niet net zo goed buiten het leger tegenkom.'

Korey Rose stak zijn hoofd om de deur. 'Trek?'

Devine grijnsde. 'Nou en of, heel erg.'

Zijn laatste maaltijd was het ontbijt geweest, dat voor zijn gevoel dagen geleden was.

'Het staat allemaal klaar in de eetkamer. Ik kom er zo aan.'

De 'eetkamer' was twee stappen verderop.

Er was voor één persoon gedekt.

'Wij hebben al gegeten,' legde Shore uit, terwijl hij over zijn gespierde buik wreef. 'Zin in een biertje?'

'Ja, graag. Eerder vandaag heb ik een glas wijn besteld, maar geen druppel gedronken.'

'Slechte wijn?' vroeg Shore.

'Slecht gezelschap.'

Shore ging de kamer uit, kwam terug met een fles Guinness en gaf die aan hem. 'Ze hadden uitverkoop.'

'Drinken jullie niet?'

'We zijn niet alleen door drugs in de problemen geraakt, maar ook door drank.'

'En waarom koop je die dan wel?'

'Voor bezoekers. Kor heeft graag spullen bij de hand om gastvrij te kunnen zijn. Wij hebben dan misschien een probleem, maar daarom mogen andere mensen nog wel een biertje drinken. Maar sterkedrank kopen we nooit.'

Rose kwam binnen met een blad vol kommen met eten en opscheplepels.

'Wat is het?' vroeg Devine.

'Cobia, een lekker lichte, rulle vis. Maar met mijn eigen geheime ingrediënt smaakt het gegarandeerd beter dan alles wat je de afgelopen week in je mond hebt gestopt.'

Hij diende de vis op, en voegde er twee lepels kruidige couscous en wat warme *succotash* en gegrilde tomaten aan toe. In een aparte kom zat een salade met bovenop kunstig gesneden plakjes avocado en aardbeien.

Devine ging zitten, pakte zijn mes en vork op en tastte toe onder het toeziend oog van de beide mannen.

'Godsamme,' zei Devine. 'Dit smaakt lekkerder dan alles wat ik de afgelopen máánd in mijn mond heb gestopt. En een maand geleden was ik in Italië.'

Rose en Shore gaven elkaar een high five.

'Wat zijn die geheime ingrediënten van je?' vroeg Devine.

Rose knipoogde naar hem. 'Als ik je dat vertelde, was er geen geheim meer, maar om even een hint te geven: je kunt de mooiste dingen bereiken met een glaceersel met precies goed ingekookte balsamico, en soms maak ik een marinade van honing, citroen en pesto en gril ik de boel tot wat ik extreme zaligheid noem.'

Terwijl Devine weer begon te eten, zei Shore: 'Aan de telefoon had je het over een paar vragen.'

Devine nam een slok bier en knikte. 'Ik ben in Ricketts geweest, waar Dwayne en Alice zijn gestorven. Het autopsierapport is nog niet af; ze wachten nog op de uitslagen van het toxicologisch onderzoek. Maar volgens mij gaan ze het bij het overdosisverhaal houden.'

'Dat is gelul,' riep Rose.

'Weet ik. De burgemeester daar is getrouwd met de commissaris, die zo'n dertig jaar ouder is dan zij. Het stadje lijkt op te grote voet te leven. Zijn jullie twee weleens in Ricketts geweest, of in Asotin County?'

Ze schudden beiden hun hoofd.

'Wat denk jij dat daar gaande is?' vroeg Shore.

'Dat weet ik niet zeker, maar er zit iets verkeerd, en misschien wel heel erg verkeerd. Binnenkort moet Betsy opdraven bij een rechtszitting. Heeft te maken met dat Glass haar voogd wil worden.'

'Die kerel mag Betsy niet krijgen,' zei Rose. 'Je weet maar nooit wat hij haar misschien aandoet.'

'Hé, kunnen Kor en ik geen voogd worden?' vroeg Shore. 'We kennen haar. Ze vindt ons aardig. We waren goede maatjes met haar ouders. Dat telt toch ook mee? Ik bedoel, bij de rechter? En we hebben deze fijne plek waar we met z'n allen kunnen wonen.'

'Maar jullie hebben in het verleden wel problemen gehad, en de deur platlopen bij de afkickkliniek zal ook geen gunstige indruk op de rechtbank maken,' zei Devine. 'En jullie hebben geen vaste baan, dus hoe gaan jullie haar en jezelf dan onderhouden?'

'Ja,' zei Shore berustend met een blik naar Rose. 'Het is niet de eerste keer dat we dat te horen krijgen, hè Kor?'

Rose krabde op zijn hoofd en keek uit het raam. 'Hé, wat is er in godsnaam met je wagen gebeurd? Je voorruit is helemaal gebarsten. Ben je ergens tegenaan gereden?'

'O ja, dat vergat ik nog te zeggen. Iemand heeft geprobeerd me te vermoorden in Ricketts.'

Shore en Rose wisselden een verbaasde blik. 'Echt waar?' zei Rose.

'Ga je dat bij de politie melden?' vroeg Shore.

'Voor hetzelfde geld heeft de politie het gedaan,' antwoordde Devine.

'Krijg de tering,' zei Rose verbijsterd.

Devine keek hem aan. 'Heb je er weleens over nagedacht om weer te gaan koken?'

Rose schudde zijn hoofd. 'Van z'n leven niet. Mij te veel gestress. Zo ben ik aan de drugs geraakt. Om het tempo bij te kunnen houden. Maar ik kook graag voor vrienden.'

'Wat vond Betsy lekker?'

'Vooral hamburgers en patat, en pizza, net als alle kinderen,' zei Rose met een scheve glimlach. 'Maar ik heb haar zover gekregen dat ze haar culinaire horizon wat verbreedde. Ze heeft zelfs mijn kip cordon bleu geprobeerd. Zei dat het erger had gekund, hè Dozer?'

'Klopt. En wat ga je nou doen aan die rechtszitting en Danny Glass?' vroeg Shore.

'Ik ga met haar mee, maar ik heb niet genoeg invloed om echt verschil te maken.'

'Maar als jij rottigheid over Glass te weten komt?' zei Shore. 'Heb je nog wat achter de hand?'

'Was het maar waar.'

Toen hij was uitgegeten, ging Devine naar zijn kamer en keek uit het raam van wat ooit Betsy's kamer was geweest. Hij zag alleen maar duisternis, en Devine kon niet weten dat er op datzelfde moment iemand naar hem zat te kijken door een eersteklas nachtkijker.

28

Pru Jackson liet haar verrekijker zakken en bestudeerde het bescheiden huis midden in het bos. Binnen waren drie mannen. Ze had ze alle drie door diverse ramen geobserveerd. Ze wist niet wie de andere twee waren, maar in feite was Travis Devine de enige die haar interesseerde.

Ze liep terug naar haar elektrische en vrijwel geluidloze motorfiets. Dit was het stukje onwaarneembare apparatuur dat ze samen met de SUV bij haar gehuurde huis had laten bezorgen. Vanwege de beperkte actieradius was ze Devine in haar SUV naar Ricketts gevolgd met de motor achterin. Ze had de motor ingezet toen ze zag dat de twee mannen hem meenamen. Later was ze hem tot hier gevolgd.

Ze had hem vanavond vooral het leven gered omdat Jackson niet wilde dat iemand anders hem zou doden.

Maar er was nog een andere reden. De moordaanslag was haar bekend voorgekomen op een manier die haar persoonlijk misschien nog eens goed van pas zou komen.

Daar speculeerde Jackson verder niet echt over.

Nadat ze de band van de SUV die achter Devine aan zat aan flarden had geschoten, was ze ervandoor gegaan, maar toen ze eenmaal de hoofdweg had bereikt, was ze het bos weer in gegaan en had ze de 4Runner van Devine langs zien flitsen. Daarna was Jackson teruggekeerd naar de plek waar de ontmoeting had plaatsgevonden en waar ze vervolgens met een langeafstandscamera alles filmde wat ze zag.

De twee mannen die Devine hadden ontvoerd, werden

door een groep andere mannen in lijkzakken gestopt en vervolgens in de SUV geschoven, en intussen werd de beschadigde band vervangen.

Travis Devine is een moordmachine vanjewelste, had ze gedacht.

De plek werd afgezocht om zo veel mogelijk bewijsmateriaal te verwijderen. Ze was blijven kijken terwijl twee mannen overlegden. Vervolgens belde een van de twee ongeveer een minuut lang. Jackson had gewild dat ze een afluisterapparaat bij zich had gehad dat op die afstand het gesprek kon volgen. Daarna was de wagen snel weggereden en zij was erachteraan gegaan, tot ze uiteindelijk zo'n vijf kilometer verderop bij een stuk vrijgemaakte grond belandde.

Daar zag Jackson dat er een poort openging die door een gewapende man in een bruin uniform werd bewaakt. De SUV reed erdoorheen en in de duisternis kon ze de silhouetten van diverse gebouwen onderscheiden, waarvan sommige behoorlijk groot waren.

Tien minuten later verscheen er een helikopter in de lucht, die vervolgens in de buurt van een van de gebouwen landde. De mannen in lijkzakken werden snel in de heli geschoven, die daarna opsteeg, maar wel nadat Jackson hem had gefilmd. Zo'n vogeltje had ze eerder gezien en ze had er zelfs weleens in eentje gevlogen. Helemaal zwart, tot en met de rotorbladen. Uit de vorm kon ze afleiden dat het 'hondenhok' – oftewel de neus, waar de versnellingsbak en de motoren zaten – was omgebouwd, en hetzelfde gold voor het in- en uitlaatsysteem; dat laatste was voorzien van een infraroodonderdrukker om het radarprofiel te verkleinen. Ze merkte eveneens op dat de heli een unieke canardconstructie had, waardoor hij beter kon manoeuvreren en een hogere snelheid kon halen. De romp was bekleed met schuin liggende vlakke panelen, ook bedoeld om het radarprofiel te reduceren. Aan de hoofdrotor ontbraken scharnieren en ze was er vrijwel zeker van dat de staartrotor geen kogellagers had, stuk voor stuk bedoeld om trillingen terug te dringen en zo de kans zo klein mogelijk te maken dat de heli werd gedetecteerd.

Toen de heli opsteeg, werden de visuele, radar-, infrarood- en akoestische profielen aanzienlijk gereduceerd. Binnen een paar seconden verdween hij de nachthemel in.

Hier was eigenlijk maar één conclusie mogelijk.

Mijn goeie ouwe CIA *is hier op een of andere manier bij betrokken.*

Toen ze wegspoot draaiden Jacksons hersenen sneller dan de wielen van haar motorfiets.

De heli die ze had gezien, had de vermoedens die ze toch al had alleen maar versterkt. Ze had de aanslag die die avond op Devine was gepleegd herkend, omdat hetzelfde iemand was overkomen die haar na stond: een medestander uit de inlichtingendienst van een ander land, dat bevriend was met de Verenigde Staten. De redenen erachter waren politiek, complex, een poging om overtredingen uit het verleden te verbergen, met een ongezonde scheut egoïsme erbij. De schuld voor de moord was vervolgens neergelegd bij een aloude vijand van Amerika.

Jackson had haar superieuren verteld over de betrokkenheid van sommigen van hun collega's bij de dood van die persoon, en men had haar verzekerd dat er koppen zouden rollen. En helaas was dat uiteindelijk háár kop geweest.

Ze hebben me van meet af aan erin geluisd.

Meteen de week erop was Pru Jackson in vijandelijk buitenlands gebied achtergelaten omdat ze sommige lui van haar bureau beschuldigd had van de moord op haar medestander. Met de kennis waarover ze beschikte kon ze hooggeplaatsten ten val brengen. Types die met alle genoegen hun eigen grootmoeder zouden omleggen om zichzelf te redden. Dat was wat macht met je deed. Die stelde je in staat alles wat je ooit had gedaan of zou gaan doen weg te redeneren, hoe fout of wreed die daden ook waren.

Terwijl ze de stacaravan stond te observeren, vroeg Jackson zich af: waarom is de CIA zo te zien betrokken bij dat gezinsdrama van de Odoms, met dat huisje in de bossen aan de ene kant en die grote, boze Danny Glass aan de andere kant? En Travis Devine die daartussen klem zit?

Die connectie moest ze zien te vinden. En Jackson twijfelde er niet aan dat Devine zijn best zou doen om hetzelfde te bereiken. En wie dat doel als eerste bereikte en niet vermoord werd, zou misschien wel de grote prijs in de wacht slepen.

Jackson had haar leven op het spel gezet om een plaatsje te veroveren bij de Amerikaanse inlichtingendienst. Als ze bij de uitoefening van haar werk was omgekomen, werd ze geacht opgenomen te worden op de Memorial Wall in Langley, waarop de mannen en vrouwen werden herdacht die tijdens het dienen van hun land het laatste, grote offer hadden gebracht.

En ik had me vereerd gevoeld om op die muur te belanden. Maar toen pleegden ze verraad aan mij. En nu is het mijn beurt.

Jackson draaide aan de gashendel en geruisloos spoot de motor weg over de verlaten, kille weg, met alleen miljarden sterren als stille getuigen tegen een koele, uitgestrekte hemel.

29

Devine staarde omhoog naar het plafond van Betsy Odoms slaapkamer. Er zaten glimmende plastic sterren tegenaan geplakt die misschien voor een heelal aan mogelijkheden stonden, iets wat mijlenver verwijderd was van het leven van het meisje zelf.

Devine had normaal gesproken niet zo'n neiging om te filosoferen, maar hij werd door deze missie op onverwachte plekken geraakt, alsof een straatvechter een betere tegenstander onverwacht goed had geraakt en kans zag op gevoelige plekken schade toe te brengen.

Hij haalde zijn telefoon tevoorschijn en nam de aantekeningen door die hij over de zaak bijhield. Het was duidelijk dat niemand in Ricketts nog contact met hem zou opnemen, dus dan waren er geen spullen uit de auto van de Odoms die hij kon inspecteren en er was geen mogelijkheid om lijken te onderzoeken die waren verbrand. Dokter Coburn zou geen contact met hem opnemen, en degenen die als eersten bij de vermoorde Odoms waren aangekomen al evenmin.

Hij hoopte dat Campbell iets miraculeus zou bereiken met het verzoek dat Devine hem had gedaan, maar dat stond allerminst vast. Hij belde de man om verslag uit te brengen. Hij wilde eenvoudig zijn voicemail inspreken. Maar ook al was het laat aan de Westkust en lag zijn baas ook nog eens drie uur op Devine voor, hij nam onmiddellijk op. Devine vroeg zich af wanneer Emerson Campbell eigenlijk sliep, als hij dat al deed, of misschien was hij net opgestaan. Nadat

Devine hem had verteld over de ontvoering, vroeg hij aan Campbell: 'Het waren toch niet uw mensen die me hebben gered, hè?'

'Nee. Denk je dat Glass achter die ontvoering van je zat?'

'Ik kan niemand anders bedenken. Misschien waren ze van plan om me in de bossen te ondervragen voordat ze me zouden vermoorden. Maar ik heb hun plannen verpest. En wie het ook was die me heeft gered, heeft die plannen nog veel erger verpest. Heeft mijn verzoek om informatie nog iets opgeleverd?'

'Daar zijn we nog mee bezig. Het kost tijd om bergen te verzetten, zelfs voor de Amerikaanse overheid.'

'Klopt.'

Campbell merkte op: 'We hebben het er eerder over gehad dat Glass misschien denkt dat Perry Rollins je iets belastends over hem heeft verteld.'

'Maar dan zou hij toch kunnen bedenken dat ik daarmee naar de politie zou stappen?'

'Wat ik maar wil zeggen: misschien weet je wel iets wat waardevol is, maar besef je dat alleen niet. Wat zei Rollins ook alweer tegen je vlak voordat hij stierf?'

'Het klonk als "koekoek", en daarna misschien iets van "gas". Geen idee wat het betekent, als het al iets betekent. Die man lag op sterven, dus misschien was het maar wat gebrabbel,' voegde Devine eraan toe. 'Al denk ik dat hij misschien "glas" wilde zeggen in plaats van "gas".'

'Dat lijkt me best waarschijnlijk, maar dat andere woord is behoorlijk onduidelijk. Goed, ik ga hier een paar insteken nader onderzoeken, Devine. Pas goed op jezelf.'

Campbell verbrak de verbinding, en Devine dacht opnieuw na over de twee woorden, op zoek naar woorden die in de buurt kwamen en wel ergens op sloegen.

'Gas' of waarschijnlijker 'glas', wat uiteraard op Danny Glass sloeg. Maar 'koekoek'?

Na tien minuten piekeren stopte hij ermee om met zijn hoofd tegen een stenen muur te rammen.

Verder was er die toestand met de mannen die alles op alles hadden gezet om hem te vermoorden. En degene die hem had gered? Als die persoon op een e-motorfiets had gezeten, leek dat op een weloverwogen keuze voor heimelijkheid te wijzen.

Kortom, een hoop voorbereiding, maar om wat te bereiken? Om hem om wat voor reden dan ook te redden? En wat voor beschermengel had hij nog meer?

Hij gaf zijn ogen even rust. Vervolgens kwam hij overeind en keek om zich heen. Het was een kleine, afgeladen, rommelige ruimte, maar voor Betsy Odom was het een nieuw thuis geweest, en misschien zelfs wel haar eerste echte onderkomen. En wie weet ging ze nu in de landhuizen wonen van iemand van wie beweerd werd dat hij een internationaal opererende crimineel was. Behoorlijk heftig voor een kind van twaalf. Verdomme, voor iedereen eigenlijk.

Odom had gezegd dat haar moeder haar thuis lesgaf, al had hij niets gezien wat op een serieuze poging in die richting leek te wijzen. Maar te oordelen naar de boeken die ze had en de aantekeningen die ze in de kantlijn van *Denk groot – word rijk* had gemaakt, kon het meisje duidelijk lezen en schrijven, en ze was slim, of op z'n minst streetwise.

Hij keek omlaag en zag iets gedeeltelijk onder het bed uitsteken. Hij boog voorover en pakte het op. Hoe had hij dat nu over het hoofd kunnen zien?

Het was een dikke, met blaadjes gevulde multomap met drie ringen. Op het omslag stond in blokletters één enkel woord geschreven.

IK

Hij sloeg de map open en bladerde door een paar bladzijden. Het was een verzameling foto's, tekeningen en tekst.

Devine bladerde terug naar het begin en zag dat de eerste foto's waarschijnlijk van Betsy als baby waren. Hij las haar commentaren onder die foto's en die bevestigden dat hij daar inderdaad Betsy als klein kind zag. Hij sloeg bladzijden om en zag zo de tijd in het leven van het meisje verstrijken. Grappige foto's en tekeningen in potlood en inkt die gaandeweg verfijnder werden naarmate het meisje ouder werd. Ze was een ware kunstenaar, viel Devine op. Op de bladzijden daarna zaten foto's van het gezin Odom geplakt.

Met een schok besefte Devine dat hij nog nooit had gezien hoe Dwayne en Alice Odom eruitzagen. Nergens in huis stonden foto's van hen.

Op één foto was Dwayne afgebeeld als een graatmager, maf en ontspannen type met een scheve grijns en een lange bos bruin haar. Alice, met haar kastanjebruine lokken, was inderdaad lang geweest. Ze was zeker vijf centimeter langer dan haar man, en dat lag niet aan hoge hakken. Op de foto zag hij dat ze allebei blootsvoets waren. Ze had mooie gelaatstrekken en een warme, hartelijke glimlach. Devine zag bij Betsy niet veel van haar vader terug; de dochter had duidelijk meer weg van haar moeder.

Hij las hier en daar wat dingen die Betsy had geschreven. Dromen die ze had. Dingen die ze wilde doen. Een tekening van een hond die ze Barney noemde, en hoe graag ze een echte hond wilde.

En toen vond hij het. Bladzijden vol huiswerk die hier waren vereeuwigd: spelling, de tafels van vermenigvuldiging, een korte verhandeling over pannenkoeken bakken, met wat vlekken. Toen Devine het papier naar zijn neus bracht en even snoof, dacht hij dat hij stroop rook.

Drie bladzijden waren gewijd aan de spannende aankoop van het nieuwe huis en de auto, maar over de bron van de benodigde fondsen kwam niets aan het licht; niet dat Betsy daar ook maar iets van zou hebben geweten. Er zaten foto's bij van het hele gezin voor de stacaravan. Misschien had Nate of Korey de foto's gemaakt, bedacht hij.

Ze zagen er allemaal gelukkig uit, al vond Devine bij nadere beschouwing van Betsy dat ze er eigenlijk vooral uitzag alsof ze… wat was? Ja, opgelucht.

Er was een foto van haar terwijl ze net deed of ze de Genesis bestuurde, met een grijns van oor tot oor. Devine grijnsde mee.

De inhoud van de meeste bladzijden aan het eind ging voornamelijk over wat Betsy wilde worden als ze groot was.

FBI-agent?

Zonder dat hij nu mensen over één kam wilde scheren, dacht Devine toch: welk jong meisje zet dat nou op haar lijstje van droombanen?

Toen Devine de laatste bladzijde omsloeg, schoot hij overeind van het bed.

Er stonden maar zeven woorden.

Danny Glass, mijn oom. Goed of slecht?

Waarom had ze dat in vredesnaam opgeschreven? Danny was pas in beeld gekomen als potentiële voogd nadat Betsy's ouders waren gestorven. Ze had dit niet kunnen schrijven nadat het was gebeurd, want ze was hier niet meer geweest. Dat had ze hem zelf verteld.

Dan had ze dus wel over haar oom nagedacht. Misschien had haar moeder meer over Danny Glass verteld dan ze aan Devine of wie dan ook had laten merken.

Nu werden de vragen duidelijker: wat wist ze, wie had haar dat verteld, en waarom hield ze er haar mond over? Devine dacht terug aan het moment in het Four Seasons toen Betsy er bijna aan toe leek om hem het teken te geven. Wat had Glass gezegd om ervoor te zorgen dat ze besloot de samenkomst niet te beëindigen?

Devine sloeg het dagboek dicht, ging weer op bed liggen, maar deed de hele nacht verder vrijwel geen oog meer dicht.

30

Met verwarde haren, de kleren waarin hij had geslapen helemaal verkreukeld, met donkere kringen onder zijn bloeddoorlopen ogen en stoppels op zijn kin kwam Devine de volgende ochtend met de map in de hand de keuken in. Nou ja, eigenlijk was het al bijna middag, bedacht hij toen hij op zijn horloge keek. Onmiddellijk werd hij overspoeld door de geuren van koffie, eieren, bacon en toast waarover Rose aan het fornuis presideerde.

'Hebben jullie ook uitgeslapen?' vroeg Devine.

'Yep,' antwoordde Rose. 'Dozer en ik zijn echte nachtbrakers.'

'Ja, zoiets zei Nate al.'

Rose keek op, kromp ineen en zei: 'Jemig, ik bedoel het niet vervelend, hoor, maar je ziet er niet uit, gast.'

Even later kwam Nate Shore door de andere deur binnen en zei: 'Zeg dat wel.'

'Bedankt, jongens,' zei Devine. 'Is de koffie klaar? Ik giet hem wel over mijn hoofd.'

Rose dekte de tafel en schepte het eten op drie borden, terwijl Devine koffie voor zichzelf inschonk, waarna Shore hetzelfde deed.

De drie mannen gingen zitten en begonnen te eten.

Rose bekeek Devine van top tot teen. 'Niet best geslapen, hè? Ik weet iets wat helpt. Niet iets om verslaafd aan te raken,' voegde hij er snel aan toe. 'Ik heb het over mediteren, ademhalingsoefeningen, dat soort dingen. Het werkt echt.

Het is geen heroïne, maar soms komt het in de buurt.'

'Bedankt, maar ik red me wel.' Devine stak de map omhoog. 'Hebben jullie deze weleens gezien?'

'Ja, Betsy zette er de hele tijd dingen in. Ze tekent ook nog eens heel goed.'

Shore liet zijn dikke nek kraken en knikte. 'En ze stopte er foto's in. Haar moeder had zo'n ouderwetse camera waar de foto's uit tevoorschijn schuiven die dan binnen een minuut tot leven komen.'

'Ja, een polaroidcamera,' zei Devine. 'Jullie tweeën zijn door de eerste selectie heen.'

Hij hield de map op een bepaalde bladzijde opengeslagen omhoog, met een foto van Betsy, Shore en Rose.

'Verdomme, ben ik echt zo dik?' vroeg Rose, terwijl hij van dichtbij naar zijn beeltenis tuurde.

'Goeie koks zijn altijd dik,' merkte Shore grijnzend op. 'Die eten altijd lekker. Maar ik zie er knap vaal uit, al zeg ik het zelf,' voegde hij eraan toe.

Een terneergeslagen Rose bekeek de resten van zijn gebakken eieren, beboterde toast en knapperige bacon en duwde zijn bord langzaam weg.

Devine sloeg de map open bij de laatste notitie.

'Dit heeft ze over haar oom geschreven. Wat denken jullie hiervan? Vergeet niet dat dit van vóór de dood van haar ouders is, en voordat ze wist dat Glass zou gaan proberen om haar te adopteren.'

Rose en Shore keken naar de woorden op de bladzijde en wisselden een nerveuze blik, maar geen van beiden zei iets.

Devine legde de map neer, leunde naar achteren en keek ze allebei aan. 'Luister, jongens, jullie hebben toch gezegd dat ik Betsy moet beschermen? Maar als ik dat doe, moeten jullie me wel vertellen wat je weet. Alles.'

Shore frummelde wat met zijn koffiebeker terwijl Rose lusteloos in zijn eieren prikte.

'Vorig jaar kwamen er een keer wat lui bij Dwayne en Alice langs,' begon Shore.

'Wat voor lui?'

'Lui in pak. Dwayne en hun tweeën woonden hier toen nog niet. Ze zaten in een kleine flat in een plaatsje dat Roslyn heet. En ze stonden op het punt om eruit te worden geschopt, omdat Dwayne natuurlijk weer eens geen baantje kon behouden en ze achterlagen met de huur en zo.'

Rose zei: 'Roslyn is waar ze die televisieshow *Northern Exposure* opnamen. Keek ik als kind naar. Goeie show, tikkie geschift, zeg maar.' Hij grijnsde naar Shore. 'Net als wij, Dozer. Geschift.'

Shore kon er niet om lachen. 'Maar goed, ze zaten daar dus en toen kwamen er een paar mannen langs.'

'Ho even, dus je bedoelt dat jullie erbij waren toen ze langskwamen?' vroeg Devine.

Shore knikte. 'We waren net klaar met wat drugsbegeleiding en we hadden allebei werk. We sliepen op de vloer, maar alles beter dan op straat leven. We sprongen bij voor de huur en de rekeningen en zo, maar we verdienden niet veel en de gast van wie het huis was, wilde de hele boel van de hand doen. Een of andere kerel ging de zaak platgooien en een teringgroot benzinestation of zoiets neerzetten. Die gast verdriedubbelde de huur en ook al hadden we allemaal werk, dat konden we niet betalen.'

'Ga door,' zei Devine, terwijl Shore even een slok koffie nam. 'Dus die twee kerels in pak kwamen langs en wilden Dwayne spreken.'

'Alleen Dwayne, niet Alice?'

'Ik herinner me dat ze alleen naar Dwayne vroegen, klopt, hè Kor?' antwoordde Shore.

'Yep. Dwayne zei dat wij ijsjes moesten gaan kopen. Het was die dag erg warm, dus dat vonden we allemaal wel een goed idee.'

'En die mannen zeiden niet wie ze waren en lieten geen ID of zo zien?'

'Nee, maar het leek of Dwayne ze had verwacht,' zei Shore. 'Of in elk geval leek hij niet verbaasd toen ze verschenen.'

'Maar wilde Alice dan niet blijven om te zien wat ze precies moesten?'

Shore knikte. 'Dat wilde ze zeker, maar Dwayne zei dat er niks aan de hand was. Hij zei gewoon dat wij ijsjes moesten gaan halen en dat ze klaar zouden zijn als wij terug waren. Ik nam hem even apart en vroeg of hij dat zeker wist. Anders was ik achtergebleven om hem te helpen als dat nodig was. Die gasten zagen er behoorlijk gemeen uit, maar ik heb in heel wat bars kerels afgerost. Ik win het van de meeste, kop eraf als dat niet waar is.'

'Inderdaad, kop eraf,' bevestigde Rose. 'Ik heb het zelf gezien. Dozer ramt je in mekaar, jongen. Maar vanbinnen is hij een schatje. Zo lief als een baby. Als je hem over zijn buikje kietelt, valt hij zo in slaap.'

'Jezus, Kor, hou dat gelul voor je,' gromde Shore.

'Oké, ga door,' drong Devine nog eens aan.

'Nou ja, wij gingen dus ijs kopen. Ik had pistache, ben gek op pistache. Twee bolletjes. Ik neem altijd pistache. En wat had jij, Kor?'

Rose hield zijn hoofd scheef en dacht diep na. 'Weet ik niet zeker. Effe denken. Volgens mij was het...'

'Hé, volgens mij was het rocky road, hè?' onderbrak Shore hem. 'Nou weet ik het weer.'

'Neuh, man, ik was toen niet aan de rocky road. Ik weet bijna zeker dat...'

Devine kwam tussenbeide. 'Het is wel goed, jongens, die smaken kunnen me niet echt wat schelen. Hoe ging het toen jullie terugkwamen?'

Shore zei schaapachtig: 'O, aha, nou ja, Dwayne zag eruit alsof hij nogal in zijn nopjes was.'

'Wat zei hij dat er gebeurd was? En vertelde hij wie die mannen waren?'

'Hij zei dat het zakenpartners waren.' Shore grinnikte. 'We zijn nou niet direct einsteins of zo, maar Kor en ik zijn niet stom. Als die kerels zakenpartners van Dwayne waren, ga ik in mijn blootje in het centrum van Seattle snoeihard "Fat Bottomed Girls" lopen brullen.'

'Ik hoop bij God dat ik dat nooit hoef te zien,' was het commentaar van Rose.

'En dat was alles wat hij zei? "Zakenpartners"?' vroeg Devine.

'Yep, maar Alice trok hem de slaapkamer in en we hoorden haar tegen hem schreeuwen.'

'En Betsy?'

'Die was naar haar kamer, volgens mij,' zei Shore.

'Hoe ging het toen Alice en Dwayne weer uit de slaapkamer kwamen?'

'Ze zag eruit alsof ze gehuild had en Dwayne hield zijn arm om haar heen geslagen,' zei Rose. 'Ze zeiden er verder niks over. Alsof het nooit was gebeurd.'

Waar Shore aan toevoegde: 'En ineens kochten ze die auto en verhuisden ze naar deze plek.'

'We weten dat het geld voor de auto en het huis rechtstreeks aan de verkopers is overgemaakt door een onbekende derde,' zei Devine. 'Denken jullie dat dat die kerels waren? Of degene die zij vertegenwoordigden?'

'Wie kunnen het anders zijn geweest?' zei Shore. 'Ik bedoel, Dwayne had zo'n beetje evenveel geld als wij en ineens koopt hij een wagen én een huis? Dan is er iets vreemds aan de hand. Voor niks gaat de zon op, hè Kor?'

'Zeg dat. Als je zo'n smak geld krijgt, zul je er op een of andere manier voor moeten opdraaien. Daar betaal je geheid gelag voor. Aan de duivel of zo.'

'En jullie hebben er daarna nooit naar gevraagd? Toen hij de auto en dit huis had gekocht?'

'Dat hebben we wel geprobeerd,' zei Shore. 'Maar hij bleef maar zeggen dat hij de loterij had gewonnen.'

'Dat bleef hij maar zeggen,' zei Rose instemmend. 'Net een plaat die bleef hangen.'

'En Alice?'

Rose wierp Shore een blik toe voordat hij begon te praten. 'Vanaf die tijd zag Alice er soms doodsbang uit, hè bro?'

'Echt schijtbenauwd, zou ik zeggen.'

'Zoals je al zei, Dozer, voor niks gaat de zon op,' zei Rose.

'Dus zij dacht dat Dwayne iets had gedaan waar hij spijt van zou krijgen?' vroeg Devine.

'En Alice had verdomme wel gelijk, hè?' zei Rose, voordat hij op een forse lap bacon begon te kauwen.

31

Toen Devine later die middag over het onverharde pad bij het huis van de Odoms wegreed, zag hij iets vreemds. Hij zette de wagen stil, stapte uit en bekeek de smalle streep in het midden van het pad. Devine ging op zijn knieën zitten en onderzocht het bandenspoor van dichterbij. Hij haalde zijn telefoon tevoorschijn en vergeleek het spoor met het spoor waar hij de avond ervoor een foto van had gemaakt.

Een perfecte overeenkomst wat betreft de bandafdruk. Dus de mysterieuze geluidloze motorrijder was hier ook geweest. Maar hoe had die hem opgespoord? Devine dacht even na en kwam tot de conclusie dat diegene de bosjes in was gedoken en vervolgens achter Devine aan was gegaan toen Devine langs was gereden nadat hij aan de ontvoerders was ontsnapt.

En toch leek er iets mis met die theorie, alleen wist hij niet zeker wat dan.

Hij reed door en was ruim twee uur later terug in Seattle. Dat betekende niet dat hij niet goed in de gaten hield wat er achter hem gebeurde. Hij zag geen e-motorfiets of wagen die de hele rit bij hem in de buurt was gebleven.

Hij leverde zijn vernielde auto in en werd uitgekafferd door een woedende employé van het verhuurbedrijf, totdat hij met zijn badge zwaaide en liet weten dat geen mens de wagen mocht aanraken. Hij belde Braddock en legde uit wat er was gebeurd.

'Ik ben er over twintig minuten met een poetsteam,' zei de rechercheur.

Negentien minuten later verschenen Braddock, Beth Walker en nog een paar leden van de technische recherche.

Ze keken verbijsterd naar al het bloed op de zittingen en de gebarsten voorruit, de eruit geschoten achterruit en alle kogelgaten. Devine had hun verteld wat hij zoal had gedaan om zijn ontvoerders eronder te krijgen.

'Mooi meegenomen dat ze niet zo dol waren op autogordels,' zei Braddock.

'En een staaltje snel denken van jou, Travis,' zei Walker vol bewondering.

'Je vecht nu eenmaal met wat je hebt, en niet met wat je gehoopt had te hebben,' merkte hij op.

'Er moet hier genoeg te vinden zijn voor een DNA-analyse,' veronderstelde Walker.

'Het verhuurbedrijf zal wel niet zo blij zijn geweest,' zei Braddock.

'Ik kom vast nooit in hun premium club.'

'Dus je bent naar Ricketts gegaan, en toen?' vroeg Braddock.

Devine gaf hun een gedetailleerder verslag van de aanval, en van zijn ontmoeting met Eric King en zijn vrouw.

Braddock nam een slokje van zijn koffie en zei: 'Dus het komt erop neer dat ze je totaal hebben geblokkeerd.'

'Daar lijkt het wel op. O ja, nog één ding.' Hij stak zijn hand de auto in, pakte het wijnglas uit het handschoenenvak en ontdeed het voorzichtig van het servet. 'Of jullie dit op vingerafdrukken willen onderzoeken.'

'Wie heeft dat glas gebruikt?' vroeg Braddock.

'Burgemeester Mercedes King. Ik wil gewoon weten of ze is wie ze beweert te zijn.'

'Hoe ben je eraan gekomen?' vroeg Braddock.

'Ze heeft dat glas uit vrije wil achtergelaten op een openbare plek waar ik toegang toe had.'

Braddock keek hem even strak aan en knikte toen naar

Walker, die het glas in een zak voor bewijsmateriaal stak die ze van een etiket voorzag.

'We zullen de vingerafdrukken door de database halen, Devine, maar ik heb hier verder helemaal niets in te zeggen,' zei Braddock. 'Mijn superieuren willen vast niet in een partijtje touwtrekken terechtkomen met Eric King.'

'Wat mij betreft is het genoeg als jullie de auto doorzoeken en de vingerafdrukken door de database halen.'

'Je kunt een bevel aanvragen om toegang te krijgen tot het bewijsmateriaal dat die lui in Ricketts hebben verzameld,' suggereerde Walker.

'Ze hebben de zaak al afgesloten. Volgens hen hebben ze niets gevonden in de wagen. En de lijken zijn gecremeerd. Dus zelfs al krijg ik een bevel voor de stoffelijke resten, kun je dan wel DNA of wat dan ook uit as halen?' vroeg hij haar.

'Nee. Een crematie maakt alles wat dat betreft grotendeels onmogelijk.'

'En Glass heeft die opdracht gegeven?' vroeg Braddock.

'Dat is wel tegen me gezegd, maar niet door iemand die ik per se betrouwbaar vind. En haar verklaring is niet bevestigd.'

'Denk je dan echt dat King hier iets mee te maken heeft gehad?' zei Braddock, en hij wees naar het autowrak.

'Welke King, de commissaris of de burgemeester?'

'Een van tweeën of allebei.'

'Ik heb geen bewijs dat een van tweeën erbij betrokken was, maar de timing is wel heel toevallig. Ik denk dat burgemeester King helemaal niet van plan was met mij te dineren, en wel vooral omdat ik geacht werd toen geen adem meer te halen. Ze verschijnt laat met een excuus van niks, en ineens schiet ze in de verdediging en vertrekt ze hoogst verontwaardigd.' Hij wierp Braddock een blik toe. 'Weet je iets over haar?'

Braddock schudde zijn hoofd. 'Die uithoek van de staat valt buiten mijn waarneming.'

'En Danny Glass?' vroeg Walker. 'Wat heeft die hiermee te maken?'

'Glass wilde met me afspreken. Vlak voordat ik naar Ricketts reed.'

'Wat wilde hij?' vroeg Braddock.

'Hij liet doorschemeren dat ik bij hem in het krijt sta omdat hij mijn peloton te hulp was geschoten toen we allebei in het leger zaten.'

'En wat heb jij tegen hem gezegd?' vroeg Walker.

'Dat ik wat Betsy Odom betreft niets voor hem kon of wilde doen.'

'En hoe reageerde hij?' vroeg ze.

'Hij zei dat de bijeenkomst de moeite waard was geweest, omdat hij nu wist wat hij van mij kon verwachten.'

'En dan vertrek jij naar Ricketts en probeert iemand je te vermoorden,' zei Braddock. 'Dat noem ik nog eens een dijk van een toevalligheid, wat het dan ook niet is.'

'Maar er is geen bewijs dat hij betrokken was bij wat mij is overkomen,' bracht Devine in het midden.

Walker trok een paar plastic handschoenen aan. 'Laten we eens kijken of we iets kunnen vinden.'

Ze liep op de gebutste Toyota af.

32

Devine ging naar zijn hotel, trok zijn smerige kleren uit, nam een douche en trok schone kleren aan. Het jasje waar de bloedvlek van was verwijderd was terug van de hotelwasserij, dus dat trok hij aan. Daarna nam hij een Uber naar het hotel waar Betsy zat. Voordat hij op pad ging, had hij Saxby gebeld.

'Betsy vraagt al de hele dag naar je,' had de FBI-agent hem aan de telefoon verteld. 'Wat is er in vredesnaam aan de hand?'

'Dat vertel ik wel als ik er ben.'

Hij klopte aan en meteen deed Saxby open. Betsy zat op de bank te wachten. Toen Devine binnenkwam, sprong ze overeind.

'Ik ben zo blij dat je er bent, Travis,' zei ze. 'Die rechtszitting is morgen en zoals ik al zei wil mijn oom me voor die tijd nog spreken.'

Hij keek naar Saxby. 'Vindt het Bureau het goed?'

'Ja, maar ik ga ook mee. Naar Glass én naar de rechtszitting.'

Devine stak Betsy's map omhoog. 'Ik ben gisteravond nog langs je huis geweest en ik heb dit gevonden.'

'Mijn dagboek,' zei Betsy.

'Ja.' Toen ze haar hand ernaar uitstak, trok hij de map terug. 'Maar één ding.'

'Wat?' zei ze angstig, alsof ze wist wat er ging komen.

Hij sloeg de map open op de laatste bladzijde. 'Je had blijkbaar al voor de dood van je ouders je bedenkingen over je oom. Hoe zit dat?'

Saxby las de zin en keek Betsy vervolgens verward aan. 'Betsy?' zei ze.

Betsy griste de map weg en plofte neer op de bank, waarna ze opstandig het ene been over het andere sloeg. 'Wat nou?'

'Wat heb je daarover te zeggen?' vroeg Saxby.

'Waarover?' snauwde ze terug.

Devine ging op het andere uiteinde van de bank zitten. 'Uit die woorden leid ik af dat je probeerde je een mening te vormen over je oom. Dan moet iemand je iets over hem hebben verteld.'

Betsy frommelde aan de map en keek hem niet aan.

Uiteindelijk wierp Devine een blik naar Saxby. 'Wanneer en waar morgen?'

'We hebben om negen uur een afspraak met Glass in zijn hotel. De rechtszitting is om elf uur bij de rechtbank van King County. Dat is hier in het centrum van Seattle.'

'Maar de Odoms woonden in Kittitas County,' merkte Devine op.

'Ja, maar de partijen zijn overeengekomen dat de zaak hierheen zou worden verplaatst,' zei Saxby. 'Kittitas had geen zin in een mediacircus vanwege de betrokkenheid van Glass. En Justitie wilde niet dat Glass daarheen zou reizen. Dus het was voor iedereen handiger om de zaak hier te houden.'

'Oké.' Hij keek naar Betsy en betrapte haar erop dat ze naar hem zat te staren, maar ze keek snel weg.

'En hoe verloopt zo'n rechtszitting?' vroeg hij.

'De rechter zal waarschijnlijk op z'n minst Betsy en misschien ook Glass willen horen,' zei Saxby. 'Misschien hebben de advocaten verzoeken in te dienen of verklaringen af te leggen. We moeten maar zien hoe het loopt.'

'Volgens jou gaat Justitie de aanvraag van Glass voor een noodvoogdij aanvechten, hè?' vroeg Devine.

'Dat gaan ze zeker doen,' antwoordde Saxby.

'En ik heb niks in te brengen?' riep Betsy.

'Je hebt een hele hoop in te brengen,' merkte Saxby op. 'Maar je bent ook pas twaalf, dus staat er in de wet dat je anderen nodig hebt om je hiermee te helpen.'

'Nee, die heb ik helemaal niet nodig. Ik wil dat iedereen me verdomme met rust laat.'

'Ook je oom?' vroeg Devine. 'En heb je al besloten of hij goed of slecht is?'

Ze trok een lelijk gezicht en keek weg.

Devine wendde zich tot Saxby. 'Ik ben gisteren in Ricketts geweest. Van daaruit heb ik Betsy gebeld.'

'Wat ben je te weten gekomen?' vroeg Saxby.

Devine wierp een zenuwachtige blik op Betsy, maar besloot het toch te zeggen. 'Ik kreeg te horen dat Danny Glass opdracht had gegeven om Dwayne en Alice te laten cremeren.'

'Wát?' blafte Saxby.

Devine wierp een blik naar Betsy. Haar mond hing open en het leek wel of ze geen adem meer haalde.

'Sorry dat ik je dat niet eerder heb verteld,' zei hij. 'Het voelde gewoon een beetje ongemakkelijk om dat telefonisch te doen.'

Ze deed haar mond dicht en keek een andere kant op.

'En er is daar nog iets gebeurd,' zei Devine. 'Twee mannen hebben me geprobeerd te vermoorden.'

Verbijsterd zei Saxby: 'En wat is er gebeurd?'

Hij schetste even in het kort wat zich die avond had afgespeeld. 'Ik denk dat ze dood zijn, maar zeker weet ik het niet. Ze hadden ondersteuning, dus ik moest maken dat ik wegkwam.' Hij voegde eraan toe: 'Mijn wagen wordt nu door de politie van Seattle onderzocht. Ze checken het bloed en de kogelgaten en zo.' Hij keek weer even naar Betsy, die eruitzag alsof ze zo kon gaan overgeven.

'Ben je gewond geraakt?'

Hij wreef over de achterkant van zijn hoofd. 'Alleen op de plek waar een van die lui me een dreun met zijn wapen heeft verkocht.'

'Goeie god,' zei Saxby.

'Waarom... Waarom zouden ze jou iets aan willen doen?' vroeg Betsy.

'Misschien omdat ik probeer uit te zoeken wie je ouders heeft vermoord en iemand dat niet wil.'

'Denk je echt dat ze niet aan een overdosis zijn gestorven?' vroeg Saxby.

'Ja. Er is te veel vreemds gaande. En die lui in Ricketts waren zo weinig behulpzaam als een mens maar kan zijn.' Hij zweeg even. 'Dus jij wilde me spreken, Betsy?'

Ze legde haar map weg en kalmeerde een beetje. 'Mijn oom wil me dus spreken, en ik wil dat jij erbij bent.'

'Ik dacht dat je al tot de conclusie was gekomen dat je door hem wil worden geadopteerd. Dus waarom moet ik dan meekomen?'

'Ik voel me gewoon prettiger als je meekomt,' zei ze zonder hem aan te kijken.

Heel even dacht Devine dat het meisje over de brug zou komen met wat haar echt dwarszat. Maar toen pakte ze haar map, stond op, liep haar slaapkamer in en deed de deur dicht.

'Heeft ze tegen jou iets over Glass gezegd?' vroeg hij zachtjes.

'Niet specifiek, nee. Maar er zit haar iets dwars, alleen weet ik niet wat. En mij gaat ze vast niet in vertrouwen nemen. Ze lijkt jou meer te vertrouwen. Ik denk dat het aan jou is om die code van haar te kraken.'

'Aan mij? Zeg, jíj hebt kinderen. Ik heb geen idee hoe je zoiets aanpakt.'

Ze wierp hem een vermoeide glimlach toe. 'Als ouder ben je echt nog geen expert, Devine. Het stelt je alleen in staat om dag in dag uit te beseffen hoe ernstig je tekortschiet, want daar helpen je kinderen je op allerlei manieren maar al te graag aan herinneren. Naarmate ze ouder worden, worden die tekortkomingen alsmaar groter, tot je ineens, tada, geen sukkel meer bent maar bent veranderd in een genie van wie ze allerlei adviezen willen hebben. Ik zit erom te springen dat die laatste fase inzet. Dus Betsy wilde jou kennelijk iets vertellen. En wat jij in haar dagboek hebt gevonden, toont aan dat haar twijfels over haar oom van vóór de dood van haar ouders dateren. We moeten er alleen achter zien te komen hoe dat zit, en daar hebben we duidelijk weinig tijd voor. Voor hetzelfde geld doet de rechter morgen uitspraak over die aanvraag van noodvoogdij.'

'Shit, echt waar?'

'Ja, echt waar. Daarom noemen ze het ook "noodvoogdij".'

'En hoe pakken we dat aan?'

'Je bedoelt: hoe pak jíj dat aan, aangezien ze mij niet kan uitstaan.'

'Maar...'

'Ik heb je nog niet alles over mezelf verteld, Devine. Ik ben inderdaad de moeder van twee jongens. Maar ik ben ook de moeder van een meisje van twaalf.'

'Dat meen je niet.'

Ze haalde haar portemonnee tevoorschijn en liet hem een foto zien van haarzelf met een jong meisje. Saxby stond duidelijk een lachje te forceren en het meisje zag eruit alsof ze met alle liefde haar moeder zou wurgen.

'Dit is Dana.'

'Waarom vertel je dat nu pas?' vroeg Devine.

'Omdat ik je om te beginnen helemaal niets hoef te vertellen en ik je toch al te veel had verteld.'

'En wat doe ik nu? Hoe kan ik tot haar doordringen?' vroeg Devine. Hij geneerde zich dat hij om hulp moest smeken, maar hij had het op dit moment nu eenmaal nodig. Wapens, vechten, dingen opblazen, en hoe je een balans en een winst-en-verliesrekening leest, daar wist hij een hoop van. Maar meiden van twaalf, daarvan nou net weer niet.

'Ze wil graag naar een boekwinkel. Er is er eentje in de

buurt. Neem haar daar mee naartoe. Laat haar winkelen, trakteer haar op iets lekkers en een hip frisdrankje dat ze wil hebben, en ga dan zitten wachten tot zij besluit dat ze wil praten.'

'En jij weet zeker dat ze dat gaat doen?'

'Ik weet helemaal niets zeker, Devine. Ze is een meisje van twaalf. Geen mens begrijpt iets van die meiden.'

33

Betsy dwaalde door de boekwinkel, pakte af en toe een boek van een plank, liet haar blik over wat bladzijden gaan en zette het weer terug.

Devine liep op een afstandje met haar mee en keek om zich heen om te zien of er niemand extra interesse in hen toonde.

'Als ik het goed begrijp, hou je van lezen?' zei hij toen ze een fantasyroman oppakte van de afdeling Young Adult.

'Ja. Mama vertelde dat dat belangrijk was, en leuk. Ze zei dat ze had gewild dat ze meer had gelezen toen ze zo oud was als ik. Maar volgens mij vond haar vader dat niet goed. Hij gaf niet veel om dat soort dingen, denk ik.'

'Heeft ze je weleens iets meer over je grootvader verteld?'

Ze keek naar hem op van het boek dat ze aan het bekijken was. 'Niet veel goede dingen. Hij was kennelijk niet zo heel aardig voor mijn oom en haar. Ik heb hem en de moeder van mama nooit gekend. Ze zijn dood.'

'En je vader? Was hij een beetje een lezer?'

Ze grijnsde droevig. 'Papa kon nog niet eens lang genoeg blijven zitten om de tekst op een pak muesli te lezen, laat staan een boek.'

'Heb je je andere grootouders gekend?'

'Nee. De ouders van papa zijn voor mijn geboorte bij een auto-ongeluk omgekomen. Hij had een zus, maar die kwam ook om bij een auto-ongeluk.'

'Wat afschuwelijk.'

'Ja,' zei ze zacht. 'Ik denk... Ik denk dat dat hem het gevoel gaf... dat hij hulpeloos was, snap je? Zo van: wat er gebeurt, gebeurt toch wel. Dus maakte hij zich niet zo'n zorgen over dingen. Hij dacht gewoon dat dingen wel goed afliepen als dat de bedoeling was, snap je? Misschien dat hij daarom nooit iets heeft gevonden wat hij... als baan of zo, snap je? Maar hij stond altijd voor me klaar. We waren altijd aan het spelen en het kletsen. Soms was het net of ik een grotere broer had, snap je?'

Haar toon was zo verdrietig en ze keek zo bedroefd dat hij met heel zijn hart met haar meeleefde.

'Dat snap ik. Weet je hoe je ouders elkaar hebben leren kennen?'

Devine was daar het een en ander over te weten gekomen dankzij Campbells graafwerk in de geschiedenis van het echtpaar Odom, maar hij was benieuwd naar haar kijk erop.

'Papa is hier in de buurt opgegroeid. Mijn moeder komt uit het midden van het land, en mijn vader is daar op een gegeven moment naartoe verhuisd. Toen was hij al een tijdje van school af. Ik denk dat hij eens iets anders wilde proberen. Mijn moeder werkte in een restaurant in de plaats waar hij heen was verhuisd, en mijn vader ging daar een keer lunchen. Toen ze klaar was met haar werk, stond hij haar met bloemen op te wachten. En toen nam hij haar mee uit eten. Best romantisch. Maar goed, na een tijdje trouwden ze, ze kregen mij, en toen... Nou ja, toen trokken we een poos rond voordat we terugkeerden naar de plek waar mijn vader was opgegroeid.'

'Zit er wat bij?' vroeg hij. Ze was onder het praten doorgegaan met zoeken tot ze een boek tevoorschijn trok en het bleef vasthouden.

'Ja. Ik heb de eerste drie van deze serie gelezen. Echt gaaf. Wat lees jij graag?'

'Afgezien van thrillers en krijgsgeschiedenissen, alles waar schattige konijntjes in voorkomen.'

Ze glimlachte even om zijn grapje. ‘Mag ik ook een schetsboek en wat potloden kopen?’

‘Tuurlijk. Ik weet dat je graag tekent. Dat heeft Korey me verteld, en ook dat je er goed in bent. Ik zag een paar schetsen in je map, en hij heeft gelijk. Je bent echt goed.’

Ze glimlachte verlegen. ‘Mama deed het graag en die heeft het me geleerd.’

Ze vonden een geschikt schetsboek en potloden, en hij rekende die en het boek af. Toen stelde Devine voor: ‘Wat dacht je van iets te drinken en wat lekkers? Ik ben aan koffie toe.’

‘Hè ja,’ zei ze opgetogen. ‘Ze hebben scones, zag ik.’

Betsy nam een frambozenscone voor bij haar aardbeienfrappuccino, en Devine koos een bosbessenmuffin voor bij zijn koffie.

‘Genoeg suiker om een week op te teren,’ merkte Devine op.

Toen ze aan tafel waren gaan zitten, zei Betsy: ‘Bedankt dat je me hiermee naartoe hebt genomen. Ik heb al een tijdje geen boek meer gekregen.’

‘Er was ook wel een hoop gaande in je leven.’

Ze nam een slok van haar koffie en brak een stukje van de scone af. ‘Denk je echt dat je erachter kunt komen wat er met mijn ouders is gebeurd?’

‘Ik doe mijn best.’

‘Maar het is gevaarlijk, hè? Die mensen die je iets wilden aandoen?’

‘Dat hoort er nu eenmaal bij, Betsy. En dat is mijn zorg, goed? Zet dat er nou niet bij op je lijstje met zorgen.’

‘Jij denkt dat het mijn oom is, hè? Degene die het heeft gedaan.’

‘Ik weet het niet. Maar hij staat zeker op de verdachtenlijst.’

‘Maar waarom zou hij dat doen? Mijn moeder was zijn zus.’

‘Dat maakt voor sommige mensen niet uit. Die denken anders dan jij en ik.’

'Als hij dan zo graag een rol in mijn leven wilde spelen, dan had dat ook gekund zonder iemand te vermoorden. Dus wat zou zijn motief dan zijn?'

'Motief? Dat klinkt alsof je naar politieseries kijkt.'

'Ik verbreed nu eenmaal graag mijn horizon,' zei ze op zo'n volwassen toon dat hij begon te grijnzen.

'En ik zag in je dagboek dat FBI-agent op je lijstje van potentiële carrières staat.'

Ze sloeg haar blik neer. 'Ik weet dat dat stom klinkt.'

'Het klinkt helemaal niet stom. Integendeel.'

Ze keek naar hem op. 'Waarom zeg je dat?'

'Er zijn al te veel kerels zoals ik die dit soort werk doen. We hebben veel meer vrouwen nodig. Die brengen andere vaardigheden en perspectieven in, en nou ja, het is gewoon belangrijk. Uit eigen ervaring weet ik dat testosteron echt een probleem kan zijn. Wij hebben de neiging zaken te laten escaleren in plaats van te de-escaleren. En jij bent slim en opmerkzaam. Twee goede trekken voor een federaal agent.'

'Bedankt,' zei ze, en ze keek tegelijkertijd gegeneerd en gevleid.

'Nate en Korey hebben me verteld over een stel kerels in pak die bij jullie langskwamen in jullie vorige appartement. Herinner je je die nog?'

'Ja. Wij gingen ijs halen terwijl papa met hen praatte.'

'En toen verhuisden jullie een tijdje later naar jullie huis. En je ouders kochten die auto, die trouwens alleen al vijftig mille kostte.'

Ze wierp hem een zenuwachtig lachje toe terwijl ze een slokje nam. 'Bedoel je dat jij denkt dat die lui papa geld hadden gegeven?'

'Nee, uit onze dossiers blijkt dat het geld voor de auto, het land en het huis rechtstreeks naar de verkopers is gegaan. Heb jij je niet afgevraagd waar hij de centen vandaan had gehaald om dat allemaal te kopen?'

'Hij zei dat hij de loterij had gewonnen.'

'Dat heeft hij Korey en Nate ook verteld. Geloofde je hem?'

'Nee,' zei ze. 'Ik wist het altijd als hij zat te liegen. Hij had iets wat hem verried.'

'Wat was dat?' vroeg Devine.

'Hij giechelde altijd meteen als hij iets zei wat niet waar was. Ik denk dat hij het niet eens in de gaten had als hij dat deed. Hij kon het niet laten. En dat deed hij ook nadat hij me verteld had dat hij de loterij had gewonnen.'

'Dus de mannen die met je vader kwamen praten, hebben waarschijnlijk voor de auto en het huis betaald. De vraag is waarom, en voor wie ze werkten. En voor zover ik weet, is de enige met zoveel geld je oom.'

'Misschien wilde hij ze gewoon helpen. Ze waren wel familie van elkaar. Wie weet heeft hun dood daar helemaal niets mee te maken. En hij is het enige familielid dat ik nog heb, dus het ligt nogal voor de hand dat hij me wil adopteren.'

'Hoor ik jou nou praten, of hem?'

'Huh?'

'Het klonk nogal bedacht. Heeft Glass dat soms tegen je gezegd toen jullie elkaar ontmoetten?'

'Een beetje wel, geloof ik,' gaf ze toe.

'Wat heeft hij nog meer tegen je gezegd?' vroeg Devine.

'Ik vroeg hem hoe het zat met dat juridische gedoe.'

Devine verstrakte. 'Echt waar? En wat zei hij?'

'Dat de overheid gewoon had besloten om achter hem aan te gaan. Maar dat hij dacht dat het wel zou overwaaien, of zou worden afgewezen, dat was het woord dat hij gebruikte.'

'Zei hij dat letterlijk?'

'Ja, hoezo? Wat is daar zo bijzonder aan?'

'Als het wordt afgewezen, is dat omdat er steeds getuigen van de overheid worden vermoord. Tot nu toe zijn er drie vermoord.'

Langzaam legde ze het stukje scone neer waar ze net haar tanden in wilde zetten. 'Vermoord?'
'Ja. Had hij het daar niet over?'
Ze schudde haar hoofd.
Devine bleef zwijgen.
'Ga je me niks vragen over wat ik in mijn dagboek had geschreven? Over of mijn oom goed of slecht was?'
Hij schudde zijn hoofd.
'Waarom niet?'
'Daar heb ik al naar gevraagd. En jij wilde duidelijk geen antwoord geven. Als je me dat wilt vertellen, vertel je het wel.'
'Maar je blijft wel proberen uit te zoeken wat papa en mama is overkomen?'
'Zeker, maar ik heb eerlijk gezegd nogal weinig om op af te gaan. En na morgen maakt het misschien allemaal niks meer uit.'
'Wat bedoel je?' vroeg ze scherp.
'Na de zitting morgen heeft je oom misschien de voogdij over jou gekregen.'
'Wil je zeggen dat je dan ophoudt met naar de moordenaar te zoeken?'
'Dan is het me misschien uit handen genomen. Ik ben geen eigen baas. Ik doe wat me wordt opgedragen.'
Ze schoof de frappuccino en de scone opzij en leunde mismoedig naar achteren.
Devine wilde iets zeggen, maar de waarschuwende woorden van Saxby schoten hem weer te binnen en hij hield zijn mond.
Zij zat daar een poosje terwijl hij rondkeek in het cafégedeelte van de boekwinkel.
Hij draaide zich weer naar Betsy om toen ze zei: 'Mijn oom zei dat er soms om een goede reden nare dingen gebeuren.'
'Waar had hij het over?'
'Je had gelijk. Ik had je echt bijna het teken gegeven toen hij

dat zei. Het maakte me woest. Zo van: hoe kan er nou iets goeds voortkomen uit de dood van mijn ouders?'

'Dus daar had hij het over? Dat er iets goeds zou voortkomen uit hun dood?'

'Ja.'

'Waarom heb je dat teken dan niet echt gegeven?'

'Omdat... Omdat hij toen zei dat ik er precies zo uitzag als mijn moeder op mijn leeftijd. En dat ze slim en grappig was, net zoals hij wist dat ik was. En dat hij er alles voor had gegeven om haar terug te krijgen. Maar als dat niet kon, dan wilde hij voor mij zorgen, omdat dat was wat mijn moeder had gewild. Hij vertelde me zelfs dat zij hem dat had laten beloven voor als haar of papa iets overkwam.'

'Wanneer had ze dat tegen hem gezegd?' vroeg Devine. Al zijn zintuigen stonden nu op scherp, omdat haar antwoord weleens van groot belang kon zijn.

'Hij zei dat hij een poosje geleden met haar had gepraat. Toen... Toen het niet zo goed met papa ging.'

'Was dat voor- of nadat hij de loterij had gewonnen?' vroeg Devine.

Ze glimlachte zwakjes. 'Dat was voordat we naar de stacaravan verhuisden.'

'Denk je dat je moeder haar broer om hulp kan hebben gevraagd?'

'Geen idee. Misschien. Ik weet dat we geldproblemen hadden. Mijn vader was weer eens zijn baan kwijtgeraakt en we moesten weg uit onze flat.'

'Mocht je moeder haar broer graag?'

'Ik denk het wel, ja.'

Devine dacht terug aan wat Shore en Rose hem hadden verteld over dat Dwayne Glass niet mocht, maar dat Alice een andere mening over haar broer had.

'Maar kwam het door iets wat zij je had verteld dat je dat over je oom in je dagboek schreef?'

Ze bleef een paar seconden stil en hij wist niet zo zeker of ze eigenlijk wel antwoord zou gaan geven.

'Niet mijn moeder, nee.'

'Wie dan?'

'Dat... Dat zeg ik liever niet.'

'Oké, ik denk dat je me het antwoord al hebt gegeven, maar wil je nog steeds geadopteerd worden door je oom?'

Ze gaf niet meteen antwoord. Hij moest een paar minuten wachten terwijl hij haar met zichzelf zag worstelen. En hij kon zien dat het geen makkelijk proces voor het meisje was.

Ten slotte zei ze: 'Ik weet het niet, Travis. Een deel van me wil dat wel, en een deel van me...' Haar stem stierf weg.

Hij pakte haar hand vast. 'Dit zou voor niemand makkelijk zijn, hoor, Betsy. Dus sla jezelf er nou niet mee om de oren.'

Ze knikte en hij liet haar hand los en leunde naar achteren.

Op dat moment viel Devine voor de tweede keer iets op wat hij al eerder had opgevangen. De vrouw aan een tafeltje helemaal aan de overkant had niet één, maar nu al twee keer naar hen gekeken.

Ze leek in de vijftig, met brede heupen, een bleke huid en middellang bruin haar met een hoop grijs. Ze droeg een spijkerbroek en een pullover en jagersgroene stevige schoenen. Op haar hoofd had ze een witte tennisklep. Ze zag er normaal en vriendelijk uit en leek helemaal in haar element. Volmaakt. Misschien iets te volmaakt.

Terwijl Betsy haar beker leegdronk en haar scone verorberde, schoot Devine iets te binnen, en hij belde Beth Walker. Ze liet weten dat ze nog bezig was met de 4Runner.

'Nog niks te melden,' zei ze. 'Maar misschien zijn er een paar dingen waar we mee verder komen.'

Met zachte stem om niet te worden afgeluisterd zei hij: 'Doe me een plezier en zoek eens onder het chassis naar een tracker.'

'Een tracker?'

'Ja. Kun je dat nu even doen? Het ligt qua tijd een beetje gevoelig.' Devine keek daarna geen moment meer naar de vrouw aan de tafel, maar hij hield haar in de gaten via haar reflectie in een grote spiegel achter de kassa's.

Twee minuten later zei een ademloze Walker: 'Hoe wist je dat nou?'

'Bedankt. Ik zie je straks.'

Het begint allemaal een stuk begrijpelijker te worden.

Hij verbrak de verbinding en keek naar Betsy. 'Ik ga Saxby bellen, of ze hier voor de deur naar ons toe wil komen. Zij kan je terugbrengen naar het hotel.'

'Wat? Waar ga jij dan heen?'

'Ik moet even iets natrekken.'

Of eigenlijk iemand natrekken.

34

Het koffietentje was op de eerste verdieping, dus nadat Devine Saxby had gebeld, namen ze de roltrap naar de begane grond. Zij zou een taxi nemen om Betsy op te halen.

Ze bleven bij de glazen buitendeuren staan wachten. In de weerspiegeling zag Devine dezelfde vrouw bij een plank met tijdschriften rondneuzen. Ze was goed, dacht Devine. Ze keek nooit hun kant op, maar hij wist dat ze hen op een of andere manier nog steeds in de gaten hield.

Toen Saxby verscheen, nam Devine Betsy mee naar buiten naar de auto, en zij stapte in.

'Ik kom straks langs, dan kunnen we ons voorbereiden op morgen,' zei hij tegen hen.

Devine keerde terug naar de boekwinkel, naar de plek waar hij de vrouw voor het laatst had gezien. Alleen was ze daar niet. En ze was ook niet naar buiten gekomen. De roltrappen waren leeg, maar er was een lift. Hij zag dat de deuren net sloten en dat de lift naar de eerste verdieping ging. Hij rende de roltrap op en stond klaar bij de lift toen die op de eerste verdieping aankwam.

De deuren gingen open, maar er stond niemand in. Hij hoorde ergens in de buurt een deur dichtgaan. Hij zag het bordje UITGANG achterin op de verdieping en rende erheen.

Hij vloog de deur uit en hoorde de deur op de begane grond opengaan. Devine rende de trap af, sloeg de laatste drie treden over, schopte de deur open en kwam in een steeg aan de achterkant van de boekwinkel terecht. Spiedend keek hij beide kanten op, maar hij zag of hoorde niemand.

Dat leek onmogelijk, maar toen zag hij dat aan de overzijde van de steeg een deur op een kier stond.

Hij stak de steeg over, pakte de deur vast en rukte hem helemaal open. Hij bevond zich in een stoffige gang met minimale verlichting. Voor zich uit hoorde hij niets, wat niet veel betekende als degene op wie hij het voorzien had zich geluidloos verplaatste. Hij trok zijn wapen, richtte dat voor zich uit en liep de gang verder in.

Hij kwam er al snel achter dat het gebouw werd gerenoveerd. Langs de muren van de gang lagen bouwmaterialen keurig opgestapeld. Hij rook nieuwe verf en zaagsel en ontwaarde een geïmproviseerde kleedkamer waar werkkleren, maskers en werkschoenen waren opgeslagen. Hij checkte of daar niemand op de loer lag en liep verder de gang in.

Hij duwde een stel geïmproviseerde dubbele deuren open en kwam terecht in de hoofdruimte van het gebouw. De ruimte was volledig leeggehaald, maar op het beton waren houten pinnen aangebracht om aan te geven waar later de tussenmuren zouden komen. Er was geen bouwvakker te bekennen, en gezien het tijdstip nam Devine aan dat de werkdag er al op zat.

Devine vond de voordeur, maar die zat al stevig op slot. Hij rende terug door de gang, toen naar buiten de steeg in en de hoek om naar de voorkant van het gebouw.

Over de glazen ruiten aan de straatkant was triplex gespijkerd. Op het hout waren bouwvergunningen en waarschuwingen geniet.

Dus ze is ons gevolgd naar de boekwinkel, heeft toen de tijd genomen om dit gebouw klaar te maken voor haar ontsnapping, is toen teruggegaan naar de boekwinkel en is ons weer in de gaten gaan houden. En toen ze doorkreeg dat ik haar in de peiling had, heeft ze de lift zonder haar erin naar boven gestuurd, is me toen over de roltrap gevolgd en terwijl ik me stond te verbijten tot de lift openging, zette zij haar ontsnapping in en ging ik achter haar aan.

Maar er was een probleem met die theorie, want waar was ze nu dan gebleven? De voordeuren zaten op slot. Als ze door de open achterdeur binnen was gekomen, hoe was ze dan naar buiten gegaan? Er waren geen andere uitgangen.

Hij kwam er niet uit, maar er schoot hem iets anders te binnen. Misschien had ze wel een fout gemaakt, uitgaande van iets wat Devine in de boekwinkel was opgevallen.

Hij ging er snel heen, zocht een manager op, wapperde even met zijn badge en ID, en kwam met zijn verzoek in verband met de vrouw naar wie hij op zoek was. Hij werd meegenomen naar een rommelige achterkamer, waar een computerscherm stond opgesteld op een metalen bureau vol stapels boeken.

De manager, een vrouw van in de veertig met rossig haar en een opgewonden gezichtsuitdrukking, zei: 'De opnamen van de beveiligingscamera gaan hierheen, agent Devine.'

'Ik wil graag het afgelopen halfuur in de koffiehoek zien, en dan van tien minuten geleden op de begane grond, met name bij de lift,' zei Devine.

De vrouw ging zitten en begon op de toetsen te tikken, terwijl Devine een stoel erbij trok en het scherm bestudeerde.

'Kijk daar,' zei hij toen de vrouw op het scherm verscheen. 'Volgt u haar maar op de beelden.'

De manager liet de beelden lopen en in stilte volgde Devine de vrouw, die haar gezicht omlaaggericht hield en een beetje rondslofte, waardoor ze zwak overkwam. Maar Devine wist dat ze in werkelijkheid probeerde te vermijden dat ze in de camera keek.

In het koffietentje bestelde ze koffie en een banaan, en het viel hem op dat ze cash betaalde, vast als enige die dat hier de hele dag zou doen.

Ze ging een poosje aan een tafeltje zitten. Devine wist dat ze toen Betsy en hem aan hun tafel in de gaten had zitten houden.

'Oké, en nu graag naar de lift op de begane grond.'

Dat deed ze, en hij zag dat ze zoals hij al had voorspeld de lift in stapte, op een knop drukte en toen weer uitstapte. Ze verdween achter een boekenrek. Het volgende ogenblik kwam Devine aan gerend, en hij bleef even staan en draafde toen naar de roltrap. De vrouw kwam weer tevoorschijn en liep achter hem aan de roltrap op.

Terwijl Devine naar de lift rende, liep zij naar de uitgang en verliet het pand langs die weg. Inmiddels bewoog ze een stuk sneller en zonder een zweem van een lichamelijke beperking.

'Ik heb een kopie nodig van de beelden die we zojuist hebben gezien.'

Ze zette die op een USB-stick en gaf die aan hem.

'Hebt u ook plastic, een schaar, plakband en een stukje papier?' vroeg hij haar.

'Ja.'

'Wilt u die dan gaan halen, alstublieft?'

Ze bracht hem de gevraagde spullen en Devine gebruikte het plastic en het plakband om de liftknop op de begane grond en de deurknop van de uitgang op de eerste verdieping af te plakken. Op velletjes papier schreef hij dat de lift en de deur buiten bedrijf waren.

Daarna belde hij Walker. Ze nam niet op. Ze was vast nog bezig met de 4Runner. Hij liet een boodschap achter of ze een vingerafdrukteam naar de boekwinkel wilde sturen. Hij gaf haar de naam en contactinformatie van de manager, en precieze instructies over wat er gedaan moest worden. Daarna gaf hij aan de manager door dat ze hen kon verwachten.

Hij liep naar de eerste verdieping en plakte de tafel af waar de vrouw aan had gezeten, zodat Walker daar later mee aan de slag kon. Vervolgens ondervroeg hij de werknemer die de bestelling van de koffie en de banaan had aangeslagen, en kreeg een beschrijving van de vrouw waarvan hij aannam dat die op z'n best van verwaarloosbare waarde was, aangezien ze overduidelijk vermomd was geweest. Maar elk beetje informatie was meer dan wat hij tot dan toe had gehad.

Devine zag dat ze de beker noch de bananenschil had achtergelaten.

Oké, tot nu toe ben je een en al actie geweest. Nu moet je even rustig aan doen en de zaak overdenken.

Hij sloot zijn ogen en nam alles door wat er het afgelopen uur was gebeurd. Het deed denken aan het naspelen van krijgshandelingen op het slagveld om te zien wat er goed was gegaan, maar vooral wat er compleet fout was gegaan.

Er klopte iets niet. Dat voelde hij gewoon. En nu moest hij dat nog even lokaliseren.

Er verstreken twee minuten, toen vijf en nog eens vijf.

Bij de volgende tik van zijn mentale klok deed Devine zijn ogen open.

De beste manier was meestal de meest rechtstreekse en eenvoudigste. Dat gold voor vrijwel elke taak of missie, omdat eenvoudig betekende dat er minder kansen waren om de zaak te verpesten. Van recepten voor gerechten tot iets bouwen tot hoe je je leven moest leiden.

Dus de vrouw had doodeenvoudig door de hoofdingang het pand kunnen verlaten zodra ze Devine eenmaal naar de lift op de eerste verdieping had gelokt. Haar slimme plan had gewerkt en ze had alle tijd gehad om op haar gemak overal heen te lopen waarheen ze maar had gewild.

Dus waarom zou ze dan tijd verspillen door achter hem aan de roltrap te nemen, en vervolgens met genoeg lawaai een deur uit te gaan om te zorgen dat Devine het opmerkte?

Hij volgde nogmaals haar vluchtroute, op zoek naar iets wat hij de eerste keer mogelijk had gemist. In de steeg bleef hij in de deuropening de ruimte in staan staren die werd gerenoveerd en waar hij eerder doorheen was gelopen, net als de vrouw, naar hij aannam.

Links en rechts de steeg in zag hij leveranciersingangen en diverse grote afvalcontainers. Alle deuren waren gesloten, ongetwijfeld uit veiligheidsoverwegingen.

Dus waarom had ze deze deur niet dichtgetrokken? Dat zou hoogstens een seconde hebben gekost. En als ze dat had gedaan, dan had Devine onmogelijk kunnen weten waar ze heen was gegaan. En toen drong het tot hem door.

Ze wilde dat ik daar naar binnen ging. Wat betekent dat er iets is waarvan ze wil dat ik het vind.

Dus ging Devine op zoek.

35

Met zijn wapen in de aanslag, want dit kon een valstrik zijn, bewoog hij zich langzaam voort door de stoffige gang, waarbij hij opnieuw alles bekeek wat hij onderweg tegenkwam. Hij kwam in de hoofdruimte terecht en begon voetje voor voetje van hoek naar hoek te lopen.

Bij de tweede hoek bleef hij staan voor een verrijdbare ezel tegen de muur, waarop de regels die voor deze werkplek golden waren genoteerd, plus de taken die waren toebedeeld aan een lijst arbeiders. Op basis van de lijst met vermelde taken zouden Bill, Dave, Mark en Wanda de dag erna hun handen vol hebben, dacht Devine. Toen zag hij dat de ezel van het soort was dat aan twee zijden bruikbaar was en zo ontworpen was dat je hem kon omklappen.

Hij trok de ezel bij de muur vandaan en klapte het bord om. Devine deed een stap achteruit en las wat er aan de andere kant met blauwe stift in blokletters geschreven stond.

Memo voor TD: als je dit leest, ben je net iets slimmer dan ik had gedacht, goed zo. Wil je trouwens zo vriendelijk zijn om dit uit te vegen, zodat niemand van de bouwvakkers die morgenochtend binnenkomen onnodig geschokt of nieuwsgierig wordt of dit op de social media gaat posten voor hun eigen kwartiertje roem?
Dit is veel groter dan DG en zijn probleem. Of het meisje en haar problemen. Of dan jij en je missie. Of dan ik en wat ik hier kom doen. De mannen die jij gisteravond hebt ont-

moet, zijn lui die ik herken. Niet hen persoonlijk, maar hoe ze dingen aanpakken. Trouwens, van harte gefeliciteerd dat je het hebt overleefd, met flink wat hulp van mij. Toen zij de troep hadden opgeruimd, ben ik de SUV gevolgd naar een afgelegen huis. Daar stond een vogel te wachten om twee lijken af te voeren. Klopt, ze hebben jouw tegenaanval niet overleefd. Het was nogal een bijzondere vogel. Ik heb er eerder eens eentje gezien. Ik heb er zelfs in een gevlogen. Er zijn maar twee agentschappen in dit land die ze gebruiken. Ik laat het aan jou over om uit te zoeken welke dat zijn. Dit is nog wel even wat anders dan driedimensionaal schaken, dus wees op je hoede. Ik wil niet dat je doodgaat. Nog niet. Ik wil erbij zijn als het gebeurt. Je weet wel waarom.

Devine keek naar de naam onderaan.

De vrouw in de trein
PS Graag gedaan.

Devine maakte met zijn telefoon een foto van wat er geschreven stond en veegde het vervolgens allemaal weg.

Hij liep naar buiten en bestelde een taxi naar het hotel waar Saxby en Betsy zaten.

Onderweg belde hij Campbell. Toen hij bij de vrouw uit de trein was beland en wat die had geschreven, hoorde hij Campbell 'Godsamme!' roepen.

Devine snapte wel waarom. 'De mol is er nog steeds, meneer,' zei hij. 'Dawn Schuman was een afleidingsmanoeuvre.'

'Om ons op het idee te brengen dat we de echte spion te pakken hadden,' zei Campbell.

'Wat waarschijnlijk betekent dat jullie haar lijk nooit gaan vinden.'

'En dat ze onschuldig was,' merkte Campbell op.

'En dat iemand anders daar verdomd schuldig is.'

'Maar waarom zou ze dat jou allemaal laten weten, Devine? Op deze manier heeft ze ons zo ongeveer laten weten dat die mol er nog steeds is.'

'Omdat ze die mol niet meer nodig heeft, meneer.'

'Dus ze heeft jou alleen maar gered om je zélf te kunnen vermoorden? Die dame moet verdomd kwaad op je zijn.'

'Ik denk dat dat het maar voor een deel is.'

'En de rest?'

'Ze had een missie. Die is mislukt. Ze is van het slag dat zich door elke muur heen werkt, zo nodig iedereen onder de voet loopt en alle ellende ter wereld doorstaat om iets recht te zetten en de missie af te ronden.'

'Dat doet me eigenlijk wel aan jou denken.'

'En ze heeft principes. Ze had me in die bossen kunnen laten sterven en dan later de eer kunnen opeisen.'

'Een moordenaar met eergevoel. En jou waarschuwen? Waarom doet ze dat?'

'Ik ga de vrouw op haar woord geloven. Volgens haar is dit groter dan Glass, groter dan mijn missie. Doet die heli waar ze het over heeft u ergens aan denken?'

'Ik ga wel navraag doen. Heel erg discreet navraag doen.'

Ineens kreeg Devine in de gaten dat er iets van ongerustheid doorklonk in de stem van de andere man, iets wat hem nooit eerder bij hem was opgevallen.

'Ze is kennelijk naar dat gebouw toe gegaan terwijl Betsy en ik in de boekwinkel waren, om die boodschap op te schrijven. Toen kwam ze terug, zorgde ervoor dat ik haar opmerkte, en deed vervolgens wat ze deed. Volgens mij is ze niet eens terug dat gebouw in gegaan toen ik achter haar aan zat. Ik denk dat ze zich achter een van de containers in de steeg verstopt heeft en het aan die open deur overgelaten heeft om me naar binnen te zuigen. En toen is ze gewoon vrolijk vertrokken.'

'Prima plan om zo even snel uit te voeren,' merkte Campbell op.

‘Ze zei dat het nog wel even wat anders was dan driedimensionaal schaken,’ zei Devine.

‘Er is maar weinig ingewikkelder dan schaken, of het nu driedimensionaal is of niet. Maar goed, de wereld waarin jij en ik opereren is een van die dingen.’

‘Hoe kan een type als Danny Glass nou in de geopolitiek verwikkeld zijn?’

‘Geen idee. En voorlopig kunnen we ook nog niet aannemen dat het waar is wat ze zegt. Het is nog niet bevestigd.’

‘Hoe moeten we dat bevestigd krijgen?’ vroeg Devine.

‘Als jij een antwoord hebt bedacht, moet je het me laten weten, en ik zal hetzelfde doen. Tot die tijd moet je goed op jezelf passen en mij weer aan het werk laten gaan. En voor jou geldt hetzelfde.’

Hij verbrak de verbinding toen Devine voor het hotel uit de taxi stapte.

36

Betsy stond onder de douche, dus nam Devine even een paar minuten om Saxby bij te praten over zijn gesprek met Betsy in de boekwinkel.

'Ik heb je advies opgevolgd en het werkte,' zei hij. 'Bedankt voor je hulp.'

'Iedere ouder van een dochter had dat kunnen doen. Maar zij zei dus dat ze kwaad op Glass werd toen hij beweerde dat er soms iets goeds uit nare gebeurtenissen voortkomt?'

'Ja, maar daarna kwam hij met de, overigens onbevestigde, uitspraak dat Alice Odom wilde dat hij voor Betsy zou zorgen als Dwayne of haar iets zou overkomen.'

'Komt dat hem even mooi uit,' merkte Saxby op.

'Mijn bronnen hebben me ook verteld dat Alice behoorlijk kwaad was toen er twee kerels kwamen opdagen bij het huis waar ze woonden voordat ze naar Kittitas verhuisden. Volgens mij hebben die lui, of degene voor wie ze werkten, rechtstreeks betaald voor de auto en het huis van de Odoms.'

'Denk jij dat ze voor Glass werkten en dat hij degene was die ervoor heeft betaald?'

'Ik kan niemand anders bedenken.'

'Dus Glass heeft Dwayne en Alice een auto en een huis cadeau gedaan? Ze zijn familie van hem.'

'Dwayne mocht Glass niet. Ik weet niet zo zeker of hij die gast dat wel voor hem had laten kopen. Uit wat wij te weten zijn gekomen, leiden we af dat ze al een behoorlijke tijd erg krap bij kas zaten. Dus waarom zou je zo lang wachten om ze te helpen, of om in Dwaynes geval om hulp te vragen?'

'Misschien dat Dwayne Odom iets over zijn zwager wist? Net als Rollins?' suggereerde Saxby. 'Afpersing?'

'Kan zijn. En diezelfde bronnen vertellen me dat Alice vanaf dat moment bang was.'

'Zijn die bronnen van je soms die twee drugsgebruikers?'

'Zeg, het is een stel prima kerels die het goed menen. Het leven heeft ze het gewoon nogal moeilijk gemaakt.'

'Dat geldt voor ons allemaal,' reageerde Saxby, waar Devine van opkeek.

Betsy verscheen gewikkeld in een grote, donzige handdoek in de deuropening van de badkamer. Haar natte haar hing recht omlaag over haar rug.

'Sinds wanneer ben jij hier, Travis?'

'Net binnengekomen.'

'Ik kleed me even aan, dan kunnen we praten.'

Ze haastte zich haar kamer in en vijf minuten later, nadat ze zo ongeveer een minuut een föhn hadden horen blazen, verscheen Betsy weer, in een spijkerbroek en een sweatshirt die bij de kleren hadden gezeten die hij vanuit haar huis had meegenomen.

Ze ging naast Devine zitten en zei: 'Ik zie eigenlijk niet in waarom ik mijn oom nog voor de rechtszitting moet spreken.'

Saxby: 'Dat hij erom gevraagd heeft wil nog niet zeggen dat je dat moet accepteren.'

Betsy leek ergens mee te worstelen. 'Maar als ik het niet doe, is hij vast kwaad.'

'Dat is dan zijn probleem en niet het jouwe,' zei Devine.

Ze zaten even in stilte bij elkaar totdat Betsy begon te spreken.

'Nou ja, bij onze afspraak vroeg hij mij dingen. Misschien kan ik hem nu vragen stellen.'

'Zoals wat?' wilde Saxby weten.

'Bijvoorbeeld waar ik ga wonen als hij me adopteert. Waar ik naar school ga. Of ik zakgeld krijg. Of hij een trust voor me gaat opzetten en of ik in zijn testament kom en zo ja, voor hoeveel.'

Devine wierp Saxby een scherpe blik toe. 'Aha, je hebt hier duidelijk goed over nagedacht.'

Toen schoot hem haar van aantekeningen wemelende boek *Denk groot – word rijk* te binnen.

'Het gaat tenslotte over mijn leven.'

'En als je dan toch bezig bent, vraag hem dan ook waarom hij zijn zus en zwager zo snel heeft laten cremeren.'

Saxby zuchtte nadrukkelijk. 'Vind je nou heus dat ze zich daaraan moet wagen, Devine?'

'Waarom niet? Hij weet toch wel dat ik dat tegen haar heb gezegd. Hij zal mij de schuld geven en niet haar. En het is een voor de hand liggende vraag. Betsy heeft niet eens de kans gekregen om afscheid te nemen, waar of niet?' zei hij met een blik naar het meisje.

'Dat zal ik hem vragen,' zei ze zacht. 'Omdat ik het zelf wil weten.'

'Maar waar het echt om gaat is of je door hem geadopteerd wilt worden. Dat zal de rechter je vast ook vragen. En dan moet je wel iets van een antwoord klaar hebben.'

'Weet ik,' zei Betsy, en ze keek verdrietig en onzeker.

Ineens zei Saxby: 'Hé, je gaat morgen naar de rechtbank, dus dan heb je fatsoenlijke kleren nodig.'

'Wat?' riep Betsy uit met een verraste blik naar haar.

'Kleren. De spullen die je bij je hebt, zijn niet geschikt voor de rechtbank. We gaan samen winkelen.'

'Ik heb geen geld.'

'Voor rekening van het Bureau.'

'Echt waar?' zei Betsy, terwijl Devine de FBI-agent een blik toewierp die dezelfde vraag stelde.

'Echt waar.'

'Oké, goed dan, maar ik wil geen ouwedameskleren.' Ze liet haar blik langs de outfit van Saxby gaan.
'Ik heb een dochter van jouw leeftijd.'
Betsy keek verbijsterd. 'Echt?'
'Ik weet dat jij denkt dat ik geen verstand van jonge meisjes heb, maar wacht maar eens af tot je zelf moeder bent. De oorlogen die je moet voeren. Maar goed, waar je niet aan doodgaat maakt je sterk, waar of niet? Tenminste, volgens Kelly Clarkson.'
'Oké...' zei Betsy voorzichtig.
'Even verderop zit een winkel van Aéropostale. Er hingen een paar leuke dingen in de etalage. Pak je jas maar. Het wordt al laat. We hebben niet veel tijd.'
Betsy keek naar Devine. 'Zin om mee te gaan?'
Hij stak zijn handen op en schudde zijn hoofd. 'Je bent bij agent Saxby in veel betere handen.'
Betsy stormde haar kamer in om haar jas te halen.
Devine richtte zich tot Saxby. 'Waar kwam dat opeens vandaan?'
'Mijn eigen dochter wil niet met mij winkelen omdat ik niet cool ben. En ieder vrouwelijk wezen van welke leeftijd of inkomensgroep dan ook verdient wat mooie kleren waar ze zich zelfverzekerd in voelt.'
Devine grijnsde. 'Volgens mij heb ik je verkeerd ingeschat, agent Saxby.'
'Het is Ellen, weet je nog wel? En ik denk dat ik zelf ook wel het een en ander fout heb ingeschat.'
'Ik ben op tijd terug om met jullie mee te gaan naar de afspraak morgen.'
'En wat ga je nu doen?'
'Hier en daar heen, en deze of gene ondervragen.'
'Iemand is op jouw dood uit, Travis. Vergeet dat niet.'
'Dat vergeet ik nooit, Ellen.'

37

Devine nam een taxi naar een autoverhuurbedrijf en huurde weer een auto. Een Subaru-hybride die prettig reed. Hij had de verhuurder de stuipen op het lijf gejaagd door te vragen of de ramen kogelwerend waren.

Op weg naar zijn hotel kreeg hij een telefoontje van Campbell.

'Wil je eens wat goed nieuws horen?' vroeg zijn baas.

'Dat zou in elk geval weleens wat anders zijn.'

'We hebben op jouw verzoek beelden verzameld uit winkels langs de hoofdstraat in Ricketts. Tegenwoordig gebruikt iedereen de cloud, dus je hoeft nergens meer naar binnen om een harde schijf weg te halen en je hoeft je geen zorgen te maken dat er andere beelden overheen worden gezet. We hebben niet echt een bevel geregeld, maar we hebben haast. Ik stuur je nu de beelden. We hebben de zaak met behulp van een AI-filter teruggebracht tot de relevante tijd. Heeft seconden gekost in plaats van dagen.'

'Hebben ze iets gevonden?'

'Ik laat je er zelf naar kijken. We hebben ook toegang gekregen tot de beelden van straatcamera's in Seattle van toen jullie in de boekwinkel waren en die hebben we ook door de AI-filter gehaald. Op geen enkele komt iemand voor die klopt met jouw beschrijving van die persoon. Wat jij in de boekwinkel hebt gevonden is het enige.'

'Wat betekent dat ze wist waar de camera's waren en ervoor heeft gezorgd dat ze buiten beeld bleef. Zijn jullie nog opgeschoten met het zoeken naar de echte mol?'

'Nog niet. Maar ik beloof je dat we die zullen vinden.'

Hij verbrak de verbinding en Devine reed verder naar zijn hotel, ging naar zijn kamer en bestelde een maaltijd. Onder het eten keek hij naar de opnamen die hij van Campbell had gekregen, waar de hoofdstraat van Ricketts op te zien was.

Hij keek toe terwijl de twee mannen op hem afliepen terwijl hij in zijn SUV afgeleid zat te zijn.

Een makkelijk doelwit. Je mag weleens beter je best gaan doen, Devine, anders ben je er de volgende keer geweest.

Hij had opgemerkt dat de patrouillewagen twee minuten voordat het moordteam hem benaderde van zijn plaats aan de stoeprand was weggereden.

Toeval? Lijkt me niet.

Sterker nog, de hele straat was leeggelopen, dus misschien werd het hele stadje Ricketts door iemand betaald.

Terwijl zijn 4Runner wegreed met hem en de twee mannen erin, zag hij de zwarte SUV verschijnen. Hij zocht naar het nummerbord. Alleen was dat er niet. Die lieten zich niet door zoiets eenvoudigs een spaak in het wiel steken.

Hij stond op het punt de beelden stop te zetten toen hij het zag.

Zo te zien een vrouw op iets wat een e-motorfiets leek te zijn. Ze leek in de verste verte niet op een gezette boekenliefhebber met lang, sliertig haar dat in haar gezicht hing en in dikke kleren die haar werkelijke lijf totaal aan het oog onttrokken. Hier was ze mager en moorddadig, net als in de trein. De helm bedekte haar hoofd, dus zo was ze niet te identificeren.

Maar hij deed zijn ogen dicht en dacht terug aan die treinrit in de Trenitalia tussen Genève en Milaan. De vrouw uit de trein. De studente, of in elk geval was dat de rol die ze speelde. Ze had een zonnebril opgehad, ook al was het nog vroeg in de ochtend. Dat had een waarschuwingsteken moeten zijn, en dat was het uiteindelijk ook.

Je haar kon je op talloze manieren veranderen. De kleur van je ogen ook. Maar de ronding van je kaak niet, alleen kon hij de ronding van haar kaak niet zien vanwege de helm en het masker. En in de boekwinkel was het haar lang geweest en had het in haar gezicht gehangen, ook hier weer met opzet. Dus hij kon ze onmogelijk in zijn hoofd vergelijken.

Maar misschien was er toch één ding.

Op de video had ze handschoenen tevoorschijn gehaald, maar nog niet aangetrokken. Hij zoomde in op haar rechterhand, op de vijf vingers die in beeld waren.

Toen deed hij zijn ogen dicht en dacht terug aan de hand die in de trein het mes had vastgehouden. Haar vingers rond het heft gesloten, klaar om in Devines hals, zijn hart of zijn aorta te worden gestoken. Alleen was het niet zover gekomen omdat hij het mes in de weerspiegeling van het raam had gezien en haar een keiharde stomp tegen haar kaak had verkocht, waar de vrouw van buiten westen was geraakt.

Weer een van die op het eerste gezicht onbelangrijke zaken die goed uitgedachte plannen in het honderd stuurden.

En mij in leven hielden.

Devine opende zijn ogen en bestudeerde het beeld op het scherm met dezelfde intensiteit als waarmee hij elke taak op het slagveld aanpakte.

De pink die zichtbaar in beeld was, was gebroken geweest en nooit goed geheeld, met als gevolg dat het bovenste derde deel een klein beetje naar rechts afweek onder een hoek van zo'n vijf graden. Daar zette hij het beeld op stil.

Toen haalde hij zich het beeld van de vrouw uit de trein voor de geest. Haar hand. Die vinger. Dezelfde blessure. Dezelfde afwijking. De vrouw uit de trein was nu in de staat Washington. Dat had ze hem al verteld op de ezel in het gebouw dat gerenoveerd werd. Maar Devine geloofde niets zonder bevestiging, en nu had hij die gekregen.

Dus ergens daarbuiten was iemand die aan dezelfde kant

stond als degenen die in Ricketts hadden geprobeerd om hem te vermoorden. En dat was niet de vrouw uit de trein, want die had zijn leven gered. De commissaris, diens ondergeschikten, en de burgemeester van Ricketts leken twee handen op één buik met die mensen, wie het dan ook mochten zijn.

Dat was misschien de reden geweest waarom Ricketts was uitgekozen als de plek waar de Odoms de twee mannen zouden ontmoeten, waarbij die sporttas misschien nog een omkoopsom was? Contant geld in plaats van het schenken van een huis en een auto?

Devine nam dit in gedachten door. Ze hadden de Odoms mee naar buiten gelokt met de belofte dat ze iets zouden krijgen. De sporttas werd aan hen gegeven, maar daarna werden ze op een of andere manier vergiftigd. Vervolgens was de sporttas en wat er ook in zat, die volgens Betsy in de achterbak was opgeborgen, weer meegenomen. De moordenaars waren weggekomen en het had hun geen cent gekost.

En Betsy was achtergebleven als wees en een makkelijke prooi voor haar oom. Dus was Glass dan de andere stuwende kracht achter de moordenaars? Was Ricketts van Glass? Had hij de zaak gekocht en betaald? En als je iets kocht en betaalde, dan was het van jou. Dan was misschien iedereen die daar woonde ook van jou. En vervolgens had hij hun oorlogsmachines van legerkwaliteit geschonken, en ook nog eens een gloednieuw overheidsgebouw.

Even later werden deze gedachten onderbroken door een telefoontje van Walker. Ze zei dat ze in de boekwinkel was geweest en alle onderdelen op vingerafdrukken had gecontroleerd.

'Allemaal schoon, Travis, het spijt me.'

Hij bedankte haar en hing op. Het had er veel van weg dat de vrouw uit de trein ook de kleinste details behoorlijk goed in de peiling had.

Hij at zijn bord leeg en overwoog net te gaan slapen toen

zijn telefoon nogmaals ging. Hij herkende het nummer niet maar nam toch op.

'Agent Devine?'

'Ja. Met wie spreek ik?'

'Dokter Deborah Coburn. Ik heb autopsie op de Odoms verricht.'

Ineens dacht Devine helemaal niet meer aan slapen. Hij had aangenomen dat hij nooit iets van haar zou horen. Maar toen schoot hem te binnen dat hem verteld was dat ze lijkschouwer van het hele district was. Dus misschien woonde ze niet in Ricketts. En misschien stond ze niet bij Danny Glass op de loonlijst.

'Hallo, dokter Coburn. Ik moet u nodig spreken. Waar bent u nu? Ik zit in het centrum van Seattle.'

'Ik ben toevallig ook in Seattle. Morgen begint hier een congres over forensische pathologie. Ik weet dat het laat is, maar bent u in de gelegenheid om elkaar nu te ontmoeten? Ik ben… Ik ben echt bang.'

'Waar wilt u afspreken?'

Ze gaf hem het adres waar ze logeerde.

'Ik kom eraan.'

38

Het kostte Devine zo'n twintig minuten om het huis te bereiken. Hij reed naar het oosten over de Interstate 90, over Lake Washington en door Mercer Island, en daarna sloeg hij naar het noorden af richting Bellevue. Het huis was een tamelijk nieuw gebouw van twee verdiepingen met een voorgevel van witte baksteen en een losstaande garage met ruimte voor twee auto's in een doodlopend straatje in een bosrijke omgeving. Op weg erheen was er een fijne mist ontstaan die elk moment kon omslaan in regen of ijzel.

Er brandde licht in het huis en op de oprit stond een grijze Lexus-coupé met nummerplaten uit Washington.

Hij klopte op de voordeur en er klonk een angstige vrouwenstem: 'Wie is daar?'

'Dokter Coburn? Ik ben het, Travis Devine.'

'Wilt u uw badge voor de camera houden?'

Devine keek rond, zag de bewakingscamera, en liet zijn badge en ID-kaart zien.

De deur ging open, en daar stond Coburn, een kleine vrouw met zilvergrijs kortgeknipt haar; ze leek rond de vijftig. Ze had een crèmekleurig broekpak aan met een donkerblauwe blouse waarvan de kraag openstond. Om haar hals hing een gouden ketting met een kruis.

'Komt u alstublieft binnen, meneer Devine,' zei ze met trillende stem.

Coburn deed de deur dicht en op slot. Ze nam hem haastig mee naar de eetkamer, waar op een stoel een zwarte dokterstas stond en op de tafel een opengeslagen slanke bruinleren attachékoffer. Ernaast lagen papieren en diverse dossiermappen verspreid.

'Leuk huis,' zei Devine.

'Ik woon hier niet. Ik woon in Spokane. Daarom ben ik ook een van de lijkschouwers voor dat deel van de staat. Zolang ik aan het congres in Seattle deelneem, mag ik het huis gebruiken van een vriendin van me die op dit moment de stad uit is. Het is een soort lopend buffet met allemaal lekkere hapjes op het gebied van de forensische wetenschap.' Ze glimlachte even. 'Maar het is gewoon een fijn gevoel om eens bij te praten met collega's, en de technologie verandert nu eenmaal razendsnel.'

'U zei dat u bang was?' hielp Devine haar herinneren. 'Heeft dat te maken met de autopsies die u verricht hebt?'

Coburn wees hem een stoel aan en ging tegenover hem zitten.

'Ik wacht nog steeds op de uitslag van de toxicologische screening van Dwayne en Alice Odom, en dat kan soms wel even tijd kosten. Zonder die uitslag kan ik de doodsoorzaak niet definitief vaststellen. Ik kan er niet echt de vinger op leggen, maar er is iets eigenaardigs gaande.'

'Ho even,' zei Devine. 'Ik kan het niet volgen. In uw rapporten staat onopzettelijke overdosis vermeld als de voorlopige doodsoorzaak voor hen allebei, en ze zeiden ook dat u in allebei de lijken aanwijzingen had gevonden van langdurig drugsgebruik.'

Ze keek diep geschokt. 'Ik heb helemaal geen aanwijzingen gevonden voor een overdosis of dat de Odoms verslaafd waren.' Ze keek hem doodsbang aan. 'Hebt u de rapporten bij u?'

Hij haalde de bladzijden uit de zak van zijn jasje en reikte ze haar aan.

Coburn las ze zorgvuldig door en gaf ze daarna terug. Hij zag dat haar handen trilden. 'Dat zijn niet mijn rapporten. En dat is niet mijn handtekening.'

'Wie heeft ze dan wel geschreven, en waarom?'

'Geen idee,' zei ze bijna fluisterend.

'Misschien moest u maar eens bij het begin beginnen,' stelde Devine voor. 'Wat kwam u precies vreemd voor?'

De vrouw leek op het punt te staan om alle controle over haar emoties kwijt te raken. Hij stak zijn hand uit en greep haar pols vast. Ze keek naar hem op.

'Ik zorg ervoor dat u niets overkomt, dokter Coburn. Haal even een paar keer diep adem, in door de neus, uit door de mond, kalmeer een beetje, en vertel me dan uw verhaal.' Hij liet haar pols los en leunde weer naar achteren, terwijl zij netjes ademhaalde zoals hij haar had opgedragen.

Toen ze eenmaal gekalmeerd was, begon ze: 'Er bestaan landelijk voorgeschreven procedures om onderzoek te doen naar en diagnoses vast te stellen bij sterfgevallen als gevolg van een overdosis opioïden.'

'Zoals wat?'

'Het natrekken van de ziektegeschiedenis van de overledene en van de plek waar het sterfgeval heeft plaatsgevonden. Verder het analyseren van de woonplek op bewijzen van drugsgebruik. Dat kan alles zijn van verkruimelde tabletten tot aangepaste transdermale pleisters, pillen in flesjes zonder etiket, overlappende recepten voor de apotheek, opscheplepels, naalden, tourniquets en andere drugsspullen, dat soort dingen.'

'En hebt u dat gedaan?'

'Ik heb de kans niet gekregen. Dat was het vreemde eraan. De politie van Ricketts hield de plek waar het gebeurd was niet voor me open. Ik kreeg niet eens te horen waar het was. Ik kreeg evenmin de kans om de ziektegeschiedenis van de Odoms te bekijken. En ik kreeg te horen dat op dat moment nog onbekend was waar ze hadden gewoond.'

'Ze woonden in Kittitas County in een stacaravan. Het adres stond op het eigendomsbewijs van hun auto en vast ook op hun rijbewijs, dus de politie wist precies waar ze woonden.'

'Ik heb dat allemaal niet te horen of te zien gekregen. Wat ze me wel vertelden, was dat alles wees op een onopzettelijke overdosis. En dat er ter plekke Narcan was toegediend door de dochter van de Odoms, maar dat dat niet had geholpen.'

'Wie heeft u dat verteld?'

'De agenten die hen hadden gevonden.'

'Hoe heetten die?'

'Dat moet ik in mijn aantekeningen opzoeken.'

'En waar zijn die?'

Ze keek hem wanhopig aan. 'In Ricketts.'

'Ga door met uw verhaal,' drong Devine aan.

'Zo'n protocol schrijft ook het afnemen van bloed, urine en glasvocht als toxicologische specimens voor. En dan natuurlijk de maaginhoud en gal.'

'Glasvocht?'

'De geleiachtige inhoud van het oog tussen netvlies en lens. En in het geval van een mogelijke dood door drugsgebruik wordt het bloed uit de dijslagader meestal als het beste beschouwd. Dat heeft te maken met de manier waarop drugs zich na overlijden in het bloed verspreiden. Ik weet dat dit gedetailleerder is dan waar u op zit te wachten, en ik wil me niet te veel verliezen in het forensische moeras, maar ik heb er behoefte aan dat u de situatie begrijpt.'

'En hebt u dat allemaal gedaan?'

'Ja. Uit de maaginhoud bleek dat ze net hadden geluncht.'

'Dat klopt, in een restaurant in de stad. U zei dat u om een toxicologische screening had gevraagd?'

'Ja, maar zoiets doe je in het geval van een mogelijke overdosis alleen als er bepaalde elementen aanwezig zijn.'

'Zoals?'

'In het geval dat gebruik of misbruik van drugs bekend is, of als zoiets op de plaats delict aan het licht komt. Maar aangezien ik geen toegang tot die informatie had, kon ik daar niet op afgaan. Ik had alleen het anekdotische bewijsmateriaal van degenen die het eerst ter plekke waren. En verder, als de bevindingen van de autopsie in de richting van drugsgebruik wijzen, dan vraag je ook om zo'n toxicologische screening. Er waren geen sporen van naalden op het lichaam. Niet dat dat doorslaggevend is, want er zijn genoeg drugs die via de mond of de neus worden ingenomen. Maar er was ook geen sprake van levercirrose of vreemde lichaamscellen in de longen. En geen door drugs veroorzaakt schuim in de luchtwegen. Die elementen zijn vrijwel altijd aanwezig in het geval van een overdosis.'

'Hebt u de aanwezigheid van Narcan in hun systeem aangetroffen?'

'Nee, maar mijn onderzoek zou dat niet per se aan het licht hebben gebracht. Al zouden er bij de toxicologische screening vast wel sporen van de aanwezigheid daarvan worden aangetroffen.'

'In de rapporten staat dat de gebruikte drug vermoedelijk fentanyl was.'

'En zoals ik al zei, dat waren niet de rapporten die ik heb geschreven. Ik zou nooit op die manier een voorlopige doodsoorzaak vermelden, en al helemaal niet omdat ik daar geen enkel bewijs voor had gevonden. Fentanyl is in staat de bloed-hersenbarrière te passeren, daarom is het ideaal als pijnbestrijding, maar afgrijselijk slecht wat betreft verslaving. Uit Europa komt een synthetische opioïde genaamd tweebenzyl-benzimidazool. Dat is in de jaren vijftig als pijnstiller ontwikkeld, maar nooit goedgekeurd voor medisch gebruik. Het is wel twintig keer sterker dan fentanyl.'

'God sta ons bij,' mompelde Devine.

'Het punt is dat ik helaas honderden malen autopsie heb moeten verrichten op slachtoffers van een overdosis fentanyl, dus ik weet waar ik naar moet zoeken. En dat heb ik niet gevonden bij de Odoms.'

'Oké, maar hebt u aanwijzingen voor vergiftiging aangetroffen? Hebt u daarom om die toxicologische screening gevraagd? Want u had dat nooit gedaan op basis van een vermoedelijke overdosis, volgens de bevindingen en de protocollen die u net hebt beschreven. Er was geen enkele aanwijzing voor.'

Ze gaf niet meteen antwoord. 'U hebt helemaal gelijk, meneer Devine. Ik vermoedde dat er sprake was van een cyanidevergiftiging.'

'Net als in een boek van Agatha Christie? Rook u soms bittere amandelen?'

'Nee, ik rook knoflook, meneer Devine.'

39

Devine hapte naar adem. ‘Knoflook? Zie ik hier iets over het hoofd?’

‘Het mag dan een dodelijk gif zijn, maar cyanide komt gewoon in de natuur voor. In de grond, in water en in de lucht. Die varianten zijn meestal niet dodelijk, in elk geval niet in niet geconcentreerde vorm. Het wordt ook veel toegepast in diverse industrieën, zoals de fotografie, bij chemisch onderzoek, de productie van synthetisch plastic en poetsmiddel voor sieraden.’

‘Aha, dus het is overal om ons heen, maar hoe gaan mensen eraan dood?’

‘Doordat de stof voorkomt dat cellen zuurstof gebruiken om energiemoleculen aan te maken. De cellen van je hart en je zenuwen geven het al heel snel op als dat niet meer lukt. Je kunt het inademen, geïnjecteerd krijgen of via je huid absorberen. Inademen is het dodelijkst, omdat dat het snelst werkt. Daarom gaan mensen dood door het inademen van rook bij brand. Plastic en andere industriële producten zitten vol cyanide. Een geconcentreerde dosis inslikken is ook niet best, maar soms is er tijd om in te grijpen. Bij de massale zelfmoord in Jonestown werd de cyanide in flessen frisdrank gedaan. En als al het andere gelijk blijft, is vergiftiging via absorptie waarschijnlijk het best te overleven omdat dat het traagst gaat.’

‘Wat zijn de symptomen?’

‘Om te beginnen hoofdpijn, duizeligheid, vermoeidheid, zwakte, kortademigheid. Aanhoudende blootstelling leidt tot lage bloeddruk, stuiptrekkingen, een trage pols, longschade, ernstige ademhalingsproblemen, bewusteloosheid, coma en dan de dood, wat bijna altijd het gevolg is van het uitvallen van het ademhalingsapparaat en het hart.'

'Hoe kwam het dat u aan cyanide dacht?'

'Er was geen waarneembare geur van bittere amandelen, waar u het net over had. Maar de geur van bittere amandelen is er niet altijd, en in dit geval werd die misschien weggedrukt door de knoflookgeur die ik rook.'

'En waar komt die knoflookgeur dan vandaan?'

'Daar kom ik zo aan toe. Even geduld. Ik zag dat het bloed en de huid van beide Odoms rozerood waren, en zo kwam ik op cyanide.'

'Waarom?'

'Daaruit blijkt dat het bloed vol zuurstof zat. Te vol. Omdat de cyanide voorkwam dat die werd opgenomen in de cellen. Om die reden en door nog wat andere factoren gaf ik opdracht voor een diepgaande test en analyse van bloed- en urinemonsters met behulp van UPCL/MS.'

'Dat zult u moeten uitleggen.'

'*Ultra-performance liquid chromatography* in combinatie met massaspectrometrie. Een ingewikkeld proces dat nodig is om de aanwezigheid van cyanide te bevestigen.'

'Aha.'

'Cyanide verdwijnt snel uit bloed en urine, dus het afnemen van biologische vloeistoffen moet behoorlijk snel plaatsvinden. En er kan ook postmortaal vorming van cyanide in het lichaam plaatsvinden, wat de zaken nog verder compliceert. Al met al behoorlijk lastig.'

'En die knoflook? Waar komt die vandaan?'

'Dat was een vermoeden van mijn kant. Ik kon alleen niet bedenken hoe de Odoms zo'n hoeveelheid en concentratie aan cyanide hadden kunnen inademen dat ze eraan stierven, terwijl hun dochter nergens last van had. En er was geen sprake van corrosie van hun slokdarm of de slijmvliezen van hun maag, die je meestal tegenkomt als mensen het doorslikken. Maar toen ik die sterke geur van knoflook oppikte, moest ik aan iets denken wat DMSO heet.'

'Nooit van gehoord,' zei Devine.

'Dat staat voor dimethylsulfoxide. Die stof heeft het unieke vermogen om razendsnel zelfs door de meest ondoorlaatbare membranen te dringen, zoals rubberen handschoenen en de menselijke huid. Daarom is het ook het volmaakte medium om medicatie toe te dienen zonder het risico van een injectie die tot besmetting kan leiden, met name als een patiënt toch al verzwakt is. De stof wordt toegepast bij zaken als plaatselijke pijnbestrijding, ontstekingsremmers en antioxidanten. Ooit werd zelfs gedacht dat het een wondermiddel tegen kanker was, maar inmiddels is DMSO wel wat van zijn glans kwijtgeraakt nadat een vrouw was gestorven aan een allergische reactie. In 2016 keurde de FDA het middel goed voor medische toepassing bij brandwonden, sneetjes, blauwe plekken en het oplossen van bloedproppen bij mensen die een beroerte hebben gehad. En in combinatie met andere middelen kan het zelfs intracraniële druk verlagen. Dat had ik allemaal niet zo in mijn hoofd zitten, maar ik heb het nagetrokken toen ik die knoflookgeur rook en aan DMSO dacht.'

'Dus u rook die knoflookgeur en toen...?'

'Stel dat er een dosis cyanide was gecombineerd met DMSO en vervolgens via de huid was toegediend. Dan zou iemand daar sneller aan doodgaan dan je normaal gesproken bij een geval van absorptie zou aantreffen. Nog steeds bij lange na niet zo snel als bij inademen of doorslikken, maar effectiever dan gebruikelijk. En het zou op het eerste gezicht ook weleens op een overdosis kunnen lijken. Maar fentanyl noch enige andere drug die ik ken geeft een knoflookgeur af. Maar DMSO wel.'

'En het kan niet afkomstig zijn geweest van iets wat ze hadden gegeten? U zei dat ze hadden geluncht, en dat bevestigde ik.'

'Wat ze bij de lunch hadden gegeten, was grotendeels nog onverteerd. Een tonijnsalade met een schaaltje bessen ernaast voor meneer Odom, en een wafel met geklutst ei voor mevrouw Odom,' antwoordde ze. 'Geen gerechten die normaal gesproken veel knoflook bevatten. En ik heb de maaginhoud verwijderd en in zakken gestopt. De knoflookgeur was daarin buiten het lichaam niet te bespeuren.'

'En uit de tests waar u opdracht toe had gegeven, zou onomstotelijk komen vast te staan of er wel of geen sprake van cyanidevergiftiging was?' vroeg Devine.

'Dat hoopte ik in elk geval wel, ja. Ik heb heel zorgvuldig bloed- en urinemonsters genomen. En op de aanvraagformulieren heb ik heel gedetailleerd aangegeven welke tests er moesten worden gedaan.'

'Hebt u aan iemand in Ricketts verteld dat u vermoedde dat er cyanide aanwezig was?'

'Nee.'

'Cyanide in combinatie met dat DMSO-gedoe? Dat klinkt heel geavanceerd.'

'Mijn beste meneer Devine, ik heb zo'n idee dat degene die dit heeft gedaan eraan gewend is om mensen efficiënt aan hun eind te helpen.'

'En de rapporten die u écht hebt geschreven, staan die op de harde schijf van uw computer?'

'Nee, we gebruiken een cloud.'

'Kunt u daar op afstand toegang toe krijgen?'

Ze haalde een laptop tevoorschijn en deed dat. Ze keken naar de bladzijden op het scherm.

'Goeie hemel,' zei ze. 'Het is een duplicaat van wat u me net hebt laten zien.'

'Hebt u ergens concepten opgeslagen waarin uw echte werk te lezen is?'

'Nee. Maar ik dicteer alles tijdens zo'n post-mortemonderzoek. Aan de hand daarvan stel ik mijn rapport op.'

'Waar worden die opnamen bewaard? Hebt u die bij u?'

'Nee, die zijn in het overheidsgebouw in Ricketts.'

Devine zuchtte. 'Oké, mijn kop eraf als die opnamen niet zijn verdwenen.'

'Maar ík ben niet verdwenen,' zei ze opstandig.

'En hebt u papieren versies bij u van wat dan ook?'

'Nee. Dat is me te veel gesjouw en de cloud is er altijd. Maar ik vrees dat we nu weten dat de cloud kan worden volgegooid met totale troep,' zei ze kwaad.

'De monsters voor de screening, hebt u die persoonlijk opgestuurd?'

'Nee, die heb ik achtergelaten...' Ze keek geschrokken op.

'Voor Doris Chandler om ze voor u te versturen?' maakte hij haar zin af.

'Ja, die dingen handelt zij af.' Zachtjes voegde Coburn eraan toe: 'Denkt u dat zij ook in het complot zit?'

'Ik denk dat zo ongeveer iedereen in Ricketts daarin zit, behalve u, dokter Coburn, wat het ook mag zijn. Dus die tests komen vast terug met de conclusie dat het om sterfgevallen gaat ten gevolge van een overdosis opioïden, en dan meer specifiek om fentanyl. En cyanide, DMSO en knoflook komen in dat hele rapport niet voor.'

Ze keek naar hem op met een van angst vertrokken gezicht. 'Iemand anders kan een post-mortemonderzoek verrichten. Dat zou...'

'Ze zijn gecremeerd.'

'Gecremeerd!'

Ze leek totaal ineen te krimpen. 'Nu ben ik echt in gevaar, hè?'

'Wie weet dat u hier in Seattle, in dit huis bent?'

Coburn leek op het punt te staan flauw te vallen. 'Ik...'

'Doris Chandler?'

Ze knikte. 'Wat moet ik doen?'

'We moeten u naar een veilige plek brengen. Dan kan de FBI uw verklaring afnemen en slagen we er misschien in om deze zaak open te breken.'

'Denkt u dat ons dat echt gaat lukken?'

Devine wilde net antwoorden toen hij ergens achter in het huis een geluid hoorde.

40

Met zijn Glock in de aanslag greep Devine Coburn bij haar pols, trok haar omhoog bij de tafel vandaan en drukte in één moeite door met zijn elleboog het lichtknopje uit.

Terwijl de ruimte donker werd, vroeg hij zacht: 'Hoe zijn de kamers boven ingedeeld?'

Angstig zei Coburn met een gespannen fluisterstem: 'Drie slaapkamers met drie badkamers, allemaal aan een enkele gang.'

Hij knikte, haalde zijn telefoon tevoorschijn, tikte het alarmnummer in en meldde dat hij een federaal agent was en dat er een indringer was, en hij gaf het adres op. Vervolgens nam hij Coburn mee de kamer uit, terwijl ze vanuit het achterste deel van het huis vaag voetstappen hoorden.

In de kamer aan de voorkant duwde Devine voorzichtig het gordijn opzij. Alleen zijn auto en de Lexus waren zichtbaar, maar hij wist intuïtief dat er iemand op de loer lag.

Devine nam Coburn haastig mee de trap op, en nadat hij snel de indeling van de kamers had bekeken, koos hij voor de achterste slaapkamer. Terwijl Coburn stond te trillen, deed hij de deur op slot en schoof er een bureau voor.

Hij keek omhoog en zei dringend: 'Weg bij dat raam.'

Ze drukte zich onmiddellijk tegen de muur.

'Wat nu?' kreunde ze.

'We houden vol tot de politie verschijnt. Dat duurt vast niet lang meer.'

Hij gaf Coburn opdracht onder het bed te kruipen en zich

zo ver mogelijk van de deur vandaan tegen de onderkant van het hoofdeinde op te krullen.

'Blijf daar liggen en kom er pas onderuit als ik dat zeg.'

'Alstublieft, laat ze me niet vermoorden.'

Inmiddels hoorde hij voetstappen op de overloop en even later verplaatsten ze zich vrijwel geluidloos door de gang. Devine ging in een hoek ten opzichte van de slaapkamerdeur in schiethouding staan en riep: 'Ik ben een agent van Homeland Security. Als je dichterbij komt, ga ik schieten.'

Hij luisterde. En verdomd, er kwam iemand dichterbij.

Oké, daar gaan we.

Devine vuurde drie schoten door het dunne hout van de deur. Eentje op ooghoogte, een ter hoogte van de buik, en de derde op hoogte van het scheenbeen voor het geval ze omlaag waren gedoken.

Zodra het laatste schot zijn wapen had verlaten, opende Devine opnieuw het vuur en schoot het wapen razendsnel leeg, kriskras van de ene naar de andere kant en van boven naar beneden. In de beperkte ruimte van de gang had alleen een slangenmens kunnen voorkomen dat hij door een van de kogels geraakt werd. Maar na zijn eerste salvo betwijfelde hij dat de indringers daar waren blijven rondhangen om nogmaals geraakt te worden. Hij hoopte alleen dat ze zo wat tijd hadden gewonnen.

Schiet nou op, sirenes.

Snel herlaadde hij en hij bleef luisteren, terwijl hij zijn ademhaling kalm en gelijkmatig hield.

Even later hoorde hij iets tegen de deur bonzen. Geen kogel, maar iets hards. In zijn hoofd nam hij razendsnel de mogelijkheden door. Een lichaam? Een meubelstuk? Een…

Verdomme.

Hij trok het matras bij wijze van schild aan de voorkant van het bed omlaag, duwde zichzelf achteruit tot naast Coburn en dekte de vrouw met zijn lichaam af.

'Zet u schrap,' siste hij. 'Ogen dicht en vingers in de oren. Nu.'

Even later explodeerde er iets, waardoor de deur openzwaaide en het zware bureau tegen het matras en het bed vloog.

'O god,' schreeuwde Coburn.

Devine schreeuwde niet. Hij rolde onder het bed vandaan en begon meteen op de deuropening te vuren om de indringers die zich daar ergens bevonden te laten weten dat hun tactiek niet had gewerkt. Hij zag twee mannen die zich door de gang terugtrokken terwijl zijn kogels langs hen heen suisden.

'Hier blijven,' beval hij Coburn.

Hij sprong overeind en stormde door de deuropening, die inmiddels tweemaal groter was dan voorheen. Toen hij achteromkeek, zag Devine dat het dikke matras verbrand en aan flarden gescheurd was, maar het had wel hun leven gered.

Al kostte het hem wel extra tijd, Devine doorzocht toch even snel het huis om zeker te weten dat er niet iemand lag te wachten op het moment dat hij voorbijstormde om vervolgens naar binnen te gaan om Coburn af te maken. Daarna rende hij naar de voordeur. In de verte hoorde hij sirenes, waar hij enorm van opknapte.

Hij gluurde door de open voordeur en sprong achteruit toen er kogels langs hem heen vlogen en zich in de muur boorden. Hij keek nog een keer voorzichtig naar buiten en zag de twee mannen bij het huis vandaan rennen. Hij vloog naar buiten en riep: 'Laat je wapens vallen! Op je knieën, nu, met je vingers boven je hoofd in elkaar gehaakt! Nu meteen, of ik schiet!'

Ze gingen alleen maar harder rennen. Hij loste vervolgens een waarschuwingsschot boven hun hoofd om te laten weten dat het menens was.

Maar ze renden door, op weg naar het bosje aan de overkant van het huis. Hij racete achter hen aan naar de bomenrij waar ze net tussen verdwenen waren.

Waarom renden ze verdomme zo hard? Ze waren met meer en ze waren gewapend.

O, verdomme.

Hij remde zo hard af dat hij bijna vooroverviel. Hij draaide zich om naar het huis, maar had nog maar één enkele stap in die richting gezet toen het hele bouwsel voor zijn ogen naar boven en naar buiten geblazen werd en verdween.

Devine werd zeker een meter of drie naar achteren geblazen en belandde in de aarde naast de rij bomen. Terwijl hij daar geschokt en gekneusd lag en uit alle macht weer op adem probeerde te komen, regende het brokstukken om hem heen.

Hij hoorde ergens een auto starten.

Seconden later vloog er een wagen langs hem heen.

Opnieuw hoorde hij sirenes, ditmaal dichterbij. De cavalerie kwam eraan, maar helaas wel veel te laat.

Hij rolde op zijn rechterzij, stond op, bracht zijn wapen omhoog en probeerde op de auto te schieten, maar hij kreeg het niet voor elkaar.

Hij kreeg zijn ogen niet scherpgesteld, zijn gezicht was rood aangelopen, zijn longen waren verkrampt en zijn hart ging als een razende tekeer.

Toen schoot er een scherpe pijn door zijn voorhoofd.

Een ogenblik later tuimelde Travis Devine op de grond.

41

‘Kun je me horen, Devine? Devine.’

En toen een andere stem: ‘Travis!’

Devine deed langzaam zijn ogen open en zag rechercheurs Braddock en Walker die naar hem omlaag stonden te staren.

‘Huh?’

‘Wat is er in vredesnaam gebeurd?’ vroeg Braddock.

Devine keek om zich heen naar de antiseptische muren van de ziekenzaal, en hij rook chemicaliën en zijn eigen zweet en andere geurtjes die hij niet kon plaatsen. Het riep heftige, onprettige herinneringen op aan de tijd die hij in legerhospitalen en burgerziekenhuizen had doorgebracht terwijl hij zich afvroeg of hij het er levend van af zou brengen of op Arlington begraven zou worden.

Devine keek omlaag en zag het ziekenhuishemd en vervolgens de infusen die onder zijn huid waren vastgezet. Traag verplaatste hij zijn blik weer naar rechts en nam Walker op, die naast Braddock stond. De monitor piepte en knipperde hem toe. Devine las de getallen af; op basis daarvan nam hij aan dat hij het waarschijnlijk wel ging redden. Hij had veel slechtere getallen gezien toen hij plat op zijn rug op een brancard lag in een medische helikopter van het leger terwijl het bloed sneller uit hem gutste dan ze het weer in hem konden stoppen.

Hij probeerde overeind te komen, maar Walker duwde hem zachtjes terug op zijn rug.

‘Niet bewegen,’ commandeerde Braddock.

En Devine bleef ook heel stil liggen, want alleen die kleine beweging had hem al het gevoel bezorgd of iemand zijn hoofd met een bijl doormidden had gespleten.

Braddock trok een stoel bij en ging zitten. 'Ben je aan praten toe?'

'Waarom niet?' zei Devine, en intussen vroeg hij zich af wanneer er meer pijnstillers zijn infuus in zouden stromen. 'Ik heb toch niks anders te doen op het moment.'

'Wat is er gebeurd? Graag bij het begin beginnen.'

En dat deed Devine, terwijl Walker aantekeningen maakte op haar iPad. Af en toe struikelde zijn beverige tong over de woorden en met een brein dat mistig was van de medicatie bazelde hij een eind weg over het telefoontje van Coburn en zijn trip naar het huis waar zij verbleef. Dat ze bang was. Dat ze beweerde dat haar post-mortemrapporten vervangen waren door valse verslagen. Dat ze dacht dat de Odoms met cyanide vergiftigd waren. Dat ze geen toegang tot de plaats delict had gekregen, en evenmin tot het huis van de Odoms om te checken of er sprake was van drugsgebruik. En dat iemand het huis was binnengekomen, en dat hij daarom besloten had het alarmnummer te bellen. En toen die mannen in de gang. De granaat die tegen de deur van de slaapkamer belandde. Dat hij naar buiten was gerend. De mannen die het bos in renden. Dat hij ineens besefte dat hij naar buiten was gelokt. Een inzicht dat te laat was gekomen. En toen. Boem. De auto die langsvloog. En hoe hij ten slotte instortte.

'Coburn?' vroeg hij, maar hij wist eigenlijk al wel wat het antwoord zou zijn.

'Er zijn binnen resten gevonden,' antwoordde Braddock zacht. 'Haar Lexus was beschadigd, maar niet volledig verwoest. We hebben de papieren gecheckt. En ze was weliswaar niet... herkenbaar, we konden aan de hand van haar vingerafdrukken haar identiteit bevestigen. Ze zat in de database van de staat, vanwege haar werk.'

Devine keek omhoog naar het plafond en voelde zich diep ellendig. Niet door de pijn die hij voelde, maar omdat hij op die manier was beetgenomen. En omdat hij een vrouw alleen had laten sterven terwijl hij beloofd had haar te beschermen.

Walker pikte ongetwijfeld op wat er door hem heen ging en zei: 'Ik zou niet weten wat je anders had kunnen doen, Travis. Je had niet kunnen weten dat ze een bom in het huis hadden gelegd.'

'Dat had nou juist de eerste van mijn tactische zorgen moeten zijn geweest,' antwoordde hij, en zijn stem stond strak van de zelfverachting die hij voelde. 'Ik heb dat hele scenario zeker honderdmaal in het buitenland gezien, en ik had maar één keer nodig om het uit te puzzelen. En hier verkloot ik het. En dat heeft Coburn het leven gekost.'

Er viel een lange, ongemakkelijke stilte totdat Braddock zei: 'Dus ze hebben gerommeld met haar rapporten en ze moest dood.'

Devine knikte en balde zijn vuisten, wat wel pijn deed maar toch goed voelde.

Ik leef. En zolang ik leef, kan ik achter hen aan gaan.

Hij keek naar Braddock. 'Wat zeggen de artsen over mij? Heb ik iets gebroken? Is er sprake van blijvende schade?'

'Je hebt een zware hersenschudding opgelopen. Je bent getroffen door de kracht van de ontploffing, maar niet door brokstukken. Je bent een beetje door elkaar geschud. Maar je hebt niks blijvends opgelopen. Je hebt veel geluk gehad. Als je een meter of vijf dichterbij was geweest, had je het waarschijnlijk niet gered, hoor ik van de bommenexperts.'

'Wat hebben ze gebruikt om het huis op te blazen?' vroeg Devine.

'Daar zijn ze nog mee bezig. De jongens zeiden dat het iets geavanceerds was, dus die lui waren geen amateurs.'

'En wanneer kan ik hier weg?'

'Je blijft hier in elk geval nog een nacht ter observatie.'

'Wie zegt dat?'

'De artsen,' antwoordde Braddock en hij wierp Walker een verbijsterde blik toe.

'Hoe laat is het?' vroeg Devine.

'Na middernacht.'

'Ik heb morgenochtend een afspraak met Danny Glass en Betsy Odom. En daarna een rechtszitting.'

'Dat ga je dan niet halen,' zei Braddock.

'Mooi wel.'

'Wees nou een beetje redelijk, Travis,' zei Walker. 'Je mag blij zijn dat je nog leeft.'

'Haal de dokter hierheen.'

'Devine,' snauwde Braddock. 'Je gaat niet...'

'Haal die verdomde dokter hierheen. Nu. Ik ga Betsy echt niet teleurstellen.'

De arts, een vrouw van in de dertig met donker haar en een rustige uitstraling, werd geroepen.

'Als u vertrekt, gaat dat in tegen het doktersadvies,' zei ze.

'Ga ik er dood bij neervallen?'

'Nee, maar u crepeert van de pijn. U bent straks zo stijf als een plank en uw oren gaan suizen. Zelfs met pijnstillers krijgt u een joekel van een migraine-aanval. En dat gaat allemaal de komende vierentwintig tot misschien wel achtenveertig uur duren.'

'Ik kan veel pijn verdragen als die het gevolg is van mijn eigen stommiteit. Dus geef me de medicijnen maar en maak me los. Ik onderteken alles wat ik moet ondertekenen.'

'Weet u het echt zeker?' vroeg de arts.

'Waar zijn mijn kleren?' vroeg hij dwingend. 'En mijn wapen?'

42

Gelukkig had de huurauto van Devine geen ernstige schade opgelopen, aangezien hij grotendeels tegen de ontploffing was afgeschermd door de Lexus van Coburn. Gelukkig maar, want er was waarschijnlijk in de hele staat Washington geen autoverhuurbedrijf meer te vinden dat bereid was zaken met hem te doen. De politie had de auto naar het ziekenhuis gereden. Onder begeleiding van een verpleegkundige, Braddock en Walker reed Devine naar de uitgang. Hij kwam wankel overeind uit de rolstoel, met zijn pijnstillers in een plastic zak.

Braddock zei: 'Denk je echt dat dit een goed idee is?'

'Dat laat ik u nog wel weten,' zei Devine licht hijgend.

Walker greep de wankelende Devine bij zijn arm. 'Dit is waanzin. Ik ga met je mee.'

'Ik red me best.'

'Schei toch uit. Je zit aan de zware pijnstillers. En dat betekent dat je juridisch gezien onder invloed bent en geen motorrijtuig mag besturen.'

'Luister nou, Beth...'

'Nee, jij moet luisteren.' Ze stak zijn autosleutel omhoog. 'Ofwel ík rij je erheen, of ik mik dit ding in die straatkolk daar. En dan reken ik jou in omdat je een idioot bent.'

Devine keek naar haar en vervolgens naar Braddock, die zei: 'En geloof maar niet dat ze dat niet doet. Wat koppigheid betreft leg je het gegarandeerd tegen haar af, Devine.'

Devine zuchtte. 'Oké, laten we maar gaan dan.'

Braddock hielp hem op de passagiersstoel en Walker reed weg.

Devine installeerde zich wat makkelijker op de stoel. Hij had een van de pijnstillers ingenomen, maar die werkte nog niet. Hij bad dat het gauw zover zou zijn.

Walker wierp hem een bezorgde blik toe. 'Ik vind het heel erg van dokter Coburn. Ik heb haar een toespraak horen houden op een congres over forensische wetenschap waar ik vorig jaar bij was. Ze was goed thuis op haar terrein.'

'Ze klopte bij mij aan voor hulp. En ik heb het verpest.'

Hij schudde zijn hoofd en sloot zijn ogen.

'Nou ja, je krijgt alleen de kans om haar te wreken als je goed voor jezelf zorgt.'

Devine stond op het punt om iets terug te zeggen, maar deed het niet. Want ze had gelijk.

'Wat doe je morgen?' vroeg hij.

Zichtbaar verbaasd zei ze: 'Ik heb een vrije dag.'

'Wil je met me mee naar mijn afspraak en de rechtszitting?'

'Zeker. Vertel maar.'

Devine praatte haar bij over de nieuwste ontwikkelingen in verband met Danny Glass en zijn pogingen om de voogdij over Betsy Odom te krijgen met als uiteindelijk doel haar formeel te adopteren. Hij vertelde haar ook over zijn trip naar Ricketts en dat hij bijna was vermoord, al ging hij niet dieper in op de persoon die hem had gered.

'Goeie hemel, Travis, weet jij even ellende aan te trekken,' merkte Walker op.

'Nou ja, het kan erger.'

'Dus jij denkt dat Glass zijn zus en zwager heeft laten vermoorden?'

'Ik kan niemand anders bedenken die een motief heeft.'

'Maar die lui in Ricketts hebben je totaal geblokt. En nu is Coburn dood.'

'Coburns rapport is in het officiële politiedossier veranderd, en dus lijkt het nu alsof de Odoms aan een overdosis zijn gestorven. En nu Coburn is vermoord, is er niemand meer die dat kan weerleggen.'

'Maar ze heeft het aan jou verteld.'

'Dat is geen bewijs. Dat is een geval van horen zeggen. En als ze al enig bewijsmateriaal bij zich had gehad, dan bevond zich dat in een huis dat niet meer bestaat.' Er schoot hem iets te binnen. 'Hoe zit het met haar auto?'

'Ze hebben er niets in gevonden wat met haar werk te maken had. Maar we laten haar huis in Spokane door de plaatselijke politie natrekken. Misschien dat daar nog iets is.'

'Wie haar ook heeft vermoord, heeft daar vast ook aan gedacht en dat huis al doorzocht.' Hij keek door het raampje naar de donkere wolken en zei: 'Hebben jullie nog iets in mijn Toyota gevonden?'

'We halen DNA-monsters die we hebben verzameld door de gebruikelijke databases. Er waren geen vingerafdrukken in de auto.'

'Ze droegen handschoenen.'

'Klopt, maar we hebben hun wapens uit de wagen gehaald en het is me gelukt om een bruikbare vingerafdruk van een van de kogels in het magazijn te halen.'

Hij keek diep onder de indruk naar haar. 'En?'

'Die hebben we ook zonder succes door de gebruikelijke databases gehaald. Nu breiden we de zoektocht uit.'

'Zou mooi zijn om te weten voor wie die kerels werkten. Misschien kunnen we...' Hij gaapte.

Gedecideerd zei ze: 'Oké, tijd om een beetje rustig aan te doen. Je moet echt even slapen om klaar te zijn voor morgenochtend, wat het trouwens al is.' Ze zweeg even en zei toen beslist: 'En de plannen zijn gewijzigd. Ik haal wat spullen bij je hotel op en dan rijden we naar mijn huis.'

'Beth, dat hoef je echt niet...'

'Ik doe het toch,' onderbrak ze hem. 'Het is in de buurt van het centrum. En ik heb een logeerkamer.'

Devine voelde dat de medicijnen begonnen te werken en had niet de energie om te gaan ruziën, dus knikte hij gelaten.

Ze pakte zijn sleutelkaart en ging de dingen die hij nodig had uit zijn hotelkamer halen. Daarna reed ze naar haar huis in een rustige buurt in een buitenwijk. Het was een kleine bungalow met een brede veranda aan de voorkant, alles gelijkvloers.

Walker hielp Devine, die het duidelijk moeilijk had, de gang door naar de logeerkamer.

Ze hielp hem met uitkleden en het bed in stappen.

'Dit had je allemaal niet hoeven doen,' zei hij.

'Wie A zegt...' zei ze grijnzend. 'De spierontspanners gaan vast zo werken.'

Ze had kennelijk de littekens van oude wonden gezien, op elke schouder een en eentje op zijn kuit, want ze zei: 'Drie Purples?'

'Nee, twee.' Hij tikte op een van zijn schouders. 'Deze is niet van tijdens een gevecht. Een burgermissie die totaal fout liep.'

Ze schudde haar hoofd. 'O, juist ja. Verder nog iets nodig?'

'Nee Beth, het is goed zo. En dank je wel.'

'Ik ben heel blij dat je het hebt overleefd, Travis.'

'Ja.'

'Ik beloof je dat ik je ruim op tijd wakker maak en je help om je klaar te maken. Ik heb een schoon stel kleren in de kast gehangen. Je toilettas staat op het plankje in de badkamer. Ik zet verdomd goede koffie, en wat dacht je van pannenkoeken en eieren bij het ontbijt?'

'Dat klinkt goed.'

'Als je vannacht nog iets nodig hebt, ik ben hiernaast.'

Ze wensten elkaar welterusten, zij deed het licht uit en vertrok.

In de duisternis staarde Devine naar het plafond. Dat deed

hij vaak als hij lastige problemen moest uitdenken. Dus hij keek toe hoe alle beelden voor zijn geestesoog die samenhingen met zijn huidige drama over een in zacht zeegroen geverfd plafond marcheerden. Van het briefje dat de vrouw uit de trein in zijn jaszak had gestopt tot bijna worden opgeblazen, en alles daartussenin.

Op een of andere manier snijdt het allemaal best hout. Nu nog even uitpuzzelen op welke manier.

Terwijl de pijnstillers begonnen te werken en hij in slaap zakte, dacht hij aan de dode Coburn. En aan Betsy Odom die hij wilde beschermen tegen wat haar te wachten stond. Hij was er niet in geslaagd om Coburn te redden. Dat mocht hij Betsy niet laten overkomen.

Hij zakte in slaap en zijn laatste gedachten draaiden rond de vrouw uit de trein. Hij wist dat ze op een bepaald moment tegenover elkaar zouden komen te staan. Maar alles was een stuk onduidelijker geworden omdat ze zijn leven had gered. Hij wist zeker dat de vrouw daar haar redenen voor had, maar haar boodschap zat hem enorm dwars.

Er waren daarbuiten krachten die tegen hem gericht waren. En tegen haar.

En ze konden weleens deel uitmaken van de overheid die ik zelf ook dien.

43

'Oké, dit zag ik niet aankomen.'

Walker was de keuken binnengekomen en zag dat Devine in de joggingbroek en een T-shirt waarin hij meestal sliep koffie aan het zetten was.

Hij wendde zich tot haar. 'Ik heb geslapen als een beer die zijn winterslaap houdt en voel me nu als herboren. Die spierontspanners zijn geweldig. Ik heb me sinds de afstudeeravond op West Point niet meer zo ontspannen gevoeld, en daar is wel wat alcohol voor nodig.'

'Ongetwijfeld,' zei ze glimlachend.

Walker begon het ontbijt klaar te maken terwijl Devine twee kopjes koffie inschonk, haar er daar een van gaf en op een barkruk bij het kookeiland ging zitten.

Hij keek toe terwijl zij bezig was met het eten. 'Kom je hier vandaan?'

'Nee, uit Pennsylvania. Ik kom uit een familie van politieagenten. Ik hou van het buitenleven, wandelen, skiën, kajakken, en daar kun je hier wel voor terecht. En jij?'

'Ik ben naar West Point gegaan om twee redenen. Ik wilde mijn land dienen én ik wilde die ouwe dwarszitten. Voor hem hangt je eigenwaarde af van de hoeveelheid geld die je bezit, wat niet mijn levensfilosofie is. Ik werd kapitein en toen stopte ik ermee.'

'Ik dacht dat West Pointers echte carrièretijgers waren.'

'Niet allemaal.'

'En toen ging je voor Homeland Security werken?'

'Nee, daarna haalde ik mijn MBA en heb ik een tijdje op Wall Street gewerkt.'

'Maar ik dacht dat je zei...'

Devine onderbrak haar. 'Ik haatte Wall Street. Het was meer een soort boetedoening.'

'Waarvoor?' vroeg ze nieuwsgierig.

'Dat zijn oude koeien, niet de moeite waard om die nog eens uit de sloot te halen.'

'Oké, vertel me dan iets eens meer over Betsy Odom.'

Dat deed hij, waarbij hij ook meteen het een en ander vertelde over het verleden van het meisje, de problemen van haar ouders en haar dilemma vanwege haar oom, die haar wilde adopteren.

'Maar je zei dat ze onder de bescherming van de FBI staat. Waarom?'

'Ze is Danny Glass' enige levende familielid. Haar vader en moeder hebben haar mogelijk dingen over hem verteld. Hij is de verdachte in een belangrijke strafzaak. Waarschijnlijk is het een soort risicospreiding.'

'Best heftig voor het kind.'

'Ja. Iemand heeft haar ouders vermoord en de hoofdverdachte wil haar adopteren. Bovendien is ze haar hele leven arm geweest en kan ze nu rijk worden.'

'Ik denk niet dat ik zou weten hoe ik dat moest aanpakken, en ik ben geen twaalf meer,' merkte Walker op.

'Ze is volwassen voor haar leeftijd, in elk geval in sommige opzichten. In andere opzichten is ze gewoon een bang kind.'

'Wat denk je dat de ontmoeting met Glass zal opleveren?' vroeg Walker.

'Hij is er duidelijk op gebrand om haar voogd te worden. Verder wil hij er waarschijnlijk voor zorgen dat Betsy op dezelfde lijn zit, zodat hij niet voor verrassingen komt te staan.'

'Maar als hij echt een crimineel is die wereldwijd opereert, waarom wil hij dan die verantwoordelijkheid op zich nemen?'

'Glass lijkt me nogal een zakelijk type. Dus waarin ligt de waarde van zijn nichtje voor hem?' vroeg Devine.

'Weet ze iets over hem, zoals je al zei? Of is ze een soort genie dat de aandelenmarkt of paardenraces kan voorspellen? Is ze een kei in hacken?'

'Ze is een slim kind. Maar dat soort zaken heb ik nog niet bij haar gezien.'

'Als hij haar ouders heeft vermoord om de voogdij over haar te krijgen, moet hij daar een reden voor hebben.'

'Ik heb aan niets anders gedacht sinds ik in de stad ben. Hoewel...' zei Devine peinzend.

'Wat?'

'Het klinkt misschien een beetje gek, maar ik heb hen samen gezien. Hij... Nou ja, hij lijkt echt van haar te houden, als zo'n man tenminste van iemand kán houden. En ik heb bij Braddock eerder gesuggereerd dat Glass misschien weet wie zijn zus en zwager heeft vermoord, en dat hij probeert Betsy te beschermen.'

'Als hij weet wie hen heeft vermoord, waarom gaat hij dan niet naar de politie?'

'Geen idee,' antwoordde Devine.

'Heeft hij een kans om haar voogd te worden, zelfs met deze aanklachten?'

'Hij is voorlopig nergens schuldig aan bevonden. En drie mensen die tegen hem zouden getuigen, zijn vermoord.'

'In opdracht van hem?' vroeg ze.

'Waarschijnlijk wel, maar er is geen bewijs voor. Die man heeft een enkelband, dus hij was er niet persoonlijk bij betrokken, maar hij heeft genoeg mankracht om de klus te klaren.'

'Is er iemand die onderzoek doet naar die moorden?'

'Vast wel,' antwoordde hij.

'Kun je me de namen van de getuigen geven?'

Hij keek haar verbaasd aan. 'Hoezo?'

'Ik zou er ook graag eens goed naar kijken.'

'Natuurlijk,' zei hij.

'Bedankt.'

Nadat ze ontbeten hadden, zei Walker: 'Je kunt beter even douchen en je omkleden, en dat zal ik zelf ook doen. We gaan met mijn auto.'

Terwijl Devine wegliep, bad hij dat vandaag beter zou verlopen dan gisteren.

44

Toen ze bij het hotel aankwamen, stelde Devine Beth Walker voor aan Saxby en Betsy. Saxby leek eerst op haar hoede voor de plaatselijke politieagent, maar Walkers vriendelijke manier van doen stelde haar al snel op haar gemak.

'Wat is er met je gezicht gebeurd, Travis?' vroeg Saxby. 'Het zit vol blauwe plekken en schrammen. En je beweegt nogal stijfjes. Vertel me alsjeblieft niet dat iemand heeft geprobeerd om jou te vermoorden.'

Devine keek Walker even aan en zei: 'Gewoon een kleine explosie. Niets bijzonders.'

Walker fronste haar wenkbrauwen bij deze opmerking, maar draaide zich toen om naar Betsy. 'Ik vind het heel erg van je ouders, Betsy.'

'Bedankt,' zei Betsy kortaf.

Devine zei: 'Ben je er klaar voor om je oom te ontmoeten?'

'Ja, ik denk het wel.'

Hij zag dat ze nieuwe kleren droeg, vermoedelijk te danken aan het shoppen met Saxby. Hij kon zien dat die twee een soort wapenstilstand leken te hebben gesloten; in elk geval scheen het tweetal ontspannen en vriendelijk met elkaar om te gaan.

'En de rechtszitting?' vroeg Devine.

'Agent Saxby heeft me uitgelegd hoe het eraan toegaat. Ik zal gewoon de waarheid vertellen als me iets gevraagd wordt.'

'Dat is altijd een goed idee,' merkte Walker op.

'Heb je al besloten of je je oom als voogd wilt?' vroeg Devine.

Ze antwoordde niet, maar trok gewoon haar nieuwe jas aan en liep naar de deur.

Ze reden in Walkers auto naar het Four Seasons. Bij de ingang werden ze opgewacht door Glass' rechterhand, Dennis Hastings. Hij was gekleed in een pak, deze keer met een stropdas.

Devine moest instaan voor Walkers aanwezigheid, en hoewel Hastings het duidelijk geen prettig idee vond dat zijn baas een politieagent én een FBI-agent moest ontvangen, maakte Devine duidelijk dat het alles of niets was.

Hastings belde Glass erover en een minuut later knikte hij naar Devine. 'Laten we gaan.'

Terwijl ze met de lift naar boven gingen, draaide Devine zich om naar Hastings en zei: 'En, wat heb je gisteravond gedaan? Iets leuks?'

Hastings haalde zijn schouders op. 'Roomservice besteld en een film gekeken. Jij?'

'Hetzelfde. Welke film heb je gekeken?'

'Hij was zo slecht dat ik hem vergeten ben. Jij?'

'Ik ben de titel ook vergeten, maar ik weet nog dat het begon met een ontploft huis.'

Walker ving zijn blik, maar zei niets.

Hastings zei: 'Echt? Dat klinkt net als iets waar ik naar zou kijken. Je weet wel, iets wat vol spanning zit.'

'Ja, dat dacht ik al.'

'Ging er iemand dood?' vroeg Hastings.

'Er gaat altijd wel iemand dood,' antwoordde Devine kortaf.

In de gang kregen ze extra begeleiding en daarna moesten ze nog langs het beveiligingsteam bij de ingang van de presidentiële suite. Danny Glass zat op dezelfde stoel als de vorige keer, alleen droeg hij nu een donkerblauw pak met een gestreepte stropdas omdat hij zo voor de rechtbank moest verschijnen. Hastings had ook nu weer de kledingkeuze van zijn baas overgenomen, merkte Devine op.

Devine merkte ook op dat Betsy vol ontzag om zich heen keek naar de luxe ruimte en het weidse uitzicht over het water.

Denk groot – word rijk. Hij kon de radertjes in haar hoofd bijna zien draaien.

Glass stond op, begroette en omhelsde Betsy en werd toen door Devine voorgesteld aan Saxby en Walker.

Glass glimlachte. 'Ik heb me nog nooit zo veilig gevoeld in mijn leven met zoveel politieagenten en federale agenten in de buurt. Koffie, thee, water?'

Ze weigerden allemaal.

'Goed, waarom zijn we hier?' begon Saxby, terwijl ze Glass recht aankeek.

'Rook je?' vroeg hij.

'Hoe raadt u dat? Ruikt mijn kleding zo lekker?'

'Nee, je hebt gewoon zo'n blik. Maar dit is een rookvrije kamer, voor het geval het begint te kriebelen.'

'Dat is oké. Ik denk niet dat deze bijeenkomst lang gaat duren.'

Glass keek naar Betsy. 'Zo, waarom heeft de FBI mijn nichtje onder jouw hoede gesteld? Als haar toekomstige voogd heb ik het recht om dat te weten. Zodra ik als haar voogd word aangesteld, komt ze namelijk bij mij wonen.'

'We zullen die vraag beantwoorden wanneer en als de rechtbank uw verzoek inwilligt,' zei Saxby.

'Ik plan graag vooruit als zaken zo goed als zeker zijn,' antwoordde Glass.

'Ik ook,' zei Saxby. 'Maar ik vind het vervelend om zomaar wat te roepen als het niet nodig is.'

Glass ging zitten en gebaarde dat de anderen hetzelfde moesten doen. 'Oké, ik heb gehoord dat deze rechtszitting nogal een formaliteit is, met allerlei dure advocaten en iedereen erbij, maar dat het goed mogelijk is dat er vandaag een beslissing over mijn spoedverzoek om voogdij wordt genomen.'

'Bent u van plan om een verklaring af te leggen voor de rechtbank?' zei Devine.

'Als de rechter vragen heeft, beantwoord ik die graag.'

'Inclusief vragen over de strafzaken die tegen u lopen met betrekking tot zesentachtig misdrijven?' zei Saxby.

Glass keek scherp naar Betsy, kennelijk om haar reactie hierop te zien. Het meisje zat daar maar met neergeslagen ogen. Glass keek weer naar Saxby. 'Mijn advocaten hebben me verteld dat je in dit land onschuldig bent totdat het tegendeel is bewezen. Misschien hebben ze zoiets op de FBI-school ook weleens gezegd. Op dit moment ben ik dus net zo onschuldig als de paus. Maar ik kijk uit naar mijn moment in de rechtbank, wanneer ik mijn kant van het verhaal kan vertellen.'

'Maar een familierechter zal de aanklachten toch in overweging nemen, omdat de enige zorg het welzijn van het kind is,' merkte Saxby op. 'Niet of u de zaak die tegen u is aangespannen kunt winnen.'

'*Que será, será*,' zei Glass afwijzend. 'Dus voor mij is het van belang om te weten of de FBI Betsy aan mij zal overdragen als ik voogdij krijg. Wat zou het er anders nog toe doen als de rechter in mijn voordeel beslist? Dan heb ik Betsy nog steeds niet bij me.'

'Zoals ik al zei, gaan we het daarover hebben zodra het relevant is.'

Glass schudde zijn hoofd. 'Ik dacht het niet.' Glass knipte met zijn vingers en een man in een donker pak kwam de kamer binnen. Hij was lang en zag eruit als een wandelend lijk, met dunner wordend haar en een scherpe kin. Zijn ogen waren lichtgrijs, zijn mond vormde een grijns. Hij liep naar Saxby toe en gaf hem een blauw omrand pakket met documenten. 'Ik ben een van de advocaten van meneer Glass,' zei hij. 'De FBI wordt hierbij gedagvaard.' Hij zweeg even en grinnikte. 'Dat heb ik altijd al eens willen zeggen.'

Saxby nam niet eens de moeite om naar de papieren te kijken. 'En wat is dit precies? Afgaand op de stank is het bullshit.'

Betsy gnuifde en Walker bracht een hand naar haar gezicht om een glimlach te verbergen.

'Het is een petitie voor het aanleveren van bewijs dat de FBI Betsy Odom terecht gegijzeld houdt,' zei het lijk stijfjes. 'Ongeacht of meneer Glass nu tot voogd is benoemd of niet, als haar enige overgebleven bloedverwant heeft hij er belang bij en kan hij erop aandringen dat de FBI duidelijk en overtuigend bewijs levert van de noodzaak juffrouw Odom te onderwerpen aan voortdurende fysieke detentie.'

'Ik zal het ministerie van Justitie er zeker van op de hoogte stellen,' zei Saxby nonchalant, hoewel Devine kon zien dat dit haar overrompelde. Hen allemaal.

'Dat lijkt me verstandig,' zei de advocaat. 'Ik betwijfel of het ministerie van Justitie wil dat er een verstekvonnis tegen hen wordt uitgesproken. Als men op zo'n manier voor schut komt te staan, gaat dat ten koste van banen en federale carrières,' voegde hij er spottend aan toe.

'Nou ja, bij ons belandt er in elk geval niemand in de rivier met kettingen en cementblokken aan zijn been als iemand zijn taak verpest,' antwoordde Saxby. 'U kunt dus maar beter geen fouten maken en uw baas geen reden geven om úw carrière ten onder te laten gaan. En uzelf.'

De grijns van de advocaat verdween, hij wierp zijn baas een aarzelende blik toe en verliet vervolgens stilletjes de kamer.

Devine keek naar Glass. 'Was dit de reden voor de ontmoeting? Met papieren wapperen en praatjes maken?'

'Onder andere, maar ik wilde ook graag mijn nichtje weer zien. En ik wilde haar en jou ervan verzekeren dat ik het beste met haar voorheb. En dat ik alles zal doen wat in mijn macht ligt om haar een gelukkig, gezond en veilig leven te bieden.'

Betsy keek op om haar oom aan te kijken.

Devine kreeg de indruk dat het meisje zich enorm in de war voelde, en dat was geen wonder. Hij had precies hetzelfde.

'Anders nog iets?' vroeg Saxby. 'Of was dit het?'

'Tenzij Betsy nog iets te zeggen heeft,' zei Glass.

Ze keken haar allemaal aan.

Devine vroeg zich af of ze nog ter sprake zou brengen dat haar ouders op instructie van Glass gecremeerd waren en of ze de andere vragen zou stellen die ze had, zoals ze tegen hen gezegd had. Betsy schudde echter alleen haar hoofd en keek weer naar haar schoenen. Ze vertrokken.

'Nou, ik moet het die vent nageven, dat was een gladde streek,' zei Saxby, toen ze weer in de auto zaten.

'Je moet de juridische papieren aan het ministerie van Justitie overhandigen,' zei Walker.

'Echt waar? Ik had ze eigenlijk willen gebruiken om er een peuk mee aan te steken.'

'Sorry,' zei Walker opgelaten. 'Ik bedoelde het niet zo.'

Devine luisterde nauwelijks naar het gesprek. Hij concentreerde zich op Betsy, die naast hem op de achterbank zat. Hij had haar nog nooit zo teruggetrokken gezien.

Hij gaf haar een tikje tegen haar arm. 'Gaat het?'

Ze keek naar hem. 'Ja, ik voel me goed.'

'Zo zie je er niet uit. En je hebt je oom helemaal niet de vragen gesteld die je wilde stellen.'

Walker en Saxby stopten met praten en keken in de achteruitkijkspiegel naar hen.

'Ik weet het. Ik heb het... gewoon niet gedaan.' Ze hield even op. 'Moet ik... in de rechtbank echt opstaan en praten?'

'Nou, wel als de rechter je vragen wil stellen,' antwoordde Devine.

'Of ik bij mijn oom wil wonen, bedoel je?'

'De rechter wil inzicht krijgen in de relatie tussen jou en je oom, Betsy,' zei Saxby. 'Of het wel goed voor je is om bij hem te wonen, dat is het enige wat telt.'

'Maar stel dat ik gewoon zeg dat het zo is? Dat ik dat graag wil?'

Saxby draaide zich om in de stoel en keek haar aan. 'Dan zal dat veel gewicht in de schaal leggen bij de rechter. Maar omdat je minderjarig bent, is het niet doorslaggevend.'

'Wat betekent dat?' vroeg Betsy scherp.

'Het betekent dat de rechter ook rekening kan houden met andere dingen bij het nemen van een beslissing.'

'Zoals dat mijn oom een crimineel is?' vroeg ze driftig.

'Een vermeende crimineel,' verbeterde Saxby haar. 'Maar ja, dat kan inderdaad meewegen. Familierechters hebben veel vrijheid bij voogdijzaken.'

'Stel dat ze zegt dat ik niet bij mijn oom kan wonen?' barstte Betsy los, duidelijk gefrustreerd. 'Wat gebeurt er dan met me? Ik kan toch niet zomaar met jou in een waardeloos hotel blijven wonen tot ik achttien ben?'

'Nee, dat kan niet,' gaf Saxby toe.

'Nou, wat is de andere optie?'

'De rechter kan een andere voogd aanstellen.'

'Wie dan? Ik heb geen andere familieleden meer.'

'Wie ze ook aanstellen, het is waarschijnlijk maar tijdelijk,' zei Saxby.

'En wat dan?' vroeg Betsy scherp, terwijl ze een boze blik in haar richting zond. 'Ga ik dan weer naar iemand anders? En dan weer naar een vreemde en dan weer?'

'Ik weet het niet,' zei Saxby. 'Ik weet het gewoon niet, Betsy.'

Betsy herhaalde wat ze ook ooit tegen Devine had gezegd en snauwde: 'Jij weet ook niet veel.'

In stilte reden ze verder.

45

In de kleine spartaanse rechtszaal was slechts ruimte voor een paar mensen.

Glass en zijn advocaat zaten aan de ene tafel. Een nors kijkende man in een lichtbruin pak zat aan de andere. Direct achter hem op de voorste bank zat een vrouw van in de veertig, gekleed in een donker broekpak. Ze spraken zachtjes met elkaar.

Saxby liep naar hen toe en de drie begonnen te fluisteren. Ze haalde de juridische papieren tevoorschijn die Glass' advocaat haar had gegeven en de andere vrouw keek ernaar.

Devine, Walker en Betsy zaten op de eerste rij.

Devine zag dat Glass om zich heen zat te kijken. Hij zag er fris en ontspannen uit. Het verbaasde Devine, maar misschien wist de man al wat er vandaag zou gebeuren.

En dat was een reële optie.

Saxby voegde zich weer bij hen en Devine vond dat ze een beetje geschokt leek. Toen hij haar vroeg wat er mis was, wuifde ze hem weg. 'Later,' zei ze geïrriteerd.

De gerechtsdeurwaarder zei dat ze moesten opstaan en rechter Judith Mehan verscheen en nam plaats. Ze was in de vijftig, met kortgeknipt grijs haar en haar zwarte toga hing losjes om haar heen. Aan de zijkant zat een griffier, en haar vingers zweefden boven haar stenografiemachine. 'Laten we beginnen,' zei Mehan. 'Ik heb vandaag een volle agenda.' Ze sorteerde wat papieren. 'Zijn meneer Daniel Glass en juffrouw Betsy Odom aanwezig in de rechtszaal?'

De advocaat van Glass en de nors kijkende man, die zichzelf voorstelde als de advocaat die de overheid vertegenwoordigde en hier voor Betsy was, meldden dat hun cliënten aanwezig waren.

'Ik heb de financiële gegevens van meneer Glass bekeken,' zei Mehan. 'Hij beschikt duidelijk over de middelen om voor zijn nichtje te zorgen. Ik begrijp echter dat er een strafzaak tegen hem loopt. Ik zou daar graag meer over horen.'

De vrouw in het donkere broekpak stond op. 'Edelachtbare, mijn naam is Nancy Fine en ik ben een Amerikaanse officier van justitie,' zei ze. 'Ik vertegenwoordig zowel het ministerie van Justitie als de FBI in deze zaak en ken het dossier inzake de strafzaak die is aangespannen tegen de heer Glass.'

'Steekt u dan maar van wal, mevrouw Fine. Verder zal ik de relevante gerechtelijke documenten moeten bekijken.'

Devine keek naar Glass, die zich hier helemaal niet druk om leek te maken.

Toen keek hij naar Saxby en hij zag dat de vrouw er op zijn zachtst gezegd beroerd uitzag.

'Edelachtbare, dat ligt wat moeilijk,' zei Fine.

'Waarom?' riep de rechter uit. 'Ik vind het buitengewoon belangrijk om dit mee te wegen in mijn beslissing of deze rechtbank juffrouw Odom onder de voogdij van meneer Glass zal plaatsen.'

'Het ligt gevoelig, omdat het ministerie van Justitie de zaak tegen meneer Glass heeft ingetrokken.'

Devine merkte op dat Nancy Fine eruitzag alsof ze iemand wilde wurgen terwijl ze haar blik strak op de rechter gericht hield.

Devine wierp Glass nog een blik toe. De man leek ook verrast en zelfs van zijn stuk gebracht door deze ontwikkeling, wat Devine verbaasde.

'Wilt u me vertellen dat de hele vervolging is ingetrokken?' vroeg Mehan.

'Inderdaad,' zei Fine met haar tanden op elkaar geklemd.

'Mag ik u vragen waarom?'

'We zijn... verschillende getuigen verloren die cruciaal waren voor deze zaak. Dit gebrek aan bewijs dwingt ons om de aanklachten op dit moment in te trekken.'

'Definitief?' vroeg Mehan, om na te gaan of de aanklachten nog opnieuw konden worden ingediend.

Fine aarzelde, wierp een duistere blik naar Glass en zei: 'Dat hangt blijkbaar af van omstandigheden waarvan ik niet op de hoogte ben gesteld, Edelachtbare. Voor nu zal de bevoegdheid tot vervolging op deze punten nog niet komen te vervallen.'

Devine keek Glass nog een keer aan. Hij knoopte zijn jas dicht en streek toen met één hand over zijn gladde hoofd. Hij keek beslist niet blij toen hij naar zijn advocaat toe leunde en iets zei. Het antwoord van de advocaat leek zijn baas al helemaal niet te bevallen.

'Dank u, mevrouw Fine,' zei een duidelijk verbijsterde Mehan.

Fine knikte en wierp een dodelijke blik op Glass, die haar niet eens opmerkte.

Devine fluisterde tegen Saxby: 'Wat is er in vredesnaam aan de hand?'

Ze schudde haar hoofd en fluisterde terug: 'Nu niet. Straks.'

'Goed,' zei Mehan. 'Ik wil nu graag van Betsy Odom horen.'

Op aandringen van Saxby stond Betsy langzaam op, liep naar voren en werd door de gerechtsdeurwaarder naar een stoel gebracht, waar ze werd ingezworen.

Ze ging zitten en de rechter zei: 'Juffrouw Odom, mijn naam is Judith Mehan en ik wil u graag wat vragen stellen, is dat goed?'

'Tuurlijk,' zei Betsy gespannen, terwijl ze op haar stoel wiebelde.

'Mag ik je Betsy noemen?'

'Ja, tuurlijk.'

'Hoe lang ken je je oom al, Betsy?'

Betsy keek in de richting van Glass en zei: 'Eh, we hebben elkaar onlangs voor het eerst ontmoet.'

'En daarvoor had je hem nog nooit gezien? Weet je ook waarom?'

Betsy haalde nerveus een hand door haar haar. 'Eh, niet echt. We verhuisden veel, mijn moeder en vader en ik, bedoel ik. En, eh... ik moest steeds nieuwe vrienden maken, hoewel ik daar niet echt goed in was,' voegde ze eraan toe. 'Dus, eh... het waren eigenlijk alleen mijn ouders en ik... weet u wel.'

Ze zag er zo ongelukkig uit door deze bekentenis dat Devine met haar meevoelde.

'Hebben je ouders het ooit met je over je oom gehad? Waarom hij nooit in de buurt was, of waarom hij geen deel uitmaakte van de familie? Herinner je je nog iets van wat ze zeiden?'

'Niet echt, nee.'

'Nee, ze hebben het nooit over hem gehad, of nee, je herinnert je het niet meer?' vroeg Mehan met zachte stem.

Betsy keek naar Devine. Hij knikte en keek haar geruststellend aan.

'Mijn moeder mocht hem graag. Maar ik denk niet dat mijn vader mijn oom echt aardig vond, dus ik denk dat dat misschien de reden is dat hij niet, eh... in de buurt was.'

'Weet je waarom je vader je oom niet aardig vond?'

Betsy aarzelde en zei toen zachtjes: 'Nee, dat weet ik niet.'

'Hebben je ouders het ooit gehad over de juridische problemen van je oom?'

Betsy schudde haar hoofd, waarna de rechter haar vertelde dat ze haar antwoord hardop moest uitspreken vanwege de griffier.

'Nee, ze hebben het daar nooit over gehad, in elk geval niet met mij.'

Mehan knikte. 'Oké, Betsy. Aangezien dit vooral impact op jou heeft, wil ik graag van je horen hoe jij denkt over het verzoek om voogdij van je oom. Zou je willen dat meneer Glass je voogd wordt?'

'Ik… Ik geloof niet dat ik nog andere familie heb.'

'Dat is waar, maar je hebt het recht om je wensen kenbaar te maken aan de rechtbank.' Ze keek naar Glass. 'Dus of je wilt dat meneer Glass je voogd wordt.'

'Waar zouden we gaan wonen?' vroeg Betsy.

'Aangezien hij niet langer vervolgd kan worden, voorlopig niet in elk geval, kan ik me voorstellen dat hij kan gaan wonen waar hij wil. Waar wil je graag wonen?'

Betsy haalde haar schouders op en beet op haar lip. 'Eh… Ik weet het niet. Ik heb met mijn ouders op een aantal… plaatsen gewoond. Ik heb nog nooit gevlogen, en ben nog nooit het land uit geweest of zo.'

'Juist ja. Zou je willen dat meneer Glass je voogd wordt en zou je hier in de buurt willen wonen, of ergens anders naar keuze?'

Glass fluisterde dringend in het oor van zijn advocaat. De man stond op en zei: 'Edelachtbare, vergeef me de onderbreking, maar om duidelijkheid te scheppen: mijn cliënt zal ermee instemmen om daar te wonen waar zijn nichtje wil. Of dat nu hier is of elders. De keuze is aan haar en hij zal haar wensen inwilligen.'

Devine staarde naar Glass. Die zag er nu niet meer zo zelfverzekerd uit. Hij keek alleen maar angstig naar zijn nichtje en wreef met zijn duim en wijsvinger over elkaar, wat een teken van stress leek te zijn.

'Oké, dank u wel. Deze rechtbank zal hem daaraan houden,' voegde ze er vastberaden aan toe. Mehan draaide zich weer om naar Betsy. 'Dat in overweging nemend, Betsy, wil je dan wel of niet dat meneer Glass je tijdelijke voogd wordt? Ter informatie, als je dat wilt en als het voogdijschap aan hem wordt verleend, is dat slechts geldig voor een termijn van zestig dagen. Gedurende die tijd heeft meneer Glass het recht om bij de rechtbank een verzoek in te dienen voor permanente voogdij en alle andere beschikbare wettelijke rechten, waaronder adoptie.'

Iedereen staarde naar Betsy, terwijl zij alleen maar naar haar handen keek.

'Betsy? Juffrouw Odom?' vroeg de rechter. 'Ik weet dat het een erg moeilijke vraag is, en als je niet bereid bent om een antwoord te geven, is dat volkomen...'

Betsy richtte zich op en keek de rechter aan. 'Ik wil dat Travis Devine mijn voogd wordt,' zei ze.

46

Devine, Walker en Saxby stonden in de gang van het gerechtshof.

'Nou, ik dacht dat Glass zou ontploffen,' zei Saxby.

Devine keek naar Betsy, die op een bankje zat met haar koptelefoon op. Ze had geen woord gezegd nadat ze haar schokkende verklaring in de rechtbank had afgelegd. Ze had haar schetsblok tevoorschijn gehaald en was aan het tekenen geslagen.

Mehan, duidelijk verbijsterd door deze ontwikkeling, had meer informatie over Travis Devine geëist, waardoor Devine gedwongen werd om een geïmproviseerde beëdigde verklaring af te leggen voor de rechtbank. De nerveuze rechter had toen bevolen dat de rechtszitting zou worden verdaagd, nadat ze had verklaard dat de status quo intact zou blijven terwijl dit werd uitgezocht, zodat Betsy onder de vleugels van de FBI bleef.

Glass en zijn advocaat hadden de rechtszaal onmiddellijk verlaten. Glass had Betsy niet eens aangekeken, al had hij wel een boze blik in Devines richting gezonden.

'Nancy Fine is woest,' zei Saxby. 'Zij had de leiding wat betreft de aanklachten tegen Glass.'

'Waarom wordt de zaak geseponeerd?' vroeg Walker.

'Onder andere doordat het ministerie van Justitie een aantal getuigen is kwijtgeraakt, zoals ze zei. Maar Fine vertelde me ook dat er van hogerhand bevelen kwamen dat deze strafzaak moest worden stopgezet in het belang van de nationale veiligheid.'

'Ik dacht dat het vervolgen van een man als Glass juist in het belang van de nationale veiligheid was,' zei Devine verbijsterd.

'De omgekeerde wereld, blijkbaar,' antwoordde Saxby.

'Nou ja, wat er ook aan de hand is,' zei Walker, 'Betsy zorgde zojuist voor een flinke kink in de kabel door te zeggen dat ze wil dat Travis haar voogd wordt.'

'Ik kan haar voogd niet zijn, dat is duidelijk.'

'Waarom niet?' vroeg Saxby meteen.

Devine staarde haar met open mond aan. 'Ik ben een alleenstaande man. Ik heb geen vaste verblijfplaats. Ik ben altijd op reis en mijn werk is... nou ja, op zijn zachtst gezegd niet standaard.'

'Nou ja, je zou tijdelijk haar voogd kunnen zijn, totdat het stof is neergedaald,' suggereerde Walker.

'Mee eens,' zei Saxby.

'Jongens, jullie luisteren niet naar me,' zei hij met stemverheffing. 'Ik kan niet de voogd van een twaalfjarig meisje zijn. Dat zou uitlopen op een ramp.'

Hij keek om en zag Betsy naar hem staren, haar koptelefoon nog steeds op. Hij wist niet of ze hem had gehoord of niet.

'Het alternatief zou nog erger kunnen zijn,' merkte Saxby op. 'De rechter zou Glass toch de voogdij kunnen verlenen. Of ze zou bij een vreemde worden geplaatst, en dat loopt niet altijd goed af. En als iemand haar kwaad zou willen doen, is er niemand om haar te beschermen.'

Devine richtte zich weer tot haar. 'Op dit moment ben jij haar voogd. Waarom kun je dat niet blijven totdat we dit hebben opgelost?'

'Dat heb ik met Nancy Fine besproken, Travis. Ze zei dat de FBI geen verlenging van de voogdij toegewezen zal krijgen. Dus ik ben geen optie meer.'

'Waarom staat ze dat in vredesnaam niet toe?' vroeg Devine scherp.

'Daar zul je haar net hebben,' merkte Walker op. 'Waarom vraag je het haar niet?'

Nancy Fine stormde langs hen heen en was aan het bellen toen Devine en Saxby haar tegenhielden. Saxby stelde Devine en Walker formeel aan haar voor en zei: 'Homeland Security wil weten waarom de officier van justitie en de FBI dit alles de rug toekeren.'

Fine stak een hand op en zei in de telefoon: 'Ik bel je later.' Ze hing op en liet haar blik over Devine gaan. 'Waarom wil het meisje jou als haar voogd?' vroeg ze wantrouwend.

'Misschien omdat ik haar vriendelijk heb behandeld en naar haar heb geluisterd.'

Fine keek hem lang aan voordat ze zich tot Saxby wendde. 'We keren dit de rug toe, omdat dat onze orders zijn. Ik heb dit gesprek al eerder met je gevoerd, Ellen. Ik heb geen tijd om dat nog eens te doen.'

'Volgens mij is Danny Glass een bedreiging voor de nationale veiligheid, waarom gaat hij vrijuit?'

Fine kwam recht voor hem staan; hij kon de koffie in haar adem ruiken. 'Als je het verdomme precies wilt weten: ik laat niemand vrijuit gaan, is dat duidelijk? Maar ik heb bazen boven me, net als jij. En die moet ik gehoorzamen, anders heb ik geen baan meer. Is dat duidelijk?'

'Ik zeg niet dat het jouw schuld is. Ik probeer het alleen te begrijpen, dat is alles. Zou jij dat niet doen als de rollen omgedraaid waren?'

Ze deed een stap achteruit en haar agressieve houding verdween. 'Ik ben hier net zo pissig over als jij. Ik kreeg mijn orders om dit achter me te laten en kreeg de specifieke boodschap vandaag hier aanwezig te zijn om de rechter te vertellen dat de aanklachten tegen Glass zijn ingetrokken. Ik weet niet waarom, maar ik denk dat er nu geen enkele belemmering meer voor hem is om de voogdij over het kind te krijgen. Ik weet niet waarom hij haar zo graag wil, maar het is zo.'

'Waarom zou het ministerie van Justitie iets doen om het hem makkelijker te maken de controle te krijgen over Betsy?' vroeg Devine.

'Waarom zou het überhaupt enig verschil maken voor hen?'

'Mijn baas werkt voor de procureur-generaal. Ook de procureur-generaal heeft een baas.'

Devine keek Saxby scherp aan. 'Hebben we het hier over de absolute top van de regering?'

'Een antwoord lijkt me overbodig,' zei Fine, al knikte ze wel.

'Waarom zou men er op dat niveau ook maar een moer om geven Danny Glass te redden?' zei Saxby.

Fine haalde haar schouders op. 'Glass is een grote vangst. Maar wat als hij kan helpen om een nog grotere vangst te doen?'

'Is dat speculatie, of weet je dat zeker?' vroeg Devine meteen.

'Het is maar een theorie, Devine. Maar het is de enige die logisch is. Bij Justitie doen we weinig anders dan onderhandelen. Deals sluiten met barracuda's om witte haaien te vangen.'

'Het soort mensen met wie Glass zakendoet, of naar verluidt zakendoet.'

'Als je een betere theorie hebt, hoor ik die graag,' zei Fine.

'Het punt is: als dat het geval is, dan zal de witte haai alles op alles zetten om te overleven,' zei Devine. 'En hij zal alles op alles zetten om wraak te nemen op Glass.'

Walker voegde eraan toe: 'Betsy Odom zou daarvoor gebruikt kunnen worden.'

Devine keek naar de bank waar Betsy zat. Het meisje was verdwenen.

47

‘Waar is ze in vredesnaam gebleven?’ riep Saxby uit.

Ze haastten zich allemaal naar de lege bank en keken om zich heen.

Devine keek naar beide uiteinden van de hal. Er waren talloze mensen die op weg waren naar hun bestemming, maar Betsy was er niet bij.

Devine keek naar Saxby. ‘Ga jij die kant op, dan gaan Beth en ik de andere kant op. Stuur een bericht als je haar vindt.’

Ze haastten zich weg en lieten Nancy Fine alleen en zenuwachtig achter. Ze ging op de bank zitten, pakte haar telefoon en begon te tikken.

Devine en Walker liepen naar de andere kant van de hal, openden deuren en wierpen bij elke ruimte een blik naar binnen.

‘Denk je dat ze meegenomen is? Of met Glass is weggegaan?’ vroeg Walker.

‘Vrijwillig of niet?’ zei hij.

‘Ik weet het niet.’

‘Ik denk dat het waarschijnlijker is dat ze genoeg had van al dit gedoe en gewoon wat frisse lucht wilde.’

‘Ik hoop dat je gelijk hebt,’ zei Walker. Ze hadden hun kant van het gebouw helemaal gehad en Devine stuurde een bericht naar Saxby. Ze belde hem.

‘Ze is nergens te bekennen, Travis. Er zijn ook een paar marshals naar haar op zoek. Moeten we de politie inschakelen?’

'Nee,' zei hij resoluut.

'Waarom niet?' vroeg de FBI-agent.

'Omdat ze op dit moment naar me toe komt lopen.'

'Echt?'

Devine zei tegen Saxby waar ze waren en verbrak de verbinding. Hij en Walker liepen naar Betsy. 'Waar was je nou?' vroeg Devine. 'We maakten ons zorgen.'

'Ik was het beu om naar jullie geruzie te luisteren,' zei Betsy. 'Ik ben een wandelingetje gaan maken.'

'Oké, het spijt me. Iedereen is een beetje van slag door vandaag.'

Betsy keek naar Walker. 'Jij bent echt knap.'

'Dank je wel, Betsy,' zei Walker verrast.

'Deze is voor jou.' Ze gaf haar een vel uit haar schetsboek. De tekening vertoonde een uitstekende gelijkenis met Walker.

'Wauw, dat is ongelooflijk,' zei Walker, terwijl ze de schets aan Devine liet zien, die ook onder de indruk leek.

'Allemachtig, Betsy, je kunt geweldig tekenen.'

Betsy leek niet naar hem te luisteren en haar uitdrukking was somberder geworden. 'Dus jij wilt niet mijn voogd zijn?' vroeg ze uitdagend.

'Wat?'

'Ik hoorde het wel. Dus jij wilt niet mijn voogd zijn?'

'Dat heb ik niet gezegd.'

'Wel waar,' riep ze uit. 'Lieg niet tegen me!'

Devine zag er verward en van streek uit. 'Ik heb alleen gezegd dat het niet zou werken. Ik... Ik weet niets over... Het zou niet eerlijk zijn tegenover jou,' voegde hij er slapjes aan toe.

'O ja, nu zou het ineens niet eerlijk zijn tegenover mij. Je wilt gewoon geen gedoe, geef het maar toe.'

Saxby was inmiddels ter plaatse. 'Verdorie, Betsy, we zijn ons een hoedje geschrokken door jou.'

Ze draaide zich om naar de FBI-agent. 'Begin nu niet tegen mij, oké? Jullie doen allemaal alsof jullie een waardeloze dag hebben gehad. Maar ík heb een waardeloze dag gehad! Jullie hadden allemaal gedacht dat ik zou zeggen dat ik mijn oom als voogd wilde. Maar dat heb ik niet gedaan, hè? Denken jullie dat dat makkelijk was? Jullie blijven maar zeggen dat mijn oom de slechterik is. Denken jullie dat het makkelijk was om hem niet te kiezen? Hij is kwaad nu. Dat zag ik. Denken jullie dat dat makkelijk was?' Ze staarde naar Devine. 'Ik heb mijn nek uitgestoken en koos jou. Dat heb ik tegen die rechter gezegd. Ik wilde dat jij mijn voogd zou zijn. Maar het betekent helemaal niks voor jou, of voor een van jullie.'

'Dat is niet waar, Betsy,' antwoordde Devine. 'Dat is niet wat ik denk. Het betekende veel voor me.'

'Wel waar. Hou op met liegen!'

Devine slaakte een diepe zucht. 'Oké, Betsy. Je hebt gelijk.'

'Waarover? Op welk punt heb ik gelijk?' wilde Betsy weten.

Devine zag dat ze zich klaarmaakte voor een langdurige strijd, dus hij moest zijn woorden zorgvuldig kiezen.

'Je hebt je nek uitgestoken, zoals je zei. Je hebt je oom voor het hoofd gestoten, en dat is nogal wat. Ik denk dat je mij hebt uitgekozen omdat je het gevoel hebt dat we een klik hebben. De waarheid is dat ik dat ook zo voel, Betsy. Maar je moet wel begrijpen dat ik nooit veel tijd heb doorgebracht met mensen van jouw leeftijd. Ik zal fouten maken. Ik zal het verkeerde zeggen. Ik zal je tot op het bot ergeren en jij zult mij soms ook vreselijk irriteren. Maar ik zal je steunen, dat beloof ik je. Dus ik zal je voogd zijn. Als je het echt meende, tenminste. En als de rechtbank het goedkeurt.'

Betsy zei een paar momenten niets.

'Meen je dat? Dat zeg je toch niet zomaar?' zei ze op kalmere toon.

'Ik meen het. En ik heb je hulp nodig om erachter te komen wat er met je ouders is gebeurd. Als we bij elkaar horen, wordt dat makkelijker.' Hij draaide zich om naar Saxby. 'Hoe kunnen we dit regelen?'

'Ik haal haar advocaat erbij,' zei ze. 'De zorg voor haar gaat over van de ene agent naar de andere, zo simpel is het. Maar waar wil je verblijven? In je hotel?'

'Nee.' Hij keek naar Betsy. 'Wat dacht je ervan om terug te gaan naar huis? Daar zijn Nate en Korey. We kunnen een poosje bij hen blijven.'

'Ja, dat zou cool zijn. Ik mag ze. Supergraag.'

Devine keek naar Saxby. 'We gaan ervoor.'

'Weet je het echt zeker?' vroeg ze.

Devine keek naar Walker, die er nerveus uitzag, maar ook alsof ze hem in deze keuze steunde.

Toen keek hij naar Betsy, die haar ogen op hem gericht had. Hij draaide zich om naar Saxby. 'Ik weet het zeker.'

'Rechter Mehan heeft de rechtszitting voor de rest van de dag verdaagd, zodat ze kon overwegen dat Betsy wil dat jij haar voogd wordt. Ze gaat dieper in je achtergrond duiken. Maar ik kan misschien in de tussentijd alvast aan wat touwtjes trekken en het proces versnellen.' Saxby pakte haar telefoon en haastte zich weg.

'Hé, Travis,' zei Betsy. 'Kan ik even met je praten? Onder vier ogen,' voegde ze eraan toe, terwijl ze naar Walker keek.

Ze leidde hem naar een hoek, waar ze een verzegelde envelop uit haar zak haalde en die aan hem gaf.

'Wat is dit?' vroeg Devine.

'Er kwam een oude dame naar me toe en zij vroeg me om dit aan jou te geven.'

'Wat? Welke oude dame?' vroeg hij scherp, terwijl hij om zich heen keek.

'Ik ken haar niet. Het was gewoon een oudere vrouw.'

'Hoe zag ze eruit?'

'Als een heel oude dame.'

'Hoe oud is dat?' vroeg Devine.

'Heel, heel oud. Ze moet minstens vijftig of zoiets zijn geweest.'

'Oké, waar heb je haar gezien?'

'Toen ik naar buiten ging.'

'Wat zei ze?'

'Ze wist wie ik was en vroeg me om je dit te geven. Ze zei dat het heel belangrijk was,' voegde Betsy eraan toe.

'Waar is ze nu?'

'Weet ik niet. Ze liep weg nadat ze me de envelop had gegeven.'

Devine maakte de envelop open en haalde het opgevouwen papier eruit.

Hij las de inhoud drie keer door.

Tot vanavond bij de Gum Wall, om stipt elf uur. Kom alleen. Ik zie alles, dus als je de politie erbij betrekt, kom ik niet opdagen en daar zou je spijt van krijgen. Ik weet dingen over je zaak die jij ook moet weten. Van sommige zaken kunnen we allebei profiteren. Een win-winsituatie als je me niet probeert erbij te lappen. Bovendien mag je wat langer leven. En dat geldt ook voor mij.
De vrouw in de trein

'Is het echt belangrijk?' vroeg Betsy.

Devine keek haar aan. 'Zeker weten.'

48

Saxby kwam terug en zei tegen Devine dat zijn benoeming tot tijdelijke voogd van Betsy Odom in een stroomversnelling was gekomen. De verwachting was dat Mehan het bevel snel zou geven, zonder Danny Glass nog de kans te geven om te reageren.

'Ik heb met Nancy Fine gesproken en zij helpt hierbij. Maar je voogdijschap zal niet lang duren,' voegde Saxby er voorzichtig aan toe. Betsy zat buiten gehoorsafstand op een bankje met een gewapende Walker naast haar. 'Nu de strafzaak van de baan is, zal Glass de grote favoriet blijven om uiteindelijk Betsy's voogdij te krijgen.'

Daarna had Saxby Betsy teruggebracht naar het hotel, terwijl Walker met Devine naar haar huis was gereden en een lunch voor hen had klaargemaakt.

'Sorry dat ik je vrije dag hiermee in beslag heb genomen,' zei hij, terwijl hij van zijn salade at.

'Dat meen je toch niet? Het was fascinerend. Maar Betsy heeft wel erg veel meegemaakt, dat arme kind.'

'Ja, dat is zo.'

'Dus als je de voogdij krijgt, wil je Betsy mee terug nemen naar haar thuis?'

'Nate Shore en Korey Rose zijn goede jongens en Betsy vindt ze echt aardig. Korey kan goed koken en Nate Shore is voormalig Delta Force. Hij is een geweldige lijfwacht. Bovendien zou ze in haar vertrouwde omgeving zijn, wat misschien wel goed voor haar is,' voegde hij eraan toe.

'Ik zag dat Betsy je een envelop gaf bij de rechtbank. Wat zat daarin?'

Devine besloot te liegen. 'Ze had een briefje geschreven waarin ze haar... gedachten over mij uitte.'

'Ik hoop dat het niet te erg was.'

'Het viel niet mee, maar daar had ze alle recht toe.'

'Nou, ze moet je wel aardig vinden. Ze heeft je niet voor niets uitgekozen als haar voogd.'

'Dat is zo,' beaamde Devine.

'En wat zijn je plannen nu?'

'Nu ga ik terug naar mijn hotel en meld ik me bij mijn baas.'

'Je zei dat je me de namen zou geven van de drie getuigen in de zaak Glass, die zijn vermoord,' zei Walker.

'O, ja. Ik zal ze naar je mailen.'

'Bedankt.'

'Kwam er nog iets uit je onderzoek naar de bewakingscamera bij Rollins' appartement?'

Ze zag er nerveus uit.

'Wat heb je ontdekt?' vroeg Devine scherp.

'Een van de jongens op de afdeling heeft vroeger voor de federale overheid gewerkt. Ik weet niet zeker wat hij daar deed en hij wilde het niet zeggen. Maar ik liet hem foto's ervan zien en hij zei... Nou ja, hij zei dat het supergeavanceerd was en...'

'En wat?'

'Dat het veel leek op de apparatuur die hij bij zijn oude baan had gebruikt.'

'Dus Rollins werd bespioneerd door de overheid?'

'Dat is goed mogelijk, ja. Of door iemand anders met dezelfde technologie.'

Devine dacht terug aan wat de vrouw uit de trein op die ezel had geschreven. De helikopter. De moordpoging op hem.

Mijn regering wil me dood hebben.

'Travis, gaat het wel goed met je?'

Hij keek haar aan. 'Bedankt voor alles, Beth. Ik weet dat ik een eikel was in het ziekenhuis, maar...'

Ze schoof haar hand naar hem toe en greep de zijne vast. 'Als ik er zo aan toe was geweest, zou ik niet eens een samenhangende zin kunnen uitspreken. Dus vergeet het maar gewoon, oké?'

'Oké.'

Ze kneep in zijn hand en liet hem toen los, maar Devine voelde nog steeds haar warmte, geruststellend en... fijn.

Op de terugweg naar zijn hotel belde Devine Campbell om zijn baas op de hoogte te brengen van de recente ontwikkelingen. Hij vroeg ook om de namen van de drie getuigen tegen Glass die waren vermoord.

'Ik hoorde dat de strafzaak is geseponeerd,' zei Campbell.

'Hebt u enig idee waarom? De advocaat had het erover dat het in het belang van de nationale veiligheid was.'

'Ja, maar dat kan ik niet via de telefoon zeggen.'

'Wat dan?'

'Ik kom eraan.'

'Is het zo ernstig?'

'Ja.'

'En de helikopter waar ze het over had?'

'Als dat het toestel is waar ik denk dat ze het over heeft, zijn er maar twee agentschappen die hem momenteel inzetten, tenminste, voor zover ik weet. Homeland Security... en de CIA.'

'Geweldig. De spionnen van Langley zijn weer bezig met hun stomme spelletjes...'

'Geen overhaaste conclusies trekken. We weten het niet zeker.'

'Wat zouden ze met Glass te maken kunnen hebben? Heulen ze met de vijand?'

'We bespreken het als ik er ben. Ik kom vanavond naar Seattle en verblijf in jouw hotel.'

Devine twijfelde of hij hem over de ontmoeting met de vrouw uit de trein zou vertellen, maar besloot het niet te doen. Campbell zou mannen kunnen sturen om hem te volgen en dat zou elke kans voor Devine om dit tot op de bodem uit te zoeken de grond in boren.

Ze heeft mijn leven gered. Ze had me op het vliegveld kunnen vermoorden. Ik kan haar natuurlijk niet volledig vertrouwen. Maar ik kan wel naar haar luisteren.

'En die mol van jullie?'

'We zijn er bijna, Devine. Bijna.'

Campbell hing op. Devine stopte en stuurde de namen van de vermoorde getuigen naar Beth Walker. Vervolgens reed hij door naar zijn hotel.

Toen hij de deur van zijn kamer opende, zag Devine dat er al iemand was.

'We moeten praten,' zei Danny Glass. 'Nu.'

49

Hastings en twee van Glass' andere mannen kwamen uit de badkamer en gingen om Devine heen staan.

'Geen zorgen, jongens,' zei Devine. 'Jullie hoeven de kamer vandaag niet schoon te maken en de lakens hoeven ook niet verschoond te worden.'

'Hou je mond en ga zitten,' blafte Glass.

'Waarom zou ik?'

Hastings en de mannen trokken hun wapens en richtten ze op Devine.

'Oké, ik geef je tien minuten, maar alleen omdat ik niet wil dat iemand van jullie gewond raakt.' Devine ging op de rand van het bed zitten.

Toen deed Glass iets onverwachts. Hij beval zijn mannen de kamer te verlaten.

'Ik luister,' zei Devine toen ze alleen waren.

'Wat heb je tegen Betsy gezegd dat ze jou als haar voogd heeft uitgekozen?'

'Dat was een complete verrassing voor me.'

'Onzin!'

'Nee, het is de waarheid,' antwoordde Devine kalm.

'Je gaat me nu meteen vertellen waarom.'

'Denk je echt dat ik haar voogd wil zijn, Danny? Of dat ik mezelf in staat acht om voor een twaalfjarig meisje te zorgen? Zag je niet hoe geschokt ik was in de rechtszaal? Ik had geen flauw idee dat ze dit zou doen. Ik was er zeker van dat ze zou zeggen dat ze wilde dat jij haar voogd zou zijn.'

Glass keek alsof hij echt helemaal door zou draaien, en Devine vroeg zich plotseling af of de man gewapend was.

In plaats daarvan stond Glass op van de stoel en keek uit het raam.

Devine keek naar de broekspijp van de man en zag dat de enkelband weg was.

Danny Glass was een vrij man. Voorlopig.

Glass draaide zich om en keek hem aan. Voordat hij kon spreken, begon Devine zelf te praten. 'Ik ben vriendelijk tegen haar geweest, ja? Ik heb haar meegenomen om een boek en een frappuccino te kopen. Ik heb naar haar geluisterd. Ik veroordeelde haar niet. Ik heb kleding en wat andere spullen voor haar opgehaald. Ik denk dat Betsy dat belangrijk vond. Dat is echt niet zo gek, als je net je ouders verloren hebt en bang bent en je kwetsbaar voelt.'

Glass liet zich in de stoel vallen. Hij zag er zwak en verslagen uit, twee dingen die Devine nog nooit eerder bij de man had gezien, of hij nu wel of niet een uniform droeg.

'Dit hele gedoe is ziek, Devine, ik zie geen uitweg.'

'Voor wie niet, voor jou of voor mij?'

'Voor iedereen.'

'Ik moet de situatie begrijpen. Dan kan ik misschien een uitweg vinden. Voor ons allemaal.'

Glass snoof. 'Oké, ga je nu ineens doen of je ook voor mij zorgt?'

'Ik zorg voor Betsy en ik geloof echt dat je om haar geeft. Dus als het goed voor haar zou zijn om jou te helpen, dan ga ik ervoor.'

De ondoorzichtige muur die Glass om zich heen had opgetrokken barstte een beetje en Devine zag voor het eerst een glimp van de man erachter.

'Ik hou van Betsy. Dat heb ik altijd gedaan en dat zal ik altijd blijven doen.'

'Maar je hebt haar pas net ontmoet, toch?'

'Dat ligt niet aan mij. Dwayne wilde me niet in haar leven. Sinds ze geboren was, heb ik vaak geprobeerd bij haar langs te gaan. Dat was nog in de tijd dat ik een uniform droeg. Ik stuurde geld, zelfs toen ik eigenlijk geen cent kon missen. Toen ik uit het leger kwam en mijn bedrijf opbouwde, bood ik aan om Betsy's opleiding te betalen. Naarmate de jaren verstreken, bood ik aan om een huis en auto's voor ze te kopen en een studiefonds voor Betsy op te zetten. Om voor Dwayne een goedbetaalde baan te zoeken waarmee hij zijn gezin kon onderhouden. Maar hij weigerde alles. Hij zei dat ik die baan in mijn reet kon steken. Hij liet me niet in de buurt van Betsy komen. En ik wilde het niet forceren, want ik wilde niet dat Betsy...'

'... je erom zou haten?'

'Tja. Ze hield van Dwayne, ondanks al zijn gebreken.'

'Waarom had hij zo'n hekel aan je? Vanwege wat je voor de kost doet?'

Glass schudde langzaam zijn hoofd, zijn uitdrukking werd verbitterd. 'Ik denk niet dat Dwayne er ook maar iets om gaf hoe ik mijn geld verdiende. Als ik een doorsneemiljardair op Wall Street was geweest, zou het precies hetzelfde zijn geweest.'

'Waarom dan?'

Glass haalde zijn schouders op. 'Wie zal het zeggen? Die gast legde nooit al zijn kaarten op tafel.'

'Ze kregen een dure auto en een stacaravan. Kwamen die van jou?'

Glass schudde zijn hoofd. 'Nee. Daar heb ik wel mijn best voor gedaan, geloof me, zoals ik al zei, maar Dwayne wilde het niet. Niet van mij.'

'Van wie dan wel?'

Hij spreidde zijn handen en haalde zijn schouders op.

'Kom op, Danny, dat weet je vast.'

'Ik heb toch niet gezegd dat ik het niet wist?'

'Maar je kon er niets aan doen?'
Glass gaf geen commentaar.
'Ik moet echt weten wie hierachter zit.'
Glass staarde hem alleen maar aan en zweeg.
'Oké,' zei Devine, zichtbaar gefrustreerd. 'En je zus? Wat vond zij ervan dat jij in hun leven was?'
'Alice en ik waren altijd close. We hielden al die jaren contact. Soms liet ze me zelfs geld en andere dingen sturen zonder dat Dwayne het wist. Niet veel, anders zou hij het wel door hebben gehad. Maar genoeg om te voorkomen dat ze verhongerden, want Dwayne kon geen enkele baan houden. Maar ik zorgde ervoor dat ze nooit in de goot terechtkwamen. Ik had mensen die op hen letten. Ik had meer willen doen. Veel meer. Het maakte me misselijk dat ze zo'n karig leven leidden, want ik had ze zoveel kunnen geven. Ik hield van Alice en zou alles voor haar hebben gedaan. Onze pa gedroeg zich echt als een klootzak tegenover haar.'
'Ik heb gehoord dat je haar beschermde.'
'Van wie heb je dat gehoord?'
'Gewoon van iemand die Dwayne en Alice goed kende.'
Glass glimlachte veelbetekenend. 'Nate Shore en Korey Rose, zeker?'
'Ken je ze?'
'Ik heb ze nooit ontmoet. Maar mijn mensen hebben hen nagetrokken toen ik erachter kwam dat ze een goede band hadden met Alice en Betsy.'
'Wat was de conclusie?'
'Ze hebben hun eigen persoonlijke demonen, maar ze zijn allebei te vertrouwen. En ze geven om Betsy. Dus ik heb niets gedaan om hen weg te jagen. Sterker nog, zonder dat ze het wisten, heb ik via via een baan voor hen geregeld toen ze in de penarie zaten.'
'Wauw, Danny Glass, de man achter de schermen die iedereen en alles manipuleert. Je hebt een groot hart.'

'Achter de schermen! Dat was de enige rol die mijn familie voor me weggelegd had,' gromde Glass.

'Nate en Korey zijn behoorlijk door je geïmponeerd,' merkte Devine op.

'Maar jij niet, Travis. Ergens denk ik dat je mijn kerels alle drie uitgeschakeld zou hebben als ik ze je had laten provoceren.'

'Daar heb je geen ongelijk in,' zei Devine zachtjes. 'Heb je ooit met je zus gesproken, geprobeerd om haar tot rede te brengen? Wilde ze niet dat Betsy meer stabiliteit zou hebben, een normaler leven zou leiden?'

'Alice was een ontzettend lief kind, dat uitgroeide tot een prachtige vrouw. Maar wat Alice miste, was een ruggengraat. Als Dwayne ergens om vroeg, had Alice het al gedaan. Dat was het enige wat ik niet leuk vond aan haar. Het kostte enorm veel moeite om haar ervan overtuigen dat ik haar kleine bedragen en wat kleding en andere spullen zou sturen. Ik kon dus op geen enkele manier een rol in Betsy's leven vervullen.'

'Toen ze nog leefden, bedoel je?'

Woede verscheen op het gezicht van Glass en plotseling was hij weer de man die de meeste mensen de stuipen op het lijf joeg, duister en dodelijk.

'Als je denkt dat ik enige hand had in wat er met hen gebeurd is... met Alice...' Zijn stem brak en hij draaide zich snel om.

Devine zag de man hevig rillen en vervolgens hard over zijn ogen wrijven voordat hij zich weer omdraaide. Hij hield zijn ogen echter neergeslagen.

Huilde Danny Glass nu? dacht Devine.

'Als je dat denkt, dan ben je een grote klootzak,' zei Glass.

'Maar hun dood heeft wel de weg voor jou vrijgemaakt om Betsy's voogd te worden en haar vervolgens zelfs te adopteren. Toen haar ouders nog leefden, was dat niet mogelijk.'

‘Denk je niet dat ik besef hoe dit eruitziet?’ vroeg Glass met ogen die glansden van de tranen.

‘Ik denk dat je precies weet hoe het eruitziet. En ik denk ook dat je een goede reden had om Dwayne te vermoorden. Hij stond je in de weg.’

‘Dat zou ik nooit hebben gedaan, om twee redenen.’

‘En welke zijn dat?’

‘Alice en Betsy. Ze hielden van die vent. Ik zou hem nooit van ze afpakken, hoe graag ik dat ook wilde. Als ik dat had gedaan, zou Alice het hebben geweten. Ze...’ Hij maakte zijn zin niet af en keek naar zijn instappers.

‘Een paar mannen probeerden me te vermoorden toen ik naar Ricketts ging om erachter te komen wat er met je zus en haar man was gebeurd. Weet jij daar iets van?’

‘Of ik het nu weet of niet, Devine, dat maakt niet uit.’

‘Verrassende bekentenis van iemand zoals jij. Ik dacht dat jij er altijd toe deed.’

‘In mijn wereld wel. Maar ik ben nu niet in mijn wereld, hè?’

‘In welke wereld ben je dan?’

‘In de jouwe, Travis. Ik ben nu in jouw wereld.’

‘Wat houdt dat in?’

‘Dat jij, totdat ik de voogdij over Betsy krijg, haar moet beschermen, met alles wat je in je hebt.’

‘Heeft ze vijanden?’ vroeg Devine.

‘Ik heb vijanden. Heel veel. En daardoor heeft zij ze ook.’

‘Is zij dan jouw achilleshiel? Is dat de reden dat de FBI haar bewaakt?’

‘Haar halfslachtig bewaakt, bedoel je. Eén waardeloze, uitgebluste agent van middelbare leeftijd. Ik heb zes mannen bij dat hotel gezet, die hen overal volgden waar ze gingen. Als ze naar de hamburgertent gingen, waren ze er. Als ze naar de boekwinkel gingen, waren ze er.’

Devine dacht terug aan de eerste keer dat hij Saxby en Betsy in hun hotel had bezocht. Hij dacht dat hij een deur had horen kraken, een voetstap hoorde, de aanwezigheid van iemand bespeurde.

Dat was Danny's legertje geweest, om zijn nichtje te beschermen.

'Waarom ging de FBI dan lichtzinnig te werk, als het zo belangrijk was?' vroeg hij.

'Omdat de diverse overheidsdiensten blijkbaar niet met elkaar praten. Ik weet niet hoe jullie in vredesnaam iets gedaan krijgen. Ik weet niet hoe jullie in vredesnaam die aanklachten tegen mij hebben kunnen indienen. Jullie zijn net een stel kleuters die rondrennen met hun schaartjes in de hand.'

'Zo zijn we niet allemaal.'

Glass nam hem koeltjes oordelend op. 'Je gaf mij alle eer voor die shit in Irak. Maar we weten allebei dat jij net zoveel met de afloop te maken had als ik. Alleen was ik een knechtje en jij een officier. Je zorgde ervoor dat ik die eervolle vermelding en de medaille kreeg, en jij kreeg een schouderklopje.'

'Ik ging niet voor de medailles, Danny, en jij ook niet.'

'Amen.'

De twee mannen vielen even stil.

Devine begon weer te spreken. 'Waarom heb je het stoffelijk overschot van je zus en haar man laten cremeren?'

Glass schrok op. 'Waar heb je het in hemelsnaam over?'

'Iemand in Ricketts vertelde me dat jij ze had laten cremeren.'

Glass staarde hem aan. 'Wie zei dat?'

'Dat doet er niet toe.'

'Het doet er wel toe, Devine, voor mij wel. Hebben ze... Hebben ze Alice verbrand? Ik... Ik heb nooit de kans gehad om afscheid te nemen van... haar. Om haar fatsoenlijk te begraven.' Glass schudde zijn hoofd. 'Dit is echt een klap in mijn gezicht.'

'Hier komt er nog een. Perry Rollins zei dat hij wat rottigheid over je wist. Hij wilde de informatie aan mij verkopen. Toen kreeg hij een mes in zijn buik in de herentoiletten in een bar.'

'Ik heb al gezegd dat ik daar niets van wist.'

'Maar loog je of vertelde je de waarheid?'

'Doe niet zo moeilijk, Travis.'

'Wie zit er achter je aan, Danny?'

'Een aantal mensen.'

Nu wist Devine eindelijk dat Nancy gelijk had en om welke reden de strafzaak echt was ingetrokken.

'Zijn die mensen nog gevaarlijker dan jij? Dus je hebt een deal gesloten om ze aan ons te leveren, en in ruil daarvoor zijn de aanklachten tegen jou geseponeerd.'

Glass zei niets, waardoor hij toch de vraag beantwoordde.

'Alleen kwamen ze erachter dat je ze verraadde en nu komen ze achter jou aan. En ze komen achter Betsy aan.' Hij zweeg. 'Dus zij hebben Alice en Dwayne vermoord? Je vijanden?'

Glass keek naar hem. 'Misschien.'

'Weet je dat niet?'

'Zoals ik al zei, Devine, dit is niet mijn wereld. Ik ben een beetje buiten mijn comfortzone.'

'Als het je vijanden waren, waarom zouden zij Betsy dan in leven laten?'

'Dat weet ik niet.'

'Kom op, Danny. Je bent altijd een slimme jongen geweest. Altijd een stapje voor op anderen. Hoe zit dat?'

'Ik heb zo mijn theorieën. Theorieën waar ik nu niet over na wil denken, omdat ik dan misschien iets doe waar ik later spijt van krijg. Maar ik kan je dit vertellen: de federale overheid heeft me vandaag geen plezier gedaan.'

'Ze hebben de aanklachten tegen je ingetrokken!'

'Ze kunnen die echter opnieuw indienen als ik me niet aan de regels hou. Ze dwingen me om te handelen terwijl ik niet gedwongen wil worden.'

'Wat bedoel je?'

'Sommige mensen vermoeden nu dat ik mijn medewerking heb toegezegd. Dat verhoogt voor iedereen de inzet.'

'Je bedoelt dat het jou nog meer in gevaar brengt?'

'Het brengt Bétsy nog meer in gevaar. Zíj is de hoogste troef.'

'En nu?'

Glass stond op. 'Nu ga jij voor Betsy zorgen, meneer de voogd. Als er iets met haar gebeurt, zal jou hetzelfde overkomen, maar dan honderd keer zo erg. Daar zal ik hoogstpersoonlijk voor zorgen.'

50

Een paar minuten nadat Glass was vertrokken, klopte er iemand op Devines deur.

'Wie is daar?'

'Braddock.'

Hij deed de deur open. 'Beste Braddock, lang niet gezien.'

'Jij bent snel weer op de been.'

'Gelukkig wel, ja.'

Devine ging op het bed zitten en Braddock nam plaats op de enige stoel in de kamer.

'Laat me raden, je mannen volgden Glass en zijn handlangers hierheen en jij kwam kijken of ik nog heel was?'

'Wat wilde hij van je?'

Devine legde uit wat er in de rechtbank was gebeurd.

Braddock schudde zijn hoofd. 'Dus hij gaat vrijuit, jij zit met dat meisje opgescheept en Glass is pissig?'

'Er gebeuren vreemde dingen,' zei Devine. 'Glass krijgt het zwaar te verduren. Hij spant blijkbaar samen met de regering tegen een gemeenschappelijke tegenstander, en ik weet niet hoe dit allemaal af moet lopen.'

'Jij bent Homeland Security, dus je zou toch enig idee moeten hebben. En als die "tegenstander" hier in Seattle achter Glass aan zit, dan moet ik ervan weten.'

'Ik ben niet op de hoogte van dat soort dingen, sorry.'

'Dan moet je je op de hoogte stéllen, Devine. Voor zover ik weet, komen er op dit moment terroristen naar deze streek.'

'Ik weet niet wat ik je moet vertellen.'

'Vertel me dan in elk geval vanaf wanneer je de voogdij over Betsy Odom op je neemt.'

'Vanaf morgen.' Als ik dan nog tenminste nog leef, dacht hij.

'Ik kan je bescherming bieden.'

'Ik wil haar uit Seattle weg hebben. Er zijn hier te veel mensen en ik zie een probleem pas aankomen als het te laat is.'

'Waar breng je haar naartoe?'

'Dat is mijn zorg.'

Braddock leunde met een geïrriteerde blik naar achteren, maar hij nam Devines waarschuwing ter harte.

'Oké. Ter informatie, die afdruk op de huls die Beth meenam...'

'Kwam daar wat uit?'

'We stuitten op een melding dat we slechts beperkte toegang hadden tot een database die naar federale betrokkenheid riekt.'

'Kun je dat ook vertalen?'

'We denken dat een van de jongens die je te pakken hebben genomen uit jóúw kamp kwam.' Braddock hield zijn hoofd schuin. 'Je lijkt niet verrast.'

'Eerder zou ik dat wel geweest zijn, maar nu ik weet hoe alle partijen zich opstellen, verbaast niets me meer. Nog nieuws over de afdrukken van Mercedes King?'

'Grappig dat je daarnaar vraagt. Ik heb het rapport net gekregen. Zelfs Beth heeft het nog niet gezien.'

'En?'

'Weer beperkte toegang tot de database.'

'Dezelfde die naar federale betrokkenheid riekte?'

'Niet dezelfde als bij de afdruk van de huls. Deze is naar verluidt nog beperkter.'

'Dus ze zou voor een overheidsdienst hebben gewerkt,' zei Devine.

'Misschien. Ik weet niet eens of dat haar echte naam is of niet.'

‘Is er een manier om erachter te komen hoe Ricketts die dure politie-uitrusting kan betalen en een overheidsgebouw kan neerzetten dat eruitziet alsof het meer kost dan de belastingopbrengst van de hele county?’

‘Om eerlijk te zijn heb ik eerder dezelfde vragen gesteld en ik kreeg nul op het rekest.’

‘Waarom vroeg je ernaar?’

‘Ik maak deel uit van de politie. Ik hoor geruchten. Ik zie waar geld naartoe gaat, en mijn superieuren ook. Dus we weten alles over de geavanceerde apparatuur die ze hebben en dat overheidsgebouw. Maar ik begreep dat zelfs de ambtenaren in Olympia niet weten waar dat geld vandaan kwam.’

‘En ze hebben er nooit naar gevraagd?’

‘In het begin wel, hoorde ik. Toen zijn ze gestopt met vragen.’

‘Was daar een reden voor?’

‘Het zou kunnen dat ze opdracht kregen hun mond te houden.’

‘Wordt Ricketts aangestuurd door de georganiseerde misdaad of buitenlandse terroristen?’ Devine bedoelde het gekscherend, maar Braddock keek bloedserieus.

‘Of door onze eigen overheid,’ zei de agent.

51

Een halfuur later ging Devines telefoon. Toen hij opnam, weerklonk Walkers stem. 'Hé, Travis.'

'Hoi, Beth,' zei hij. 'Je baas kwam langs en vertelde me over de afdruk op de huls en het interessante resultaat met betrekking tot Mercedes King en het wijnglas, ook al konden er geen conclusies aan worden verbonden.'

'Ik heb die resultaten ook net gezien. Beslist mysterieus.'

'Heb je ze gezien? Waar ben je?'

'Ik besloot naar mijn werk te gaan en begon te zoeken op de namen van de drie getuigen die werden gedood.'

'En?'

'Heb je zin in een kop koffie? Dan kunnen we het erover hebben.'

'Tuurlijk.'

Ze spraken af om elkaar te ontmoeten in een café in de buurt van Devines hotel.

Toen ze zaten, haalde Walker het dossier tevoorschijn dat ze bij zich had.

Ze legde drie foto's van drie verschillende mannen op tafel. Ze zagen er allemaal hard, wreed en gevaarlijk uit.

'Echte boeventronies,' merkte Devine op.

'Boeven op de loonlijst van Glass. Het is het standaardprotocol. Pak de kleine jongens eruit, hang ze een worst voor de neus en zet ze dan op tegen het echte doelwit. In dit geval Danny Glass.'

'Hoe zijn ze gedood?'

'Erg professioneel. Er is geen bewijs achtergelaten. Het is snel en efficiënt gebeurd.'

'Werden ze niet beveiligd door de overheid?'

'Jawel.'

'Hoe kon het dan gebeuren?'

Ze wees naar de eerste man. 'Todd Grainger, tweeënveertig, een van Glass' zware jongens. Een moordenaar tot in zijn tenen. Hij verknoeit het, wordt gearresteerd en Glass' advocaten kunnen hem niet vrij krijgen. Hij zal levenslang krijgen. Dan sluit de officier van justitie een deal met hem. Als hij gaat getuigen, krijgt hij getuigenbescherming. Hetzelfde geldt voor de andere twee, ook zij moordden erop los. Ook zij sloten standaard overheidsdeals.'

'Wanneer werd het niet meer standaard?' vroeg Devine.

'Alle drie de mannen werden tegelijkertijd verplaatst. Dit had te maken met hun transport hiernaartoe om te getuigen.'

'En toen?'

'Ze werden maximaal dertig seconden blootgesteld. Grainger en een van de anderen verlieten het safehouse en liepen naar de beveiligde colonne. De derde stond op het punt om aan boord te gaan van een regeringsvliegtuig waarmee hij hierheen zou vliegen toen het gebeurde. Het allerbelangrijkste was dat ze vrijwel gelijktijdig werden uitgeschakeld, met slechts enkele seconden ertussen, zodat er geen mogelijkheid was om waarschuwingen te sturen of de plannen voor transport te cancelen.'

'Hoe werden ze precies gedood?' vroeg Devine.

'Een sluipschutter met een schot van lange afstand. En dan heb ik het echt over een zeer lange afstand. Bij de luchthaven werd de afstand geschat op ongeveer drieduizend meter.'

Devine leek onder de indruk. 'Er zijn maar een handvol sluipschutters met zo'n bereik. Legersluipschutters die ik kende, konden een dodelijk schot afvuren vanaf duizend meter. SEAL-sluipschutter Chris Kyle schoot tot wel tweeduizend meter ver en daarmee was hij een van de besten.'

'Hoe dan ook, het was geen groot verlies voor de mensheid; die drie mannen waren samen verantwoordelijk voor meer dan veertig moorden. Denk je dat Glass hierachter zit?'

'Ik weet het niet zeker.'

'Wie zou het anders kunnen zijn?' vroeg Walker.

'Je baas kwam even geleden bij me langs. We hadden een soortgelijk gesprek over iets wat hiermee te maken had. En weet je wat zijn antwoord was?'

'Nou?' zei Walker.

'Hij dacht dat onze regering hier misschien een rol in speelde.'

Walker leunde naar achteren. 'Wat is er aan de hand, Travis?'

'Vind je het niet vreemd dat de vingerafdrukken van Mercedes King in een database staan waar vrijwel niemand toegang toe heeft?'

'Eerlijk gezegd vind ik het doodeng,' antwoordde Walker.

'En als ze op een of andere manier verbonden is met de federale overheid, zou die er ook best voor gezorgd kunnen hebben dat een arme, landelijke stad wordt voorzien van militaire observatieapparatuur en een overheidsgebouw krijgt dat je normaal gesproken in een veel grotere stad zou zien.'

'Dus de federale overheid financiert Ricketts in het geheim?' zei Walker, die zichtbaar geschokt was. 'Waarom zouden ze dat doen?'

'Die vraag staat bovenaan mijn lijstje. O, en Danny Glass kwam me nog opzoeken in mijn hotelkamer.'

'Glass? Wat wilde hij?'

'Het kwam erop neer dat als ik Betsy iets zou laten overkomen, hij me persoonlijk zou vermoorden. En dat hij niets te maken had met de dood van zijn zus en zwager.'

'Geloof je hem?' vroeg Walker.

'Ja, daar neig ik wel naar.'

'Wie heeft ze dan vermoord?' vroeg ze.

'Iemand die Glass wilde raken. Of iemand die hem wilde helpen.'

'Hem hélpen? Door zijn zus en haar man te vermoorden? Hoe valt dat met elkaar te rijmen?'

'Er zijn veel manieren om mensen te helpen, Beth.'

'Met hun dood wilden ze hem de kans geven om Betsy te adopteren?'

'Ja. Dokter Coburn dacht dat ze waren gedood met cyanide en een andere verbinding, genaamd DMSO, zodat de opname snel fataal zou zijn. Ze konden het risico niet lopen om het gif te laten inademen of te laten innemen, omdat Betsy dan ook gedood zou kunnen zijn. Het was zeer doordacht. Net als het doden van drie kerels van duizenden meters afstand, want dat vereiste veel voorbereiding en interne informatie.'

'Wacht, denk je dat degene die daarachter zit ook de Odoms heeft gedood?'

'Misschien niet dezelfde mensen, maar waarschijnlijk wel dezelfde organisatie,' antwoordde Devine.

'Je bedoelt onze regering, toch?' zei ze, en de angst was duidelijk hoorbaar in haar stem.

'Heb je ooit naar de serie *Stranger Things* gekeken?' vroeg hij.

'Ja.'

'Welkom bij de Upside Down. Maar dan in het echt.'

52

Die nacht kwam Emerson Campbell aan in het hotel waar Devine verbleef. Hij was alleen. Devine ontmoette hem in Campbells kamer.

De gespierde voormalig generaal had niet eens de moeite genomen om zijn tas uit te pakken. Hij schonk een whisky in uit de minibar en bood er ook een aan Devine aan, die dat accepteerde.

'Ik ben hier niet blij mee, Devine. Er gebeurt hier iets wat ik niet begrijp. En als ik iets niet zie of begrijp, kan ik er niet goed tegen strijden.'

'Hebt u een vermoeden van wat er aan de hand is, meneer?'

Campbell liet zich in een stoel vallen. 'Ik weet niet zeker of het zelfs maar een flauw vermoeden is.'

'Nou, ik kwam er net achter dat de drie getuigen tegen Danny Glass die werden vermoord bij hem in dienst waren. Ze werden allemaal vermoord door sluipschutters, met een schot van grote afstand. Eén daarvan bedroeg zelfs een afstand die misschien maar drie mensen ter wereld zouden kunnen halen.'

'Ja, ik heb ook iets in die trant gehoord.'

'Ze wisten precies waar de mannen waren en wanneer ze vervoerd zouden worden. Informatie en mankracht als deze zijn niet goedkoop en zelfs mensen met geld zullen dat maar moeilijk kunnen realiseren.'

'Mee eens,' zei Campbell.

'Vertel me dan wat u wel weet.'

Campbell nam een slok van zijn drankje en keek Devine aan met een blik die moeilijk te interpreteren was.

'Heb je je ooit afgevraagd waarom ze je in die trein in Europa probeerden te vermoorden?' vroeg hij toen.

'Wat?' zei Devine. Hij had deze vraag niet verwacht.

'De vrouw uit de trein en haar mensen waren ingehuurd om je uit te schakelen. Waarom?'

'Ik nam aan dat het te maken had met het feit dat ik de plannen van een paar gevaarlijke lui had gedwarsboomd. Daarom werd ik naar Zwitserland gestuurd. Dat weet u ook.'

'Dat nam ik ook aan, Devine.' Campbell nam nog een slokje van zijn whisky en ging toen rechtop zitten. Hij richtte zijn blik even op de vloer. 'Aannamen zijn echter geen feiten. De aanslag in die trein was goed gepland. Een team van drie. Ze hadden details over je reisschema, de treinwagon waarin je zou zitten. Ze kochten alle tickets in die wagon zodat ze je voor zich alleen hadden.'

'Omdat de mol op kantoor al die informatie aan hen had doorgegeven. We dachten dat het Dawn Schuman was, maar zij was slechts een afleidingsmanoeuvre.'

'Dat was ook een aanname, geen feit.'

'Maar Dawn Schuman verdween. Dat is wel een feit. Ze is waarschijnlijk dood.'

'Eerlijk gezegd werd Dawn Schuman levend en wel gevonden in een dronkenmanscel in Pennsylvania, vlak voordat ik hierheen reed.'

'Een dronkenmanscel?'

'Ik zei toch dat ze financiële en huwelijksproblemen had. Blijkbaar werden die te veel voor haar en verloor ze haar zelfbeheersing. Ze ging op stap. Drugs, drank, nog meer drugs, nog meer drank, totdat de politie bij Harrisburg haar bewusteloos achter een bar oppakte en ons belde nadat ze haar papieren hadden gevonden.'

'Oké, geen afleidingsmanoeuvre dus. Maar we weten nog steeds niet wie de mol is.'

'Ik denk niet dat we een mol hadden, Devine.'

'Ik snap het niet.'

'De missie in Zwitserland was een gezamenlijke operatie. We werkten nauw samen met een ander agentschap. De CIA, om precies te zijn.'

'Dat klopt. Ik had daar een contactpersoon. Hij heeft me goed geholpen.'

'Ja, inderdaad. Ik denk ook dat hij, al was het dan waarschijnlijk op bevel, je bijna voortijdig het hoekje om hielp.'

De twee mannen keken elkaar aan weerszijden van het standaard hoteltapijt strak aan.

'Waarom zou een zusteragentschap mij op die manier eruit werken, terwijl ik een succesvolle missie uitvoerde waarbij zij betrokken waren?'

'We zitten niet meer in het leger, Devine. Rechttoe rechtaan en logisch denken brengt je nergens. Dat leerde ik al snel nadat ik deze baan had aangenomen. En jij zult het ook moeten leren, als je wilt overleven.'

'Dan zult u het voor me uit moeten spellen, want ik snap het niet.'

'De wereld van spionage en geopolitiek is enorm ingewikkeld. Net zo ingewikkeld als driedimensionaal schaken, zoals de vrouw uit de trein al zei. De vertaling voor gewone jongens zoals jij en ik? Ze hebben er een puinhoop van gemaakt, waardoor iedereen elkaar in de rug steekt en de loyaliteit zo snel ergens anders ligt dat bondgenoten vijanden kunnen worden en andersom in het tijdsbestek van één dag.'

'En met onze bondgenoten bedoelt u onze collega's?'

'Het ene moment mogen ze ons, het volgende moment zijn sommigen van ons vervangbaar als er een andere, betere kans voorbijkomt.'

'Dus sommige onderdelen van onze regering offeren met

voorbedachten rade een van hun eigen mensen op om daar op een ander moment voordeel uit te trekken?'

'Ik zal je vertellen wat er volgens mij is gebeurd nadat je je missie in Genève had afgerond.'

'Ik luister,' zei Devine, terwijl hij zijn spieren voelde verkrampen.

'Het doelwit was een buitenlandse door de staat gefinancierde organisatie die als een van haar doelen het hacken en vernietigen van enkele van de meest gevoelige databases van dit land had. Het effect zou rampzalig zijn geweest, op meerdere fronten. Jij hebt dat bijna in je eentje tegengehouden door het vertrouwen van twee belangrijke leden van die organisatie te winnen en ons van cruciale informatie te voorzien waarmee we konden voorkomen dat ze hun plannen ten uitvoer brachten. Toen kon je het gebeuren achter je laten met een paar goed gerichte kogels en een mindset om te overleven, wat waarschijnlijk je grootste troef is.'

'Oké, en toen?' vroeg Devine gespannen.

'Toen leek het erop dat een vijand plotseling een vriend werd en over iets van waarde beschikte voor deze natie. Ze hadden een olijftak nodig waarmee ze hun gezicht konden redden voordat de deal werd gesloten.'

'En ík was die olijftak?' zei Devine.

'Ja, blijkbaar wel.'

'Hoe kon het dat ze mijn reisroute kenden?'

'We zijn gehackt, Devine. Gehackt door onze eigen mensen.'

'En wat gaan we daaraan doen?'

Campbell leek deze vraag te hebben verwacht. 'Ik heb dit al besproken in de hoogste kringen. Ik heb hun alles verteld, zonder iets op het slagveld achter te laten.'

'En?'

'Geen reactie, en die verwacht ik ook niet meer.'

'En nu?'

'We zullen deze missie samen voltooien. En daarna dien ik mijn ontslag in. Ik ben klaar met dit soort onzinnige spelletjes. Ik ben er te oud voor én ik vind dat ik over meer waardigheid beschik dan me tot dit niveau te verlagen.'

'Ja, meneer.'

53

Om tien voor elf naderde Devine de Gum Wall. Het was koud, winderig en er was een zeemist vanuit de haven opgekomen, die Seattle omtoverde tot het victoriaanse Londen van Sherlock Holmes.

Devine zette de kraag van zijn jas omhoog en zijn blik zocht de omgeving af. Hij had het hotel vroeg verlaten en was vervolgens zigzaggend tussen de gebouwen van de stad door gelopen om iedereen die hem probeerde te volgen af te schudden.

Toen hij het steegje in liep, keek hij naar de hard geworden kauwgom die zichtbaar werd door de mistslierten. Het was allemaal zeer surrealistisch en overtrof zelfs de gevechten waaraan hij had deelgenomen en waarbij hij dingen had gezien die hij nooit meer kon vergeten. Gevechten waren vreselijk, maar eenvoudig. Je probeerde de vijand te doden terwijl zij hetzelfde met jou probeerden te doen. Hier waren geen regels, geen duidelijke doelen, alleen ondoordringbare duisternis en loyaliteit die zo weer elders kon liggen. Hij bleef doorlopen en zijn ademwolkjes gingen op in de zeemist. Hij keek op zijn horloge. Het was één minuut voor elf.

Er was niemand anders in de buurt, want wie zou er nou op zo'n avond buiten willen zijn? Devine had geen idee wat hij kon verwachten, misschien wel een kogel in zijn rug. Hij had echter geen keus. Hij had hulp nodig om deze zaak op te lossen, en ironisch genoeg leek de vrouw die hem al drie keer had geprobeerd te vermoorden zijn beste kans.

Hij liep tot halverwege het steegje en bleef daar staan. Hij had een wapen op zak, maar was niet van plan dat te trekken, tenzij het echt nodig was. Hij wist dat hij veel vertrouwen in de vrouw stelde en hoopte dat het beloond zou worden.

Devine richtte zijn aandacht op een schaduwachtige figuur die opzij in het steegje stond, net voorbij de muur die vol met kauwgom zat.

'Wil je uit de schaduw stappen, zodat ik jou net zo goed kan zien als jij mij?' vroeg hij.

Eén voet kwam tevoorschijn en toen nog een. Pru Jackson nam drie trage stappen en bleef in het midden van het steegje tegenover hem staan. Ze was iets kleiner dan hij zich herinnerde uit de trein en haar figuur werd verhuld door beschermende lagen, de lange mouwen van haar jas verborgen haar handen. Een baseballpet bedekte haar haar; een donkere bril deed hetzelfde met haar ogen.

Ze keek hem aan, maar zei niets.

'Ik ben niet echt in de stemming om iemand te vertrouwen, dus hoe weet ik dat je bent wie je zegt dat je bent?' vroeg hij, om zekerheid te krijgen.

'Het mes waarmee ik je in de trein ging doden was een Wander Tactical Megalodon met een vast lemmet van honderd millimeter en een zwarte Micarta-handgreep.'

'Wander Tactical, die zijn meer bedoeld voor jagers op wild, toch?'

'Nou, het betrof misschien geen wild, maar ik was zeker aan het jagen. Italianen hebben echt verstand van messen. Het kostte me een fortuin. Je hebt het zeker niet meer? Ik nam aan dat je het had meegenomen, want het was weg toen ik bijkwam van die vriendschappelijke tik van jou op mijn kaak.'

'Ik moet het ergens hebben laten vallen. Bedankt voor het bevestigen van je identiteit. Werk je vanavond met uitkijkposten of heb je er gewoon op vertrouwd dat ik alleen zou komen?'

'Daar ga ik niet op in,' zei Jackson.

'Je hebt een tracker op mijn auto aangebracht.'

'Daar had je geluk mee, want anders had je hier niet meer gestaan om met mij of wie dan ook te praten.'

'Oké, wat staat er vanavond op het programma?'

Jackson kwam dichterbij. 'Een tijdje geleden stonden jij en ik aan dezelfde kant.'

'Daar zinspeelde je in je tekst op die ezel bij de bouwplaats ook al op. Voel je vrij om het uit te leggen.'

'Ik zal je mijn naam niet noemen; dat zou te gemakkelijk zijn. Maar laten we zeggen dat ik een behoorlijke wrok koester tegen mijn voormalige werkgever.'

'Waarom?'

'Door hun toedoen zat ik twee jaar lang in een gevangenis in een land waar we niet mee bevriend zijn en dat geen plannen koestert om zijn eigen burgers humaan te behandelen, laat staan iemand als ik. Als ik niet was ontsnapt, zou dat mijn einde zijn geweest.'

'En waarom zou je werkgever...'

'Voormalige werkgever,' corrigeerde Jackson hem.

'... voormalige werkgever je dat aandoen?'

'Omdat ik geloof dat er een kans op samenwerking voorbijkwam met deze vijand. Bovendien had ik ontdekt dat bepaalde mensen bij mijn voormalige werkgever een complot hadden gesmeed om een agent van een van onze bondgenoten te vermoorden. Om zijn eigen hachje te redden, bood mijn voormalige werkgever mij aan als...'

'... olijftak?'

Ze bestudeerde hem. 'Hoe kwam die specifieke term bij je op? Dat wilde ik net zeggen.'

'Die aanslag op mij in de trein?'

Voor het eerst reageerde Jackson zichtbaar op zijn woorden. 'Ja?'

'Blijkbaar kreeg je "voormalige werkgever" toen ook een

beter aanbod en bood hij mij aan als een olijftak. Dus werd je ingehuurd om mij aan te doen wat jou ooit was aangedaan.'

Devine keek de vrouw aandachtig aan. Koelbloedige moordenaars waren er in overvloed. En hoewel de vrouw die daar voor zijn neus stond absoluut een moordenaar was, geloofde hij dat zij een van die zeldzame gevallen was die wel vasthield aan principes.

Zoals hijzelf.

'Mij is niet verteld wie de opdrachtgever was, en ook niet wat de reden ervoor was. Het was een moord in opdracht, de helft van de vergoeding vooraf, de rest na bevestiging met foto.'

'Zou het verschil hebben gemaakt als je het had geweten?'

'Onder de meeste omstandigheden zou ik er geen probleem mee hebben gehad om je te doden, Devine. Maar in dit geval wel.'

'Ik waardeer de openhartigheid. Hoe zit het met de helikopter?'

'Dat heb je ongetwijfeld al onderzocht,' zei ze.

'Twee bureaus maken daar gebruik van. De mijne en...'

'... mijn voormalige werkgever. Zoals ik je al eerder vertelde, zag ik dat ze er twee lichamen in laadden.'

'Herkende je iemand?' vroeg Devine.

'Nee, maar ik ben al een tijdje weg uit dat wereldje.'

'Ken je mijn huidige missie?'

'Danny Glass, Betsy Odom, die me een geweldig, veerkrachtig meisje lijkt, en mensen die je dood willen hebben.'

'En diezelfde mensen willen jou dood?' vroeg hij.

'Ze denken dat ik al dood ben. Dus ze wil dat jij haar voogd wordt?'

'Heeft Betsy je dat verteld?' vroeg Devine.

'Nee, ik heb daar zo mijn middelen voor.'

'Ik word misschien haar voogd, in elk geval tijdelijk.'

'Weet je wie haar ouders heeft vermoord?'

'Nee, maar blijkbaar hebben hoge ambtenaren van de overheid het ministerie van Justitie zover gekregen om de aanklachten voor deelname aan een criminele organisatie in te trekken,' merkte Devine op.

'Dat doen ze alleen als ze er iets voor terugkrijgen wat waardevol genoeg is.'

'Ik denk dat Glass tegen iemand heeft gezegd dat hij de voogdij over zijn nichtje graag wilde hebben. En dat ze hebben besloten om hem dat te geven, maar op een zeer wrede wijze. Misschien om de deal aantrekkelijker te maken.'

'Glass komt op mij over als een man die niet afhankelijk is van de vrijgevigheid van anderen om te krijgen wat hij wil,' zei Jackson.

'Dat dacht ik ook, tot ik zijn reactie zag toen ik hem ervan beschuldigde de Odoms te hebben vermoord. Die was anders dan ik had verwacht.'

'Misschien hield hij je voor de gek.'

'Ik betwijfel of hij op commando kan of wil huilen,' zei Devine.

'Dus agenten van de vs hebben twee Amerikaanse burgers vermoord? Zelfs in mijn oude wereld is dat beslist niet... gebruikelijk.'

'Ze hadden er blijkbaar ook geen moeite mee om ons voor de wolven te gooien.'

'Dat is waar,' zei Jackson.

'Je zei dat datgene wat ertegenover stond wel waardevol moest zijn. Heb je enig idee?'

Ze kwam dichterbij. 'Hoe kom je erbij dat ik daar een idee over zou hebben?'

'Omdat je voortdurend meer weet dan ik,' antwoordde Devine, terwijl zijn hand naar zijn zak gleed. 'En iemand die slim is, zoekt mensen op die ook slim zijn, zodat hij briljant overkomt.'

Ze bestudeerde hem even. 'Ik wist al van Danny Glass vóór dit alles. Uit pure nieuwsgierigheid heb ik meer informatie over hem ingewonnen. Zijn naam bleef opduiken in bepaalde sectoren waar ik aandacht aan besteedde. Ik heb wat nader onderzoek naar hem gedaan toen ik hier kwam en heb gekeken op plekken die niet toegankelijk zijn voor het publiek, en zelfs afgesloten zijn voor sommige overheidsinstanties. Glass leeft in een andere wereld, eentje die erg duister is, een wereld van roofdier en prooi, waar elke seconde van de dag een leven verloren gaat. En degenen die overleven, gaan gewoon door alsof er niets belangrijks is gebeurd, want voor hen is het niets belangrijks. Een dag waarop een moord begaan wordt, is er gewoon een als alle andere dagen.'

'Wat heb je ontdekt?' vroeg hij.

'Glass is over de hele wereld actief, maar vooral in het Midden-Oosten.'

'Hebben we het over terroristen in het Midden-Oosten?'

'Nee. Ik denk niet dat dat het is. De VS heeft overal in dat gebied inlichtingenbronnen. We weten wat er gaat gebeuren voordat de mensen die zulke shit uithalen het zelfs maar bedenken.'

'Op 11 september was dat niet het geval.'

'Dat is de reden dat de VS dat gebied nu helemaal onder de microscoop heeft liggen.'

'Wat is het dan?'

'De gebruikelijke kartels zijn altijd een mogelijkheid. Maar waarom zou je één grote drugshandelaar een verlaat-de-gevangenis-zonder-te-betalenkaart geven om simpelweg een andere grote drugshandelaar te pakken? Zo werkt het niet. De georganiseerde misdaad is lang niet meer zo georganiseerd als vroeger, dus die kun je ook afvinken.'

Ze deed een stap dichterbij en Devine sloot zijn hand om de handgreep van zijn Glock. Hij bewoog de loop naar voren, in haar richting.

'Schiet niet per ongeluk op jezelf of op mij,' merkte Jackson koeltjes op.

'Ik zoek gewoon voorzichtig mijn weg door het mijnenveld. Ik zie dat jij hetzelfde doet.'

Hij wees naar de bult in de mouw van haar jas, die haar hand bedekte. En nog iets anders.

'Twee zielen, Devine.'

'Wat wilde je net duidelijk maken?'

'Als alle andere zaken gelijk waren, zou ik intern gaan kijken.'

'Wat bedoel je?' vroeg hij.

'Zoals ik het zie, en zoals de mensen het zien die de taak hebben dit land te beschermen, zijn de grootste bedreigingen op dit moment binnenlandse groeperingen die trouw zweren, zoals jij en ik. Ze zweren alleen trouw aan het verkeerde ideaal.'

'Binnenlandse terroristen dus?'

'Overal in Amerika vind je wel iemand die een eigen droombeeld voor dit land najaagt, terwijl we bijna in een nachtmerrie leven. En sommige van deze mensen zullen niet stoppen totdat wat we vandaag hebben, wordt vervangen door iets wat meer weg heeft van Duitsland in de jaren dertig dan Amerika in de eenentwintigste eeuw.'

'Kun je iets specifieker zijn?'

'Nee. Dat is niet mijn taak. Maar als Glass zou weten dat er zoiets groots op touw wordt gezet, zal mijn voormalige werkgever hemel en aarde bewegen om het tegen te houden, en wat aanklachten intrekken en twee burgers vermoorden zou voor hem een goedkope prijs zijn.'

'Ik denk niet dat ik jouw vroegere wereld kan waarderen,' zei Devine grimmig.

'Ik ook niet, maar het is de enige die ik ken,' antwoordde ze.

'En dan is er nog de kwestie van Perry Rollins.'

'De man die werd vermoord bij de Sand Bar? Degene die je inlichtingen wilde verkopen?'

'Hoe wist je dat?' vroeg Devine.

'Ik ben goed in afluisteren. Dankzij de nieuwste bewakingstechnologie heb ik het naar een heel nieuw niveau weten te tillen. Dus enig idee welke inlichtingen hij over Glass had?'

'Nee. Maar iemand heeft een stacaravan en een stuk land voor de Odoms gekocht, en een dure auto. En Betsy zei dat haar ouders toen ze naar Ricketts gingen twee mannen ontmoetten die hun een sporttas vol geld gaven. Enkele minuten later waren ze dood.'

'En van wie kwam dat geld dan?' vroeg ze.

'Ik dacht dat het van je voormalige werkgever zou zijn gekomen. Misschien als doorgeefluik voor Glass, aangezien hij me vertelde dat Dwayne Odom geen hulp van hem wilde.'

'Waarom zouden ze de Odoms betalen om hen daarna te vermoorden, Devine?'

'Dat weet ik niet.'

'Is het geld nog gevonden?' vroeg ze.

'Niet dat ik weet. De commissaris van Ricketts is een harde kerel met de naam Eric King. De stad heeft voertuigen van militaire kwaliteit en een overheidsgebouw dat ze zich niet kunnen veroorloven. Zijn vrouw is er burgemeester. Ze is aantrekkelijk, ongeveer dertig jaar jonger dan haar man, zwaait behoorlijk met haar heupen, is zo meedogenloos als maar mogelijk is en verdomd ambitieus. Ik ben er vrij zeker van dat ze wist van de moordaanslag op mij in Ricketts. Nog steeds kan ik haar vreemde, schorre stem horen... Wat?'

Devine had een duidelijke verandering in de lichaamstaal van de vrouw opgemerkt.

'Beschrijf die vrouw eens wat gedetailleerder.'

'Haar naam is Mercedes King. Ze is ergens tussen de vijfendertig en de veertig, blond, weelderig gevormd, als ik die beschrijving tenminste mag gebruiken, zelfverzekerd en assertief... Alle eigenschappen die mensen graag zien bij mannen, maar haten bij vrouwen, om de gebruikelijke belachelijke redenen. Ze kan haar persoonlijkheid in een handomdraai veranderen van flirterig naar hardvochtig.'

'Oké. Je zei dat haar stem nogal schor was?'

'Ja, een beetje hees. Ik kreeg haar vingerafdrukken te pakken en een vriend heeft die nagetrokken in de databases. Toen liep hij tegen een muur op die best weleens federaal zou kunnen zijn.'

Jackson knikte bij dit alles. 'Heb je de afdrukken van de mannen die je ontvoerden te pakken gekregen en die door dezelfde databases laten halen?'

'Ja. Daar hebben de lokale autoriteiten hier in Seattle zich over gebogen.'

'En kwamen ze meer te weten over die mannen?'

'Een beetje. Er was één database waar iets opdook, maar die was afgesloten. Een beetje zoals bij Mercedes King.'

'Ik ken die database best goed.'

'Hoe dan?'

'Omdat mijn afdrukken er ook in staan. En ik weet vrij zeker dat die van de vrouw die zichzelf Mercedes King noemt er ook in staan.'

54

Devine haalde zijn hand uit zijn zak en deed een stap dichter naar Jackson toe. De vrouw bleef staan waar ze stond.

'Hoe kun je daar zo zeker van zijn?' vroeg hij. 'Mijn beschrijving van King zou op veel vrouwen van toepassing kunnen zijn.'

'Je beschrijving van haar was inderdaad nogal algemeen.'

'Maar?'

'Maar die opvallende stem en de ontbrekende vingerafdrukken… De vrouw aan wie ik denk, heeft een aantal jaar geleden een ernstige keelblessure opgelopen en haar vingerafdrukken zouden zeker in die database moeten staan.'

'Hoe weet je dat?' vroeg Devine.

'Omdat ik degene was die haar keel doorsneed. Ze hebben haar duidelijk geopereerd aan haar stembanden, maar blijkbaar is haar stem nooit meer helemaal teruggekomen.'

'Waarom deed je dat?'

'Ik wilde haar doden voordat zij mij doodde.'

'Kun je dat uitleggen?'

'We hadden een meningsverschil over hoe we als agent te werk moesten gaan. Ze trok haar mes, alleen was ik sneller en gebruikte het tegen haar.'

'Wat is haar echte naam?'

'Anne Cassidy.'

'Nog even om het zeker te weten.' Hij pakte zijn telefoon en liet haar de foto zien die hij had gemaakt van Mercedes King toen ze het restaurant in Ricketts verliet.

'Herken je haar?' vroeg hij.

Jackson pakte zijn telefoon aan en vergrootte de foto. 'Dat is ze.'

'Weet je het zeker?'

'Ze heeft haar uiterlijk flink veranderd. Ze heeft haar haar geverfd; ze is eigenlijk een brunette. Ze heeft haar gezicht laten behandelen, goed werk, daar moet ze flink voor gedokt hebben. Haar ogen zijn nu blauw; ze waren bruin.'

'Hoe kun je het dan zo zeker weten?'

'De ogen, Devine. Het is dezelfde wrede, felle blik die ik me van de vorige keer herinner. Ze kon de kleur veranderen, maar het kwaad dat erachter schuilgaat niet.'

'Maar hoe kan het dezelfde persoon zijn? Ze is getrouwd met een politiechef en ze is de burgemeester.'

'Ik zal je iets vertellen, Devine. Onze overheid bezit veel. Het meeste onontgonnen land, kantoorgebouwen, musea, nationale parken, militaire complexen, gevangenissen, marinebases, dat weten we allemaal. Maar wat de meeste mensen niet weten, is dat de overheid, met name het gedeelte dat geheim is, ook mensen en plaatsen bezit.'

'Ik snap het niet.'

'Voor de duidelijkheid: ik weet helemaal niks over Ricketts. Maar een overheidsgebouw dat ze zich niet kunnen veroorloven, en een uitrusting van militaire kwaliteit? Het is ogenschijnlijk een normale stad, maar als je beter kijkt, is dat helemaal niet zo. Herken je dat?'

'Dus jij stelt dat Ricketts eigendom is van...'

'Dat het waarschijnlijk eigendom is van mijn voormalige werkgever en dat hij de boel daar bestiert, en laten we vanaf nu maar het voor de hand liggende zeggen en het gewoon over de CIA hebben. Misschien is dat eerste de reden dat dit de uiteindelijke plaats werd om de Odoms te vermoorden. Daar worden de doden "onderzocht" door hun eigen mensen, en wordt de gewenste conclusie getrokken. Zaak gesloten.'

'En de vreemde eend in de bijt, de lijkschouwer, wordt opgeblazen?'

'Wat?'

Devine vertelde wat er was gebeurd met dokter Coburn. 'Wat je vertelt klinkt volkomen logisch. King nodigde me die avond uit voor het avondeten. Waarschijnlijk alleen om me in de stad te houden zodat ze me konden neerschieten. Ze was laat en was duidelijk verrast dat ik nog leefde. Ze wilden me dood hebben omdat ik roet in het eten gooide wat hun deal met Glass betrof. Maar ik had die vrouw nooit als een spion beschouwd.'

'Na 11 september zijn de inlichtingendiensten goed doorgelicht. De terroristen van 11 september volgden hun opleiding tot piloot in een klein stadje met weinig middelen. Er zijn grote fouten gemaakt, er hadden alarmbellen moeten gaan rinkelen. Dus heeft de CIA, die niet eens binnenlands hoort te opereren, zelf strategische bases opgezet om informatie te vergaren, die vervolgens wordt doorgegeven aan andere agentschappen die wél binnenlands opereren. De inzet is hoog, want toen ik er werkte, waren er binnenlandse groeperingen die de Amerikaanse regering omver wilden werpen. Die zijn in de loop van de tijd alleen maar actiever geworden. En ze zouden succesvol kunnen zijn.' Ze zweeg even en liet haar blik over hem heen glijden. 'Het is een andere wereld, Devine, en je kunt nergens zeker van zijn, ook niet van de mensen.'

'Dus dat betekent dat ik je niet kan vertrouwen?' vroeg hij botweg.

'Net zomin als ik jou kan vertrouwen.'

'Hoe kunnen we dit dan samen oplossen?'

'Ik wil wraak nemen op de mensen die me hebben verraden.'

'Alleen zie ik niet in waarom je mij daarvoor nodig hebt. Tenzij je ook niet wilt dat de Amerikaanse regering omver wordt geworpen.'

'Waarom zou ik daar nog een fuck om geven?'

'En toch ben je hier. Maar aangezien Mercedes King waarschijnlijk op je to-dolijst staat, hebben jij en ik misschien een gezamenlijk doel. Ik vertel je niets waar je zelf nog niet aan hebt gedacht, toch?'

'Je kunt me één ding vertellen wat ik niet weet: hoe kreeg je ons door in die trein?'

'Door allerlei kleine details die op zichzelf niet veel betekenden, maar die me alles bij elkaar zeiden dat er iets ergs met me zou gebeuren. Ik nam tegenmaatregelen, en toen die mannen achter me aan kwamen, deed ik wat ik moest doen, om te overleven.'

'En ik? Je zag het mes in de weerspiegeling van het raam, toch?'

'Ik verdacht je al.'

'Je had het erover dat ik niets aan mijn tekening had toegevoegd.'

'Inderdaad, en je deed wel erg je best om niet naar je twee vrienden te kijken.'

Ze knikte langzaam en keek nadenkend. 'Waarom heb je mij niet ook vermoord?'

'Jij was geen bedreiging meer en ik vermoord geen mensen die geen directe bedreiging voor mij vormen. En...'

'Wat?'

'En ik dacht, hoe dwaas ook, dat je berouw zou tonen voor je slechte gedrag.'

'Ik weet niet zeker of ik hetzelfde gedaan zou hebben als de rollen omgedraaid waren geweest.'

'Dat had ik ook niet verwacht,' zei hij.

'Het contract voor jou staat nog steeds open.'

'Dan kun je nog steeds geld aan me verdienen.'

'Ik weet niet zeker of ik wel zo krap bij kas zit, Devine.'

'Nou, gaan we samenwerken of niet?'

Een seconde later vloog er een kogel tussen hen door en raakte de muur.

55

Devine en Jackson renden door het steegje, achtervolgd door kogels. Ze sloegen een hoek om en waren, in elk geval voor even, buiten het schootsveld. Het gebied waar ze zich bevonden was verlaten, voor zover Devine kon zien. De mist was echter dikker geworden, de temperatuur was gedaald en het was moeilijk om verder te kijken dan een paar meter, in welke richting dan ook.

Devine keek om zich heen. 'Oké, laten we achter die muur daar gaan staan en kijken of degene die op ons schoot zich laat zien.'

Met hun wapens in de aanslag tuurden de twee vanuit de relatieve veiligheid die de muur bood naar het mistige gebied voor hen. Toen Devine zijn telefoon tevoorschijn haalde, vroeg Jackson: 'Wie bel je?'

'Het alarmnummer.'

'Doe geen moeite. Wie daar ook is, tegen de tijd dat ze hier aankomen, zijn ze allang weg.'

'Maar de sirenes kunnen ze misschien wel afschrikken.'

'Ik zou eigenlijk liever proberen uit te zoeken wie ze zijn, jij niet?' zei Jackson. 'En ik zou liever geen ongemakkelijke vragen van de politie van Seattle beantwoorden.'

Hij dacht na en keek weer naar de mist toen hij voetstappen hoorde.

Met zachte stem zei hij: 'De getuigen tegen Glass werden uitgeschakeld door sluipschutters vanaf een zeer grote afstand.'

'Nou ja, er staan hier tenminste te veel gebouwen in de weg om een schot vanaf drieduizend meter te lossen.'

'Je weet duidelijk veel van sluipschutters.'

Jackson keek de mistige duisternis in. 'Hoe meer je weet, hoe minder verrassingen het leven biedt, Devine. En in ons werk hou ik niet zo van verrassingen. En voor de volledigheid: de CIA heeft een aantal van de beste sluipschutters ter wereld geronseld door ze bij het leger en uit het buitenland weg te halen. En vrouwen zijn extreem dodelijke sluipschutters. Een verfijnde motoriek en oog voor detail. Dat is zo geëvolueerd doordat ze bessen plukten, baby's verzorgden en kleding naaiden, terwijl de mannen speren naar mammoets wierpen.'

'Babbel jij altijd zo gezellig als iemand je probeert te doden?' vroeg hij.

'Vrouwen kunnen multitasken. Ook dat is evolutionair.'

Zodra ze dit zei, richtte Jackson en ze vuurde drie schoten af.

Een moment later hoorden ze allebei iemand schreeuwen van de pijn.

Devine zag nu het bijna onzichtbare doelwit, dat zich had schuilgehouden achter een vuilnisbak met zijn pistool op hen gericht. De man sprong op en liep wankelend weg, zijn linkerbeen achter zich aan slepend. Hij glipte een steegje in.

'Ik dacht niet dat de CIA veel tijd besteedde aan wapentraining,' zei hij.

'Nadat ik uit dat vreselijke gevang was ontsnapt, bracht ik alle vaardigheden in kaart die ik nodig had om te overleven. Ik heb dan ook veel tijd besteed aan training met een van de beste schutters ter wereld. Ik heb veel van haar geleerd.'

'Mooi. Blijf nu maar hier,' instrueerde Devine haar.

'Ik kan best voor mezelf zorgen,' snauwde ze. 'Ik heb hem immers ook neergeschoten.'

'Jij bent mijn rugdekking. Als iemand anders dat steegje in gaat, schiet hem dan ook neer. Ik zie je hier weer.'

Voordat ze kon antwoorden, sprintte Devine weg in de mist.

Even dacht Devine erover na of het wel slim was om zijn rug zo bloot te geven, maar na een paar seconden was hij bij het steegje en buiten haar vuurlinie. Een deel van hem wilde Braddock bellen, maar hij wist dat de vrouw dat zou zien als een enorm verraad, terwijl hij haar hulp hard nodig had om dit alles tot op de bodem uit te zoeken.

Hij onderwierp het vieze steegje aan een grondige inspectie. Vuilnisbakken, afvalcontainers, recyclingbakken. Verschillende leveranciersingangen. Genoeg plaatsen om je te verstoppen en dan eruit te springen en te schieten. Zelfs voor iemand die gewond was.

Hij liep voorzichtig verder, waarbij hij zijn vroegere training weer in de praktijk bracht.

Devine concentreerde zich op zijn gehoor. Gewonde mensen konden niet volledig stil zijn, hoe taai of goedgetraind ze ook waren. Je hersenen gingen hun eigen gang als het lichaam pijn had. Ze lieten het je weten. En ze lieten het anderen weten.

Toen hoorde hij het. Een kreun, een zacht geluid, maar toch duidelijk hoorbaar, samen met een paar krachttermen.

Hij liep langzaam door het steegje. Toen Devine de kreun hoorde, haastte hij zich naar voren en stopte toen. Voor hem stond een afvalcontainer.

'Ik ben van Homeland Security,' riep Devine. 'Gooi je wapen weg en kom tevoorschijn, handen boven je hoofd, vingers in elkaar gehaakt. Nu meteen, of ik kan je veiligheid niet garanderen. Ik zal regelen dat je medische zorg krijgt.'

Devine wachtte met zijn pistool in de aanslag. De afloop van dit soort gevallen kon je nooit voorspellen. Je moest gewoon voorbereid zijn op alle mogelijke scenario's. Drie seconden later hoorde hij een schot. Het was niet in zijn richting. Het ketste niet af tegen de muur.

'Shit.'

Hij rende naar voren, stak eerst de loop van zijn pistool over de afvalcontainer en keek toen zelf over de rand.

De man lag met zijn gezicht naar boven op het asfalt, naast zakken met afval die uit de container waren gevallen.

Het pistool had hij in zijn hand. Zijn been zat onder het bloed, van Jacksons schot. Maar dat had hem niet gedood. Het schot in zijn rechterslaap dat hij zelf had afgevuurd wel.

Devine knielde neer om beter te kunnen kijken. Hij kende die man. Nou ja, hij hérkende hem.

Het was niet een van Danny Glass' mannen.

Het was een van de politieagenten die hem gevolgd was in Ricketts.

Toen hij zich terug haastte naar Jackson om het haar te vertellen, was de vrouw verdwenen.

56

'Wat deed je hier dan ook op dit tijdstip?' vroeg Braddock, terwijl hij naar de dode man keek die tussen het afval lag.

'Een spoor volgen,' zei Devine, die naast hem stond.

'En is het gelukt?'

'Daar ben ik niet zeker van. Maar ik weet wel zeker dat deze dode man een politie-uniform droeg in Ricketts.'

'En je hebt gezien dat hij op je schoot?'

'Nee, maar wie anders zou het geweest kunnen zijn?'

'Dus jij hebt hem in zijn been geschoten?' vroeg Braddock, terwijl hij naar de wond keek.

Devine wist dat hij zijn pistool niet had afgevuurd. Voor zover hij wist, zat Jacksons kogel nog steeds in het been van de man.

'Dat weet ik niet.'

'Je weet niet of je hem hebt neergeschoten?' zei Braddock ongelovig.

'Het ging zo snel. De kogels vlogen me om de oren. Voor zover ik weet, was hij niet alleen en schoot een van zijn mannen hem per ongeluk neer. Maar ik weet wel dat hij zelfmoord pleegde. Ik hoorde dat schot en vond hem een paar seconden later.'

Braddock keek hem grimmig aan. 'Dit wordt een puinhoop.'

'Geef de schuld maar aan die kerels die me probeerden te vermoorden.'

'Heb je enig idee waarom ze op je schoten?'

'Iemand probeerde me te vermoorden in Ricketts, maar dat mislukte. Ik neem aan dat ze me naar Seattle volgden en de missie probeerden te voltooien.'

'Dezelfde mensen als die dokter Coburn hebben vermoord?'

'Waarschijnlijk.'

'En dit heeft allemaal te maken met Danny Glass, de stad Ricketts en de moord op de Odoms?'

'Het is het meest logisch, maar ik heb geen direct bewijs. Ik denk dat Glass weet wie hierachter zit en waarom, maar hij zwijgt.'

'Ik heb eerder gezegd dat het onze eigen regering zou kunnen zijn,' merkte Braddock op. 'Ze lieten de aanklachten tegen Glass vallen. Daarnaast vertelde Beth me over de drie getuigen die werden vermoord. Dat vergt een strakke planning en veel informatie. Die informatie moet van binnenuit zijn gekomen.'

'Ja, dat is zo,' beaamde Devine.

'Ik vind het niet leuk dat de federale overheid dit soort dingen uithaalt op mijn werkterrein.'

'Ik geef je geen ongelijk. Ik zou het ook niet leuk vinden.'

Braddock knikte. 'Oké. We hebben je wapen nodig voor ballistiek, als de kogel nog in het been van de man zit.' Hij knielde en keek beter naar het bloedige ledemaat van de dode man. 'En zo te zien is hij er niet uit gekomen.'

'Waarom moet mijn wapen onderzocht worden? Dat schot heeft hem niet gedood.'

'Standaardprocedure bij de politie, Travis.'

'Voor mij niet. En ik ga niet rondlopen zonder wapen. Ik ben hier niet zo gastvrij ontvangen.'

'Wil je op deze manier je baan op de tocht zetten?'

'Ik denk dat ik daartoe verplicht ben.'

'En ik denk dat ik erop moet aandringen dat je je wapen afstaat.'

'Oké, in dat geval moet ik met mijn superieuren bij Homeland Security praten en zij moeten het met de advocaten van het agentschap overleggen. Tot die tijd hoef ik mijn wapen niet aan jou of iemand anders af te staan, om welke reden dan ook.'

'Waar heb je dat nou weer vandaan?'

'Het komt voor in vrijwel elke politieserie die ik ooit heb gezien. Ik dacht dat iedereen dat wel wist.'

'Geen grappen nu, Travis.'

'Ik ben bloedserieus, maar ik geef mijn wapen niet af. Als jij of je mannen het met geweld proberen te vorderen, heb ik het volste recht om mezelf te verdedigen. Dat is geen dreigement, maar uitsluitend ter informatie.'

'Oké. Ik parkeer het even voor de komende paar minuten. Ter informatie, ik heb een verzoek ingediend bij de FBI om Betsy Odom te ondervragen. Ik heb niets meer gehoord.'

Devine kreeg plotseling een idee. 'Laten we dan een deal sluiten.'

'Wat voor deal?' zei Braddock voorzichtig.

'Ik word binnenkort benoemd tot Betsy's voogd.' Toen Braddock wilde gaan praten, legde Devine hem het zwijgen op. 'Als jij mijn wapen met rust laat, laat ik je Betsy ondervragen.'

'Dat lukt me toch wel,' antwoordde Braddock.

'Het zal een stuk sneller gaan dan via de normale kanalen.'

'Waarom voelt het alsof ik word beetgenomen?'

'Als ik echt dacht dat het controleren van mijn wapen op ballistiek je zaak zou helpen, zou ik het je nu geven. Maar dat zal zeker niet het geval zijn.'

Braddock, die leek te voelen wat Devine bedoelde, tuurde de mistige duisternis in voordat hij zijn blik weer op Devine richtte.

'Op een gegeven moment zul je me moeten vertellen wat er echt is gebeurd vanavond. En wie er allemaal bij betrokken zijn.'

'Dat beloof ik. Nou, tenzij je me nog voor iets anders nodig hebt, wil ik graag een beetje slapen. Morgen is een belangrijke dag.'

'Echt waar? Wat zijn de plannen?'

'Overleven, natuurlijk.'

57

Eenmaal terug in zijn hotel belde hij Campbell wakker en ze ontmoetten elkaar in diens kamer.

Devine bracht hem op de hoogte van wat er was gebeurd, maar noemde Jackson niet.

'Dus een politieagent uit Ricketts probeerde je te vermoorden?'

'Ja.'

'Is dat alles?' vroeg Campbell.

'Is dat niet genoeg?'

Campbell staarde hem lang aan. 'Oké, Devine. Als je me nu niet vertelt wat je hebt achtergehouden, word je onmiddellijk ontslagen bij Homeland Security en zorg ik ervoor dat er een cel voor je voorbereid wordt in Leavenworth.'

Devine wierp hem een duistere blik toe. 'Dus al mijn eerdere missies betekenen niets? Ik sta nog steeds op de nominatie om levenslang te krijgen?'

'Ja,' zei Campbell. 'Tot ik iets anders zeg.'

Devine stond op en liep heen en weer voordat hij tegen een muur leunde en naar zijn baas staarde.

'De vrouw uit de trein is opgedoken. Ik heb haar vanavond ontmoet.'

Het was knap dat Campbell niet verrast leek, maar alleen geïntrigeerd.

'Leg het uit, tot in detail, alsjeblieft.'

Devine vertelde hem over de boodschap die Betsy Odom hem had gegeven.

'Dus je hebt haar ontmoet. Wat zei ze?'

Devine vertelde hem alles wat hij en de vrouw uit de trein hadden besproken.

Toen hij klaar was, stond Campbell op, schonk een glas water in voor zichzelf en ging weer zitten.

'Voor de duidelijkheid: de vrouw die jou probeerde te vermoorden, werkte vroeger voor ons? Maar ze werd door de dienst opgeofferd toen zich een betere kans voordeed?'

'Zoals ze volgens u ook bij mij deden.'

'Nu is ze een huurling, maar ze wil nog steeds, begrijpelijkerwijs, wraak nemen op degenen die haar hebben verraden?'

'Ja. En zij en Mercedes King, alias Anne Cassidy, hadden een fikse ruzie toen King haar probeerde te vermoorden.'

'Dus ze ziet een kans om wraak te nemen op de CIA?'

'Blijkbaar.'

'Ze gelooft dat Ricketts volledig in handen is van de CIA?'

'Ja. Hebt u zoiets weleens gehoord, meneer?'

'Ik heb je al eerder gezegd dat dit werk niets weg heeft van de slagvelden die we gewend zijn, Devine. Bovendien zijn we niet het enige land dat dit soort verraderlijke spelletjes speelt. Dat doen ze allemaal, ook onze naaste bondgenoten.'

'Ze had het over binnenlandse terroristen die misschien een coup willen plegen. Als Glass een manier wist om onze regering te helpen die dreiging te neutraliseren, was het in elk geval in hun belang een deal met hem te sluiten.'

'Kon ze niet specifieker zijn?'

'Nee. Maar het antwoord ligt misschien in Glass' criminele ondernemingen. Als hij waardevolle informatie heeft, moet hij die ergens vandaan gehaald hebben. Zijn zakenpartners, leveranciers en klanten lijken de meest waarschijnlijke bron.'

'Ik wil wel versterking inschakelen, maar ik weet niet zeker wie er zouden komen en hoe ze zouden optreden als ze hier kwamen.'

'Begrepen.'

'Ik weet dat dit belachelijk klinkt, maar vertrouw je die vrouw?'

Devine antwoordde niet meteen. Niet omdat hij het niet zeker wist, maar omdat hij het doordachte antwoord wilde geven dat de vraag verdiende.

'Ik denk dat zij de beste kans is om dit kaartenhuis te laten instorten.'

'Kun je op een of andere manier weer contact met haar opnemen?'

'Ik denk het wel, ja.'

'Als we dit echt laten ontploffen, komen onze eigen mensen misschien achter ons aan.'

'Ik geniet van de strijd, meneer.'

'Ik ook, Devine.'

'En stel dat we stoppen en alles aan hen overlaten, meneer? Dan blijven alleen de machtsbeluste klootzakken zonder enige moraal over om de grondwet en de rechten van iedere Amerikaan te vertrappen.'

'Mee eens. We gaan door. Ze kunnen de boom in.'

58

Toen Devine de volgende ochtend wakker werd, had hij een nieuw bericht op zijn telefoon.

Ex parte vergadering met rechter Mehan. Je bent per direct aangesteld als tijdelijke voogd van Betsy. Kom vandaag zo snel mogelijk langs voor informatie en overname van de voogdij. Saxby

Hij stond op, douchte, kleedde zich aan en zag toen het briefje dat onder zijn deur door was geschoven.

Tot in de boekwinkel, twee uur. Ik vind je wel. VIDT

Nou, dat was een fijne, ontspannende manier om de dag te beginnen, dacht Devine, die nog steeds vermoeid was.

Hij haalde een kop koffie en een banaan in de lobby van het hotel en belde Saxby onderweg.

'Hoe heb je dat zo snel voor elkaar gekregen?' vroeg hij.

'Mehan wil Betsy niet binnen een straal van tachtig kilometer van haar oom plaatsen. Het was zeker een enorme opluchting. Dit is een ongebruikelijke situatie en ze heeft haar verantwoordelijkheid genomen.'

'Glass had al door dat ze dat zou doen. Hij wachtte me op in mijn hotel na de rechtszitting. Hij zei dat als ik Betsy iets zou laten overkomen, hij me persoonlijk hetzelfde zou aandoen, maar dan honderd keer zo erg.'

'Dat versterkt de beslissing van de rechter, toch?'

'Maar het toont ook dat hij wil dat Betsy veilig is. Hij vertelde me zelfs dat hij, omdat de FBI alleen jou had aangesteld als Betsy's beschermer, zes van zijn mannen de hele tijd op haar heeft laten letten.'

'Meen je dat?'

'Ik zie geen reden waarom hij zou liegen.'

'Tegen wie beschermt hij haar?'

'Waarschijnlijk tegen degene die haar ouders heeft vermoord,' antwoordde Devine.

'Maar als ze haar kwaad wilden doen, waarom hebben ze haar dan niet ook meteen vermoord? Heb jij een idee?'

'Ja. Ik vertel het je als ik er ben.'

Tien minuten later haastte hij zich naar de kamer en klopte aan.

Saxby deed de deur open en ging hem voor naar binnen.

'Waar is Betsy?'

'Die slaapt nog. Ze heeft een zware nacht gehad. En jij?'

'Ik heb het misschien nog wel zwaarder gehad.'

'Ga zitten en vertel me er meer over.'

Devine gaf haar een gedetailleerd verslag, van het feit dat hij Glass na de rechtszitting in zijn kamer had aangetroffen tot de aanslag op zijn leven. Hij noemde de vrouw uit de trein echter niet. Dat hij Campbell over haar verteld had, was genoeg.

Hij vertrouwde Saxby, maar zijn intuïtie zei dat hij dat geheim moest houden.

Blijkbaar waren er in de wereld waarin hij nu opereerde maar weinigen te vertrouwen, zelfs collega-agenten niet.

'Ik denk dat je nu al je negen levens hebt opgebruikt,' zei Saxby waarschuwend.

'Laten we hopen dat ik er nog een paar overheb.'

'Weet je zeker dat de man die je probeerde te vermoorden een politieagent uit Ricketts was?'

'Ja. Zijn lichaam is nu in bewaring bij de politie van Seattle.'

'Nou, dan zal de politiechef van Ricketts nog wel wat vragen te beantwoorden hebben.'

Hij besloot de bom te droppen. 'Het lijkt erop dat onze eigen regering samenwerkt met Danny Glass. Ze hebben de aanklachten tegen hem ingetrokken.'

'Het zou kunnen,' zei Saxby voorzichtig. 'Nancy Fine heeft dat niet echt bevestigd.'

'Ik denk dat het zo is. Stel dat ze Betsy's ouders ook vermoord hebben, als onderdeel van welke deal ze ook met Glass wilden sluiten?'

Saxby leek gealarmeerd door zijn opmerking. 'Denk je dat er twee onschuldige mensen vermoord zijn door de overheid? Ben je gek geworden?'

'Zo kon Glass Betsy adopteren. Misschien was dat de reden dat zij het overleefd heeft.'

'Hé, ik ben echt niet naïef en ik heb in mijn tijd al heel wat gekke dingen gezien, en niet iedereen die de badge draagt is een heilige, maar bij de koelbloedige moord op Amerikaanse burgers wordt wel een grens getrokken.'

'Stel dat het voortbestaan van ons land op het spel staat?'

Saxby haalde een sigaret uit haar pakje en stak hem op. 'Wil ik dit wel horen?'

'Ik ben bang dat je wel zal moeten.'

Hij vertelde haar dat het rapport van dokter Coburn uit het officiële dossier was gehaald.

'Ze vermoedde dat het om cyanidevergiftiging ging, in combinatie met een andere verbinding, waardoor de opname bijna net zo snel fataal zou zijn als bij inhalatie. De politie in Ricketts vertelde me dat het een overdosis drugs was. Coburn vertelde me dat ze daar geen bewijs voor had gevonden.'

'Nou, dan moet Coburn een officiële verklaring afleggen bij de politie.'

'Dat kan ze niet.'

'Waarom niet?'

'Omdat ze de avond voor de rechtszitting in een huis aan de rand van Seattle is opgeblazen.'

Het bloed trok weg uit Saxby's gezicht. 'Opgeblazen?'

'Nadat mannen haar in datzelfde huis probeerden te vermoorden.'

'Hoe weet je dat?'

'Omdat ik bij haar was. Ik heb geprobeerd haar te redden, maar dat is niet gelukt.'

'Vandaar die schrammen en dat stijve loopje.'

'Ja.'

'Waar spreken we nu over? Georganiseerde misdaad, een Zuid-Amerikaans drugskartel?'

'Ik denk dat we dichter bij huis moeten kijken.'

'Wat houdt dat in?' vroeg ze.

'Ik vermoed dat Glass ongelooflijk waardevolle informatie heeft die hij bereid was te delen met onze regering als de aanklachten tegen hem werden ingetrokken en hij zijn nichtje zou krijgen. Het eerste punt van zijn verlanglijstje heeft hij inmiddels gekregen en nu wil hij Betsy.'

'Om wat voor informatie zou dat gaan?'

'Kijk eens naar de mensen met wie hij zaken heeft gedaan. Zou een van hen iets groots van plan zijn? Misschien een poging om de regering omver te werpen?'

'De regering van de Verenigde Staten omverwerpen? Hoor je wel wat je zegt?'

'Als er maar genoeg mensen geloven dat zoiets in Amerika nooit kan gebeuren, dan is de kans steeds groter dat het wel gebeurt.'

'Dit moet ik echt aan mijn superieuren vertellen.'

'Nee. Nog niet. We gaan eerst afwachten wat er verder gebeurt.'

'Maar...'

'Ik heb je dit allemaal in vertrouwen verteld. Er zijn mensen in de regering die op de hoogte zijn van de mogelijke dreiging en eraan werken om deze af te slaan.'

Saxby dacht daar even over na voordat ze knikte. 'Oké, ik zal mijn mond houden. Maar bedankt dat je mijn dag, week en jaar hebt verpest.'

'Welkom in mijn wereld.'

59

Toen Betsy eenmaal was opgestaan, hielp Saxby haar met het inpakken van haar spullen en Devine bracht hen naar zijn hotel. Op kosten van Uncle Sam en met de zegen van Campbell had hij een upgrade gehad naar een verblijf met twee slaapkamers en twee badkamers.

Hij was echter niet van plan om er lang te blijven.

Betsy dwaalde rond in de riante hotelkamer en bleef toen stilstaan om uit het raam te kijken.

Devine keek naar haar.

'Hoe gaat het met je?' vroeg hij.

Ze bleef uit het raam staren. 'Blijkbaar ben ik altijd moe, zelfs als ik lang genoeg slaap.'

'Dat heet de puberteit en stress. Ze putten je allebei uit.'

Ze ging zitten. 'Wat nu? Blijf ik bij je in deze hotelkamer tot...'

'Morgen gaan we naar je thuis in Kittitas. Dat is al bevestigd aan de rechter en ik heb het Korey en Nate laten weten.'

'Het zal fijn zijn om naar huis te gaan, ook al zijn papa en mama er niet,' zei ze, en haar blik werd plotseling triest.

Devine besloot om van onderwerp te veranderen om Betsy wat op te monteren. 'Waarom wilde je dat ik je voogd zou zijn?'

Ze draaide zich naar hem om. 'Omdat ik je mag en ik vertrouw je. Ik denk niet dat jij mijn leven zult verpesten.'

'Dus je zit niet te wachten op de luxe levensstijl van je oom?'

'Als hij me geld en spullen wil geven, prima. Dat betekent

nog niet dat ik bij hem hoef te wonen. En waarom zou hij me überhaupt bij zich willen hebben? Het lijkt, ik weet niet, raar.'

'Om een goed woordje voor hem te doen: ik denk dat hij echt van je houdt.'

'Een leuke manier om dat te laten zien. Hij was er nooit.'

'Hij vertelde me dat je vader hem niet in de buurt wilde hebben. Dat hij geld, kleding en andere zaken had gestuurd, maar dat je vader ze terugstuurde en niet wilde dat hij op bezoek kwam of jullie op welke manier dan ook hielp.'

Ze knikte en keek nadenkend. 'Papa mocht hem echt niet.'

'Je oom zei hetzelfde.'

'Mijn... Mijn moeder mocht hem wel. Ze zei dat hij voor haar gezorgd had toen ze jong was. Hun vader was, nou ja, een klootzak, denk ik.'

'Daar heb ik er in mijn leven veel van ontmoet. Jij ongetwijfeld ook.'

'Waarom is dat aanklachtengedoe tegen hem ingetrokken?'

'Ik weet het niet precies,' zei Devine voorzichtig. Hij kon Betsy geen zaken vertellen die haar en hem in de problemen zouden kunnen brengen. Maar hij voelde wel aan hoe kwetsbaar ze op dit moment was. Hij wilde niet tegen haar liegen, omdat de vertrouwensband die hij voorzichtig met haar had opgebouwd makkelijk kon worden verbroken door een misstap van zijn kant.

'Ik denk dat je oom een paar heel goede advocaten heeft, en zoals ik je al eerder vertelde, is de overheid een paar getuigen kwijtgeraakt die ze echt nodig hadden. Misschien hadden ze niet genoeg bewijs om door te gaan.'

'Je denkt dat hij die getuigen heeft laten vermoorden, hè? Dat zei je eerder ook al.'

Met wat hij nu wist, was Devine daar niet zo zeker meer van. 'Betsy, dat is voor mij niet echt duidelijk, maar als je oom de dingen echt gedaan heeft waarvan hij beschuldigd wordt, dan is hij er in elk geval toe in staat.'

'Blijf je zoeken naar de moordenaar van mijn ouders?' vroeg ze.

'Ja, en ik ga de verantwoordelijke vinden, dat beloof ik.'

'En dan draait diegene de gevangenis in, toch? Ik bedoel, je kunt mensen niet zomaar vermoorden en daarmee wegkomen, toch?'

'Nee, dat kan niet,' zei Devine, ook al dacht hij dat dat in dit geval best eens zou kunnen gebeuren.

'Denk je... Denk je dat mijn oom er iets mee te maken had?'

Devine wist dat hij zich steeds meer op glad ijs begaf. Toch antwoordde hij zo eerlijk als hij kon.

'Dat dacht ik wel.'

'Maar nu denk je dat niet meer?' vroeg ze.

'Je oom kwam me na de rechtszitting opzoeken. Ik heb het hem gevraagd, hem ervan beschuldigd.'

Betsy staarde hem zo intens aan dat Devine weg wilde kijken, maar hij deed het niet.

'En wat zei hij?'

'Het ging niet zozeer om wat hij zei, maar om de manier waarop. Het komt erop neer dat ik hem geloofde toen hij ontkende betrokken te zijn bij hun dood. Hij was... gebroken, ik denk dat dat het juiste woord is. Net als jij hield hij heel veel van je moeder.'

'Wie zou het dan gedaan kunnen hebben?'

'Herinner je je nog iets van die dag? Of helemaal niets?' Devine dacht aan wat dokter Coburn hem had verteld over de cyanide in combinatie met DMSO. 'Ik weet dat dit raar klinkt, maar raakten je ouders iets aan wat jij niet aanraakte? Of werden ze aangeraakt door mensen die jou niet aanraakten?'

Ze staarde hem verward aan. 'Aangeraakt?'

Hij besloot eerlijk tegen haar te zijn. 'Je ouders zijn misschien vergiftigd met cyanide. Als je dat inademt, kan het binnen een minuut dodelijk zijn. Maar als het via de huid wordt opgenomen, duurt het even voordat iemand doodgaat, tenzij het wordt gecombineerd met een andere stof waardoor het snel in de bloedbaan terechtkomt.'

'Denk je dat dat is gebeurd?'

'Ja. Herinner je je nog iets wat daarbij past?'

Ze keek uit het raam en zuchtte. Toen sloot ze haar ogen en leek ze zich te concentreren, alsof ze terugging naar dat vreselijke moment. Ze deed haar ogen open. 'Ik herinner me dat de twee mannen die mijn ouders de tas gaven hun de hand schudden.'

'O ja? Wacht eens even, hadden je ouders handschoenen aan? En die twee mannen?'

Ze sloot haar ogen weer, blijkbaar in een poging om het moment beter voor zich te zien.

Toen deed Betsy haar ogen weer open. 'Mijn ouders droegen nooit handschoenen. Maar die twee mannen hadden handschoenen aan. Dikke, volgens mij.'

Devine leunde naar achteren. *Dat moet het geweest zijn.*

'Zei je dat je vader de tas in de kofferbak had gelegd? Hij heeft je niet laten zien wat erin zat?'

'Nee. Ze stapten weer in de auto en mijn vader reed weg, en toen werd hij niet goed. En toen mijn moeder ook.'

'Ze konden niet ademen, zei je. Hadden ze ook stuiptrekkingen? Bewogen ze schokkerig?'

Ze keek hem aan, haar lippen trilden. 'Ja. Denk je... Denk je dat de tas vergiftigd was of zoiets? Of dat het is gebeurd toen ze elkaar de hand schudden? De handschoenen die die kerels droegen?'

'Ja, ik denk dat die twee mannen je ouders op die manier hebben vergiftigd. Kun je je nog meer herinneren over hen?'

'Ze waren allebei lang, ongeveer van jouw lengte. Ze hadden lange overjassen aan. De een had donker haar en de ander was blond.'

'Hoe oud denk je dat ze waren?'

'Ongeveer jouw leeftijd.'

'Had je ze ooit eerder gezien?'

Ze knikte.

Devines gezicht verstrakte. 'Ik heb je dat eerder gevraagd en toen zei je van niet.'

'Nee, je vroeg me of ze leken op die kerels van mijn oom en dat was niet zo.'

Een gefrustreerde Devine wreef over zijn gezicht. 'Oké, waar had je ze eerder gezien?'

'Ze doken ook al op bij waar we woonden. Ze hadden een afspraak met mijn vader toen we een ijsje gingen eten.'

Verdomme, dacht Devine. In tegenstelling tot wat Ellen Saxby had gezegd, had de CIA misschien toch twee Amerikaanse burgers vermoord.

'Heb je daar wat aan?'

Hij keek naar haar. Ze leek kwetsbaar en gespannen.

'Ja, Betsy, hier heb ik heel veel aan. Dank je wel.'

'Wat gaat er met me gebeuren, Travis?' vroeg ze nerveus. 'Ik bedoel, jij hebt een baan en zo, en ik kan niet met Kor en Nate in die stacaravan wonen tot ik volwassen ben.'

'Ik wilde dat ik alle antwoorden had, maar ik weet wel dat wanneer iemand het moeilijk heeft, zoals jij nu, het beter is om kleine stapjes te zetten. Als je probeert alles te plannen, loop je vast. Maar ik kan je wel beloven dat ik alles zal doen wat ik kan om je hier doorheen te helpen, oké?'

'Waarom? Ik bedoel, je kent me niet eens echt.'

'Ik weet dat je een goed karakter hebt en dat je veel voor je kiezen hebt gekregen. Geen enkele volwassene die ik ken, zou zo goed met deze situatie kunnen omgaan als jij doet. En ik help graag mensen die vechters zijn, die weer opstaan als ze worden neergeslagen. En jij bent een vechter, Betsy Odom, twijfel daar nooit aan.'

Wat ze vervolgens deed verraste Devine. Ze ging naast hem

zitten en omhelsde hem. Toen kwamen eindelijk de tranen, totdat Betsy schokte van het snikken.

Devine wist niet precies wat hij moest doen, dus hield hij haar maar gewoon zo stevig vast als hij kon.

60

Devine vroeg Emerson Campbell bij Betsy te blijven toen hij naar zijn afspraak met de vrouw uit de trein ging. Hij legde haar uit wie Campbell was, en tot zijn blijdschap leek de oudere man zich meteen op zijn gemak te voelen bij het meisje en zij bij hem. Toen Betsy even de kamer uit was, vroeg Devine hem hoe hij zo ontspannen kon zijn.

'Ik ben meteen na West Point getrouwd en een jaar later werd de oudste van mijn vier dochters geboren, Devine,' zei Campbell met een veelbetekenende glimlach. 'Ik heb ook acht kleinkinderen, van wie zes meiden en vier tussen de acht en dertien jaar. Terwijl ik altijd dacht dat vechten zwaar was.'

Devine ging naar de garage van het hotel om zijn auto op te halen.

'Waar is Betsy?' vroeg een stem.

Dennis Hastings staarde hem aan van naast een geparkeerde auto.

Devine keek naar de man. 'Mag jij dat wel weten?'

'Hou op met die onzin. De baas wil het weten.'

'En de baas krijgt altijd wat hij wil, zoals je eerder zei?'

'Bijvoorbeeld door die aanklachten vanuit de overheid van zich af te schudden. Best indrukwekkend, vind je niet?'

'Ik denk dat het allemaal afhangt van hoe je ernaar kijkt.'

'Vertel het me. Nu! Anders zal ik je een lesje leren.'

Devine had echt geen tijd om een discussie aan te gaan, dus besloot hij over zijn woede heen te stappen. 'Ze wordt bewaakt door een oorlogsveteraan die iedere man die je hier hebt kan vermoorden zonder dat er zweetdruppeltjes op zijn voorhoofd verschijnen,' zei hij.

Hastings kwam dichterbij. 'Ik hoop voor jou dat dat klopt, Devine. Als er iets met haar gebeurt...'

'Ja, dan wacht mij iets wat honderd keer zo erg is. Dat is me al uitgelegd, en je baas weet het veel beter te brengen. En nu wegwezen.'

'Denk je dat je zo tegen me kunt praten, etterbak?'

'Volgens mij deed ik dat net.'

'Eerder had je het meisje bij je, dus ik kon je niet laten zien hoe ik over je denk. Maar nu is ze er niet.'

'Wat een geluk.'

'Dat denk ik niet, idioot.'

Devine draaide zich om en rukte de metalen wapenstok uit de hand van de man die zijn uiterste best had gedaan om hem stilletjes te besluipen. Hij sloeg met de wapenstok in de buik van de man en toen die door de klap naar voren viel, liet Devine diens neus kennismaken met zijn schoenmaat zesenveertig. Hij draaide hem op zijn rug en de kerel viel hard op het trottoir. Snot spoot uit de neus van de man en dat was altijd een teken dat je tegenstander uit de strijd was, omdat de hersenen flink door elkaar geschud waren. Devine wachtte niet tot de man de held uit wilde gaan hangen en weer op zou staan. Hij sloeg hem met twee knokkels op zijn kaak. Meer snot, bloed, losse tanden en toen was hij knock-out.

De tweede man sprong op Devines rug en Devine boog meteen zijn bovenlichaam naar voren. Hij had hem horen aankomen omdat de idioot ademde als een stier die op het punt stond aan te vallen. De man vloog zo over hem heen, tegen een geparkeerde SUV, waardoor het alarm afging. Devine liep ernaartoe, sloeg het hoofd van de man tegen de autodeur, en herhaalde dat nog eens. Gewoon voor de zekerheid. Hij liet los en de man gleed naar de grond, terwijl het bloed uit zijn neusgaten en mond stroomde.

Toen Devine zich omdraaide, had Hastings zijn pistool getrokken. Hij richtte het beverig op Devine. Zo beverig dat Devine eraan twijfelde of de man ooit iemand had neergeschoten. Het zag eruit alsof hij wanhopig moed probeerde te verzamelen om de trekker over te halen.

Devine maakte het Hastings wat makkelijker door het pistool met één slag van de wapenstok uit zijn handen te slaan. Terwijl Hastings zich haastte om zijn wapen op te pakken, greep Devine hem bij zijn kraag, tilde hem van de grond en wierp hem met zijn hoofd voorover op de motorkap van dezelfde SUV, waarvan het alarm nog steeds jankte. Vervolgens reikte hij onder Hastings' oksel en draaide de man op zijn rug. De gehavende en doodsbange Hastings lag voor hem uitgespreid, en zijn ledematen trilden alsof hij onder stroom stond.

Hij staarde naar Devine, die zijn pistool had getrokken en het op Hastings' gezicht richtte. 'Sorry dat ik je pak verpest heb. Ik weet hoe tof je het vindt om hetzelfde te dragen als je baas.'

'Alsjeblieft, doe het niet,' bracht Hastings kreunend uit. 'Alsjeblieft.'

Devine zette de loop tegen Hastings' linkerslaap nadat hij de slede naar achteren had getrokken. 'Zeg tegen je baas dat hij zich terug moet trekken. Zeg het hem.'

'Dood me alsjeblieft niet.'

'Ik heb het druk en dit helpt niet, oké? Vertel het hem.'

'Dat zal ik doen, ik zweer het.'

'Ja, ik geloof ook wel dat je het zult doen, idioot.'

Devine gaf de man een klap en liet zijn hoofd op de motorkap neerkomen. Hastings lag daar zo bewegingloos als een stuk rundvlees dat op het punt stond om door de slager in stukken gehakt te worden.

Devine stak zijn wapen in de holster. Toen hij zich omdraaide, zag hij een ouder echtpaar angstig naar hem kijken.

Ze deinsden geschrokken achteruit.

Devine dacht snel na en zei: 'Ze, eh, ze hadden mijn parkeerplaats ingenomen.'

Hij gooide de wapenstok in zijn auto, stapte in en toeterde naar de drie bewusteloze mannen terwijl hij wegreed om in een boekwinkel een koelbloedige moordenaar te ontmoeten.

61

Het was behoorlijk druk in de boekhandel en Devine keek toe terwijl moeders en vaders met jonge kinderen, oudere mensen en jongeren die eruitzagen als studenten door de rijen boeken op de planken zochten, naar de muziekafdeling gingen of plaatsnamen in het kleine koffietentje voor de nodige suiker en cafeïne.

Devine deed zijn best de vrouw uit de trein te ontdekken, maar had geen idee hoe ze er deze keer uit zou zien. Terwijl hij om zich heen keek, vroeg Devine zich ook af of Glass hem zou aanvallen nu Devine zijn beveiligingspersoneel in een parkeergarage had neergeslagen.

Hij besefte uiteindelijk dat als hij aan dezelfde tafel zou gaan zitten als waar hij eerder had gezeten, ze hem een teken zou geven of zich op een of andere manier bekend zou maken.

Niemand benaderde hem echter. Na tien minuten stond hij op het punt op te staan toen er twee mensen naar hem toe kwamen en aan de tafel gingen zitten. Een man van in de vijftig en een vrouw van in de veertig. Hij droeg een strak, blauw pak zonder stropdas en zij droeg een donkere pantalon en een paarse coltrui met een lange zwarte jas eroverheen.

'Meneer Devine?' vroeg ze kortaf.

Hij keek haar aan. 'En u bent?'

Als antwoord opende ze haar tas, haalde er een stuk papier uit en schoof het naar hem toe.

Devine vouwde het open en las precies dezelfde boodschap die eerder onder zijn deur door was geschoven, naar verluidt van de vrouw uit de trein die hem hier vandaag zou ontmoeten.

'Wie bent u en waarom hebt u dit?'

'Wij waren degenen die dat briefje onder uw deur in het hotel door hebben geschoven,' zei de man.

'Hoe wist u wat u erop moest schrijven?'

De man keek om zich heen. 'Dit is niet echt de plek om dit allemaal te bespreken. Buiten staat een auto klaar.'

'Ik stap niet zomaar in onbekende auto's. Ik heb ontdekt dat dat slecht is voor mijn gezondheid.'

De man haalde een klein zwartleren mapje uit zijn jaszak, legde het op tafel en opende het. De vrouw deed hetzelfde.

Devine keek naar de papieren en toen naar het paar.

'Dat bevestigt dat ik nooit in die auto van u moet stappen,' zei hij. 'De CIA staat op dit moment niet echt hoog op mijn vriendenlijst.'

'We krijgen altijd een slechte naam,' zei de man met geveinsde humor. 'In films willen we de halve wereld vermoorden. En in series vermoorden we de andere helft. Ik ben Will Chambers en dit is mijn collega, Angela Davenport, zoals in onze papieren ook staat.'

Davenport boog zich naar voren en sprak zachtjes. 'Voordat we ter zake komen, Devine, wilde ik u persoonlijk bedanken voor het scheppen van duidelijkheid met betrekking tot de dood van Jenny Silkwell in Putnam, in de staat Maine.'

Devine keek haar verbaasd aan. 'Kende u Jenny?'

Hij zag dat de lippen van de vrouw trilden bij zijn vraag.

'Ze was mijn protegé. Ik hoopte dat ze op een gegeven moment mijn plek in de hiërarchie zou overnemen. Een verspild talent en leven. U riskeerde uw leven. Mijn dank en respect daarvoor, meneer. En dat van het hele agentschap.'

Ze stak haar hand uit, die hij langzaam schudde.

Dit werd allemaal zo oprecht gezegd dat Devine een beetje verbaasd was.

Chambers boog zich naar voren. 'Angie bracht de zaak in Maine ter sprake om ook een ander punt te illustreren. Er is een verband met iets waar we momenteel mee bezig zijn.'

Davenport tikte met haar vingernagel op de tafel. 'De vrouw uit de trein, zoals u haar noemt.'

'Hoe weet u dat? En hoe wist u wat u op het briefje moest schrijven dat u onder mijn deur door schoof?'

'De CIA is niet voor niets een inlichtingendienst,' merkte Chambers op.

'We zijn hier om u naar haar te vragen,' zei Davenport.

'Waarom?'

'Omdat ze vroeger voor ons werkte.'

'Daar weet ik niets van.'

'O, kom op, Devine,' zei Chambers. 'Als u tegen ons liegt, komen we niet verder.' Hij keek weer om zich heen. 'We zouden wel even onze benen kunnen strekken. Ik weet dat een boekwinkel geen gebruikelijk trefpunt is voor buitenlandse spionnen, maar het komt nogal belachelijk over als we hier worden afgeluisterd. Ik zou niet graag willen dat mijn dertigjarige carrière bij de overheidsdienst eindigt in een geweldig schandaal dat zich afspeelde tegenover de afdeling Young Adult en een cappuccinomachine.'

Een minuut later liepen ze langzaam over het trottoir. Devine merkte dat een zwarte Tahoe hen op discrete afstand volgde.

'Haar naam is Prudence Jackson, afgekort Pru,' zei Davenport. 'Ze was een van onze beste agenten in het veld.' Ze keek naar Devine.

'Kijk, ik zal u in alle eerlijkheid wat vertellen, meneer Devine, en wat informatie met u delen, in de hoop dat u hetzelfde zult doen. Ik zal dit doen met het besef dat we u niet kunnen dwingen om ook over de brug te komen.'

'Waterboarding is geen optie deze keer?' vroeg Devine.

'Nou ja, zeg!' riep Chambers uit. 'Hollywood heeft ons echt een slechte naam bezorgd.'

'Jackson was een eersteklas inlichtingenofficier,' zei Davenport. 'Van hetzelfde niveau als Jenny Silkwell, maar met een overlevingsmentaliteit die haar perfect maakte om overal ter wereld op hotspots in te zetten. Ze was een briljante agent.'

'Wat gebeurde er toen?'

'Ons werd verteld dat ze werd gedood door een vijand van dit land en dat haar stoffelijk overschot werd begraven op een onbekende locatie,' antwoordde Davenport. Ze zweeg even en bestudeerde Devine nog eens. 'Ik neem aan dat wat zij u verteld heeft niet overeenkomt met mijn verklaring?'

'Hoe weet u dat ze me iets verteld heeft? Of dat we elkaar ooit ontmoet hebben? Ik weet niet eens of deze Pru Jackson de vrouw was die me in de trein probeerde te vermoorden.'

'We hebben inmiddels vernomen dat Jackson niet dood is en behoorlijk actief is geweest,' vervolgde Davenport. 'Ze heeft geprobeerd u te vermoorden in een trein van Genève naar Milaan. We hebben daar bewijs van.'

'En in Maine heeft ze minstens twee keer geprobeerd u uit te schakelen,' voegde Chambers eraan toe.

'Jackson is een huurling geworden,' zei Davenport. 'Hoog in rangorde, een hoge beloning.'

'Dus dit weet u allemaal, maar u kunt haar niet vinden?' vroeg Devine sceptisch.

'Ze is erg goed in wat ze doet. En hebben uw mensen bij Homeland Security haar soms kunnen vinden?' antwoordde ze.

Daar heb je een punt, dacht Devine. 'Oké, ze heeft een hoge functie, krijgt een goede beloning en ze is erg goed in zich verstoppen. En verder?'

'Kunt u ons in elk geval íéts vertellen wat u over haar te weten bent gekomen? Het zou ons veel tijd kunnen besparen. En mijn intuïtie zegt me dat die snel opraakt.'

'We weten dat er iets groots wordt gepland, hier op Amerikaanse bodem,' voegde Chambers eraan toe. 'Gelukkig niet zoiets als op 11 september. Maar misschien zal het uiteindelijk nog schadelijker zijn. Als u begrijpt wat ik bedoel.'

'Zoiets heb ik ook gehoord,' gaf Devine toe.

'Zullen we onze krachten daarom maar bundelen?' vroeg Chambers.

'Mijn baas, Emerson Campbell, is in mijn hotel. Waarom geen onderonsje om te kijken wat we samen kunnen doen?'

Chambers en Davenport keken elkaar aan. 'Het lijkt me hoog tijd om allemaal samen te werken,' zei Davenport. 'Als we nog een land over willen hebben om te dienen.'

62

Campbell deed de deur open en vertelde Devine dat Betsy in haar kamer was. Devine stelde Chambers en Davenport aan hem voor en ze namen allemaal plaats in de kleine woonkamer naast de twee slaapkamers.

Devine praatte Campbell bij over zijn gesprek met de twee CIA-agenten. 'Ik vroeg me al af wanneer er iemand van uw agentschap zou komen opdagen,' zei Campbell.

'De CIA is niet zo van het binnenstormen, dat is meer uw taak,' antwoordde Chambers.

'Jackson vertelde me dat ze in de val was gelokt toen ze bij de CIA werkte,' zei Devine. 'Dit omdat ze wist van een doofpotaffaire van een moord op een agent van een van onze bondgenoten. Die moord was gepleegd door de CIA. Dus werd zij voor de wolven gegooid.'

Davenport en Chambers wisselden een blik. 'Dat is misschien wat Pru gelooft,' zei Davenport, 'maar dat is niet wat er is gebeurd. De mensen achter die moord zitten momenteel in de gevangenis.'

'Wat is er dan met haar gebeurd?' vroeg Chambers.

'Ze zei dat ze twee jaar in een gevangenis had gezeten in een of ander land.' Hij keek hen allebei aan, maar een specifieke plaats zouden ze hem niet geven, zelfs als ze het wel wisten. 'Uit wat ze losliet, maakte ik op dat ze in die twee jaar gemarteld is.'

'Ik snap het,' zei Davenport met een gekwelde blik.

'U zei dat verondersteld werd dat ze dood was. Hoe bent u bij haar terechtgekomen?'

'Haar moeder, Molly Jackson, is kortgeleden in een verpleeghuis overleden,' legde Davenport uit. 'We hadden daar een man gestationeerd, voor het geval dat. Een oude vriendin kwam langs om afscheid te nemen. Dat leek allemaal zeer geloofwaardig, dus onze man dacht er verder niet over na. Pas later ontdekten we dat die "vriendin" een spoedoperatie had ondergaan en in het ziekenhuis opgenomen was geweest.' Ze voegde er weemoedig aan toe: 'Pru was echt zo goed in vermommingen.'

'Hoe wist u dat ze naar mij toe zou komen?' vroeg Devine.

Voordat ze konden antwoorden, zei Campbell: 'Ik wil graag eerst de lucht even klaren.' Davenport en Chambers draaiden zich naar hem om. 'Ik heb geruchten gehoord dat jullie agentschap Devine hetzelfde zou hebben geflikt als Jackson. Ik heb het over die aanslag op Devine in de trein naar Milaan.'

'Dat was niet door ons geautoriseerd,' zei Chambers verontwaardigd. 'We hadden geen reden tot zo'n soort daad.'

Davenport keek naar Devine. 'Uw hulp bij onze gezamenlijke operatie heeft voorkomen dat een zeer gevaarlijke situatie verder escaleerde. U bent een aanwinst voor dit land, zoals u ook bewees bij de zaak-Silkwell. De organisatie die u hielp ontmantelen, is geen vriend van ons. We zouden nooit zaken met hen doen, onder welke omstandigheden dan ook.'

'Ik wilde dat ik u kon geloven,' zei Devine. 'Zowel wat mij als wat Jackson betreft.'

Davenport en Chambers leunden naar achteren en keken elkaar hulpeloos aan.

'We weten dat Jackson achter de aanslag op uw leven in Europa zat en verwachtten al dat ze u hierheen was gevolgd,' zei Davenport uiteindelijk. 'Dankzij u weten we nu dat dat klopt. We willen daar meer over weten.'

'Ze had meerdere keren de kans om me te vermoorden,' zei Devine. 'Maar dat deed ze niet.'

'Waarom was dat zo, denkt u?'

'Ze heeft een groter doel voor ogen: de mensen die haar hebben verraden. Ik hoop dat dat niet over u gaat. Verder was ze geïntrigeerd door de zaak-Glass, aangezien het feit dat de aanklachten zijn ingetrokken en hij op de voogdij van zijn nichtje jaagt duidelijk lijkt te maken dat hij een deal heeft gesloten met de overheid.'

Campbell voegde eraan toe: 'De zaak van het ministerie van Justitie stond op losse schroeven doordat ze drie getuigen kwijtraakten. Allemaal gedood door sluipschutters van wereldklasse met een uitstekende kennis van zaken. Zo uitstekend zelfs dat het wellicht vanuit de overheid zelf kwam. Een bepaald deel daarvan misschien?'

Zowel hij als Devine staarde naar de twee CIA-mensen, die hen beiden recht aankeken.

'Vervelend dat u denkt dat wij daar iets mee te maken hebben,' zei Davenport. 'Wij vermoorden geen Amerikaanse burgers, zelfs niet als die bij elkaar tientallen mensen hebben vermoord.'

'Op bevel van Glass,' antwoordde Devine.

'Ik ga geen minuut verspillen aan het verdedigen van Danny Glass,' antwoordde Davenport. 'Hij is hard en opportunistisch, en ik zie hem als uitschot. Maar we moeten vaak met uitschot omgaan om nog groter en gevaarlijker uitschot te vangen. Hoewel Glass op zijn eigen manier gevaarlijk is, wil dat niet zeggen dat hij een gevaar vormt voor dit land. Hij is eerder een lastpost.'

'Dus zijn die mannen in uw opdracht vermoord?' hield Devine aan.

'Nee,' zei Chambers. 'Ik heb mijn land met een eervol geweten gediend en daarbij af en toe de grenzen opgezocht. Maar ik zit er niet op te wachten de bak in te draaien. Zegt dat genoeg?'

Devine keek naar Campbell, die beide CIA-agenten leek te beoordelen.

'Oké,' zei Campbell. 'Ga verder. Hoe kwam de deal met Glass tot stand?'

'Glass werd waardevol voor ons omdat hij veel zakendeed met mensen en bedrijven die nauwe banden hebben met een organisatie die zowel door ons als door de FBI al bijna twee jaar gevolgd wordt,' zei Davenport.

'Welke organisatie is dat?'

'Ze staan bekend als 24-12-65.'

'Kerstavond 1965?' vroeg Campbell.

'Verkeerde eeuw. Het gaat om 1865,' antwoordde Davenport.

'Wat is de betekenis van de datum?' vroeg Devine.

'Het is de dag dat de Ku Klux Klan werd opgericht door veteranen van de Confederatie in Tennessee.'

'De KKK? Hebben we het daar echt over? In 2024?' vroeg Devine ongelovig.

'Hoe meer alles verandert, hoe meer zij kiezen voor stilstand. Of achteruitgang, in dit geval. En ter informatie, er zijn nu meer haatgroepen en goedgeorganiseerde en gefinancierde militiegroepen in dit land dan ooit. Sommigen willen zich afscheiden van het land. Anderen willen een coup plegen en het land vervolgens besturen volgens hun bizarre overtuigingen. En 24-12 behoort duidelijk tot de laatste groep.'

'Ik heb nog nooit van ze gehoord,' zei Campbell, terwijl Devine zich daarbij aansloot door te knikken.

'Dat is onderdeel van hun plan,' merkte Chambers op. 'Onder de radar blijven totdat ze klaar zijn om toe te slaan.'

'Maar Glass had belastende informatie over hen?'

'Veel meer dan alleen belastende informatie, Devine. Namen, plaatsen, plannen, rekeningnummers, locaties van wapenopslagplaatsen, berichtjes, e-mails en telefoongesprekken. Als je ziet welke mensen er lid zijn, zul je geschokt zijn, echt waar. Bekende namen uit de industrie, politieke experts die je op tv ziet of die online bekend zijn. Er zijn er nogal wat die functies op federaal en staatsniveau bekleden en die met deze mensen in zee zijn gegaan.' Hij keek Campbell aan. 'Er zijn ook mensen uit het leger bij, zelfs hoge officieren. We hebben Glass' medewerking en getuigenis nodig om het allemaal te staven.'

'Weet u zeker dat hij u niet gewoon aan het lijntje houdt?' vroeg Devine.

'Glass heeft al een tipje van de sluier opgelicht. Dat hebben wij en de FBI geëist als een gebaar van goede wil van zijn kant.'

Davenport keek naar Campbell. 'En van Homeland Security, generaal Campbell. Uw eigen agentschap is hier ook bij betrokken.'

'Nou, ik ben daar duidelijk niet van op de hoogte,' merkte Campbell geïrriteerd op.

Devine stelde nu de vraag die hij al een tijdje wilde stellen.

'En de Odoms? Zij zijn vermoord. Weet u daar iets van?'

'Nee,' zei Davenport beslist. 'Wij waren daar niet bij betrokken.'

'Is het niet illegaal voor de CIA om überhaupt operaties uit te voeren binnen de Verenigde Staten?' vroeg Campbell.

'Dat is inderdaad illegaal,' antwoordde Chambers. 'Daarom doen we het officieel niet. We werken samen met agentschappen die binnenlands kunnen opereren. Maar inlichtingen zijn inlichtingen, over welk land het ook gaat.'

'Toch is er iemand die de Odoms heeft vermoord,' zei Devine. 'Hun dood leidde ertoe dat Glass de kans kreeg om Betsy Odom te adopteren, iets waarvan ik weet dat het op zijn verlanglijstje stond.'

'De CIA had daar niets mee te maken,' zei Davenport nadrukkelijk.

'Bij een veroordeling zou hij meerdere keren levenslang krijgen. Dat was genoeg druk van onze kant. We hadden niet meer nodig om hem te laten meewerken. Dat is meteen nog een reden waarom we die getuigen niet zouden hebben gedood. Het zou de druk die we op Glass konden uitoefenen verzwakt hebben.'

'Het zou wel in het belang van 24-12 zijn. De aanklachten verdwijnen, Glass' reden om met de overheid samen te werken ook. Dat is in het belang van de terroristen.'

'Misschien hebben ze hun contacten bij de overheid gebruikt om de benodigde informatie te krijgen om alle drie de getuigen tegelijkertijd uit te schakelen,' zei Campbell.

Devine keek naar Davenport, die hem aanstaarde. 'Wij hadden niets te maken met de moord op die mannen,' zei ze.

'Dat geloof ik inmiddels.'

'Dank u,' zei ze kortaf. 'Wat kunt u ons nu vertellen?'

'Nadat ze twee mannen hadden ontmoet, kregen de Odoms een stacaravan en een auto van een onbekend iemand. Diezelfde mannen ontmoetten ze enkele minuten voor hun dood. Ik denk dat ze tijdens die ontmoeting geld kregen. Betsy werd in leven gelaten, wat logisch is als dit in opdracht van Glass was. Dan kon hij de voogdij over haar krijgen.' Hij keek naar Davenport. 'Kwam dat geld van u?'

'Waarom zouden wij die mensen geld geven?' vroeg Chambers.

'Als doorgeefluik voor Glass. Hij vertelde me dat hij ze in de loop der jaren geld en andere dingen had geprobeerd te geven, maar Dwayne Odom haatte hem en wilde er niets van accepteren. Misschien kwam hij naar u voor hulp.'

'Zoals ik al zei, was het quid pro quo met Glass gestoeld op het afwijzen van de aanklachten, Devine,' zei Davenport. 'Dat stond vast, ongeacht wat er met die getuigen zou gebeuren. Dat was de deal. Wij hebben niets met het gedoe in zijn familie te maken. Ik weet er zelfs niets van.'

'Waarom heeft de FBI Betsy Odom dan in hechtenis genomen?'

'Dat is de zaak van de FBI. Vraag dat maar aan hen,' zei ze kortaf.

'Dat heb ik gedaan en ik werd van het kastje naar de muur gestuurd.'

'Dan zou ik u vriendelijk willen verzoeken het nog eens te vragen, deze keer met meer nadruk.'

Devine bestudeerde haar ijzige gelaatstrekken terwijl Chambers met een knoop van zijn colbert speelde. Het punt was dat hij haar geloofde. Hij geloofde ook dat wat de FBI ook van plan was met Betsy Odom, Davenport het daar niet mee eens was. Hij was geschokt door de gedachte dat de FBI misschien ook niet eerlijk tegen hem was geweest; het gaf hem een ongemakkelijk gevoel.

'Wat wilt u van ons?' vroeg hij uiteindelijk, terwijl Campbell knikte.

'We weten dat u naar Ricketts in Washington bent geweest,' zei Davenport.

Devine keek op. 'Volgens mij is die stad bekend genoeg bij de CIA.'

'Ik weet niet wat u bedoelt.'

'Pru Jackson vertelde me dat de overheid veel zaken, mensen en plaatsen bezit. Ricketts heeft veel speelgoed dat ze zich eigenlijk niet kunnen veroorloven. Met dank aan de president? Of aan de CIA? Hoewel ik er zeker van ben dat je het zult ontkennen, hebben een paar van je handlangers me daar ontvoerd, en waarschijnlijk zouden ze me hebben gemarteld en vermoord als Pru Jackson me niet te hulp was geschoten.'

'Waarom denkt u dat wij daarachter zaten?' vroeg Davenport nieuwsgierig.

'Jackson volgde de pick-up nadat die de twee gasten had opgepikt die mij ontvoerd hadden en die ik een lesje had geleerd. Ze zag ze in lijkzakken in een heel speciale helikopter verdwijnen, die blijkbaar alleen door Homeland Security en uw agentschap wordt gebruikt. Ik weet vrij zeker dat het niet door Homeland Security geregeld was, dus dan blijft de CIA over. Bovendien vond de politie van Seattle een afdruk op een van de hulzen. Ze hebben die door de gebruikelijke databases gehaald, maar op een gegeven moment was de toegang tot de informatie afgesloten. Ik denk dat het beperkt is tot leden van uw agentschap.'

Davenport schudde haar hoofd. 'Dat klopt niet, Devine. Toen de zoekopdracht in onze database gedaan werd, kregen we een waarschuwing. De database is echter beperkt omdat het de afdrukken bevat van mensen van wie bekend is dat ze banden hebben met terroristische organisaties, zowel buitenlands als binnenlands.'

'Dus u wilt zeggen dat u de politie de toegang ontzegt tot forensisch bewijsmateriaal als ze echte slechteriken tegenkomen?' zei Devine ongelovig. 'U laat ze gewoon op vrije voeten?'

'Het is niet juist dat we ze op vrije voeten laten. We houden ze in de gaten om na te gaan of we nog grotere vissen kunnen vangen en om meer te weten te komen over hun acties en bedoelingen. In bepaalde gevallen koppelen we dat ook terug naar de politie en informeren we hen op discrete wijze over met wie ze te maken hebben. In dit specifieke geval ging het over een man genaamd Albert Russell. Hij is een bekend lid van 24-12, een zware jongen. We hebben de politie van Seattle hier niet over ingelicht omdat we niet wilden dat ze ons plan om de hele organisatie te ontmantelen zouden dwarsbomen.'

'En de helikopter?' vroeg Devine.

'Dat was niet onze helikopter en het waren ook niet onze mensen. Zo'n helikopter wordt ook gebruikt door de andere kant, Devine. Ze hebben ongelooflijk veel geld. In tegenstelling tot wat u beweert, is Ricketts niet onze stad. Die is eigendom van iemand anders.'

'Van wie dan?' vroeg Devine geschokt.

'Wij geloven dat Ricketts in de staat Washington het onofficiële hoofdkwartier is van 24-12-65,' zei Chambers.

63

Davenport en Chambers hadden hun gesprek met Devine en Campbell afgerond en waren vertrokken. Blijkbaar werden er plannen gemaakt door de feds. Complexe en gevaarlijke plannen. Die volgens Devine weinig kans op succes hadden.

Campbell was uiteindelijk compleet gefrustreerd teruggegaan naar zijn kamer, terwijl Devine in een stoel naar buiten zat te staren, naar het in duisternis gehulde Seattle. Het was stil en hij had de eenzaamheid nodig om alles te verwerken. En Davenports advies bleef bij hem terugkomen: *Dat is de zaak van de FBI. Vraag het aan hen.*

Twintig minuten later waren bepaalde dingen duidelijk geworden. Er schoten hem mogelijke antwoorden te binnen op vragen die hem dwarszaten. Het was alsof de laatste stukjes van een ingewikkelde puzzel op hun plaats vielen.

Ik deed aannamen die ik niet had moeten doen. Nu moet ik zekerheid hebben, als je tenminste van zekerheid kunt spreken als iedereen tegen je liegt.

Hij belde Campbell en vroeg hem of hij al meer wist over de zaken die hij na zou trekken.

'O, sorry, Devine,' zei Campbell. 'Met alles wat er gaande was, ben ik vergeten je bij te praten. Volgens mij zal dit je erg interesseren.'

Nadat Campbell hem had verteld wat hij had ontdekt, verbrak Devine de verbinding en belde meteen iemand anders.

Special agent Ellen Saxby nam op toen de telefoon voor de tweede keer overging.

'Geniet je van de rust en je sigaretten?' vroeg hij.

'Ik voel me eigenlijk een beetje eenzaam.'

'Wil je wat gezelschap?'

'En Betsy dan?'

'Ik heb hulptroepen.'

'Oké.'

'Dat koffietentje vlak bij jou? Over twintig minuten?'

Zonder haar reactie af te wachten verbrak Devine de verbinding en klopte bij Campbell aan om hem te vragen nog even bij Betsy te blijven. Hij wilde ook nog één vraag aan zijn baas stellen voordat hij Saxby zou ontmoeten.

'Hoe kwam deze missie precies bij mij terecht?'

'Zoals ik je al vertelde.'

'Meer details graag, het is belangrijk.'

Campbell keek hem even aan. 'Nou, eigenlijk zei mijn vriend bij de FBI dat hij had gehoord over een voormalig Ranger die ik onlangs had aangenomen, die goed werk had verricht in het buitenland. Ik vroeg hem of hij jou bedoelde en hij zei ja. Zo ging het.' Campbell zweeg en staarde Devine strak aan. 'Dus jij denkt...'

'Inderdaad.'

'En waar ga je nu heen?'

'De waarheid achterhalen.'

Saxby wachtte al op hem. De zaak was halfvol en ze zaten aan een tafeltje ver bij de andere klanten vandaan. Ze bestelden hun koffie en Devine zweeg totdat hun drankjes arriveerden.

Hij nam een slok. 'Ik kwam om te praten over 24-12-65,' zei hij. 'Het leek me tijd om ter zake te komen. Ben je er klaar voor? Want volgens mij gaat dit geen leuk gesprek worden.'

Ze had suiker in haar koffie gedaan en roerde nu. Hij zag haar hand beven bij zijn woorden. Het was nauwelijks zichtbaar, maar het ontging hem niet, omdat hij precies zo'n reactie had verwacht.

Ze legde haar lepeltje neer en nam een slok koffie.

'Ter info, ik hou niet zo van Kerstmis. En ik ben pas in 1980 geboren,' zei ze.

Hij staarde haar lang aan voordat hij sprak, omdat hij wilde dat ze de ernst van het moment voelde.

'Je mag nog één poging wagen, Ellen. Als je weer met onzin komt, neem ik het heft in eigen hand en kan de FBI het verder zelf uitzoeken. Dan werp ik de lont in het kruit. Wil je dat?'

Ze verbrak het oogcontact en nam een slok koffie. 'Verwijs je nu naar een bepaalde organisatie die zo heet?' begon ze.

'Ja.'

Ze keek hem aan. 'Wat wil je weten?'

'Alles.'

'Dat is een groot woord.'

'Begin dan maar bij het begin. Ik denk dat ik daar recht op heb.'

Ze sloeg haar ogen neer en knikte. 'Oké. Over het algemeen hebben we een en ander van hen gezien bij grote demonstraties met volgelingen met zwarte kappen en wapens, en ook inmenging in lokale verkiezingen. Ze worden ervan verdacht veel invloed uit te oefenen op social media en indoctrinatiecampagnes te voeren. Ze hebben zelfs zeggenschap op talloze privéscholen. Wij denken dat hun partners over eigen belastingvrije en zogenaamd religieuze platforms beschikken die illegaal geld naar hen doorsluizen. Maar nogmaals, we hebben het nooit rechtstreeks naar een verifieerbare bron kunnen herleiden.'

'Dus je kunt geen zaak tegen hen aanspannen?'

'We zijn achter de personen aan gegaan van wie wij denken dat ze samenwerken met 24-12. Maar ze beschikken over veel geld en hebben eersteklas advocaten, dus vervolgingen waren meestal niet succesvol. Getuigen worden bang of sterven. Of bewijs verdwijnt, omdat er ook lokale agenten lid zijn. Maar niemand heeft ooit informatie over hen gegeven.'

Saxby leek zich op te winden en Devine besloot haar nog wat verder uit te horen. 'En?' vroeg hij.

'Heb je ooit gehoord van de Zwarte Hand, die in de jaren twintig actief was?' vroeg ze scherp.

'Nee.'

'Het was een soort voorloper van Cosa Nostra. Honderden moorden, bomaanslagen, ontvoeringen, van burgers op straat tot de rijkste mensen in het land, onder wie toppolitici. Zelfs de toenmalige Amerikaanse president was een doelwit. In bijna alle vijftig staten zaaide men angst. Ze wisten de federale overheid bijna omver te werpen. We zouden een bananenrepubliek zijn geworden of een soort nazi-Duitsland.'

'Dus dat is de blauwdruk voor deze jongens? De Zwarte Hand?'

'Ze zijn eigenlijk geraffineerder,' zei Saxby. 'Ze komen heel gematigd over, een normale façade in veel kringen om zo veel mogelijk gewone mensen aan te trekken. Die worden dan het doolhof van complottheorieën binnengeleid, meestal via social media of hun indoctrinatiescholen om de jeugd te pakken te krijgen, totdat ze alles geloven wat deze mensen ze vertellen. Kijk, ook al is onze samenleving economisch oneerlijk, de overheid neemt wel wetten aan en handhaaft deze om die verschillen niet te veel uit de hand te laten lopen. Deze mensen vinden dat niet leuk. Ze willen alle rijkdom en macht, met een bevolking die er hetzelfde uitziet, hetzelfde bidt, hetzelfde spreekt en waarin witte mannen domineren. Net als de KKK.'

'Maar nu doet zich een kans voor om ze echt neer te halen?'

'Ja, dankzij Danny Glass nota bene.'

'Waarom heeft de FBI Betsy Odom in hechtenis genomen?'

'Kom op, Devine. Dit hebben we al besproken.'

'Nee, ik heb de vraag gesteld en kreeg keer op keer een onzinnig antwoord. Dat moet stoppen. Nu.'

'Ik weet niet wat ik je moet vertellen.'

'Nou, laat mij jou dan vertellen wat ik denk. Wat vind je daarvan?'

'Ga je gang, maar ik beloof niets.'

'Eén bewaker bij Betsy?'

'Ik zei je al...'

'Laat me uitpraten. Je deed je voor als een afgedankte agent in een midlifecrisis. Een tikkende tijdbom met een pistool, die soms onhandig is en een echte kettingroker.'

Ze nam een slok koffie en keek weg.

'Mijn baas heeft echter het een en ander nagevraagd bij zijn vrienden bij de FBI en hij heeft me net verteld wat hij te weten is gekomen. Over jou.'

'Echt waar?' vroeg Saxby op een uitdagende toon. 'En?'

'Niets past in het plaatje. Je bent gelukkig getrouwd, hebt drie prachtige kinderen. Je bent hier niet omdat je baas je hiermee opzadelde omdat je zijn favoriet vrouwonvriendelijk had genoemd. Je bent hier omdat je een van de besten bent. En trouwens, ondanks het feit dat je echt je best hebt gedaan om het te verbergen, liet je dat af en toe ook zien.'

Ze keek hem met opgetrokken wenkbrauwen aan. 'En? Verwacht je nu een soort uitleg?'

'Nee, omdat je die waarschijnlijk niet mag geven. Dus laat me maar gewoon doorgaan.'

'Prima. Ik heb vandaag toch niets beters te doen.'

'Dan kom ik in beeld. Ik vraag me af waarom.'

'Vertel jij het me maar, Travis. Je gaat lekker, je bent op stoom.'

'Jouw mensen wisten dat Glass en ik een connectie hadden uit onze tijd in dienst, daarom werd ik hierbij betrokken. Toen kon ik goed opschieten met Betsy, terwijl jij de boze stiefmoeder speelt, waardoor je haar letterlijk dwong om mijn kant te kiezen. We krijgen een band, subtiel geef je mij steeds meer tijd met haar. Dan proberen mensen me te vermoorden in Ricketts. Ze proberen me op te blazen in dat huis van dokter Coburn. En opeens ben ik Betsy's voogd.'

'Nu ben je Betsy's voogd, nou en? Ik had daar niets mee te maken. Dat was haar beslissing.'

'Omdat ze door jou gemanipuleerd was! Wat heb je haar over mij verteld toen je met haar ging winkelen? Dat ik een geweldige vent ben die het beste met haar voorheeft? Je moet je rot gelachen hebben toen je me adviseerde om haar mee te nemen naar een boekwinkel, een boek voor haar uit te zoeken, een drankje en iets lekkers voor haar te kopen en te wachten tot ze me in vertrouwen zou nemen. Je hebt mij én Betsy gemanipuleerd en voor de gek gehouden. Goed gedaan, Ellen, goed gedaan.'

'Ik heb geen idee...'

Hij onderbrak haar. 'Hoe lang werk je hier al aan met de CIA?'

'Met de CIA? Ben je gek geworden? De FBI en de CIA zijn als water en vuur. Dat weet iedereen.'

'Dat denk ik niet, Ellen. Ze hebben contact opgenomen. Ze hebben ons ingelicht. Ze zeiden dat de FBI betrokken was bij deze operatie. En jij hebt net toegegeven dat jullie al een tijdje achter die KKK-jongens aan zitten.'

'Wie bedoel je met "ons"?'

'Mijn baas en ik.' Devine boog zich naar voren. 'Dus laat ik het kort houden. Maar één bewaker bij Betsy. Ik weet dat Glass zijn handlangers ook op haar liet letten, maar dat is niet hetzelfde. Het is echter wel verhelderend, toch? Waarom is Glass zo bezorgd over Betsy's veiligheid?'

'Hij is bang dat zijn vijanden haar pijn zullen doen om hem terug te pakken. Vrij simpel.'

'Dus ze is een belangrijk onderdeel van dit alles en toch is ze hier in Seattle, terwijl alleen jij haar bewaakt in een waardeloos hotel. Hoe zit dat?'

'Ik snap niet waar je op doelt.'

'Ik dacht dat de CIA Alice en Dwayne Odom had vermoord

om Glass de kans te geven Betsy te adopteren. Ze ontkenden dat, en heftig ook, mag ik wel zeggen. Ze gaven ook aan geen verantwoordelijkheid te nemen voor de moorden op de drie getuigen. Ik geloof ze. Als ik nu bij 24-12-65 hoorde, hoe zou ik dan tegen dit alles aankijken?'

'Vertel het maar,' zei Saxby geïrriteerd.

'Dan zou ik de getuigen doden, zodat de zaak geen stand houdt en Glass geen reden meer heeft om met de feds samen te werken. Dan kun je als extraatje nog Betsy's ouders doden, als waarschuwing aan Glass om niet mee te werken. Natuurlijk moet Betsy in leven blijven. Als je haar ook doodt, is er geen drukmiddel meer. Als ze sterft, heeft hij niets te verliezen. Dan zal hij alles vertellen, al was het alleen om die klootzakken terug te pakken.'

Saxby schraapte haar keel en leek nu ongemakkelijk.

'Kijk, Travis, ik...'

Hij liet haar niet uitspreken. 'Je hebt Betsy in de val gelokt. Zo leek ze een makkelijk doelwit. Die verbazing en woede over het feit dat het ministerie van Justitie de aanklachten seponeerde was ook geveinsd. Je wist de hele tijd dat dat bevel zou komen. Toen ik zei dat ik niet Betsy's voogd wilde zijn, zat je erbovenop en zei meteen dat ik dat wel moest doen.'

'Travis, alsjeblieft...'

Maar Devine ging gewoon door. 'De FBI wil dat Betsy sterft, zodat Glass zal meewerken. Daarom heb je de rechtbank zover gekregen om mij voogdij te verlenen. De FBI moest ervanaf. Ik zou Betsy meenemen naar een plek waar zelfs Glass' mannen haar niet zouden kunnen beschermen. En toen ik suggereerde dat ik dat zou doen, kreeg ik geen tegenstand van jou of iemand anders. En wat dan? Zou de locatie dan worden doorgegeven aan die klootzakken van de KKK? Dan zouden Betsy en ik de dood vinden, maar alles voor het grotere goed, toch? Glass zou kroongetuige worden in het proces van de eeuw, een kroon op je carrière.' Hij tikte op de tafel en keek Saxby aan. 'Maar als ze Glass vermoorden, is je plan verpest. Dus hoeveel agenten zijn er voor zijn bescherming, naast zijn eigen leger? Tien? Twintig?' Toen ze niet reageerde, sloeg hij zo hard met zijn vuist op de tafel dat er koffie uit allebei hun mokken spatte. 'Ik verdien verdorie wel een antwoord, Ellen.'

Een paar andere aanwezigen keken nerveus om voordat ze zich weer naar hun drankjes keerden en verwoed begonnen te fluisteren.

Een bevende Saxby leunde naar achteren, haalde adem en streek met een trillende hand door haar haar. 'Een stuk of tien, om je vraag over het aantal agenten dat Glass beveiligt te beantwoorden. Ze zitten allemaal in het hotel. Wanneer hij ergens naartoe reist, gaat er altijd een onzichtbaar leger van agenten mee. Niemand weet ervan, behalve de verantwoordelijken voor deze actie. Geen lekken, geen fouten. Zoals je zei, het proces van de eeuw.'

'Hoe kon je weten dat ik hiermee verder zou gaan nadat ik Betsy meenam naar de bijeenkomst met haar oom? Ik had daarna gewoon kunnen verdwijnen.'

'We… We hebben je personeelsdossier en meest recente psychische onderzoek bekeken. Jij verdwijnt nooit zomaar, Travis, niet als er iemand in nood is. En… En ik zorgde ervoor dat je wist dat Betsy in nood was door mijn rol te spelen.'

Devine keek haar woedend aan. 'Je hebt me de hele tijd voor de gek gehouden. Ik dacht dat de ene federale dienst de andere met respect zou behandelen, maar ik had het mis.'

'Ik… Ik heb er niet van genoten.'

'Hoe lang waren jullie bereid te wachten tot Betsy dood was? En als ze bleef leven, zouden jullie haar dan zelf neerschieten en die klootzakken van de KKK de schuld geven?'

'Wij vermoorden geen kinderen, Devine,' siste Saxby.

'Vergeef me dat ik geen woord meer van je geloof.'

Ze begon zachtjes te praten. 'Het plan was om haar niet te

laten vermoorden, maar hen alleen een poging te laten doen. We hadden andere agenten in haar buurt, alleen zag je ze nooit. Dan zou Glass weten dat met ons samenwerken de enige manier was om deze klootzakken voorgoed op te sluiten. Dan kon hij met zijn nichtje een lang en gelukkig leven tegemoetgaan.'

'Een crimineel die wereldwijd opereert een jong meisje laten opvoeden? Is dat jouw idee van nog lang en gelukkig?'

'Nog lang en gelukkig is niet het doel van mijn missie. Waarom zou ik anders mijn werk nog doen als dat de norm is? Zou ik liever hebben dat Betsy bij iemand anders opgroeit? Ja, natuurlijk. Maar dat is niet mijn beslissing.'

'Ik moet alles weten, want mijn leven staat hier op het spel, en dat van Betsy.'

Saxby leek nu echt verscheurd. 'Ik kan je niets meer vertellen. En zelfs ik weet niet alles.'

'Deze hele zaak stinkt.'

'Wil je me vertellen dat jij nooit eens een missie hebt uitgevoerd waar je het niet mee eens was of waar je moreel je twijfels over had? Bij Homeland Security of uit je tijd bij het leger? Verwacht je echt dat ik dat geloof?'

Devine leunde naar achteren. Hij had missies uitgevoerd waar hij het niet mee eens was geweest, op elk niveau. Missies waarbij burgers als lokaas of afleiding werden gebruikt. Sommigen van hen waren gestorven.

Ze nam hem aandachtig op en leek zijn gedachten te lezen. 'Het is niet makkelijk. Niets hiervan is makkelijk. Voor geen van ons. En ook niet voor Betsy.'

'Ricketts in Washington is het hoofdkwartier van 24-12-65. Wist je dat?'

'Ja.'

'Het zou fijn zijn geweest als je me dat had gezegd voordat ik daarheen ging en bijna werd vermoord.'

'Het spijt me, Travis, echt waar.'

'Als je weet dat ze van daaruit opereren, waarom arresteer je de Kings en hun handlangers dan niet?'

'Daar is bewijs voor nodig.'

'De man die me in Seattle probeerde te vermoorden was een van de politieagenten uit Ricketts. Is dat niet voldoende bewijs?'

'Het zal je niet verbazen dat commissaris King ons heeft verteld dat deze agent de dag voor de aanval op jou was ontslagen wegens insubordinatie en diefstal van politiebezit.'

'Met andere woorden, ze wijzen alle verantwoordelijkheid af voor een ontrouwe politieagent?'

'En stel dat we King en zijn mensen uitschakelen. Hoe moet het dan met al die anderen? Je moet beseffen, Travis, dat deze groep nationaal opereert.'

'Als het zo wijdverspreid is, hoe krijg je dan de kans ze allemaal te pakken?'

'Dat hoeft niet. We moeten gewoon de juiste mensen pakken om de hele organisatie te ontmantelen. Dan houden de gewone mensen zich weer schuil.'

'Tot zich weer zoiets voordoet, bedoel je?'

'Ja,' gaf ze toe.

'Waarom hebben jullie Betsy bij mij geplaatst?'

'Je bent een veel betere lijfwacht voor haar dan ik ooit zou zijn geweest. Dat was ook onderdeel van het plan.'

'Maar het ministerie van Justitie heeft de aanklachten ingetrokken. Wat wil Glass nog meer?'

'De aanklachten zijn op dusdanige wijze ingetrokken dat het ministerie ze opnieuw kan indienen.'

'Hij vertelde me dat hij pissig was dat jullie proberen hem te dwingen. Nu de aanklacht is ingetrokken, weet 24-12 dat hij zijn medewerking heeft toegezegd. Jullie houden hem en Betsy in de gaten.'

'We kunnen niet eeuwig wachten, Travis. En 24-12 kan al helemaal niet meer lang wachten. Er zijn genoeg gesprekken geweest om te weten dat er iets groots op touw is gezet. We moesten Glass ertoe aanzetten om nu met feiten te komen of anders gaat hij er zelf aan. We moeten nú weten wat hij weet.'

'Volgens mij offert hij alles op voor Betsy.'

'Mee eens.'

'Maar waarom zet een man zijn hele leven en imperium op het spel voor zijn nichtje dat hij nog nooit heeft ontmoet?'

'Dat weet ik niet. Ik wilde dat ik het wist, maar ik weet het niet. Ik weet het echt niet. Ik zweer het.'

Devine had nog andere zaken die hem bezighielden.

Wie had Dwayne Odom financieel geholpen, ook op de dag dat hij en zijn vrouw stierven? En wat voor bezwarende informatie had Perry Rollins over Glass, en wie had hem vermoord en waarom?

'Ben je er nog?' vroeg Saxby.

Hij schudde deze gedachten van zich af en zei: 'Dus ik neem Betsy mee, we gaan naar haar caravan in het bos met twee van haar vrienden, en wachten tot we worden afgeslacht?'

Toen Saxby niet meteen antwoordde, zei hij: 'Tering, Ellen!'

'Zo is het niet precies, Devine.'

'Niet precies? Mijn reet.'

'We zullen er zijn. Dit zal niet goed aflopen voor 24-12-65. Opgeruimd staat netjes.'

'En als het niet goed afloopt? Als Betsy sterft?'

Saxby gaf hem geen antwoord.

Devine wist dat dat niet nodig was. Als Betsy zou sterven, zou Glass alles vertellen wat nodig was om de mensen neer te halen die zijn geliefde nichtje hadden vermoord. De FBI won in beide gevallen.

En het lijkt erop dat ik in beide gevallen verlies, dacht hij.

64

Saxby verliet het koffietentje, terwijl ze Devine peinzend achterliet.

Toen hij daar zijn koffie zat op te drinken en zijn mentale wonden zat te likken, verscheen Pru Jackson. Ze ging tegenover hem zitten.

Ze was hipper gekleed dan eerder en zag er heel anders uit dan in de boekwinkel, of zelfs bij de Gum Wall.

'Ik neem aan dat je op een of andere manier alles kon horen wat we zeiden,' begon hij op een vermoeide toon.

Ze legde een minuscuul apparaatje op tafel en haalde er een paar zwarte oordopjes uit. 'Je bent echt in een puinhoop terechtgekomen,' zei ze.

'Je hebt nog niet alles gehoord, mevrouw Jackson.'

Jackson verstijfde even, maar ontspande zich toen. 'Ik had er al op gerekend dat je er ooit achter zou komen. En je zei tegen die agent van de FBI dat je met de CIA hebt gesproken. Dus vertel.'

'Waarom?'

'Het lijkt erop dat je alle hulp nodig hebt die je kunt krijgen.'

'Laten we hier weggaan. Waarschijnlijk zitten er hier een stuk of tien mensen met dezelfde surveillancetroep als jij.'

Ze liepen de duisternis in.

'Vertel me dan wat ik niet weet,' drong Jackson aan.

'Angela Davenport?'

'Is zíj hierbij betrokken? Is zij jouw contactpersoon bij de CIA?'

'Ze vertelde me over jou en haar. Maar ik wil graag jouw kant van het verhaal horen.'

'Waarom? Zodat je ze met elkaar kunt vergelijken?'

'Zou jij niet hetzelfde doen?'

Jackson keek om zich heen terwijl ze over straat liepen. 'Ze was mijn mentor bij de CIA. Een legendarische agent in het veld op haar eigen manier. Ze staat trouwens op mijn dodenlijst.'

'En ene Will Chambers?'

'Ik heb wel van hem gehoord, maar ik ken hem niet persoonlijk. Was hij samen met Angela?'

Devine knikte. 'Ze weten dat je nog leeft. En ze beweren dat ze niets te maken hebben gehad met het feit dat je bent achtergelaten. Ze kregen te horen dat je dood was.'

'Zij wisten er ook van.'

'En hoe weet je dat?'

Ze keek hem streng aan. 'Twijfel je echt aan me, Devine?'

'Ik had net een openhartig gesprek met de FBI. Daarvoor had ik een openhartig gesprek met de CIA. Daarvoor had ik een openhartig gesprek met jou.' Hij zweeg en keek naar haar. 'Heb jíj het nooit mis gehad? Nooit een voorgevoel gehad dat niet uitkwam? Ben jij perfect?'

'Dat heb ik nooit gezegd. En je weet dat ik niet perfect ben. Denk maar aan de trein.'

'Vertel me dan waarom je denkt dat ze ervan wisten. Leg het me uit. Met alle betrokkenen en invalshoeken erbij.'

Ze leidde hem naar de ingang van een steegje en ver buiten gehoorsafstand van iedereen. Toen draaide Jackson zich om en keek hem aan.

'Ik werd in een bepaalde regio geplaatst, in een land dat ik niet bij naam ga noemen. Het is een broeinest van terroristen.'

'In het Midden-Oosten?'

'Nee. Het zou moeilijk zijn om iemand die eruitziet zoals ik in dat gebied te droppen en daar echt iets uit te richten. Terroristen houden zich niet alleen maar op in de woestijn.'

'Oké.'

'Ik infiltreerde in de groep en gaf de informatie door. Er werd actie ondernomen en de doelen van de dienst werden bereikt. Op de avond dat ik zou vertrekken, werd ik ontvoerd. De mannen spraken in een taal die ik redelijk goed beheers. Ik werd verraden, Devine. Ik werd in de val gelokt door mijn eigen mensen, omdat ik wist van de moord waar ik je over vertelde. Ik had belastende informatie over sommige mensen.'

'Davenport zei dat de mensen die verantwoordelijk waren voor die moord in de gevangenis zitten en dat de CIA er niet bij betrokken was.'

Dat leek Jackson te schokken en ze reageerde niet.

'Laten we hier nog wat dieper op ingaan. Welke mensen verdenk je in het bijzonder van betrokkenheid bij je ontvoering?'

'Degenen met wie ik over de moord heb gesproken, inclusief Davenport,' zei ze.

'En Anne Cassidy, de vrouw die zichzelf nu Mercedes King noemt, de burgemeester van Ricketts? Degene bij wie jij een mes in de keel stak voordat ze jou kon doden? Was zij erbij betrokken?'

'Cassidy was een collega-agent. Maar ze was niet betrokken bij mijn ontvoering.'

'Hoe weet je dat? Misschien was ze er zelf verantwoordelijk voor.'

'Waarom zou Cassidy zoiets in haar eentje doen?'

'Waarom probeerde ze je te vermoorden? Gewoon vanwege een zakelijk meningsverschil, zoals je zei? Dat betwijfel ik ten zeerste.'

Jackson keek hem niet aan. Ze bestudeerde de bakstenen muur achter hem.

‘Als we elkaar gaan helpen, mevrouw Jackson, zou het fijn zijn als je de waarheid vertelt.’

Ze keek hem eindelijk aan. ‘Zeg maar gewoon Pru. Oké, Cassidy liftte graag mee op het succes van anderen. Ze liet anderen de kastanjes uit het vuur halen en keek dan toe hoe zij verbrandden, maar ik liet dat niet gebeuren. Ik voltooide mijn missie en zij probeerde alle eer op te strijken. Ik ging naar haar appartement. Ik zette mijn voet tussen de deur. Ze pakte een mes en probeerde me te doden. Ik maakte haar het mes afhandig en leerde haar een lesje. Twee dagen later werd ik ontvoerd.’

‘Twee dagen later? Was dat dan geen oorzaak en gevolg? Ik bedoel, ze had een duidelijk motief om je uit te schakelen. Je had haar voor dood achtergelaten nadat ze had geprobeerd je te vermoorden. Misschien bestond haar wraak op jou wel uit jarenlange marteling in de gevangenis in plaats van een kogel door je hoofd. Was zij daar het soort persoon voor?’

‘Ja,’ gaf Jackson toe.

‘Dus ze levert je uit aan de ontvoerders. Vervolgens meldt ze dat je gedood bent, zonder dat er een lichaam is om te identificeren. Zo komt ze ermee weg. Waarom verdenk je je eigen agentschap ervan en niet haar? Ze had immers al eerder geprobeerd je te vermoorden.’

‘Omdat ik mijn ontvoerders hoorde zeggen dat de CIA me had verraden en...’

Devine onderbrak haar. ‘En Cassidy kon er niet aan gedacht hebben hun dat in te fluisteren? Om je voor de laatste keer te manipuleren? En zichzelf in te dekken voor het geval je zou ontsnappen en haar zou achtervolgen voor wat ze had gedaan? Dus schuift ze dit de CIA in de schoenen.’

Ze keek hem streng aan. ‘Ik wist niet dat ex-militairen zo genuanceerd konden zijn.’

‘Je bedoelt denken als de achterbakse, liegende, sterf-maar-als-olijftak-bij-je-ergste-vijanden-klootzakken die je oude jachtterrein kenmerken? Ja, ik heb mezelf ook verrast, eigenlijk. Maar ik was altijd al een snelle leerling. Daarom leef ik nog steeds.'

'Die had ik waarschijnlijk verdiend,' gaf ze toe.

'Hoeveel zouden je ontvoerders Cassidy betaald hebben om je te verraden?' vroeg Devine.

'Heel veel.'

'Nou, misschien verdween Anne Cassidy met een zak geld en heeft ze dat gebruikt om burgemeester van Ricketts te worden. De vraag is waarom?'

'Ik heb je al verteld dat de stad waarschijnlijk in handen is van de CIA.'

'Nee, Mercedes King werkt niet meer voor hen. En de helikopter en de jongens die je die nacht zag? Ook niet de CIA.'

'Wie dan wel?' vroeg Jackson.

'Ik weet zeker dat je me dat net tegen Ellen Saxby hebt horen zeggen, ook al wist die er al van. Ricketts is het hoofdkwartier voor 24-12-65, de vernieuwde KKK. Ze plannen iets heel groots. En mij vermoorden was daar blijkbaar onderdeel van.' Hij keek haar aan. 'Je ziet er niet heel verrast uit.'

'Eerlijk gezegd kan inmiddels niets me meer verbazen.'

'Blijkbaar hebben ze belangrijke geldschieters, en horen er mensen bij die op alle niveaus van de overheid actief zijn, de politie, het leger.'

'Dat klinkt logisch.'

'Hoezo?' vroeg hij.

'Caesar rekende ook op Brutus.'

Devine schudde zijn hoofd. 'Mensen in een ander uniform neerschieten is veel gemakkelijker. Als je maar niet steeds achterom hoeft te kijken of er een "vriend" achter je staat met een mes in zijn hand.' Hij keek haar aan. 'Misschien kan onze samenwerking daar beginnen.'

'Wat bedoel je precies?'

'Mij kennen ze nu in Ricketts, maar jij zou erheen kunnen

gaan in een van je geweldige vermommingen en rond kunnen snuffelen zonder dat iemand het doorheeft, en dan verslag aan mij uitbrengen.'

'Dus Cassidy is degene die me echt heeft verraden? Niet de CIA? Ben je daar echt zeker van?'

'Ik kan nergens zeker van zijn, maar het lijkt er verdraaid veel op, Pru. En zou het niet goed zijn om volkomen zekerheid te krijgen?'

'Oké, ik ga erheen. Maar als ze me erin heeft geluisd, ga ik die bitch echt afmaken.'

'Nou, ik denk dat je daar wel de kans voor krijgt. Maar dat houdt in dat zij die ook krijgt.'

65

Devine arriveerde weer in het hotel, waar Campbell op hem wachtte. Hij vertelde Devine dat Betsy sliep.

Devine besprak het plan, zoals Ellen Saxby dat had verteld.

'Ze riskeren het leven van een kind met zo'n halfslachtig plan?' snauwde Campbell.

'Ze beweren dat ze het onder controle hebben. Dat ze beschermd zal worden.'

'Je weet net zo goed als ik dat niemand het onder controle heeft als het uit de hand loopt. En er zitten meer gaten in hun plan dan er doelen zijn op een sluipschuttersbaan.' Hij zweeg. 'Ben je nog steeds van plan terug naar haar thuis te gaan?'

'Ik denk dat het veiliger is dan hier blijven. Daar kan ik in elk geval wat voorzorgsmaatregelen nemen, een soort van verdediging opzetten en ze zien aankomen. Tenzij de overheid haar de komende twintig jaar in een kooi wil stoppen, omringd door een klein leger.'

'Wat ben je verder nog te weten gekomen?'

'Pru Jackson verscheen toen Saxby was vertrokken. Ze werkte bij de CIA samen met Mercedes King, wier echte naam Anne Cassidy is. De twee raakten slaags en Cassidy probeerde haar te vermoorden, dus nam Jackson haar te pakken en liet haar voor dood achter. Daarna bevond Jackson zich plotseling in een buitenlandse gevangenis en werd ze gemarteld. Ze dacht dat de CIA haar had genaaid, zoals ik al eerder zei, alleen denk ik dat het Cassidy was.'

'Ik heb net iets ontvangen wat je misschien interessant

vindt. Camerabeelden van Ricketts op de dag dat de Odoms stierven.'

'Echt waar?'

Dit kwam niet van Devine, maar van Betsy Odom, die in de deuropening van haar slaapkamer stond.

De twee mannen keken naar haar. 'Ben jij er ook klaar voor om ernaar te kijken, Betsy?' vroeg Devine. 'Misschien zie je iets wat ons kan helpen.'

Devine zag aan het aangedane gezicht van het meisje dat ze het verschrikkelijk zou vinden om haar overleden ouders levend op het scherm te zien. Maar toen leek ze zichzelf te vermannen en knikte. 'Prima, als het helpt om erachter te komen wat er met hen is gebeurd.'

Campbell toverde de bewakingsbeelden op zijn laptopscherm en spoelde toen door naar het relevante gedeelte.

Devine zag op het scherm dat de auto bij de stoep voor het restaurant stopte. De deuren gingen open en de familie Odom stapte uit. Betsy had achterin gezeten en haar ouders voorin. Hij keek naar Betsy en zag dat haar lippen begonnen te trillen.

'Gaat het?'

Ze keek hem niet aan. 'Ja.'

Hij greep haar hand vast en Betsy trok deze niet terug.

Alice Odom droeg een spijkerbroek, laarzen en een parka. Haar lange kastanjebruine haar hing los over de achterkant van haar jas. Haar glimlach was breed en aanstekelijk.

Dwayne Odoms haar was veel korter dan op de foto die Devine eerder van hem had gezien. Hij was mager, had smalle schouders en ook bijna geen heupen en billen. De man leek zo omvergeblazen te kunnen worden door een stevige wind. Hij liep om de auto heen, zijn glimlach net zo breed en uitnodigend als die van zijn vrouw. Op dat moment zag Devine dat ze een gelukkig gezin waren geweest. Dat was niet door de nieuwe auto of de stacaravan in het bos gekomen. Ze leken gewoon echt van elkaar te houden.

Het was moeilijk te bevatten dat er al snel twee van hen dood zouden zijn.

Ze bleven kijken hoe de Odoms het restaurant binnengingen.

Devine hield zijn blik op de auto gericht om te zien of er iemand voorbijkwam die meer dan oppervlakkige aandacht aan de wagen schonk. Of dat er een politieauto in de buurt was die interesse toonde.

Dat gebeurde niet.

'Betsy, kun je nog eens doornemen wat er in het restaurant gebeurde?' vroeg Devine, met één oog op het scherm gericht. 'Ik bedoel, alles wat je je kunt herinneren, van het begin tot het eind.'

'Ik kan me niet veel herinneren.'

'Doe maar gewoon een poging, alsjeblieft.'

'Lust je misschien een cola?' vroeg Campbell. 'Als je de keel smeert, kun je beter nadenken.'

'Oké.'

Hij pakte er een uit de minibar, schonk de inhoud van het blikje in een glas en gaf het aan haar. Ze nam een slok en zei: 'We zaten aan onze tafel. Mam en pap zaten tegenover me. Toen kwam de serveerder naar ons toe en ze vroeg wat we wilden drinken.'

'Een oudere vrouw met een hese stem?'

'Ja, dat klopt. Ze zag er niet zo… gezond uit. Ze rook rokerig, net als agent Saxby.'

'Oké, en wat dronken jullie?' vroeg Devine.

'Ik nam warme chocolademelk, en mam en pap namen koffie. Het was nogal koud.'

'Heb je uit hun bekers gedronken?'

'Nee. Ik lust geen koffie.'

'En toen?' vroeg Campbell.

'De serveerder bracht ons de menu's en we keken even wat we konden bestellen.'

'Je vader nam een tonijnsandwich met een schaaltje bessen, en je moeder nam wafels met roerei,' zei Devine.

Ze keek hem nieuwsgierig aan. 'Ja, hoe wist je dat?'

Devine wilde niet onthullen dat het uit het autopsierapport kwam. 'De politie vertelde het me,' zei hij alleen. 'Wat heb jij gegeten?'

'Een broodje gegrilde kip met salade en frietjes.'

'Hebben jullie van elkaars bord gegeten, hebben jullie eten met elkaar gedeeld?' vroeg Campbell.

'Nee, dat deden we nooit.'

'Oké, en toen?' vroeg Devine.

'Mijn vader betaalde de rekening toen die kwam, en we vertrokken.'

'Ging er nog iemand naar het toilet?' vroeg Campbell.

'Mam wel. Pap en ik niet.'

'Is er nog iemand anders dan de serveerder bij jullie geweest? Kwam er iemand je ouders begroeten of zo?'

'Nee. Ik denk niet dat ze daar iemand kenden.'

Devine zuchtte en leunde naar achteren.

Ze bekeken de rest van de video. Niemand was bij de auto van de Odoms geweest. Ze stapten precies zo in als ze eruit waren gestapt. Toen reden ze weg, Alice en Dwayne Odom op weg naar hun dood, en Betsy op weg om wees te worden.

Betsy keek hem aan. 'Heeft dat geholpen?'

'We weten nu meer dan eerst, dus ja, het hielp echt,' zei hij met een geforceerde glimlach.

'Wanneer gaan we naar huis?'

'Morgen. Je kunt nu maar beter wat gaan slapen.'

Devine keek haar na toen ze naar bed ging en draaide zich toen om naar Campbell. 'Ze moeten vergiftigd zijn toen ze de mannen ontmoetten en de sporttas pakten, vermoedelijk met geld erin.'

'Maar hoe ga je dat bewijzen, of hoe wil je die mannen vinden?'

'Glass heeft gezegd dat hij het niet was. En de CIA heeft gezegd dat ze niets aan de Odoms betaald hebben.'

'En geloof je ze?'

'Ik weet niet zeker of ik nog iemand geloof.'

Nadat Campbell terug was gegaan naar zijn kamer, zat Devine naar het plafond te staren, maar hoewel dat normaal gesproken hielp om de zaken op een rijtje te krijgen, lukte dat nu niet.

Hij gaf het op en dacht terug aan wat dokter Coburn hem had verteld. Hij pakte de aantekeningen erbij die hij van hun gesprek had gemaakt. Cyanidevergiftiging in combinatie met DMSO, wat de knoflookgeur verklaarde. Inademing was de snelste dood, inname de op een na snelste manier, en opname via de huid de langzaamste, maar dat kon worden versneld door het gif te combineren met DMSO.

Volgens zijn steno-aantekeningen had ze het volgende gezegd: *Als cyanide werd gecombineerd met DMSO en door de huid werd opgenomen, kon het sneller dodelijk zijn dan normaal in het geval van opname via de huid.*

Nu concentreerde hij zich op de laatste zin die hij had geschreven.

Maar zelfs met DMSO ging het nog steeds niet zo snel als via inademing of inname.

Devine nam aan dat dit kwam door de manier waarop het gif in het lichaam werd afgebroken en verspreid. Als het rechtstreeks in de longen terechtkwam, of in de darmen, zou de schade ongetwijfeld sneller aangericht worden dan wanneer het via de huid het lichaam binnen zou sluipen en een langere weg zou moeten afleggen om een fatale impact te hebben.

Hij ging terug naar de aantekeningen die hij had gemaakt van zijn gesprek met Betsy Odom.

Ze had gezegd dat haar ouders een paar minuten nadat ze afscheid van de twee mannen hadden genomen tekenen van vergiftiging begonnen te vertonen. Kort daarna waren ze dood.

Hij zocht op internet naar cyanidevergiftiging. Bij inhalatie kon de persoon, afhankelijk van het niveau van blootstelling, de concentratie en de omgeving, binnen enkele seconden symptomen ervaren en enkele minuten later dood zijn. Bij inname konden de symptomen binnen ongeveer drie minuten optreden, bewusteloosheid kon na minder dan zes minuten optreden en de dood kon na minder dan twintig minuten intreden. Maar in het artikel dat Devine las, stond ook dat het afhing van hoe snel de maagsappen het cyanide afbraken en omzetten in het dodelijke blauwzuur, waardoor alle organen in het lichaam begonnen uit te vallen vanwege zuurstofgebrek.

Daarna zocht hij naar informatie over de opname van cyanide via de huid. Dan kon het nog twee uur duren tot de dood zijn intrede deed, afhankelijk van verschillende factoren. Natriumcyanide gecombineerd met DMSO werd echter door een paar websites die hij bezocht als 'de vloeibare dood' bestempeld.

Maar zelfs nadat hij de tijd tot de dood met tachtig procent had teruggebracht door de combinatie met DMSO, kon Devine nog steeds niet verklaren hoe de Odoms zo snel waren omgekomen, wat qua duur eigenlijk overeenkwam met het inademen van het gif. Hoe konden ze het hebben ingeademd toen ze de twee mannen ontmoetten zonder dat Betsy iets had gezien? En hoe kon het dat de mannen ook waren blootgesteld, als ze een soort aerosol hadden gebruikt? Dokter Coburn had gezegd dat ze bij de autopsie geen tekenen had gezien van inname van cyanide. Dan bleef alleen opname via de huid over, tenzij Coburn het helemaal mis had gehad over het specifieke gif dat was gebruikt.

Toen realiseerde Devine zich dat hij een kritische aanname had gedaan die niet was bevestigd.

Ik nam aan dat de Odoms aan het gif werden blootgesteld tijdens de ontmoeting met de twee mannen. Maar daar is geen bewijs voor. Stel dat het al eerder gebeurde?

Hij maakte een tijdlijn op basis van wat Betsy hem had verteld, de reistijd van het restaurant naar de plek waar ze de twee mannen hadden ontmoet en de informatie die in de autopsierapporten stond. Verder nam hij Betsy's informatie erin mee, dat haar ouders een paar minuten nadat ze waren weggereden al ziek waren geworden.

Ongeveer vijfentwintig minuten nadat ze Ricketts hadden verlaten en de twee mannen hadden ontmoet, begonnen ze symptomen te ervaren en was de dood daar snel op gevolgd. Dat zou een redelijke tijd zijn voor opname via de huid van natriumcyanide, in combinatie met DMSO.

Devine leunde naar achteren terwijl de waarheid tot hem doordrong. *Ze werden in het restaurant vergiftigd. Hun galgenmaal.*

66

Devine had die nacht nog lang onderzoek gedaan met behulp van diverse databases en hij had gesproken met Campbell en andere mensen bij Homeland Security. De volgende ochtend kleedde hij zich al vroeg aan toen er iemand op de deur van de hotelkamer klopte.

Het was Saxby, een en al concentratie en somberheid.

'Betsy slaapt nog,' zei hij tegen haar.

'Ik kom eigenlijk voor jou. Naar aanleiding van het gesprek van gisteren,' antwoordde ze.

'Hebben je superieuren je hierheen gestuurd om te proberen de lucht te klaren met nog meer onzin?'

'Kunnen we misschien een gewoon gesprek voeren, Travis? Alsjeblieft?'

Ze gingen tegenover elkaar zitten.

'Ik heb een lange lijst met dingen die nog gedaan moeten worden, dus kun je ter zake komen?'

'We moeten ervan uitgaan dat 24-12-65 weet dat je Betsy mee naar huis neemt. Dus we moeten een plan hebben om daar zo goed mogelijk op in te spelen.'

'Vind je het goed als ik ze een andere naam geef? Die datum hangt me de keel uit.'

'Hoe wil je ze noemen?'

'Laten we het niet mooier maken dan het is. Wat dacht je van verraders?'

Saxby glimlachte. 'Ik vind 't best.'

'Hoe weten ze dat ik Betsy meeneem naar huis?'

'Mijn vader was boomchirurg, in Arkansas. Toen ik opgroeide, vertelde hij me dat het moeilijkste deel van zijn werk was om zijn klanten onverwacht nieuws te brengen. Dat een gezond uitziende boom wortelrot had, of een andere ziekte waardoor die boom dood zou gaan. Maar er was iets wat nog erger was.'

'Wat dan?'

'Termieten. De boom zag eruit alsof hij in topvorm was. Een machtige eik leek zo sterk als een rots, een sterke bast en gezond. Maar als je onder het oppervlak keek, zat de boel vol gaten, was het hout uitgehold en stond de boom op het punt om te bezwijken, waardoor de hele boom om zou vallen, terwijl die er vanbuiten zo mooi uitzag. Hij noemde het van binnenuit opgegeten worden.'

'En dat is hier het geval?'

'Er zitten overal termieten, Devine, en ze vreten aan de fundamenten van dit land. Geen enkel geheim is blijkbaar veilig voor hen.'

'Laten we ze dan maar termieten noemen in plaats van verraders.'

Saxby glimlachte opnieuw, nog breder dan eerst.

'Dat zou je vaker moeten doen, Ellen, het staat je goed.' Hij boog zich naar haar toe. 'Wat is het plan?'

'Een gezamenlijk team heeft Nate Shore en Korey Rose al ontmoet, op een locatie ver weg van de stacaravan. Het lijken betrouwbare mensen die Betsy's belangen vooropstellen.'

'Dat klopt.'

'We zullen niet overduidelijk laten merken dat we de boel bewaken, al zal vier, eh… zullen de Termieten wel vermoeden dat er veel mensen van ons zijn. We zullen er zijn, Devine. Dat garandeer ik je.'

'En tijdens de reis naar Kittitas?'

'Het zal discreet gebeuren, maar er zullen agenten zijn die je volgen.'

'Als ze mensen binnen hebben, weten ze daarvan.'

'Ja, maar deze keer weten ze niet alles, omdat we sommige dingen zo goed geheim hebben gehouden dat zelfs de Termieten er geen toegang toe hebben.'

'Zullen ze überhaupt een poging doen om Betsy of Glass te pakken te krijgen nu die zo zwaar beveiligd worden?'

'Dan komen we bij de kern van de zaak, Devine. Ze moeten wel. Glass' getuigenis en bewijsstukken zullen hen verwoesten, zo staat het ervoor momenteel. We hebben meer dan honderd arrestatie- en huiszoekingsbevelen klaarliggen om uit te voeren wanneer Glass een officiële verklaring aflegt en het ministerie van Justitie het startsein geeft om die klootzakken op te pakken. En dat is nog maar het topje van de ijsberg. De media zullen op tafel dansen, want sommige van de namen die op zullen duiken zijn algemeen bekend. Mensen die hoge posities bekleden, politici, religieuze leiders, uit de media, uit de zakenwereld, van de politie en uit het leger. Ze werken allemaal samen om de regering omver te werpen.'

'Nou, je weet wat ze zeggen: hoe hoger de boom, hoe zwaarder de val. Maar hoe wist Glass in vredesnaam zulk waardevol bewijsmateriaal over al die mensen te bemachtigen?'

'Deze mensen hebben grote sommen geld nodig om hun operaties te financieren. Dat kan niet alleen uit hun eigen zakken komen of uit gestolen politieke of religieuze donaties. Dat was problematisch, want het geld mag geen sporen nalaten. Dus zijn ze overgegaan op criminele activiteiten om te krijgen wat ze nodig hebben: geld voor de rekrutering, uitrusting en om de mensen te betalen. Glass was in staat om dat allemaal te faciliteren. Hij heeft het geld witgewassen via al zijn legale platforms. Daardoor heeft hij keihard bewijs tegen veel leiders van de beweging.'

'Waarom zouden ze zoveel vertrouwen stellen in één persoon?'

'Danny Glass is een verkoper van wereldklasse, de koning

van de oplichterij. Hij kan een arme man zijn laatste dollar nog aftroggelen en een rijke man ervan overtuigen dat hij diens beste vriend is. Het feit dat hij het leger verliet en eigenlijk zijn middelvinger naar hen opstak, werkte in zijn voordeel, omdat de Termieten Amerika haten, daar lijkt het op in elk geval, en alle instellingen die ermee verbonden zijn, met name het leger, dat zij zien als een sta-in-de-weg voor hun doel om de regering omver te werpen. Glass is een crimineel. Hij had alle reden om hen niet te bedriegen, zodat hij niet in de gevangenis zou belanden.'

'Als Glass zo goed is in zijn werk, hoe hebben jullie hem dan te pakken gekregen?'

Nu leek Saxby, die eerder zo loslippig was, zich terug te trekken. 'Daar kan ik niet op ingaan, Devine.'

Vroeger zou zoiets Devine boos hebben gemaakt, maar dat was vroeger. Nu had hij daar geen last meer van. 'Oké. Je hebt een potentieel probleem geschetst, maar geen oplossing gegeven.'

'En dat is?'

'Betsy Odom. Ze is een drukmiddel tegen Glass. Als de Termieten tegen Glass zeggen dat ze haar geen kwaad zullen doen zolang hij zijn mond dichthoudt, wat betekent dat dan voor jullie?'

Opnieuw keek Saxby bezorgd. 'Ik zal niet liegen en beweren dat het geen probleem is, Devine. Glass is de laatste tijd minder openhartig geweest. Momenteel zijn we helemaal niet zeker van zijn medewerking, terwijl het op nationaal niveau van wezenlijk belang is. Daarom moesten we onze toevlucht nemen tot het plan om Betsy als lokaas te gebruiken. Anders zouden we dat nooit hebben gedaan. Maar we zijn nu behoorlijk wanhopig. Er moet iets gebeuren.'

'En als hij niet meewerkt, worden de aanklachten weer van kracht?'

'Ik heb het ministerie van Justitie die vraag niet gesteld.

Maar ik kan me voorstellen dat dat een logische vervolgstap is.'

'En gaan die Termieten dan vrijuit? Kunnen ze zomaar dit land verwoesten?' vroeg Devine.

'Dan zullen we een andere manier moeten bedenken om ze te pakken.'

'Hoe lang wacht je op Glass?' vroeg Devine.

'We weten dat de Termieten het punt naderen waarop ze de eerste fasen van hun staatsgreep in gang kunnen zetten. Als het eenmaal zover is, dan is Glass irrelevant.'

'Bedankt voor de info, Ellen. Ik waardeer het.'

'Veel succes. Je kunt altijd bellen als je iets nodig hebt.'

Ze vertrok en Devine was net klaar met inpakken toen er weer iemand op zijn deur klopte.

Jezus, het lijkt hier Grand Central Station wel vandaag.

Het waren Braddock en Walker.

'Ik dacht dat we gefouilleerd zouden worden voordat we hier naar binnen mochten,' zei Braddock.

'Welkom in mijn heerlijke nieuwe wereld,' antwoordde Devine.

67

‘Geen kluis. We hebben zijn appartement overhoopgehaald en niets gevonden,’ zei Braddock. ‘Als Rollins de belastende informatie die hij over Glass had verstopt heeft, dan heeft hij het duivels goed verborgen.’

‘Ongetwijfeld,’ antwoordde Devine.

‘Ik begrijp dat je nu officieel de nieuwe voogd van Betsy Odom bent,’ zei Braddock.

‘Ik breng haar naar een veilige plek ver buiten Seattle.’

‘Denk je dat dat verstandig is?’ vroeg Braddock. ‘Beth heeft me verteld wat er in de rechtbank is gebeurd. Danny Glass is goed pissig dat hij niet de voogd van zijn nichtje is geworden. Als hij van je af kan…’

‘Ik zou willen dat het zo simpel was.’

Braddock keek vragend naar Walker en toen weer naar Devine.

‘De laatste keer dat we elkaar ontmoetten zei je dat je me alles zou vertellen, weet je nog? Toen we in een steegje stonden bij een dode man die voorheen voor de politie van Ricketts werkte.’

‘Maar ik heb niet gezegd wanneer ik het je zou vertellen, toch?’

‘Shit, Devine, ik verdien beter…’

‘Dat is waar,’ reageerde Devine. ‘Ik zal je het een en ander vertellen. De overheid is niet de slechterik in dit verhaal, zoals je in eerste instantie dacht. Glass werkt samen met de federale overheid en zet zijn leven op het spel om een aantal zeer hooggeplaatste mensen te pakken die denken dat een democratie geen goede manier is om een land te besturen en die een verandering in de top willen. En wel zo snel mogelijk.'

Braddock nam dit langzaam allemaal in zich op, keek Walker nog eens aan en zei: 'Over welk land hebben we het precies?'

Devine antwoordde door richting het raam te gebaren.

'Ik neem aan dat je niet naar een land aan de andere kant van de oceaan wijst,' zei Braddock.

'Nee, dat heb je goed begrepen.'

'Jezus christus.'

'Ik denk niet dat díé ons zal kunnen helpen. We zullen onszelf moeten redden.'

Braddock keek Walker aan en zei scherp: 'Wist jij hiervan?'

'We komen er tegelijkertijd achter,' zei ze, en haar gezicht stond grimmig.

Braddock draaide zich weer om naar Devine. 'Je zei dat ik met Betsy mocht praten. Dat was onderdeel van de deal dat ik je wapen niet in beslag nam voor ballistisch onderzoek.'

'Ja, dat mag. Wat wil je haar vragen?'

'Of haar ouders en zij Rollins kenden.'

'Ik denk het niet.'

'Hoe kwam hij dan aan belastende informatie over Glass?'

'Dat weet ik niet.'

'Ik wil het haar graag vragen,' hield Braddock vol.

Devine haalde Betsy. Ze was al opgestaan en aangekleed en was haar tas aan het inpakken.

Devine stelde haar voor aan Braddock. 'Betsy, wat leuk je te ontmoeten,' zei hij. 'Ik vind het heel erg dat je dit alles hebt moeten doormaken.'

'Bedankt,' zei Betsy met doffe stem.

'Heb je gehoord over de dood van een man genaamd Perry Rollins?'

Ze knikte.

'Herinner je je die naam nog?'

'Nee.'

Braddock knikte naar Walker, die een foto tevoorschijn haalde.

'Dit is Rollins,' zei ze en ze gaf de foto aan Betsy. 'Herinner je je dat je hem ooit met je ouders hebt gezien?'

Betsy bestudeerde de foto zo lang dat Devine bijna verwachtte dat ze zou zeggen dat ze de man kende.

'Nee, ik ken hem niet. Ik heb hem nog nooit eerder gezien.' Ze gaf de foto terug.

'Deze man zei dat hij belastende informatie over je oom had. Heb je enig idee wat dat zou kunnen zijn?' vroeg Braddock.

'Nee. Ik heb mijn oom net pas voor het eerst ontmoet. En mijn ouders hebben nooit echt veel over hem gesproken.' Ze keek naar Devine. 'Ik wist wel wat dingen over hem omdat mijn vader het me vertelde. Hij... Hij mocht mijn oom niet echt graag.'

'Heeft je vader ooit gezegd waarom hij zijn zwager niet mocht?'

Betsy keek bezorgd.

'Alles wat je je kunt herinneren, kan van belang zijn, Betsy,' zei Walker zachtjes.

'Papa vertelde me dat oom Danny een paar slechte dingen had gedaan, echt slechte dingen. Toen hij in het leger zat, maar ook nadat hij eruit was gegaan.'

'Heeft hij gezegd wat voor slechte dingen?' vroeg Walker.

'Hij... Hij zei dat hij een leugenaar was en dat hij mensen pijn deed zonder goede reden. En dat hij daarna rijk werd van dat soort dingen.'

'Heeft je moeder ooit met je over haar broer gesproken?' vroeg Braddock.

Ze knikte. 'Ze zei dat haar vader geen aardig persoon was. Dat hij haar sloeg en zo. Maar oom Danny kwam voor haar op. Hij ving de klappen meestal op voor haar. En soms vocht hij terug om haar te verdedigen.'

'Dus zij mocht hem wel, denk ik,' zei Walker.

Betsy knikte. 'Ja.'

'Dat zal best verwarrend voor je geweest zijn,' merkte Braddock op. 'Je vader zei het een en je moeder het ander.'

Betsy haalde haar schouders op. 'Ik... Mijn vader zei wel vaker iets. Dat hij geld won in de loterij en onze auto en de stacaravan daarvan had gekocht.'

'Je zei dat je dat niet geloofde omdat hij een tic had,' zei Devine. 'Hij giechelde dan.'

'Dat klopt. Maar mijn moeder heeft nooit, echt nooit tegen me gelogen,' zei Betsy beslist. 'Dus als ze zei dat oom Danny een goed mens was, nou ja...' Ze zweeg.

'Oké, Betsy, wil je ons nog meer vertellen?' vroeg Walker vriendelijk.

'Nee, dit was het. Nou, ik... ik moet nog inpakken.'

Ze snelde de kamer uit.

'Ze is in de war, die kleine meid... En wie kan haar dat kwalijk nemen?' merkte Walker op.

'Neem je haar mee naar buiten de stad? Zijn jullie daar wel veilig?' vroeg Braddock.

'Ik denk dat er andere belanghebbende partijen zijn die daarvoor zullen zorgen.'

Braddock hield zijn blik strak op Devine gericht. 'Als je eerlijk tegen me bent, kan de politie van Seattle misschien ook helpen.'

Nu moest Devine een moeilijke beslissing nemen, maar hij ging op zijn gevoel af. 'Ooit gehoord van 24-12-65?'

Braddock kneep zijn ogen tot spleetjes. 'Kerstavond 1965?'

Devine keek naar Walker, die er net zo verbijsterd uitzag als haar baas.

'Het gaat om 24 december 1865. De datum waarop de KKK werd opgericht.'

'De KKK?' vroeg Braddock onnozel. 'Witte kappen en brandende kruizen?'

'In hun huidige vorm is het een binnenlandse terroristische organisatie die overal wortels heeft en connecties tot in de hoogste regionen van de overheid, het leger en het bedrijfsleven. Blijkbaar ook bij de politie. Zij willen ons land veranderen in een autocratische staat waar mannen regeren en iedereen er hetzelfde uitziet, bidt en handelt.'

'Hoe kan het dat ik daar nog nooit van gehoord heb?' riep Braddock uit.

'Ze houden zich erg op de achtergrond. De federale overheid heeft pas onlangs lucht van hen gekregen. Glass deed zaken met ze. Op die manier verzamelde hij potentieel bewijs tegen hen.'

Braddock leunde naar achteren. 'Daarom zijn de aanklachten ingetrokken. Maar wat heeft het meisje ermee te maken?'

'Ze is een potentieel drukmiddel tegen Glass. Ik denk dat de Termieten…'

'Pardon, waar hebben we het over?' zei Braddock.

'Sorry, dat is mijn bijnaam voor die klootzakken van de KKK. Ik denk dat de Termieten Betsy's ouders hebben vermoord als waarschuwing voor Glass. Als hij uit de school klapt, is Betsy de volgende.'

'Waarom heeft de federale overheid dan geen leger om haar heen staan?' zei Walker.

'Misschien hebben ze dat wel,' zei Devine.

'Waarom doden ze Glass niet gewoon?' zei Walker.

'Ik weet zeker dat ze daarover hebben nagedacht. Maar hij staat onder bescherming. Ik kan me voorstellen dat een slimme kerel als Glass een levensverzekering heeft, net als Rollins waarschijnlijk.'

'Dus hij heeft ergens bewijsmateriaal opgeborgen dat tegen de Termieten kan worden gebruikt als hem iets overkomt?' vroeg Walker.

'Juist.'

'En Rollins,' zei Braddock. 'Waar past hij in het plaatje?'

'Hij had bezwarende informatie over Glass, zo beweerde hij. En iemand wilde niet dat hij die verkocht.'

'Enig idee wie?' vroeg Walker.

'Daar kom ik nog wel achter,' zei Devine.

'Enig idee waar Rollins zijn informatie over Glass verstopt had?' voegde Braddock eraan toe.

'Ook daar kom ik nog wel achter,' antwoordde Devine.

68

De mannen stonden in de parkeergarage te wachten toen Devine beneden verscheen om de auto te halen.

Danny Glass en vier nieuwe gezichten. Ze kwamen uit een zwarte Maybach en omsingelden Devine.

'Ik heb niet veel tijd, dus ik hoop dat je het kort kunt houden,' zei Devine geïrriteerd.

Glass keek naar zijn mannen. 'Terug in de auto.'

Zonder een woord te zeggen keerden de vier mannen, die eruitzagen alsof ze Devine zonder aarzelen zouden vermoorden als Glass dat zou bevelen, snel terug naar de Maybach.

Nu waren ze nog maar met z'n tweeën.

Devine keek om zich heen om te zien of hij de FBI-agenten kon ontdekken, nu hij wist dat ze Glass overal volgden. Het pleitte voor hen dat hij niemand zag.

'Als je hier bent vanwege Hastings en je jongens, zij begonnen. Toen heb ik ze een lesje geleerd.'

'Dat kan me geen reet schelen, Devine. Sterker nog, ik bied je mijn excuses aan. Had nooit mogen gebeuren.'

'Oké, wat wil je dan?'

Glass keek naar Devines auto. 'Laten we in jouw wagen gaan zitten. Parkeergarages hebben te veel oren en zichtlijnen.'

Ze stapten in.

'Je weet nu hoe het ervoor staat, neem ik aan?' zei Glass.

'Je zakenpartners klinken erg aardig. Een beetje als een plaatselijke Rotaryclub, maar dan met moorddadige neigingen en de intentie om de regering omver te werpen.'

Glass schudde zijn hoofd. 'Ik heb gediend. Ik heb gevochten zodat die klootzakken konden protesteren en zoveel onzin konden uitkramen als ze wilden.'

'Ik ook. Maar nu willen ze die rechten van ons allemaal afpakken.'

Hij keek Devine strak aan. 'Toen ik lucht kreeg van hun plannen, las ik het een en ander over de oorspronkelijke KKK, wat hun plannen waren en wat ze ervan uitvoerden. Deze gasten zijn nog erger. Ze hebben het niet alleen voorzien op zwarte mensen, maar op iedereen die er anders uitziet en iets anders denkt en gelooft dan zij. Hitler en Stalin ineen. Als ze ooit aan de macht komen, zullen ze de helft van hun aanhangers afmaken, maar de domme volgelingen geloven het pas als ze zelf op de grond liggen.'

'Hoe kon je zo dicht bij hun operatie komen?'

'In het begin deed ik alleen kleine dingetjes voor ze. Voor wat minder geld dan mijn gebruikelijke cliëntentarief. Toen we op een hoger niveau aan de slag gingen, werd het steeds groter. Uiteindelijk werd ik onderdeel van wat ze deden.'

'En ze gingen je vertrouwen?'

'Ze wisten van mijn militaire achtergrond en hoe het was afgelopen. In het begin hadden ze geen idee hoe ze zoiets moesten opzetten, terwijl ik veel ervaring had met onder de radar een grootschalig bedrijf opzetten. Ik wist hoe ik het draaiende kon houden, het kon laten floreren en een vrije cashflow kon regelen waar een bedrijf uit de Fortune 50 jaloers op zou zijn. Ze kwamen de hele tijd naar me toe met problemen. Problemen die ik altijd oploste. Dus gingen ze me vertrouwen. En ik praatte hun naar de mond en zei dat het land niet meer was zoals vroeger, dat de leiders te soft waren en alleen maar probeerden inclusief te zijn, dat we allemaal een hoop vreemde talen zouden moeten gaan spreken als we geen standpunt innamen, dat soort onzin. Ze gingen mij zien als loyaal en belangrijk voor wat ze deden. En ik opereerde onder de radar. Daardoor konden ze me ook onder de duim houden. Ik kon niet zomaar het eerste het beste politiebureau binnenlopen en alles vertellen zonder zelf risico te lopen. Dat wisten ze, en daar rekenden ze op. Dus ik zag zaken die anderen niet zagen.'

'Had je enig idee waar je aan begon?'

'In het begin was het gewoon het gebruikelijke: gestolen spullen, omzetten in geld, de opbrengst witwassen. Maar toen ze me gingen vertrouwen en steeds meer vroegen, werd het erg vreemd.'

'Hoezo vreemd?'

'Ik zag dingen uit mijn tijd in het leger, verspreid over geheime locaties door het hele land. Militaire apparatuur en wapens. Trainingsgebieden, munitielocaties, hele squadrons privévliegtuigen die waren omgebouwd tot bommenwerpers en voorzien van wapens. Oude tanks op de schroothoop die werden opgeknapt en geüpgraded met verarmd uranium. Hetzelfde verhaal met artillerie. Een scheepslading munitie voor machinegeweren. Honderden miljoenen patronen van allerlei soorten, honderdduizenden raketlanceerinrichtingen. Genoeg wapens en voorraden om elf legerdivisies uit te rusten en misschien zelfs de mankracht daarvoor.'

Devines mond zakte open. 'Het Amerikaanse leger heeft momenteel maar tien divisies.'

'Er zijn zelfs oude Minuteman-raketlocaties in Kansas die zijn gekocht door extreem rijke particulieren. Als de federale overheid wist wat daar gevestigd was, zou het Pentagon een collectieve beroerte krijgen.'

'Kom op, hoe konden ze bergen van dat soort spullen verzamelen zonder dat iemand erachter kwam?'

'Dat vroeg ik me ook af. Maar ongeveer tachtig procent van de Amerikaanse bevolking woont ten oosten van de Mississippi, Devine. Nog eens twaalf procent woont aan de Westkust, waarvan de meerderheid in Californië. Dan blijft er nog acht procent van de bevolking over voor bijna de helft van het landoppervlak van dit land, wat betekent dat het in feite vrijwel verlaten is. Weet je hoeveel plekken er zijn om dit soort shit te verbergen? Ik ben op veel van die plekken geweest om zaken te doen met deze mensen. Er is niemand. Echt helemaal niemand. Je kunt dagenlang rijden zonder iemand tegen te komen. En ze zorgen dat ze niet zichtbaar zijn vanuit de lucht. Ze hebben voormalige militairen en inlichtingenmensen geronseld. Ze weten hoe de satellietnetwerken zijn opgesteld en hoe ze dat soort bewaking kunnen omzeilen. Heel geavanceerd allemaal.'

'Oké, en verder?'

Glass keek hem veelbetekenend aan. 'De mensen. De lui die alles in beweging zetten.'

'Zoals?'

'Afgezien van alle gehersenspoelde hulpjes die met wapens moeten rondlopen, zijn er congresleden, senatoren, gouverneurs, burgemeesters, hoge pieten van de politie, generaals, admiraals, een hele groep advocaten en accountants, Wall Street-magnaten en kerkelijke leiders. Ik was aanwezig bij een geheime bijeenkomst op een privéboerderij in the middle of nowhere waar ik mensen zag die je op tv ziet, die allemaal praatten over zaken waarvoor ze in oorlogstijd zouden worden geëxecuteerd. Vervolgens kwam ik mensen zoals ik tegen, die er gewoon een slaatje uit wilden slaan. Boeven uit de Mexicaanse kartels, Afrikaanse misdaadbazen, types uit Chinese triades. Ook wat Russische gangsters.'

'Chinezen, Afrikanen en Mexicanen? Ik dacht dat die lui van 24-12-65 witte supremacisten waren, net als de vroegere KKK.'

'O, die klootzakken wilden geen band kweken. Het ging alleen maar om geld. En om het omverwerpen van de Amerikaanse regering, zodat het land geïsoleerd zou raken. Dan zouden we nooit meer een buitenlandse oorlog kunnen voeren. Denk je dat de Russen en Chinezen dat geen voordeel zouden vinden? Dan zouden zij ineens de enige twee belangrijke spelers op het wereldtoneel zijn.'

'Oké. Ik snap je punt dat grote delen van dit land verlaten zijn, maar hoe hebben ze dit in vredesnaam zo lang geheim kunnen houden als er zoveel invloedrijke mensen bij betrokken zijn? De federale overheid kwam er pas onlangs achter. Waarschijnlijk alleen dankzij jou.'

'Er gaat zoveel onzin rond, desinformatie, nepnieuws, door AI gegenereerde bullshit... Hoe kan iemand nog weten wat de realiteit is, Devine? Iemand stuit op belastende informatie, maar wordt meteen geconfronteerd met een miljard bots die het tegendeel beweren en dat hard weten te maken voor het grote publiek, dat geen tijd heeft om zich er verder in te verdiepen. Ik speculeer niet. Ik heb het zien gebeuren.' Hij keek naar Devine. 'Dus mijn vraag is: hoe bewijs je dat iets de waarheid is? Wat is de waarheid eigenlijk? Is die gebaseerd op de hoeveelheid retweets, likes of kliks? Eén miljoen en de inhoud is automatisch de waarheid? Eén miljard en het is als Jezus die het evangelie predikt?'

'Maar is er nooit een of andere topverslaggever op gestuit die hier carrière mee wilde maken?'

'Ik heb wel verhalen gehoord van een paar journalisten die begonnen rond te snuffelen.'

'Wat is er met hen gebeurd?'

'Mijn beste gok is dat ze zijn meegenomen, in stukken zijn gesneden en zijn gedumpt. Op plekken waar de politie bij deze organisatie betrokken was. Hoe diep zouden ze gegraven hebben, denk je? Ik durf te wedden dat hun stoffelijk overschot veel dieper ligt.'

Devine dacht aan Ricketts en knikte. 'Waarom koos je voor de andere kant, Danny? Ik neem aan dat je er dik geld mee verdiende.'

'De aanklachten.'

'Daar geloof ik niet in. Ik weet wat er met de getuigen tegen jou is gebeurd.'

'Ik heb die niet uitgeschakeld,' snauwde Glass.

'Dat weet ik. Ik denk dat 24-12 daarachter zat. Maar het punt is dat je machtig genoeg was om het wel te doen. Je had kunnen dreigen hun families uit te moorden. Dan zouden ze nooit tegen je hebben getuigd. Dus de aanklachten waren geen probleem. Ik denk dat je kleine criminelen als een olijftak hebt aangeboden, omdat je wilde stoppen en deze verraders wilde uitschakelen. Toen de federale overheid aanklopte, heb je een deal gesloten.'

Glass keek weg.

'Misschien is de patriottische soldaat in Danny Glass wel naar boven gekomen,' zei Devine. 'En wilde hij niet werkeloos toekijken hoe zijn land naar de kloten ging.'

'Denk maar wat je wilt, Devine.'

'Maar toen werden je zus en haar man vermoord door deze lui. En Betsy is er ook nog.'

Glass keek hem aan. 'En Betsy is er ook nog,' herhaalde hij. 'Jij en ik weten allebei dat ze Alice en Dwayne hebben vermoord als waarschuwing voor mij. Ze lieten Betsy leven omdat dat hun beste kans was om elke deal die ik met de federale overheid zou sluiten niet door te laten gaan.'

'De aanklachten waren nogal heftig,' merkte Devine op. 'Ze kunnen de aanklachten opnieuw indienen als je niet meewerkt.'

'Ze weten ook dat ze zonder getuigen geen zekerheid hebben op een veroordeling. Dus het doet er niet zoveel meer toe. Maar die verraders? Zij denken dat ik niet zal meewerken zolang ik geloof dat ze Betsy zullen vermoorden.'

'En wat geloof je echt, Danny? Zul je niet meewerken zolang Betsy leeft?'

'Als ik je zou vertellen dat ik daar al een besluit over had genomen, Devine, zou ik liegen.'

'Je moet ergens een zekerheid ingebouwd hebben voor het geval ze jou te pakken krijgen.' Hij keek uit het autoraam. 'Ondanks het legertje FBI-agenten daarbuiten.'

'Ik ben niet op mijn achterhoofd gevallen, Devine. Ik heb iets geregeld en die klootzakken weten dat. Als ze me vermoorden, gaan ze ten onder. Het komt gewoon door Betsy. Ik...' Hij haalde hulpeloos zijn schouders op.

'De feds wachten niet eeuwig. Op een gegeven moment is het erop of eronder, Danny.'

'Vertel me liever iets nieuws,' snauwde Glass.

'Wat is ervoor nodig om je te laten meewerken?' vroeg Devine.

'Kun je beloven dat er niets met Betsy zal gebeuren?'

'Garanties zijn er niet in het leven, Danny.'

'Dan blijven we rondjes draaien.'

'Maar stel dat we het gevecht met hen aangaan?'

'Hoe denk je dat te doen?' vroeg Glass.

'Als ik dat eens wist...'

'Laat het me weten, Devine. Ik zal het jou ook laten weten als ik iets bedenk. Maar op dit moment is mijn besluiteloosheid het enige wat Betsy in leven houdt.'

'Niet het enige. Ik ben er ook nog.'

'En je neemt haar mee terug naar huis, heb ik begrepen.'

'In een grote stad zijn er te veel bedreigingen die je niet ziet aankomen. Ik kan haar daar beter verdedigen.' Devine was er zeker van dat Glass niet wist dat de feds Betsy als lokaas gebruikten. *Ik zou het hem moeten vertellen, maar dat doe ik niet, anders zou hij het hele plan kunnen laten mislukken.*

Glass draaide zich om zodat hij Devine recht aankeek.

'Waarom ben je hier echt?' vroeg Devine.

'Ik wilde je in de ogen kijken en je iets vragen, als mannen onder elkaar.'

'Wat dan?' vroeg Devine kortaf.

'Als het erop aankomt, zou je dan je leven geven voor Betsy?'
Devine hoefde daar niet lang over na te denken. 'Ja.'
Glass stak zijn hand uit en Devine schudde die.

69

Pru Jackson zat in haar SUV en deed waar ze goed in was: observeren.

Haar doelwit vandaag was het pittoreske stadje Ricketts.

In haar huidige vermomming was Jackson aanzienlijk te zwaar, haar haar was kort en grijs. Haar wijde shirt viel over een stretchbroek waarvan ze de maat duidelijk nodig had. Haar schoenen leken op gigantische wafels. Ze haalde piepend adem en naar haar neus liep een zuurstofslang die verbonden was met een klein tankje dat ze bij zich droeg in een tuigje over haar schouder. Haar getinte bril bedekte het enige wat haar kon verraden: haar doordringende ogen.

Ze was nu echter lucht voor de mensen. Misschien staarden ze even, uit vriendelijkheid of zelfs uit medelijden, maar dan keken ze weg en vergaten ze wat ze hadden gezien.

Op dat moment had ze haar ogen op het overheidsgebouw gericht. Het afgelopen uur was het een komen en gaan van mensen geweest. Agenten, mensen van de administratie, waarschijnlijk een paar gekozen functionarissen. Ze had Eric King zien aankomen in een speciaal busje. Jackson keek toe toen hij vakkundig uit het voertuig kwam via een helling aan de zijkant, waar hij zich met behulp van handriemen aan de binnenkant van het busje vanaf liet rollen.

Zijn rolstoel was niet gemotoriseerd; hij moest die op de ouderwetse manier voortbewegen. En dat deed hij met verve, merkte ze op.

Met haar verrekijker voor lange afstanden had Jackson ook

de militaire apparatuur bekeken die in het omheinde gebied naast het gebouw was ondergebracht.

Indrukwekkend. Ik vraag me af wanneer de oorlog uitbreekt.

Twintig minuten later stopte er een Porsche Cayenne in metallic zilver op de parkeerplaats naast Kings busje. Omdat deze plek was gereserveerd voor de burgemeester, richtte Jackson haar verrekijker recht op de Porsche.

Mercedes King stapte uit de SUV. Ze had een grote handtas en een aktetas bij zich. Jackson zoomde in op de vrouw. Ze was gekleed in een strakke donkere jurk met een kort, stevig jasje eroverheen. Ze droeg sneakers. Jackson ging ervan uit dat de pumps tevoorschijn zouden komen zodra ze op kantoor was. Ze praatte in haar telefoon.

Ze kon de schorre stem van de vrouw hier natuurlijk niet horen, maar het was Anne Cassidy, daar twijfelde ze niet aan. Haar unieke, heupwiegende manier van lopen zei genoeg, samen met wat Devine haar had verteld.

Jackson voelde de woede en het verlangen naar wraak in zich branden met elke stap die de vrouw zette. Maar toen beheerste ze zich weer, omdat het niet goed was zich zo op te fokken als ze haar woede nergens op kon botvieren.

Geniet van vandaag, Anne.

Ze maakte een foto van het kenteken van de SUV en hackte toen het kentekenregister. Zo kwam ze achter het woonadres van zowel de baas van de politie als zijn vrouw. Ze reed erheen. Het huis lag twintig minuten buiten de stad, midden in een zee van ruisend gebladerte.

Jackson trok haar vermomming in minder dan twee minuten uit. Nu liep ze helemaal in het zwart gekleed, zelfs haar hoofd was bedekt, tussen de bomen door naar het grote huis dat was opgetrokken uit hout en steen en midden op een extreem goed onderhouden gazon stond.

Jackson schatte dat het om ongeveer negenhonderd vierkante meter grond ging.

Duidelijk binnen het budget van een politieagent en een burgemeester van een klein stadje dat waarschijnlijk minder inwoners had dan er rond lunchtijd auto's door een McDrive in de stad reden.

Ze bestudeerde het gebied met haar verrekijker op zoek naar menselijke bewakers en/of bewakingscamera's. Ze zag geen van de eerste en veel van de laatste, wat erop duidde dat de Kings duidelijk vertrouwden op elektronische ogen boven de mensheid. Slim, want mensen misten veel, zelfs als ze goedgetraind waren, terwijl de gemechaniseerde versie niets ontging. En mensen konden je chanteren.

Ze liep om het huis heen en berekende de zichtlijnen van de camera's tot ze een gedeelte vond dat niet binnen de camera's viel, in de noordwestelijke hoek aan de achterkant van het gebouw. Jackson liep over de smalle strook gras en haalde een apparaat uit haar rugzak.

Ze zag de gasleiding die hier het huis binnenging, sneed voorzichtig een stukje gras eruit, groef de aarde weg, legde haar apparaatje daar neer, bedekte het weer met de aarde en legde het gras met zorg weer op zijn plaats.

Aan niets was te zien dat het gebied was verstoord.

Devine had gevraagd om wat rond te snuffelen, wat ze ook deed. Maar ze mocht het best een persoonlijk tintje geven, toch?

Ze liep terug naar haar auto, trok haar grote dameskleren weer aan, compleet met zuurstof, en reed terug naar de stad.

Rond lunchtijd raasde de Cayenne door de straat, schitterend in de zon, en parkeerde voor een restaurant. Mercedes King stapte uit, nu met hoge hakken, en ging naar binnen.

Jackson, die de Porsche was gevolgd, parkeerde aan de andere kant van de straat, worstelde zich uit haar auto en liep met een looprek langzaam het restaurant binnen.

Een jonge vrouw begeleidde haar naar een tafel, een tafel waaraan Jackson niet wilde zitten, omdat ze vanaf hier burgemeester King niet kon zien. Ze keek om zich heen en zag een mogelijke oplossing zonder verdenking te wekken.

'Het spijt me, jongedame,' zei ze met haar oudevrouwenstem. 'Maar het zou fijn zijn als er een toilet in de buurt is. Mijn afwatering is niet meer wat het geweest is, liefje.'

De ogen van de jonge vrouw werden groot van schrik. 'O, oké. Eh... De toiletten zijn daar, kiest u maar waar u wilt zitten, mevrouw.'

Jackson koos een tafeltje in de buurt van de toiletten, vanwaar ze ook goed zicht had op King en de lange, in pak gestoken man die bij haar ging zitten.

Jackson deed een paar AirPods in en bevestigde iets wat ze uit haar zak haalde op de voorkant van haar kleding. Het was dezelfde schreeuwerige broche die ze had gedragen toen ze Devine had afgeluisterd in het restaurant waar hij met Saxby was geweest. Er was geavanceerde afluisterapparatuur in aangebracht. Jackson bestelde een pot thee en zag dat King en de man – die Nick werd genoemd, zoals ze hoorde via haar AirPods – allebei een glas rode wijn hadden besteld.

De man was het meest aan het woord en het was een interessant gesprek.

Toen Jackson echter voor het eerst de schorre stem van de vrouw hoorde, door beschadigde stembanden die nooit goed waren genezen, had ze onwillekeurig haar vuisten gebald.

Sommige uitspraken van de man waren bovendien bijzonder pijnlijk voor Jackson.

'Op basis van wat je me hebt verteld,' zei King, 'concludeer ik dat je dingen wilt gaan doen die je aanhangers boos zullen maken wanneer je aan de macht komt. Dan krijgen ze misschien spijt van hun steun. Je wilt echt geen onrust veroorzaken. Ik spreek uit ervaring. Ik heb veel van dit soort situaties meegemaakt in andere landen waar een nieuw regime aan de macht kwam.'

'Vergeet niet, lieverd, dat ik op dit moment inderdaad aanhangers nodig heb,' zei hij met een gladde glimlach en op zelfverzekerde toon. 'Maar zoals iedereen die de geschiedenis kent je kan vertellen... Als je je profileert als een echte leider en voldoende wapens ter beschikking hebt, dan heb je alleen nog maar volgelingen nodig. Zij zullen geen andere keus hebben in deze kwestie, als ze niet in de gevangenis terecht willen komen en in leven willen blijven. En dat geldt ook voor mijn aanhangers.'

Natuurlijk, klootzak, dacht Jackson.

Toen begonnen ze iets te bespreken wat zowel voor Devine als voor Jackson van nut kon zijn. Het gesprek ging over iemand in het overheidsgebouw, en wat ze daar deden.

Eén keer keek King naar haar. Jackson staarde naar haar eten en deed alsof ze moeite had met haar vork. Uit haar ooghoeken zag ze dat King haar vorsend opnam. Ze wachtte op enig teken van herkenning op haar gezicht, maar toen keek King weg en vervolgde haar gesprek.

Een uur later betaalde Nick de rekening en liet King daar zitten. King bestelde nog een glas wijn. Toen dat eenmaal was gebracht, scrolde de vrouw wat op haar telefoon, misschien door appjes, e-mails of doodsbedreigingen, mijmerde Jackson.

Nadat ze haar wijn had opgedronken, stond King op om te vertrekken.

Een paar momenten later voelde Jackson dat er iemand naast haar kwam staan.

'Bent u op bezoek in onze mooie stad?' vroeg King.

Jackson keek naar haar op en probeerde te achterhalen of de vrouw haar herkende en zich alleen maar onwetend voordeed.

Jackson zette haar oudedamesstem weer op en nam steeds een pauze om zuurstof op te snuiven. 'Ik ben zomaar een passant. Ik ga een bezoek brengen aan mijn dochter in Idaho. Een klein plaatsje net over de grens. Mijn nieuwe kleinkind bewonderen.'

'Nou, ik ben hier de burgemeester, dus als er iets is wat ik kan doen om uw verblijf prettiger te maken, laat het me dan weten.'

Ze haalde een kaartje uit haar zak en gaf dat aan Jackson.

'Dat waardeer ik, liefje,' antwoordde Jackson, terwijl ze het kaartje opborg. 'Wat een schattig stadje is dit hier.'

'Bedankt.'

Ze keek toe terwijl King wegstormde.

Ja, wegstormen is het juiste woord, dacht Jackson.

God helpe je, Anne, als ik klaar ben met je. Maar ik ben bang dat zelfs God je dan niet meer in elkaar zal kunnen zetten.

70

‘Er komt zo te zien een stortbui aan,’ zei Devine toen ze onderweg waren. Het was nog ongeveer twintig minuten rijden naar het huis van de Odoms in Kittitas.

Betsy had haar koptelefoon op en reageerde niet. Hij had eerder gezien dat ze een film keek op haar telefoon.

Hij had Shore en Rose een bericht gestuurd met hun verwachte aankomsttijd. Rose had beloofd dat er een heerlijke maaltijd op hen zou wachten.

Devine had voortdurend het verkeer achter zich in de gaten gehouden en niets ongewoons gezien. Dat maakte hem duidelijk dat er waarschijnlijk een leger agenten achter hen aan reed. Hij was er ook zeker van dat Danny Glass een paar mannen in Kittitas zou stationeren, aangezien de man duidelijk zijn leven en dat van Betsy niet toevertrouwde aan de federale overheid.

Hij keek naar Betsy en dacht aan de belofte die hij aan haar oom had gedaan. Dat hij zijn leven zou opofferen om het hare te redden. Devine had datzelfde gedaan in het leger, een eed afgelegd en getoond bereid te zijn om zijn leven te offeren voor zijn land, zodat zijn medeburgers vrij en in vrede konden leven.

Hij had Glass de hand geschud, misschien een ouderwets gebaar, maar het had duidelijk iets voor Glass betekend. Het had ook iets voor Devine betekend.

Dat had echter totaal niets met Glass te maken. Het had te maken met een twaalfjarig meisje genaamd Betsy Odom, die veel tegenslag in haar leven had gekend en die nu echt niemand anders had om haar te beschermen, behalve Devine.

Dus als het erop aankwam, zou hij zijn leven voor het hare geven, ook al kende hij haar pas een paar dagen.

Ergens leek het al jaren.

Later stopten ze bij de stacaravan. De deur ging open en daar stond een glimlachende Nate Shore. Hij hielp met de tassen nadat hij Betsy had omhelsd en Devine de hand had geschud.

'We moeten praten over… dingen,' fluisterde Devine.

'Dat kun je verdomme wel zeggen, ja,' zei Shore. De glimlach was verdwenen.

'Hé, Bets,' riep Rose uit, die uit de keuken kwam met een lang wit keukenschort voor.

'Hoi, Kor,' zei een grijnzende Betsy terwijl ze elkaar omhelsden.

'Ik hoop dat je trek hebt, want ik heb je favoriete gerecht klaargemaakt,' zei Rose.

'Cheeseburgers met friet?' riep ze.

'Oké, je op één na favoriete gerecht dan.'

'Pizza pepperoni met extra mozzarella?'

Hij gaf haar een high five.

Terwijl ze in de deuropening stonden en de twee in de gaten hielden, zei Shore zachtjes tegen Devine: 'Er zijn een paar serieuze federale gasten bij mij en Kor geweest. Ze hebben ons dingen verteld over Betsy en haar oom en zo, maar ik wil het liever van jou horen.'

'Voor of na de pizza pepperoni met extra mozzarella?' vroeg Devine.

'Hoe erg is het nou echt, man?'

'Wat zegt je voorgevoel?'

Shore trok een grimas. 'Laten we dan eerst maar eens gaan eten. Misschien is het wel onze laatste maaltijd.'

De bui brak los toen ze de laatste pizzapunten ophadden, en

de regendruppels kletterden op het dak. 'Wauw, Korey, dat is de beste pizza die ik ooit heb gehad,' riep Devine uit.

'Hij maakt het deeg zelf,' zei Shore. 'Hij is daar vanmorgen extra vroeg voor opgestaan, en ook om de saus te maken. Als je het mij vraagt, heeft die gast zelf een paar varkens en koeien grootgebracht, geslacht en zijn eigen pepperoni gemaakt, en dat allemaal in acht uur.'

'Het draait allemaal om de balans tussen varkensvlees en rundvlees,' zei Rose, die duidelijk wist waar hij het over had. 'En de truc voor een geweldige saus is om nooit een fles of blikje te gebruiken. Alleen verse ingrediënten en alles handmatig fijnmaken en mixen.'

'En spierballen en tijd,' zei Shore.

Nadat ze gegeten hadden en Betsy, Shore en Rose wat bijgekletst hadden, ging Betsy naar haar kamer om haar spullen uit te pakken.

Devine gebruikte deze gelegenheid om Shore en Rose bij te praten. Hij gaf ze niet alle achtergrondinformatie over 24-12-65, maar had het over de 'Termieten', die levensgevaarlijk waren en waarschijnlijk op Betsy Odom af zouden komen. Hij legde uit dat er bescherming aanwezig was. Maar hij vertelde ze niet dat de FBI rekende op een poging tot moord op Betsy om Glass te dwingen mee te werken. Dat zou een toch al ingewikkelde situatie alleen maar gecompliceerder maken.

Devine pakte zijn reserve-Glock en twee extra magazijnen en gaf die aan Shore. De man controleerde vakkundig de munitie, trok de slede naar achteren, stopte de reservemagazijnen in zijn zak en stak het pistool op zijn rug tussen zijn riem.

'Om bij haar te komen, moeten ze eerst langs ons,' zei hij vastberaden.

Devine keek naar Rose. 'Vind je dat goed, Kor?'

Rose ging naar het aanrecht en pakte een lange smalle doos die afgesloten was. Hij opende hem en haalde er een mes uit van zo'n dertig centimeter lang, met een gekarteld lemmet van tien centimeter breed.

'Ik ben niet zo goed in schieten. Maar ik kan als geen ander iets in reepjes snijden.'

'Dat is zeker waar,' zei Shore. 'Die gast is zo snel met zijn handen dat het soms gewoon één waas is.'

Later keek Devine uit het raam in de woonkamer. Het licht begon te vervagen, net als alle hoop misschien. Ondanks de versterkingen die ergens daarbuiten aanwezig waren, kon Devine alleen op zichzelf en de twee mannen rekenen, die hij pas net had ontmoet.

Hopelijk is dat genoeg.

71

Die nacht controleerde Devine zijn wapens: de Glock, met extra magazijnen, een KA-BAR-mes uit zijn tijd als Ranger, de metalen wapenstok die hij te danken had aan Hastings en co, van toen ze hem probeerden een pak slaag te geven, en een reservepistool dat Campbell hem had gegeven, een compacte Glock 42 die geladen nog geen halve kilo woog.

Wapens vormden een belangrijk en vast onderdeel van Devines lange militaire carrière. Ze maakten de zaken soms ingewikkelder en soms juist niet.

Misschien eerder het eerste dan het laatste, op de lange termijn in elk geval. Geen enkel probleem werd ooit voor de lange termijn opgelost door een trekker over te halen. Het zorgde vaak juist voor nieuwe dilemma's. Om iets op de korte termijn op te lossen, was het echter geen slechte optie.

Hij zat op het bed dat de Odoms hadden gedeeld. De kamer was netjes en zeer schoon. Her en der zag hij wat vrouwelijke en speelse accenten, ongetwijfeld met dank aan Alice Odom. Terwijl Devine om zich heen keek, dacht hij terug aan de beelden die hij van de Odoms had gezien. Een gezin vol liefde, zonder enig idee wat de toekomst zou brengen.

Toen stond hij op en controleerde het voorste gedeelte van de stacaravan door de smalle opening in de jaloezieën. In de duisternis zag hij niets anders dan silhouetten van bomen.

Er waren zelfs geen verraderlijke wolkjes condens te zien van de adem van de groepjes agenten die daar in de kou zouden moeten staan.

Hij liep door de kleine ruimte, opende laden en bekeek hun persoonlijke spullen. Hij stopte toen hij een ouderwets fotoalbum zag in een van de laden. Hij was verbaasd dat mensen van de generatie van de Odoms die überhaupt nog hadden.

Toen Devine het eruit haalde en het album opende, begreep hij dat hij zowel gelijk als ongelijk had.

De foto's waren van een jongere Alice Odom, en van haar moeder, vader en broer, Danny Glass.

Glass senior was een kleine, gespierde, roodharige man met een bittere trek op zijn gezicht. Zijn vrouw was tenger en ze verborg haar intense triestheid met een brede, gemaakte glimlach.

Danny en Alice stonden naast elkaar en keken in de camera met wat leek op oprecht geluk. De tiener Danny hield de hand van de kleine Alice vast.

Devine wist niet zeker wanneer de foto was genomen, maar de 'kleine' Alice was al bijna net zo lang als haar moeder. Danny Glass had een volle bos donker haar dat hij zowel van zijn vader als van zijn moeder leek te hebben. Alice had haar kastanjebruine haar weer aan haar dochter doorgegeven.

Nu waren alle gezinsleden van de foto dood, behalve Danny Glass. Dat was waarschijnlijk de reden waarom hij zich zo vastklampte aan Betsy, de enige met wie hij nog verbonden was aan zijn geliefde zus.

Terwijl hij zijn impulsieve zoektocht voortzette, vond Devine vervolgens in een kast een dossiermap met het opschrift GEZONDHEID. Hij vond tussen de bladzijden tot zijn verbazing niet de gebruikelijke routinematige medische controlerapporten die hij had verwacht, maar informatie over ivf-behandelingen van ruim tien jaar geleden.

Blijkbaar hadden de Odoms moeite gehad om zwanger te worden. Er waren ook wat formulieren van gezondheidscontroles die waren uitgevoerd toen Alice zwanger was van Betsy, en vaccinatiegegevens waaruit bleek dat Betsy was ingeënt tegen de gebruikelijke kinderziekten.

Het laatste stuk papier bracht Devine in verwarring. Het was het enige in het dossier dat te maken had met Dwayne Odom. Devine las de testresultaten nog eens door.

Hoe kon dat nou?

Het volgende moment trilde zijn telefoon. Er kwam een bericht van Emerson Campbell binnen. Het was een reactie op een foto die Devine hem eerder had gestuurd. De informatie maakte veel duidelijk en gaf Devine ook een idee. Hij legde het medisch dossier neer en concentreerde zich op de details die Campbell zojuist had verstrekt.

Een minuut later trilde zijn telefoon opnieuw en hij las het bericht.

Er stond een plaats en een tijd in en was ondertekend met PJ.

Hij ging kijken hoe het met Betsy ging. Ze sliep.

Hij keek naar Shore en Rose en vroeg hun om de wacht te houden terwijl hij weg was. Shore trok de Glock en Rose zijn mes.

'Wij beschermen haar,' zei Shore. Hij had de serieuze blik van een echte Delta Force.

Devine knikte, liep naar buiten en stapte in zijn auto.

Terwijl hij de weg af reed, voelde hij de aanwezigheid van mensen die hem in de gaten hielden.

Laten we hopen dat ze allemaal aan onze kant staan.

Omdat ze duidelijk alleen hem en niet Betsy in de Subaru hadden zien stappen, was niemand hem gevolgd, wat een opluchting was.

Toen Devine op zijn bestemming aankwam, zag hij een lichtflits op ongeveer honderd meter afstand.

Zijn hand gleed naar zijn broeksband en de grote Glock kwam tevoorschijn.

Devine manoeuvreerde van boom tot boom tot hij op ongeveer drie meter van het licht verwijderd was.

‘Ik vroeg me al af wanneer je weer zou komen opdagen,’ zei hij.

Jackson deed een stap naar voren. Ze was helemaal in het zwart gekleed, en totdat ze haar gezichtsbedekking afdeed, was ze bijna onzichtbaar.

‘Ik heb Anne Cassidy vandaag gezien. Ze begon zelfs een praatje met me. Als ik niet zo hard mijn best had gedaan om haar niet af te maken, had ik me kapot gelachen.’

‘Maar ze herkende je niet?’ vroeg Devine.

‘Ik had eigenlijk bijna gewild dat ze dat deed. Dan had ik haar meteen kunnen doden.’

‘Je kunt niet alles hebben.’

‘Wat ik in die stad zag, was indrukwekkend. Je zou denken dat er iets groots aan zit te komen,’ zei ze met een veelbetekenende blik.

‘Inderdaad,’ beaamde Devine. ‘Is dat alles wat je me kwam vertellen?’

‘De Kings hebben een groot huis buiten de stad. Ik ben er geweest.’

‘En?’

‘Ik ben er gewoon geweest,’ zei ze kortaf. ‘Ik zag die twee gasten bij je. Zijn ze bekwaam?’

‘De een heeft in het leger gediend. De ander is een geweldige kok.’

Jackson fronste haar wenkbrauwen. ‘Nou, laten we hopen dat hij de kans krijgt om iemand te flamberen, maar het zou niet mijn keuze geweest zijn.’

‘Soms heb je het niet voor het kiezen,’ antwoordde Devine. ‘Je vecht met het leger dat je hebt.’

‘Nu we toch een kijkje in de keuken nemen, volgens mij zijn er te veel mensen bij deze zaak betrokken. Dat was een behoorlijk probleem in mijn tijd als federaal agent.’

‘Gezien mijn recente ervaring kan ik het daar alleen maar mee eens zijn.’

'Ik geef je het advies om niet volgens het boekje te handelen en op je gevoel af te gaan als de hel losbarst. En dat zal gebeuren.'

'Bedankt voor je bijdrage.'

'Goed, ter zake. Anne had een afspraak met een man genaamd Nick. Ik hoorde het gesprek toevallig.'

'Kon je hem goed zien?'

'Nog beter, ik heb een foto van hem gemaakt.' Ze stuurde hem een bericht.

Devine keek naar de knappe man met de wrede blik. 'Enig idee wie hij is?'

'Nicholas Dawkins.'

'Hoe weet je dat?'

'Hij betaalde de rekening. Nadat die bitch vertrokken was, liep ik er even langs en wierp een blik op de rekening. Je zou hem eens onder de loep moeten laten nemen. De interesses van die man zijn… boeiend.'

Devine keek op. 'Waar hadden ze het over?'

'Nou, allereerst zijn ze van plan om de macht in dit land over te nemen. Daarna gaan ze echter dingen doen die zelfs hun eigen aanhangers kwaad zullen maken. Maar zoals Nick zei, als hij eenmaal aan de macht is, hebben ze geen andere keus dan zich aan de regels te houden, als ze niet in de gevangenis willen belanden en in leven willen blijven.'

'Hij klinkt als iedere andere griezel in de geschiedenis die dictator wilde worden.'

'Ze hadden blijkbaar ook een verrader in hun midden. Ze houden hem gevangen in het overheidsgebouw.'

Dit nieuws verbijsterde Devine. 'Wat?! Wie dan?'

'Er werden geen namen genoemd.'

'Wie heeft die persoon verraden?'

'Het lijkt erop dat er informatie is gelekt naar een derde partij en dat ze dat hebben kunnen herleiden tot deze persoon. Waarschijnlijk martelen ze hem om de details te weten te komen en zullen ze hem dan vermoorden.'

'Oké,' zei Devine, terwijl hij dit nieuws verwerkte. 'Enig idee wie de derde partij is?'

'Doe maar een wilde gok.'

'Danny Glass.'

'Zo hé, slimme jongen, petje af. Ik heb de bouwtekeningen van het overheidsgebouw te pakken gekregen door de website te hacken. Het lijkt erop dat er een cel in de kelder is. Ik kan je de details sturen als je mensen geïnteresseerd zijn.'

'Graag,' zei Devine.

'Enig idee door wie Odoms ouders zijn vermoord?'

'Morgen wil ik een theorie testen in Ricketts. Dan kan ik ook je info checken.'

Een uitdrukking van verbazing trok over haar gezicht. 'Waag jij je in het hol van de leeuw? Ik dacht dat je daar persona non grata was.'

'Soms is de aanval de beste verdediging.'

'Hebben ze je dat echt geleerd op West Point?'

'In de klas ervaar je niet hoe het is als er echt geschoten wordt. Zoals je me net adviseerde: werk niet volgens het boekje en volg je gevoel.'

'Bij elke ontmoeting merk ik hoeveel we op elkaar lijken. Wil je een steuntje in de rug als je je in het hol van de leeuw waagt?'

Hij keek haar strak aan. 'Kwestie van wie A zegt?'

'Zoiets, ja,' antwoordde Jackson.

'Dan graag.'

72

Eenmaal terug in de caravan sliep Devine als een roos. Toen hij de volgende ochtend in de keuken verscheen, was het duidelijk dat dat Shore en Rose niet was gelukt.

'Jullie zien er echt niet uit,' zei hij, grijnzend om de ironie dat ze dat eerder ook tegen hem hadden gezegd.

Ze keken hem met een glazige blik aan vanaf de kleine keukentafel, koffiemokken in hun hand.

'Probeer jij maar eens de hele nacht wakker te blijven,' gromde Shore.

'Tja, dat heb ik natuurlijk nog nooit gedaan,' antwoordde Devine, terwijl hij voor zichzelf een kop koffie inschonk. 'Ik heb even bij Betsy gekeken. Ze slaapt goed.' Hij ging tegenover hen zitten. 'Ik ga vandaag naar Ricketts.'

'Ben je helemaal gek geworden?' zei Shore. 'Zei je niet dat dat een slechte plaats was?'

'Er is daar iets wat ik moet uitzoeken. Dat betekent dat jullie twee Betsy's belangrijkste bewakers zullen zijn. Zijn jullie daar klaar voor?' Hij keek hen allebei aan.

Shore knikte. 'Als ze bij haar willen komen, moeten ze eerst langs ons.'

'Maar er zijn toch nog meer agenten hier?' vroeg Rose nerveus.

'Ja,' zei Devine. 'Maar jullie zijn de laatste verdedigingslinie.'

'Als ze haar toch al wilden vermoorden, waarom deden ze dat dan niet meteen toen ze Dwayne en Alice vermoordden?' vroeg Shore.

'Om haar oom onder de duim te houden,' zei Devine. 'Als ze Betsy vermoorden, hebben ze geen drukmiddel meer om hem ervan te weerhouden de feds te helpen.'

'De feds te helpen?' vroeg een verbijsterde Shore. 'Ik dacht dat die hem juist aanklaagden.'

'Het is een lang verhaal, maar om het kort te houden: Glass heeft belastende informatie over een paar echt slechte mensen die dit land op zijn kop willen zetten. Hij kan helpen om die lui voor de rechter te slepen. In ruil daarvoor trekken ze de aanklachten tegen hem in.'

'Maar wanneer is het gevaar geweken? Als die gast getuigt?' vroeg Shore.

'Of als ze hem ook vermoorden?' vroeg Rose.

'Hou haar nu maar gewoon in de gaten alsof dit het laatste is wat je op aarde doet.'

Devine stond bij haar deur te wachten toen Betsy wakker werd en uit haar kamer kwam.

'Heb je trek? Korey heeft pannenkoeken gebakken.'

Betsy droeg nog steeds haar nachtkleding: een korte broek en een T-shirt met lange mouwen en lange roze sokken. Ze wreef in haar ogen en kneep die tot spleetjes vanwege het felle licht van de ochtendzon dat de caravan inviel.

'Ja, ik kan wel wat eten gebruiken.' Ze keek hem aan. 'Waarom heb je je jas aan?'

'Ik moet nog een paar dingetjes doen.'

'Waar?'

'Dat ga ik jou niet aan je neus hangen.' Hij sloot die opmerking af met een glimlach.

'Mag ik mee?'

'Je moet voorlopig hier blijven, bij Korey en Nate.'

'Ze willen me iets aandoen, toch? Net als ze bij mijn vader en moeder gedaan hebben.'

'Het is iets ingewikkelder, Betsy.'

'De overheid heeft mijn oom nodig om hen te helpen, en

dat wil hij ook doen. Alleen is hij bang dat áls hij dat doet, de mensen die mijn ouders hebben vermoord mij ook iets zullen aandoen, toch?'

'Ja,' gaf Devine toe.

'Stel dat hij besluit om jou te helpen?'

'Dan vermoed ik dat jullie allebei in getuigenbescherming worden geplaatst. Een nieuwe identiteit en een ander leven.'

'Dus dan zal ik niet meer mezelf zijn?'

'Je zult altijd jezelf zijn, Betsy, alleen onder een andere naam.'

'Wanneer moet hij beslissen?'

'Binnenkort,' zei Devine.

'Nou, dan moet ik maar snel die pannenkoeken gaan eten. Zolang het nog kan.'

Ze sjokte weg en Devine keek haar na. Ze zag eruit als de eenzaamste persoon ter wereld.

Het brak zijn hart, hoewel hij had gedacht dat dat nooit meer zou gebeuren.

Later, toen hij het bos uit was en op de hoofdweg reed, belde hij Emerson Campbell. Hij had zijn baas eerder verteld over Kings ontmoeting met Nicholas Dawkins.

'Onderweg,' zei hij.

'Veel succes.'

'Alles gaat zoals het moet gaan, meneer.'

'Dat hield mij in leven in Vietnam en jou in het Midden-Oosten. Het ministerie van Justitie en de FBI denken dat ze dit helemaal in de hand hebben. Laat ze maar eens zien hoe het leger zoiets aanpakt.'

'Begrepen.'

'Heb je nog back-up nodig?' vroeg Campbell.

'Ik heb alles wat ik nodig heb.'

Devine hing op en reed rechtstreeks naar het broeinest van de Termieten.

73

Devines eerste stop was het restaurant waar de Odoms hadden gegeten. Hij keek door het raam totdat hij de serveerder zag die het gezin die dag had bediend. Ze bracht een dienblad met lunch naar een tafel. Hij dook weg, zodat ze hem niet zou zien.

Vervolgens reed Devine naar het overheidsgebouw en vroeg of hij Eric King kon spreken.

De man was op zijn kantoor, maar zat niet achter zijn bureau. Hij zat aan een tafel bij een van de brede ramen en was zo te zien iets van rapporten aan het doorkijken. Er was een opklapbaar bureaublad aan de armleuningen van zijn rolstoel bevestigd.

'Wat brengt u terug naar de stad?' vroeg King, zonder zelfs maar op te kijken van zijn papieren.

'Ik wilde wat vragen stellen over de man die in Seattle dood is aangetroffen en die mij probeerde te vermoorden.'

King trok een grimas. 'Hoe we ertoe zijn gekomen om iemand in dienst te nemen die zoiets zou doen, is mij een raadsel.' Hij schudde zijn hoofd.

'Ik heb begrepen dat hij diezelfde dag was ontslagen. Mag ik vragen waarom?'

Hij legde zijn papieren opzij en keek op naar Devine. 'Insubordinatie. Hij weigerde een direct bevel van een hogere officier. Daarna deden we onderzoek en ontdekten we dat er spullen ontbraken in de bewijskamer. Twee daarvan werden op zijn lichaam gevonden. Ik heb hem zelf ontslagen. Opgeruimd staat netjes. Daarmee bedoel ik niet dat ik blij ben dat de man dood is, maar wel dat ik blij ben dat hij hier niet langer als beëdigd politieagent werkt.'

'Ik vroeg me af of u enig idee had waarom hij op mij zou schieten.'

'Ik kan me niet voorstellen wat er in het hoofd van die man omging. Dan denk je iemand te kennen. Nou, het heeft mijn vertrouwen in de menselijke natuur geschokt, dat kan ik u wel vertellen.'

'En hoe staat het ervoor met het politiekorps van Ricketts?'

'We moeten dezelfde uitdagingen het hoofd bieden als andere kleine steden. Maar we houden onszelf staande.'

'In elk geval is de uitrusting stukken geavanceerder dan in andere steden van deze omvang.'

King leunde naar achteren in zijn rolstoel. 'Als ik iets heb geleerd in mijn carrière, dan is het wel dat degene met de grootste mond de meeste aandacht krijgt,' zei hij. 'Ik weet dat sommige andere politiekorpsen het niet leuk vinden dat ik meer budget toegewezen krijg dan zij, of dat ze zich ergeren aan het feit dat ik een goede zakelijke relatie heb opgebouwd met de federale instanties, waaronder ook Homeland Security. Maar de middelen zijn beperkt. Als ik door mijn inspanningen meer kan krijgen ten behoeve van de gezagsgetrouwe burgers van mijn stad... Nou, dat heb ik gedaan en zal ik blijven doen.'

'Een uitstekende speech om de verkiezingen mee te winnen als u zich kandidaat zou stellen,' merkte Devine op.

'Die gedachte is weleens bij me opgekomen.'

Je kunt dat gedeelte natuurlijk ook skippen en helpen een staatsgreep te plegen, zoals je al van plan was.

'Misschien wilt u niet concurreren met uw vrouw?'

King keek hem minachtend aan. 'Wilde u verder nog iets bespreken?'

'Ik vroeg me af of het stoffelijk overschot van de Odoms aan mij overgedragen kan worden. De vorige keer werd me verteld dat ze gecremeerd waren. Ik wil hun as naar hun dochter brengen.'

'Dat is prima.' King keek naar de papieren op tafel en zei toen terloops: 'Zeer spijtig van dokter Coburn. Een gaslek, hoorde ik. Mensen in Seattle zouden voorzichtiger moeten zijn.'

'Ja, het was een vreselijk verlies.'

'Weet u waar u Doris Chandler kunt vinden?'

'Ja, dat weet ik.'

'Goed, tot ziens dan Devine.'

'Fijne dag commissaris.'

Geniet ervan zolang het nog kan.

74

'Wilt u hier en hier tekenen, alstublieft?' zei Chandler.

Devine zat tegenover haar in haar kleine kantoor.

Onderweg was hij langs een deur met het opschrift 'MORTUARIUM' gekomen. Hij had de deur geprobeerd, maar die zat op slot.

Devine tekende op de aangewezen plekken en gaf de papieren terug.

Chandler gaf hem een ontvangstbewijs en pakte toen twee grijze dozen. Devine zag dat ze allebei waren voorzien van post-its; op de ene stond 'DWAYNE ODOM' en op de andere 'ALICE ODOM'.

'Waarschijnlijk hebt u wel gehoord wat er met dokter Coburn is gebeurd?' vroeg Devine.

'Ja,' zei Chandler, terwijl ze de papieren opborg die Devine had ondertekend. 'Wat een tragedie. Ik hoorde dat het door een gaslek kwam. In elk geval heeft ze niet hoeven lijden.'

'Dat is waar. Is het toxicologisch rapport al binnen? Van de Odoms?'

'O, hemel nee,' zei ze grinnikend. 'In tv-series zijn die er altijd meteen na de reclame, maar in werkelijkheid duurt het soms wel weken of maanden, afhankelijk van de achterstand.'

'Juist.'

'Maar het kwam door een overdosis drugs. Dokter Coburn is... was een erg goede arts. Haar voorlopige rapport was duidelijk.'

'Ik probeer alleen maar de puntjes op de i te zetten.'

'Verder nog iets?'

'Is de burgemeester er?'

'Ik dacht dat ik haar een paar minuten geleden zag binnenkomen. Haar kantoor is aan het einde van de grote hal.'

'Bedankt.'

'We nemen onze verplichting om goed contact te houden met onze federale vrienden erg serieus.'

En jullie 'federale vrienden' nemen jullie ook erg serieus, dacht Devine terwijl hij haar kantoor verliet en naar dat van de burgemeester liep. Hij klopte op de deur en kreeg te horen dat hij binnen mocht komen.

'Meneer Devine, wat een genoegen om u weer te zien,' zei Mercedes King opgewekt toen ze opstond vanachter haar bureau, naar hem toe kwam en haar hand uitstak om hem te begroeten.

Haar jurk was donkerblauw en haar hakschoenen hadden dezelfde kleur. Haar blonde haar was in een paardenstaart gebonden en haar glimlach was stralend. Waarschijnlijk had de vrouw de opdracht gekregen om aardig tegen hem te doen. Blijkbaar werden de Termieten zenuwachtig als Devine zich in hun kleine gehucht bevond.

Dat komt goed uit, want zenuwachtige mensen maken fouten.

Hij hield de beide dozen met as in één hand vast en schudde haar hand met de andere. Toen nam hij tegenover haar plaats bij een salontafel aan het raam en zette de dozen op tafel.

'Wat brengt u hier terug?' vroeg ze.

Hij tikte op een van de dozen. 'Ik kwam alleen het stoffelijk overschot van de Odoms ophalen voor hun dochter.'

Ze trok een gemaakte pruillip. 'O, wat verdrietig. En hoe is het met... Hoe heet ze ook alweer?'

'Betsy Odom.'

'Ik heb nooit kinderen gehad, maar ik kan me voorstellen dat dit heel zwaar voor haar is geweest.'

'Dat is zo,' zei hij. 'Ik vond het naar om te horen over dokter Coburn.'

Ze keek hem misschien iets te lang aan. 'Ja, het was vreselijk. Een gaslek of zoiets, hoorde ik. Erg tragisch.'

Nou, zo te horen hebben ze hun verhalen keurig op elkaar afgestemd, dacht Devine.

'En de voormalig agent die hier werkte en die mij probeerde te vermoorden?'

'Eric was zo overstuur. Dat laat zien dat je nooit te voorzichtig kunt zijn bij het screenen van mensen.' Ze staarde hem aan, alsof ze hem uitdaagde om te suggereren dat zij of haar man schuldig waren.

'Inderdaad, je hebt zo een paar rotte appels in de mand,' antwoordde Devine. 'Erg spijtig dat onze laatste ontmoeting zo moest eindigen.'

Ze wuifde het weg. 'Dat was gewoon een lange dag, waardoor ik uit mijn humeur was. Ik las nog wel iets over die Danny Glass in de krant.'

'Echt waar? Wat dan?'

'Blijkbaar heeft de overheid de aanklachten tegen hem ingetrokken. Ik vraag me af waarom.'

'Nou, de getuigen tegen hem zijn helaas dood. Er zal voldoende bewijs aangevoerd moeten worden.' Devine dacht snel na en voegde eraan toe: 'Maar voor zover ik weet, kunnen ze de aanklachten tegen hem op elk moment weer indienen. En dat zullen ze ook doen.'

'Waarop baseren ze die beslissing?'

Devine liet deze ietwat vreemde vraag even hangen.

'Het zou kunnen dat ze nog meer getuigen tegen hem moeten opsporen. Als dat hun zaak sterker maakt, kunnen ze hem weer vervolgen. Ik weet zeker dat ze hem heel graag willen pakken.'

'O ja?' zei King, die hier niet van overtuigd leek.

'Hij is een vermeende crimineel die wereldwijd opereert,'

antwoordde Devine. 'Ik kan me voorstellen dat uw man hem ook graag achter de tralies zou zien, zoals iedere goede wetshandhaver.'

Kings gezicht verschoot van kleur. 'Ja, natuurlijk. U hebt gelijk,' zei ze en ze huiverde. 'Er zijn al te veel moordlustige maniakken op de wereld.'

Inderdaad, dacht Devine, in dit gebouw waarschijnlijk nog meer dan elders, jij incluis.

Hij vertrok en reed ver genoeg de stad uit dat niemand uit Ricketts hem nog zou volgen. Hij arriveerde uiteindelijk op een plek waar een e-motorfiets op hem stond te wachten, met dank aan Pru Jackson. Hij bleef zitten tot het donker werd en keerde toen terug naar de stad.

Nu mocht Devine geen enkele fout maken. Anders zou het hele zaakje ontploffen.

75

Devine verborg zich in een steegje naast de parkeerplaats achter de Cowboy Tavern. Hij zag de serveerder die de lunch van de Odoms had geserveerd en met wie Devine eerder had gesproken rond kwart voor zes uit het restaurant komen. Ze had Devine eerder verteld wat haar werktijden waren, daarom had hij al verwacht dat ze rond deze tijd zou vertrekken.

Ze stapte in een gedeukte, oude Honda-hatchback, nam even de tijd om een sigaret op te steken, zette de auto in de versnelling en reed weg.

Devine reed achter haar aan op de e-motorfiets met de koplamp uit en volgde de achterlichten vóór hem.

Zo'n kleine vijf kilometer verderop reed ze een onverharde, met bomen omzoomde weg af en stopte voor een bouwvallig huisje dat op instorten leek te staan.

Ze stapte uit, rommelde wat in haar tas, haalde de sleutels eruit, stak nog een sigaret op en deed de deur open. Ze ging naar binnen en gooide haar tas op een berg rommel bij de voordeur. In de keuken pakte ze een biertje uit de koelkast. Ze trok haar schoenen uit, wreef over haar voeten en ging in een leunstoel zitten bij een houtkachel die een rode gloed verspreidde vanachter het veiligheidsglas. Af en toe sprong er een gloeiende vonk op van de pellets binnenin die als een vallende ster uitdoofde.

Ze nam een slok van haar drankje, leunde naar achteren en sloot haar ogen. Een diepe, tevreden zucht verliet haar lippen.

'Lange dag?'

Haar ogen schoten open en ze ging snel en geschrokken rechtop zitten. Ze kneep zo hard in het blikje bier dat er wat vloeistof uit spoot.

Devine zat tegenover haar.

'Wie ben jij in vredesnaam?' vroeg ze angstig.

Hij liet zijn badge zien. 'Travis Devine, Homeland Security. We hebben elkaar eerder gesproken, weet u nog? U bent Madeline Trumbull.'

'Nee, ik ben Wendy Roman.'

'Nee, dat is niet waar. U hebt een behoorlijk strafblad.'

'Ik zei toch dat ik drugs heb gebruikt.'

'Ik heb het niet over drugs.'

Ze begon tegen te sputteren. 'Hé, u hebt me de stuipen op het lijf gejaagd. En... u kunt hier niet zomaar binnenstormen. Ik heb rechten, hoor.'

'Ik was gewoon in de buurt en dacht dat we ons gesprek konden voortzetten. Als u geen onverwachte bezoekers wilt, moet u de achterdeur op slot doen.'

'Ons gesprek voortzetten?'

'Over de dood van de Odoms.'

'Ik heb u alles verteld wat ik erover weet, meneer.'

'U hebt me één ding nog niet verteld.'

'Wat dan?'

'Vertel me eens hoe u ze hebt vermoord.'

Ze staarde hem aan zonder met haar ogen te knipperen. Even dacht Devine dat ze het blikje bier naar hem zou gooien.

'Ik weet niet waar u het over hebt.'

'Met het superabsorberende additief DMSO kwam het meteen in hun bloedbaan terecht. Dat was het moment dat de klok begon te tikken. Toen reden ze de stad uit en stierven.'

Ze schudde haar hoofd. 'U kunt maar beter weggaan, meneer, voordat ik de politie bel.' Ze pakte haar telefoon.

Devine pakte ook zijn telefoon en opende een scherm. 'Ik

heb een foto van u gemaakt toen we elkaar voor het eerst ontmoetten. Die heb ik naar de politie gestuurd. Ze hebben AI-gezichtsherkenning gebruikt en er kwam meteen een resultaat uit. U bent dokter Madeline Trumbull. Afgestudeerd in endocrinologie, met een doctoraat in scheikunde van Johns Hopkins. U werkte op de faculteit van Emory University en daarna bij Vanderbilt. En toen verdween u ongeveer vijf jaar geleden van de radar. U kwam kortstondig in beeld bij een onderzoek naar een poging tot massavergiftiging in een gemeentelijke waterzuiveringsinstallatie in de buurt van Akron, in Ohio. Uw naam is ook opgedoken in verband met twee militiegroepen die door zowel de FBI als Homeland Security als terroristische organisaties zijn aangemerkt. Maar u verdween nadat een federale officier van justitie, een getuige van de overheid en een rabbijn uit Georgia vergiftigd waren. Hou u maar niet van de domme, dokter.'

Ze keek hem koel aan. 'U weet duidelijk wat er met de arme dokter Coburn is gebeurd, aangezien u er zelf ook bij was en ook bijna werd opgeblazen. Jammer dat dat niet gelukt is. Iedere agent minder is een feest.'

'Een feest?' zei hij. 'Blijkbaar gelooft u echt in die onzin.'

'Nee, het is de waarheid die ik heb omarmd.' Ze zweeg en nam een slok bier. 'Weet u wel met wie u te maken hebt?'

'Wilt u het toelichten?'

'U zou u bij ons moeten aansluiten,' zei ze.

'Waarbij precies?'

'Om ons land terug te krijgen.'

'Ik wist niet dat we het waren kwijtgeraakt.'

Haar glimlach bereikte haar ogen niet. 'Dan zit u te slapen.'

'Is dit het punt waarop ik word meegezogen in het doolhof van complottheorieën?'

Haar gelaatstrekken veranderden in steen. 'De Dag des Oordeels komt snel dichterbij.'

'Voor u wel.'

'U hebt geen bewijs tegen mij,' snauwde Trumbull.

'Eerlijk gezegd staan er vier federale arrestatiebevelen open. Ik had gehoopt dat u ermee akkoord zou gaan met me mee te komen.' Hij pakte zijn pistool.

Ze verstijfde en zakte toen zo snel ineen dat het leek alsof ze een beroerte kreeg.

'Dat kunt u niet menen. U komt hier nooit levend uit.'

'Vertel me hoe u de Odoms hebt vermoord, dan kunnen we misschien iets regelen waar we allebei baat bij hebben,' zei hij.

Ze glimlachte naar hem. 'Dit is zoveel groter dan u denkt. U hebt geen schijn van kans.'

Devine keek naar haar zelfvoldane grijns en begon boos te worden. 'Ik heb mijn land gediend op veel plekken waar iedereen ons vertelde dat we geen kans hadden. Sinds de Onafhankelijkheidsoorlog vertellen mensen zoals u, en dus vijanden van dit land, ons dat we geen schijn van kans hebben. En toch zijn we er nog steeds.'

Toen haar glimlach breder werd en ze begon te praten, richtte hij zijn pistool en schoot een kogel zo vlak langs haar hoofd dat een van haar lange oorbellen eraf vloog.

Ze snakte naar adem en greep naar haar oor. 'U had me kunnen doden,' riep ze.

'Als ik dat had gewild, was u al dood geweest. Maar de nacht is nog jong.'

Hij stond op, plaatste de loop van zijn pistool tegen haar voorhoofd en legde zijn vinger op de trekker. 'Zo, Trumbull.'

'U haalt de trekker niet over,' zei ze trillend. 'U bent een man van de wet.'

'Ik kan me niet herinneren dat ik u heb verteld dat ik een man van de wet was.'

'U bent van Homeland Security,' bracht ze uit.

'En onze missie is om het vaderland te beschermen tegen

alle bedreigingen, of die nu buitenlands of, zoals in uw geval, binnenlands zijn. Ik heb de bevoegdheid om te doden als ik word bedreigd.'

'Ik bedreig u niet,' zei ze kreunend.

'U zei dat ik geen schijn van kans maakte en dat ik hier nooit levend uit zou komen. Dat is een directe en onmiddellijke bedreiging voor mijn persoonlijke veiligheid, dus extreme maatregelen zijn in dit geval gerechtvaardigd. En u zult er niet meer zijn om het te betwisten, hè?'

'Alstublieft, alstublieft niet,' smeekte ze.

'Ik kan niet met lege handen weggaan, Trumbull. Ik ben hier helemaal naartoe gekomen. Dus of u praat, of ik ga mijn baas vertellen dat er weer één verrader minder is. U voldoet zeker aan dat profiel.' Toen ze niets zei, duwde hij de loop dieper in haar vlees en zei: 'Oké, vaarwel, dokter.'

'W-wacht,' riep ze. 'W-wat wilt u weten?'

Hij haalde het pistool van haar voorhoofd.

'Vertel me over 24-12-65. Over Eric en Mercedes King. Over Danny Glass. En over hoe de Odoms stierven.'

'Maar...'

Hij hield zijn wapen omhoog. 'Begin met praten of ik maak u ter plekke af. U bent een verrader, en u en uw soort hebben de oorlog verklaard aan dit land. En in tijden van oorlog executeren we verraders. Ik heb er geen probleem mee om de beul te zijn.'

Ze begon te praten, legde alles uit, terwijl Devine gerichte, gedetailleerde vragen stelde.

Toen ze klaar was, keek hij naar haar.

'Wat is er met u gebeurd?' vroeg Devine. 'Dat u deze waanzinnige groep bent gaan volgen?'

'Val dood.'

'Ik kan u nog steeds een deal aanbieden,' zei Devine.

'U kunt niets bewijzen van wat ik u net heb verteld.'

'Dat hebben we al gedaan. U was gewoon de kers op de

taart. Nu moet u met me mee. Er staat vervoer klaar om u naar een federale instelling te vervoeren.'

Dit leek Trumbull nogal rauw op haar dak te vallen. 'Wat voor deal?'

'U getuigt en krijgt getuigenbescherming. Geen gevangenisstraf. Anders zult u de zon nooit meer zien opkomen of ondergaan.'

Ze dacht hierover na. 'Ik kan hier niet blijven. En ik zal wat kleding moeten halen.'

Hij volgde haar naar haar slaapkamer. 'Ik ben zo klaar,' zei ze, terwijl ze wat kleren pakte. Ze grabbelde in de zak van een van de kledingstukken en sloeg toen snel haar hand voor haar mond. Devine was een fractie van een seconde te laat om haar tegen te houden. Ze slikte en keek hem triomfantelijk aan. 'Mijn eigen brouwsel. Nog dodelijker en sneller dan cyanide.'

Ze begon te stuiptrekken, haar ademhaling werd onregelmatig en haar pupillen draaiden weg. Trumbull viel op de grond en lag op het tapijt te kronkelen, terwijl Devine alleen maar machteloos kon toekijken. Toen stopte ze met bewegen.

En seconden later stopte ze met ademen.

Haar ogen waren weer teruggedraaid in hun normale positie. Maar ze staarden nu met een nietsziende blik naar hem op.

Devine keek over zijn schouder. 'Heb je het?'

Pru Jackson kwam uit de duisternis tevoorschijn met haar telefoon. 'Een kristalheldere video van elf minuten en vijf seconden. Ik heb je niet gefilmd toen je haar met het pistool bedreigde of toen ze zichzelf om het leven bracht,' zei ze.

'Verstandig.'

76

Devine droeg Trumbull naar haar bed, waar Jackson haar uitkleedde en de dode vrouw onder de dekens legde. Devine had in een kast de kogel gevonden die hij had afgevuurd, die eruit getrokken en vervolgens het beschadigde hout zo goed en zo kwaad als het ging platgedrukt. Ze hoopten dat degene die haar zou vinden, zou concluderen dat Trumbull een natuurlijke dood was gestorven.

Toen Jackson en hij klaar waren, reed Devine terug naar de stacaravan in Kittitas County, waar hij Betsy, Shore en Rose aantrof tijdens een late maaltijd.

'Blij dat je levend terug bent,' fluisterde Shore.

'Ja.'

Na de maaltijd leidde Devine Betsy naar de woonkamer en liet haar de dozen met het stoffelijk overschot van haar ouders zien.

'Ik weet dat dit erg moeilijk is, Betsy,' zei hij, terwijl ze met haar vingers over de bovenkant van de dozen streek. 'Maar ik dacht dat je dit toch zou willen hebben.'

'Dank je wel, ik... Dat wil ik inderdaad.'

Hij haalde diep adem. 'Ik ben erachter gekomen wat er met je ouders is gebeurd.'

'Weet je wie ze heeft vermoord?' zei ze met een gespannen gezicht.

'Herinner je je de serveerder uit het restaurant waar je hebt gegeten?'

'De oude dame die naar rook stonk?'

'Ze was vroeger dokter en scheikundeprofessor. Ze werd ingepalmd door een paar heel slechte mensen.'

De ogen van het meisje begonnen te glanzen van de tranen. 'Hoe... Hoe is het gebeurd?'

Als antwoord haalde Devine iets uit zijn zak en hield het omhoog. 'Komt dit je bekend voor?'

Het was een pakje ontsmettingsdoekjes.

Betsy staarde ernaar met open mond. 'Jeetje, de serveerder gaf ons allemaal zo'n doekje. Ze zei dat ze iedereen vroegen die te gebruiken omdat er een griepepidemie in de stad was geweest. Ik... was het vergeten. Het spijt me.'

'Geeft niks.'

'Maar ik heb er ook een gebruikt.'

'Ja, maar het doekje dat ze jou gaf, bevatte geen gif. Alleen die van je ouders.'

'Ik weet nog dat de serveerder kwam en ze met een tang weer ophaalde.'

'Natuurlijk. Het gif werd heel snel in hun huid opgenomen. De vrouw vertelde me dat je je moeder na zestig seconden een hand had kunnen geven en dat jij dan nergens last van gehad zou hebben. Maar toch was het riskant, voor jou.'

'Waar is die trut? Heb je haar gearresteerd?'

'Nee. Maar ze zal niemand meer iets aan kunnen doen.'

Betsy begon te protesteren, maar toen zag hij aan haar gezicht dat het besef tot haar doordrong. 'Is ze...?'

'Ja. Ze heeft zelfmoord gepleegd.'

Ze veegde haar tranen weg en zei: 'Wanneer houdt dit allemaal op? Wanneer houden ze op met mensen van alles aan te doen?'

'Ze gaan je niets meer aandoen, Betsy. Nu is het hun beurt om te lijden.'

'Gefeliciteerd!' zeiden Shore en Rose tegelijkertijd toen ze binnenkwamen. Rose droeg een verjaardagstaart met dertien kaarsjes erop.

Devine keek van hen naar de betraande Betsy, die een moedige poging deed om te glimlachen.

'Wauw,' zei ze, terwijl ze snel over haar ogen wreef.

'Kijk haar nou, Dozer, die meid is zo blij dat ze zelfs tranen in haar ogen krijgt,' bulderde Rose.

Shore had papieren borden, servetten en plastic bestek bij zich.

'Ben je vandaag jarig?' vroeg Devine verbijsterd.

'Ik zei al dat dat eraan zat te komen toen we elkaar voor het eerst ontmoetten,' hielp ze hem herinneren.

'Kijk, Betsy, dertien kaarsjes, net als in de film,' zei Rose.

'Dat zijn er zestien, idioot. Zestien kaarsjes,' zei Shore, terwijl hij hem een elleboogstoot gaf.

'O, nou ja, over drie jaar maak ik er eentje met zestien kaarsjes. Het is een chocoladetaart, met aardbeien en vanille aan de binnenkant. En dat is geen goedkoop glazuur. Dat is botercrème, lieverd, precies zoals jij het lekker vindt.'

Ze gaf ze allebei een knuffel en blies de kaarsjes uit. Ze sneden de taart aan en aten allemaal twee stukken.

'Wat heb je gewenst?' vroeg Devine zachtjes, nadat Shore en Rose terug waren gegaan naar hun kamer.

'Wat doet het ertoe?' zei ze, terwijl ze naar de dozen met de as van haar ouders keek.

'Gefeliciteerd, Betsy,' zei hij, want hij kon niets anders bedenken om te zeggen. De woorden klonken betekenisloos toen hij ze uitsprak.

Devine ging naar zijn kamer en belde Campbell. Hij had hem eerder de video van Trumbulls bekentenis gestuurd, samen met de details over haar zelfmoord.

'Goed werk, Devine,' zei Campbell. 'Ik heb de video doorgestuurd naar de juiste partijen. Die zijn ze nu aan het analyseren.'

'Helaas heeft ze de Kings, of wie dan ook, niet direct genoemd.'

'Toch is het materiaal bruikbaar. Wie nam de video op toen je haar ondervroeg?'

'Dat weet u vast wel,' antwoordde Devine.

'Prudence Jackson is gevaarlijk, Devine. Voor jou.'

'Op dit moment is ze veel gevaarlijker voor iemand anders.'

'We willen Mercedes King levend te pakken krijgen als dat mogelijk is.'

'Dat is topprioriteit voor me, meneer, maar ik kan het niet garanderen.'

Campbell zuchtte, maar reageerde niet.

'Wat bent u te weten gekomen over Nicholas Dawkins, de machtsbeluste kerel met wie King een afspraak had?'

'Nicholas Dawkins is de vierendertigjarige erfgenaam van een familie van industriëlen die al diverse generaties fortuin heeft gemaakt. Nick had niet hetzelfde zakeninstinct als zijn voorouders. Hij heeft zijn erfenis aangewend om een aantal milities en anti-overheidsgroepen te financieren en beheert ook een socialmediaplatform waar de meeste witte racisten van zouden blozen. Naar verluidt heeft hij ook de grootste collectie nazimemorabilia ter wereld.'

'Gewoon de zoveelste sympathieke rijke man dus.'

'Met connecties met 24-12.' Hij zweeg. 'Heb je Betsy verteld wat er met haar ouders is gebeurd?'

'Ja. Ze heeft nu hun as.'

'Dat meisje is door een hel gegaan.'

'Diverse keren,' zei Devine.

Hij hing op en keek om zich heen. Hij pakte het fotoalbum weer op en bladerde erdoorheen. Ineens viel het hem op dat de achterkant gedeeltelijk was losgeraakt. Hij was de boel aan het onderzoeken om te zien of het gerepareerd kon worden toen hij zag dat er iets in het omslag verborgen zat. Met wat wrikken wist hij het los te krijgen.

Het was een officieel document.

Toen Devine keek wat het precies was, viel zijn mond open van verbazing.

Het was een certificaat waarmee Daniel Glass senior en zijn vrouw ene Julia Bennett, op de leeftijd van slechts zes maanden, hadden geadopteerd en haar Alice Glass hadden genoemd. Hij maakte er een foto van met zijn telefoon, samen met de foto van de familie Glass en het andere document dat hij eerder had gevonden.

Voordat hij de tijd had om dit zelfs maar te verwerken, zag hij een lichtflits in het raam van de slaapkamer. Devine rende ernaartoe en keek naar buiten.

Er leek iets op hen af te komen, en snel ook.

Shit.

Devine rende door de stacaravan, trok een verbijsterde Betsy uit haar kamer en schreeuwde naar Shore en Rose, die in de middelste slaapkamer waren.

'Weg, weg, weg!' schreeuwde hij. 'Naar achteren, nu!'

Shore en Rose kwamen uit hun kamer en renden naar de achterdeur, die Shore opensloeg.

'Rennen, rennen!' schreeuwde Devine toen ze allemaal buiten waren.

Ze renden door het donkere bos. Toen Betsy struikelde en viel, pakte Rose het meisje op en droeg haar verder.

'Wat is er in vredesnaam aan de hand?' schreeuwde Shore. Voordat Devine kon antwoorden, ontplofte de stacaravan en de kracht van de explosie raakte hen als een schokgolf, tilde hen de lucht in en deed hen alle vier een stukje verderop in het bos neerkomen.

Devine kwam hard neer en werd over de grond geslingerd, waarbij hij de aarde proefde. Toen hij eindelijk tot stilstand kwam, keek hij omhoog naar de donkere lucht en zag dat een tweede explosie de nacht deed oplichten.

Hij ging rechtop zitten en dacht: dat was de propaantank.

'Betsy!' schreeuwde iemand.

Devine sprong op en zag Rose en een man die zich voor hem uit worstelde, terwijl een tweede kerel het meisje vasthield, dat hevig terugvocht. Rose haalde snel uit naar de man met zijn mes. De man stortte neer.

Devine rende langs een verbijsterde Shore, die probeerde overeind te komen.

Voordat Devine Rose en Betsy kon bereiken, trok de tweede man een pistool en schoot Rose twee keer in de borst.

'Kor!' schreeuwde Shore, die dit had gezien en was opgestaan.

Devine rende langs de gevallen Rose achter de man aan, die nu met Betsy wegrende.

Hij trok zijn pistool, maar kon niet schieten omdat hij het meisje zou kunnen raken. De man rende het bos uit en Devine hoorde een voertuig starten.

Hij verdubbelde zijn inspanningen, maar toen hij bij de weg kwam, zag hij alleen nog de achterlichten van de wagen verdwijnen.

Devine draaide zich om en sprintte terug het bos in. Ondertussen belde hij Campbell en vertelde hem wat er was gebeurd. Hij zag Shore op de grond neerknielen en rende naar hem toe.

Shore keek naar hem op en de tranen stroomden over zijn gezicht. 'Hij is dood. Kor is dood.'

Geschokt keek Devine naar het lichaam.

'Ik ga die klootzakken vermoorden. Ik zal ze!' schreeuwde Shore.

Hij draaide zich om om naar zijn dode vriend te kijken, terwijl Devine voor zich uit staarde naar wat er over was van de stacaravan. Toen keek hij weer achter zich, naar de plaats waar Betsy Odom net was verdwenen.

77

De volgende ochtend zat Devine al vroeg met Campbell, Nate Shore, Ellen Saxby en de agenten Braddock en Walker in Campbells hotelkamer in Seattle.

Shore had de hele weg naar Seattle geen woord gezegd. Hij zat nu op een stoel en staarde naar het tapijt, zijn lichaam zo gespannen dat het leek alsof hij bevroren was.

'We hebben meteen overal opsporingsberichten uitgezet toen je me belde,' zei Braddock. 'Tot nu toe is Betsy nergens gesignaleerd.'

'Ze beschikken over veel middelen,' zei Saxby somber. 'Ze kan inmiddels al ver weg zijn.'

'We proberen de andere dode man te identificeren. Je vriend heeft hem zo ongeveer in mootjes gehakt,' zei Campbell. Hij zweeg even en vroeg toen aan Devine: 'Hoe ben je daar levend uit gekomen?'

'Ik zag iets wat op een drone leek recht op ons afkomen. Ik kon niet zien of het er een van ons was. En er zat duidelijk een bom aan vast.'

'Ik snap niet hoe die door ons beveiligingscordon heeft kunnen komen,' merkte Saxby op.

'Val dood met dat vervloekte "beveiligingscordon",' brulde Shore. 'We moeten Betsy vinden en de klootzak pakken die Kor heeft vermoord.'

Devine legde kalmerend zijn hand op de forse schouder van de man. Shore zag eruit alsof hij dwars door de muur heen wilde slaan waar hij naar staarde.

'Dat zullen we doen, Nate, dat beloof ik.'

'Hoe dan? Hoe pakken we dat aan, door hier te gaan zitten praten?'

'Rondrennen zonder doel of plan gaat Betsy niet helpen, en op die manier kunnen we ook de mensen niet pakken die Korey hebben vermoord,' zei Devine.

Shore liet zijn hoofd hangen en zweeg.

'Ze hebben twee beveiligers aan de achterkant gedood, waardoor er een gat ontstond. En die oude houtkapweg waar ze langs zijn ontsnapt, stond niet op een kaart die we hadden.'

'Ze kenden het gebied dus op hun duimpje,' zei Braddock.

'Volgens mij hebben ze de drone zwaarder en trager gemaakt, waardoor ik hem kon zien.'

'Waardoor je via de achterkant kon vluchten, bedoel je?' vroeg Saxby.

'Ze hebben ons die kant opgejaagd en daar misbruik van gemaakt.'

'Er is maar één reden waarom ze haar hebben meegenomen,' zei Campbell.

'Om haar als drukmiddel te gebruiken tegen Glass,' zei Devine. 'Nu is alle hoop op zijn medewerking verkeken.' Hij keek naar Saxby, wiens lippen tot een strakke streep vertrokken waren.

'Dat houdt in dat de slechteriken winnen,' zei Walker somber.

Devine keek haar aan. 'Zeker niet.'

'Wat ga je doen?' vroeg Braddock met een verbijsterde blik.

'Als de vijand het hoge terrein inneemt...' begon Campbell.

'... dan pak je het terug,' maakte Devine de zin af.

Braddock keek de twee mannen nerveus aan. 'Oké, maar dit is geen oorlog, en de staat Washington was, de laatste keer dat ik dat controleerde, nog niet veranderd in een slagveld.'

'Op mij komt het wel over als een slagveld,' antwoordde Devine.

'Er gelden hier wel wetten, Devine,' zei Braddock.

Campbell kwam tussenbeide en zei: 'Daar zullen we ons aan houden, voor zover dat mogelijk is.'

'Dat maakt me er niet geruster op,' merkte een bezorgde Braddock op.

'Weet je nog dat je zei dat je zou gaan waar het bewijs je heen leidde?' hielp Devine hem herinneren.

'Dat is nog steeds zo. Maar ik heb nog geen bewijs gezien, niets concreets tenminste. Tot die tijd...'

Devine onderbrak hem en zei: 'Dan moeten wij je dat gewoon geven.'

'Ik wil graag op de hoogte worden gehouden,' riep Braddock uit.

'Dat doen we, voor zover dat mogelijk is.'

'Ik word moe van die uitdrukking,' antwoordde Braddock.

Campbell gaf hem lik op stuk. 'Niet zo moe als ik door het steeds weer te moeten zeggen.'

Devine keek Saxby aan. 'Ik moet met Glass praten. Nu.'

'Waarom?'

'Dat is persoonlijk.'

78

Devine wist niet wat hem te wachten stond als hij Glass weer zou ontmoeten. Nu Betsy verdwenen was, zou de man hem weleens kunnen vermoorden.

Misschien verdien ik dat ook wel.

Hij stapte uit de lift en liep langs de bewakers, die er allemaal uitzagen alsof ze van plan waren Devine een lesje te leren.

Het gerucht ging ongetwijfeld al rond dat Devine het nichtje van de baas kwijt was geraakt.

Maar bén ik het nichtje van de baas wel kwijtgeraakt?

Glass stond bij het raam. Zijn kleren waren gekreukt en als hij haar had gehad, was het waarschijnlijk ook ongekamd geweest. Toen hij zich naar Devine omdraaide, zag de man eruit alsof hij tien jaar ouder was geworden.

'Ga zitten,' zei hij kortaf.

Dat deed Devine.

Glass nam de tijd om tegenover hem te gaan zitten. 'Geef me één goede reden waarom ik je nu geen kogel door je hoofd moet jagen, Devine.'

Als reactie pakte Devine zijn telefoon, opende zijn map met foto's en wierp de telefoon naar hem toe. 'Ga even terug in de tijd, Danny. Veeg naar rechts, naar de laatste drie foto's.'

Glass ving de telefoon behendig op, maar leek niet geneigd om naar het scherm te kijken.

'Hoe eerder dit geregeld is, hoe eerder ik Betsy terug kan krijgen.'

‘Hoe wil je dat doen?’ blafte Glass.

Devine keek naar de telefoon.

Glass keek naar de eerste foto op het scherm.

Devine zei: ‘De familie Glass. De moeder is klein, de vader is klein, jij bent van gemiddelde lengte en je “zusje” is juist lang. Bovendien heeft ze rood haar, terwijl jullie allemaal donker haar hebben. Ga naar de volgende foto.’

Glass deed wat hem gezegd werd.

‘Een officieel certificaat. Je ouders hebben Alice geadopteerd toen ze nog een baby was. Ze is niet je biologische zusje, ze is geadopteerd. Volgende foto.’

Met trillende vingers ging Glass door naar de laatste foto.

‘Dwaynes medische dossier.’ Devine zweeg even. ‘Hij was niet in staat om kinderen te verwekken. Toch is daar Betsy.’

Glass wierp de telefoon terug en zijn ogen glinsterden.

Devine zei: ‘Ik kwam er ook achter dat jouw familie en Perry Rollins uit dezelfde stad in Ohio komen. Toen Rollins me voor het eerst benaderde, vertelde hij me al dat hij niet altijd in de buurt van Seattle had gewoond.’

‘Stop, Devine.’

‘Hij woonde in feite in dezelfde buurt waar Alice heen was verhuisd, nadat ze met Dwayne was getrouwd. Ze woonden in het huis dat ze met een huisgenoot had gehuurd. Dwayne was op zoek naar werk toen jij met verlof was en haar opzocht.’

‘Stop, zei ik.’

‘Die test op Dwayne werd meer dan een jaar voor Betsy werd geboren uitgevoerd. Ze hadden duidelijk geprobeerd om zwanger te worden, zelfs via ivf, maar toen kwamen ze erachter dat Dwayne losse flodders afvuurde.’

‘Je wilt dit gesprek niet voeren,’ zei Glass grimmig.

Devine leunde naar achteren. ‘Rollins was al eens gearresteerd omdat hij een gluurder was. Hij nam foto’s van een naakte vrouw in haar badkamer.’

Glass keek naar hem. 'Je wilt deze kant echt niet op.'

Devine ging naar voren zitten. 'Het boeit me geen reet wat er tussen jou en Alice is gebeurd, Danny. Maar als je vanaf het begin eerlijk tegen me was geweest, had ik me niet druk gemaakt om de moord op Rollins. Heb je hem laten vermoorden omdat hij probeerde je te chanteren?'

Glass antwoordde niet. Hij keek alleen maar weg, en de hevige druk waaronder de man stond was niet meer te verbergen.

'Of heb je hem laten vermoorden omdat hij je geheim aan iemand anders wilde verkopen?'

Glass keek nu opnieuw naar hem. Hij leek geen greintje strijdlust en energie meer te bezitten.

'Ik hoefde hem niet meer te vermoorden, Devine, want iemand kende mijn geheim al.'

'Wie dan?'

'Dwayne Odom.'

Verrast leunde Devine naar achteren. 'Leg uit.'

Glass keek uit het raam. 'Alice was strikt genomen mijn zus, maar ik was een stuk ouder en we waren geen bloedverwanten.' Hij draaide zich om naar Devine. 'Het voelde dus gewoon anders.'

'Hoe anders?' vroeg Devine scherp.

'Ik heb nooit iets gedaan waarvan je me waarschijnlijk verdenkt, Devine. Ik heb Alice nooit, maar dan ook nooit misbruikt. Nooit over nagedacht zelfs. Maar toen ik jaren later terugkwam met verlof, was ze geen tien meer. Ze was een vrouw geworden. Een mooie vrouw. Dat was een van de redenen waarom mijn moeder en een paar vrienden ervoor zorgden dat ze het huis kon verlaten. Mijn vader... Nou ja, laten we maar zeggen dat hij er geen probleem mee had om Alice te zien als... iemand anders dan zijn dochter.'

'En?'

'Ze trouwde met Dwayne toen ik in het leger zat. Ze wilden een baby, maar...'

'... maar Dwayne kon die droom niet verwezenlijken. Waarom geen adoptie?'

'Dat was toen niet zo makkelijk, denk ik. En Alice... Alice wilde het kind dragen. Dat was belangrijk voor haar.'

'Je had spermadonor kunnen worden,' zei Devine.

'Dat was erg duur. En ik had geen geld om ze daarmee te helpen.' Hij schudde langzaam zijn hoofd. 'Hoe dan ook, Alice schreef me en vroeg of ik... wilde helpen... met haar zwangerschap. Ze zei dat het veel voor haar zou betekenen.'

'Oké,' zei Devine ongemakkelijk.

Glass keek hem boos aan en blafte: 'Ik weet dat het allemaal raar klinkt. Maar voor haar zou ik alles gedaan hebben.'

'Dus...?'

'Dus ging ik met verlof en vloog naar huis. Dwayne was de stad uit op zoek naar werk. We... Het was... nou ja... niet zoals ik verwacht had. We voelden ons allebei... ongemakkelijk. Maar het belangrijkste was dat ze zwanger werd.'

'En Perry Rollins had hier bewijs van? Wat voor bewijs?'

'Dat weet ik niet, Devine. Ik had nog nooit van die vent gehoord totdat jij hem noemde. Misschien heeft hij foto's van ons gemaakt, zoals van die dame in de badkamer. Maar ik weet niet of hij überhaupt wist wie we waren. Foto's van twee volwassenen in bed? Ik weet niet hoe waardevol dat is. Op één punt heb je het in elk geval mis: hij is nooit langsgekomen om me te chanteren.'

'Hij kwam er op een gegeven moment wel achter van jullie twee, en toen jij werd wie je geworden bent, dacht hij dat de foto's waardevol konden zijn.'

'Hoe weet je zo zeker dat hij erachter is gekomen?'

'Omdat hij vlak voor zijn dood een paar schijnbaar gekke woorden tegen me zei die nu logisch zijn.'

'Welke woorden?'

'Koekoek en gas.'

Glass schudde zijn hoofd. 'Ik snap het niet.'

'Probeer koekoeksjong en Glass eens.'

De man leunde naar achteren en van zijn gezicht was af te lezen dat hij het begreep.

'Rollins wist dat Alice en Dwayne getrouwd waren en samenwoonden. Hij wist niet wie jij was, maar betrapte je in bed met mevrouw Odom. Voordat hij er iets mee kon doen, werd hij denk ik gearresteerd, omdat hij foto's van die naakte vrouw in de badkamer had gemaakt en draaide hij een tijdje de bak in. Toen hij vrijkwam, waren de Odoms allang verhuisd.'

'Wat doet het er ook toe,' zei Glass afwijzend, duidelijk de interesse in dit onderwerp verliezend.

'Je zei dat Dwayne wist wat er tussen jou en Alice was gebeurd. Hoe kwam hij erachter?'

'Alice vertelde het hem. Hij wist natuurlijk dat hij niet de vader was, maar ik denk niet dat hij ooit had gedacht dat ik het was. Hij was er niet blij mee toen hij erachter kwam. Waarschijnlijk was dat de reden dat hij me haatte. Maar... die idioot maakte een enorme fout.'

Devine leunde weer naar voren, want er begon iets tot hem door te dringen. 'De mensen die de auto en stacaravan voor hen kochten... Heeft hij jullie geheim aan hen verkocht?'

Glass knikte.

'Wie waren dat?'

'Dezelfde lui als die jij zoekt. Ze zochten naar extra belastende informatie om mij in het gareel te houden, en Dwayne bleek een bereidwillige bron.'

In Devines brein leken alle puzzelstukjes in elkaar te vallen. 'Dus 24-12-65 betaalde Dwayne om achter jouw geheim te komen. Maar hoe konden ze überhaupt weten dat hij zoiets over je wist?'

'Ik denk dat Dwayne degene is die het initiatief nam en onthulde wat hij wist. Deze mensen, die op zoek waren naar iets over mij wat belastend was, kwamen er om voor de hand liggende redenen achter. En ze betaalden hem.'

Devine dacht hier nog eens over na. 'Oké, later kwamen ze erachter dat Rollins hetzelfde geheim probeerde te verkopen en namen ze hem te grazen. Anders zouden ze jou niet meer zo in hun greep hebben.'

'Dat is nog een reden waarom ik niet heb toegezegd om samen te werken met de federale overheid, zelfs niet toen ze de aanklachten seponeerden.'

'Wil je niet dat Betsy weet dat je haar vader bent?' vroeg Devine.

Glass keek naar hem op en er rolden tranen over zijn wangen. 'Ze hield van Dwayne. Hij was haar echte vader, niet ik. En als ze erachter komt dat "oom Danny" heeft geslapen met haar moeder, en dus mijn eigen zus, ook al was ze geadopteerd... dan zal ze me haten. Ik ben een overlever, Devine, en ik kan veel aan. Dat is altijd al zo geweest.' Hij schudde zijn hoofd. 'Maar dat zou ik niet aankunnen.'

'Maar waarom zouden ze Dwayne en Alice vermoorden als die al omgekocht waren?'

'Zoals ik al zei, heeft Dwayne een grote fout gemaakt.'

'En dat was?'

'Hij vertelde me dat hij de waarheid dat ik Betsy's vader ben openbaar zou maken. Om ervoor te zorgen dat zij en ik nooit een band zouden opbouwen. Deze mensen kwamen daarachter en boden hem een hoop geld om hem naar Ricketts te lokken. Toen vermoordden ze hem. En Alice. Ik weet niet precies hoe het gedaan is.'

'Ze werden vergiftigd door een chemicus die serveerder was geworden in het restaurant waar ze lunchten. Ze maakt deel uit van 24-12. Maar hoe konden ze weten dat ze daar zouden stoppen om wat te eten?'

'Iemand had ze de opdracht gegeven om daar te eten vóór de ontmoeting met de twee mannen. Ze zeiden dat er in het restaurant een bericht zou worden achtergelaten waar

Dwayne de mannen met het geld kon ontmoeten.'

'Als je dit allemaal wist, waarom heb je er dan geen stokje voor gestoken?' eiste Devine.

'Omdat ik het niet op tijd wist,' zei Glass. 'Ik kwam er pas na die tijd achter.'

'Van wie hoorde je het?'

'Ik heb een contactpersoon in die organisatie. Zij heeft het me verteld.'

'Zij? Laat me raden: Mercedes King?'

Glass keek verrast. 'Hoe weet je dat?'

'Ze is ex-CIA en dekt zichzelf duidelijk in door beide kanten te bespelen. Mij is verteld dat Ricketts het hoofdkwartier van 24-12-65 is, maar ik zou daar graag wat bevestiging van willen hebben.'

Glass wierp hem een zijdelingse blik toe waarin een glimp angst te lezen stond. 'Er zijn eigenlijk een stuk of vijf, zes hoofdkwartieren in het land waarvan ik weet. Ricketts is er daar één van.'

'Op dit moment ben ik alleen geïnteresseerd in Ricketts.'

'Waarom?'

'Omdat ik denk dat ze Betsy daar hebben.'

'Weet je het zeker?' zei Glass scherp.

'Ik weet helemaal niets zeker, Danny. Maar het is het meest logisch. Ze hebben de controle over die stad. Ze kunnen haar zo ergens anders heen brengen, als het moet met een privévliegtuig, zelfs naar een ander land. Dat zou iemand die niet op hun loonlijst staat de kans bieden om iets te zien en iets te zeggen.'

Glass stond op. 'Dan moeten we haar gaan halen.'

'Nee, ík moet haar gaan halen. Het was mijn taak om haar te beschermen. Het is mijn taak om haar terug te krijgen. En ze hebben er alle reden toe om jou te vermoorden, Danny. Dus moet jij aan de zijlijn blijven, achter een muur van federale agenten.'

'Waarom zou ik je vertrouwen, Devine?' brulde Glass. 'Je hebt ze Betsy laten meenemen.'

'Denk terug aan dat slagveld buiten Bagdad. Jij hebt de eer daarvoor opgestreken. En dat had je verdiend. Maar je hebt gezien wat ik daar heb gedaan. Je weet waartoe ik in staat ben, toch?'

De mannen staarden elkaar een tijdje aan voordat Glass zich weer in de stoel liet vallen.

'We moeten ervoor zorgen dat je in leven blijft om te getuigen en het land te redden.'

Glass keek hem aan. 'Denk je dat het mijn boetedoening is? Om die goede oude vs te redden?' zei hij minachtend.

'Iedereen doet wel ergens boete voor, Danny.'

'Zelfs jij?'

'Zelfs ik.'

'Is dat de reden dat je vroegtijdig uit het leger bent gestapt? Was dat jouw boetedoening?'

'Laten we het daar maar op houden,' zei Devine. 'Als je de score bijhoudt, en dat doe je, dan staat die goede oude vs redden toch best goed op die lijst.'

79

Het leek een onmogelijke opdracht voor het hele korps, dacht Devine.

Ik zal de klus zelf moeten klaren. Met een beetje onofficiële hulp.

Hij droeg een kogelwerend vest, was bewapend en keek momenteel door een zeer sterke kijker naar het overheidsgebouw van Ricketts. Hij bekeek de beveiligingsauto die ervoor geparkeerd stond. Devine voelde zich alsof hij weer in het leger zat, klaar om een doelwit te raken.

En ik denk dat dat ook precies is wat ik aan het doen ben.

Nadat Jackson hem had verteld over de persoon die de Termieten had verlinkt aan de FBI en die misschien gevangenzat in de cel in de kelder van het overheidsgebouw, dacht Devine dat ze Betsy daar misschien ook vasthielden.

Via het microfoontje in zijn oor hoorde hij de gezaghebbende stem van Emerson Campbell.

'Oké, Devine. Laten we het plan nog één keer doornemen. De cel is in de kelder. De trap af en linksaf. Zestig meter doorlopen, aan de rechterkant. Als ze haar in dat gebouw vasthouden, moet het daar zijn.'

Er was een gewapende bewaker die elk halfuur zijn ronde deed.

Devine had hem nu twee keer voorbij zien komen en de man was duidelijk niet op zijn missie geconcentreerd. Hij keek voortdurend op zijn telefoon, dwaalde zomaar wat rond en leunde af en toe zelfs tegen het gebouw om een rookpauze te nemen. Hij was nu net naar binnen gegaan door de glazen voordeur.

'Duidelijk. De beveiliging lijkt hier een beetje laks.'

'Ze denken dat niemand ze kan treffen op hun eigen terrein.'

'Een kardinale fout waar veel succesvolle aanvallen aan te danken zijn geweest.'

'Hopelijk kunnen we deze locatie aan de lijst toevoegen. De gedragsregels eisen een wettelijke basis. Het is natuurlijk een beetje lastig omdat we een overheidsgebouw binnengaan, maar dat lossen we later wel op. Als ze haar daar vasthouden, zal geen rechtbank ons veroordelen. Oké, ik heb de bevestiging dat je partner klaarzit. Tijd om te gaan. Succes.'

Het volgende moment kwam Devine in beweging.

Hij haastte zich naar de voorkant van het gebouw, uit het zicht van de dichtstbijzijnde camera's. Hij verschool zich in de schaduwen bij de ingang en wachtte.

Even later kwam er een figuur uit de duisternis tevoorschijn, die zich richting de beveiligingsauto bewoog. Toen stormde de persoon naar voren en botste zo hard tegen het voertuig dat het op zijn wielen schommelde. Het volgende moment verdween de indringer en gingen de lichten van de auto aan, terwijl het alarm begon te loeien. Het verbrak de duisternis en de stilte.

Twintig seconden later schoot de voordeur open en daar stond de bewaker, zijn pistool in de ene, een telefoon in de andere hand.

Hij keek om zich heen en richtte zich toen op de auto waarvan het alarm afging. Hij liet de deur los en rende naar voren, zodat hij binnen een paar seconden bij de auto was. Hij keek om zich heen, haalde zijn sleutels uit zijn zak en drukte op een knopje. De lichten gingen uit en het alarm zweeg.

Hij keek nog een keer om zich heen en liep toen achteruit richting het gebouw, totdat hij zich moest omdraaien om zijn sleutelkaart te gebruiken om de beveiligde deur te openen.

De bewaker trok die achter zich dicht en begon te bellen terwijl hij in de hal verdween.

Devine kwam achter een andere deur in het gebouw vandaan.

Verborgen in de schaduwen was hij door de voordeur naar binnen geglipt toen de bewaker uit het gebouw kwam. Hij had er daarnet wel voor gezorgd dat niemand hem naar binnen was gevolgd, maar de idioot had niet dezelfde voorzorgsmaatregel genomen bij het verlaten van het gebouw.

Een gemaskerde en gehandschoende Devine liep de trap af naar de kelder en baande zich voorzichtig een weg door de gang.

Zoals Campbell had gezegd, bevond de cel zich aan de rechterkant.

Toen Devine er aankwam, hoorde hij gekreun vanachter de deur.

Hij haalde een lockpick gun uit zijn riem, bestudeerde het slot, zette een specifiek opzetstuk op het pistool en stak het in het slot. Het duurde maar tien seconden om het open te krijgen.

Met zijn Glock in de hand duwde Devine de deur langzaam open.

Er was maar één persoon in de cel.

Helaas was het niet Betsy Odom.

80

De politieagent die tijdens Devines eerste bezoek aan Ricketts een grapje had gemaakt over burgemeester Mercedes King lag op een veldbed achter tralies toen Devine de cel binnenkwam. Hij leek Devines aanwezigheid niet te hebben opgemerkt.

Zijn gezicht was bebloed en zat onder de paarse striemen. Zijn knieën waren opgetrokken en hij leed duidelijk veel pijn. Hij kreunde luid en voortdurend.

Devine liep naar de tralies. 'Wie heeft je dit aangedaan?'

De man schrok en draaide zijn hoofd om naar Devine.

'Alsjeblieft, alsjeblieft, doe me geen pijn meer. Ik... Ik heb niets gedaan. Ik zweer het. Ik heb niemand iets verteld.'

Dit was de man die ervan werd beschuldigd de Termieten te hebben verraden. Zoals Jackson al had voorspeld, hadden ze hem gemarteld om hem aan het praten te krijgen.

'Ik ben hier niet om je pijn te doen. Ik kan je helpen.'

De man schudde alleen zijn hoofd. 'Alsjeblieft, ik heb met niemand gesproken. Ik zweer het.'

Hij kreunde weer en greep naar zijn buik.

'Ik wil je helpen,' zei Devine, luider nu. 'Ik behoor niet tot de mensen die je pijn hebben gedaan.'

De man hield op met kreunen en keek hem aan, en misschien zag hij hem nu pas echt.

'Wie... Wie ben jij?'

'Ik ben hierheen gestuurd om je te redden.'

'W-waarom?'

'Ik weet dat je niemand hebt verraden. Je bent erin geluisd.'

'Dat... Dat is zo,' bracht hij hijgend uit. 'H-hé, ken ik jou niet ergens van? Wacht, vervloekt, jij was die... fed. Een fed!' Hij zag er doodsbang uit.

Devine dacht snel na. 'Inderdaad, maar ik ben hier om je te helpen. Omdat ik weet dat burgemeester King je erin heeft geluisd.'

De angst van de man verdween langzaam. Hij knikte en zei boos: 'Die b-bitch. Zij heeft het gedaan. Ze heeft gelogen. Mij erin geluisd.'

'Denk je dat zij de mol was maar jou erin heeft geluisd om zelf vrijuit te gaan?'

Devine wist het antwoord, maar wilde de man gefocust en betrokken houden.

'God, ik heb zo'n pijn,' zei de man snikkend.

'Ik kan je helpen. Maar jij moet mij helpen.'

'H-hoe dan?'

'Betsy Odom. Waar houden ze haar vast?'

Ergens hoorde Devine een geluid.

Campbell zei via zijn oortje: 'Eric King en zijn vrouw zijn net het gebouw binnengekomen. Ze komen misschien jouw kant op.'

Devine draaide zich om naar de man en zei dringend: 'Betsy Odom. Waar hebben ze haar naartoe gebracht? Als je het me vertelt, kan ik je hier weghalen.'

'Het doet zo'n pijn. Ze... Ze hebben me flink geslagen.'

'Ik kan je helpen. Je hoeft me alleen maar te vertellen waar ze haar vasthouden.'

Devine hoorde een deur open- en dichtgaan.

'Kom op, vertel het me. Nu. Dan zal ik de pijn laten verdwijnen.'

'Kun... Kun je me hier eerst uit krijgen...'

Devine pakte zijn lockpick gun weer en probeerde een plan

te bedenken om de man daar weg te krijgen toen hij nog eens keek.

De arm van de gevangene bungelde over de rand van het bed en zijn ogen staarden nietsziend naar het plafond.

'Hé,' siste Devine. 'Hé, ben je er nog?'

Het was overduidelijk dat de man er niet meer was.

Shit.

Devine liep naar de deur, luisterde en hoorde het gezoem van een lift. Hij deed de deur dicht en zorgde ervoor dat deze goed afgesloten werd.

Hij liep de gang door en glipte vervolgens snel een andere ruimte in toen hij een schorre stem hoorde.

Hij deed de deur een stukje open en tuurde naar buiten. Mercedes en Eric King en de dienstdoende bewaker kwamen om de hoek en liepen naar de deur van de cel.

Devine richtte de camera van zijn telefoon op hen en drukte op de knop om een video op te nemen.

De bewaker deed de deur open en ze gingen allemaal naar binnen. Een minuut later kwamen ze allemaal weer naar buiten.

Eric King keek vanuit zijn rolstoel op naar zijn vrouw. 'Ik had toch gezegd dat je hem niet zo hard moest aanpakken?'

'Vind je het soms erg dat hij dood is?' antwoordde ze. 'Hij was een spion. Spionnen verdienen het om te sterven in de oorlog, en daar zitten we middenin. Een oorlog.'

'Maar nu zitten we met dat lichaam in onze maag, Mercedes,' zei de commissaris.

Zijn vrouw draaide zich om en keek naar de bewaker. 'Nou, is dat niet waar we mensen zoals hij voor in dienst hebben?'

Toen de bewaker niets zei, blafte ze: 'Of niet soms?'

De bewaker, die zich realiseerde dat ze tegen hem sprak, sprong in de houding en zei: 'Ja, mevrouw.'

'Regel jij dan dat dat lichaam verdwijnt. Nu.'

De man haastte zich terug de cel in.

Mercedes draaide zich om en keek naar haar man. Eric King zei: 'En het meisje?'

'Betsy Odom is nu drie keer haar gewicht in platina waard. Als Glass het juiste doet, krijgt hij haar heel terug, maar met een waarschuwing.'

'En als hij dat niet doet?' vroeg haar man.

'Dan krijgt hij haar in stukken terug. Ik ga nu weg om met haar te praten. Dan kan ze contact opnemen met haar oom en hem met haar eigen bange stemmetje vertellen dat dit serieus is.'

'Ik vind dit helemaal niks,' zei Eric King. 'Het loopt uit de hand. Ik ben verdorie van de politie, en nu zijn we ineens mensen aan het ontvoeren en vermoorden.'

'Nee, beste Eric, jij bent een soldaat en dient een hoger doel. Jij maakt dit land tot hoe het hoort te zijn.'

Hij keek haar aan. 'Geloof je die onzin echt? Ik dacht dat we dit voor het geld deden.'

'Ik kan multitasken, Eric, ook al kun jij dat niet.'

'Ik hoorde dat je Nick Dawkins hebt ontmoet.'

'Hij wil mijn talenten voor de organisatie breder benutten. Ik ontmoet hem vanavond, zodat we samen met Betsy kunnen praten.'

Eric King werd boos. 'En als ik nee zeg? Ik ben je echtgenoot. En die man wil maar één ding van je, geloof me.'

Ze boog zich naar voren. 'Ons huwelijk is maar een klein, piepklein stukje papier, Eric. Een ander stukje papier kan er zo een eind aan maken. Dit is in elk geval niet jouw beslissing. En ik weet precies hoe ik met die Nick moet omgaan. Geloof me.'

'Ik slaap vannacht hier in mijn kamer,' snauwde hij.

'O, wat jammer. Ik dacht er net aan hoeveel plezier we straks nog zouden kunnen maken.'

Ze wierp hem een kus toe en liep weg, terwijl haar man haar terneergeslagen nastaarde.

Vanuit zijn schuilplaats in de kamer aan de andere kant van de gang beëindigde Devine de opname en stuurde toen diverse berichten. Daarna sprak hij in zijn microfoon en vertelde Campbell wat er was gebeurd.

'Volg King. Zij kan ons rechtstreeks naar Betsy leiden,' beval Campbell. 'Schiet op.'

Nadat Eric King was weggereden met zijn rolstoel, kwam Devine uit zijn schuilplaats. Hij bereikte de voordeur net op tijd om te zien dat Mercedes King in haar Porsche stapte. Een paar momenten later scheurde ze weg.

Devine sprintte over de weg totdat hij een paar koplampen zag aangaan.

Hij sprong op de passagiersstoel en keek naar Nate Shore, die eerder tegen de auto van de bewaker was geramd om hem naar buiten te lokken en Devine de kans te geven naar binnen te glippen.

'Volg de Porsche,' blafte Devine.

Shore keerde het busje en zette de achtervolging in.

81

'De dame die we volgen leidt ons naar Betsy,' zei Devine terwijl ze verder reden.

'Wie haar ook heeft, die gaat het bezuren.'

Devine zei een paar momenten niets. 'Delta Force?'

'Wat is daarmee?' zei Shore, en hij wierp Devine een blik toe.

'Je hebt je niet zomaar door een paar rednecks laten wegjagen zoals je me verteld hebt.'

Shore keek ongemakkelijk. 'Waar heb je het over?'

Devine keek de man verveeld aan. 'Het leger is één grote archiefkast, Nate, en ze gooien nooit een stukje papier weg. Ik kon je niet bij deze operatie betrekken zonder je verhaal na te trekken. Je hebt twee van die rednecks het ziekenhuis in geslagen en het leger vond het beter als je niet zou bijtekenen, terwijl die twee klootzakken wel mochten blijven. In jouw plaats zou ik echt pissig zijn geweest.'

'Ik wás ook pissig. Maar denk je dat dit de eerste keer was dat dit gebeurde met iemand zoals ik? Als dat zo is, ben je zo fucking dom dat je ons allebei nog de dood injaagt vanavond.'

'Het punt is dat ik wil dat je je Delta Force-vaardigheden inzet, wat de enige reden is dat ik je vanavond heb laten komen. Maar je moet ze inzetten, zoals je bent opgeleid. Ik weet dat wat er met Korey is gebeurd je razend maakt. Dat snap ik. Maar als je hem wilt wreken, moet je het slim doen, en niet vanuit testosteron reageren. Er komt geen herkansing. Als iemand eenmaal dood is, blijft dat zo, en dat geldt ook voor ons en Betsy. Is dat duidelijk?'

Alle spanning leek uit Shore te verdwijnen. Hij knikte. 'Ik heb het onder controle, Travis.'

'Ik geloof je, dus stel mij of Betsy niet teleur. Die vrouw ontmoet zo meteen een andere man, ene Nick Dawkins.'

'Wie is hij?'

'In een notendop: hij is erg rijk en een krankzinnige mengelmoes van George Wallace en Joseph Goebbels, met de voor zover bekend grootste verzameling nazimemorabilia ter wereld.'

'Goh, dat klinkt als een leuke gozer. Ik vraag me af wat voor bier hij drinkt. Dan kunnen we nog een praatje maken voordat ik hem in elkaar sla.'

Ze reden door tot de Porsche langzamer ging rijden en afsloeg richting een pad dat een privéweg leek te zijn. Devine zei tegen Shore dat hij bij de afslag moest stoppen.

Devine stapte uit en rende het pad af. Hij was binnen een minuut terug. 'Rij het busje van de weg af en zet het achter die struiken, we gaan de rest van de weg te voet.'

Devine nam contact op met Campbell en bracht hem op de hoogte van de laatste ontwikkelingen.

'Hou je aan de bekende regels, Devine, maar onder de voorwaarde dat je alles moet doen wat nodig is om Betsy hier veilig uit te halen. Ik heb toestemming van het allerhoogste niveau voor elke actie die je onderneemt. Maar je moet King en Dawkins laten vertrekken voordat je iets doet. Ik herhaal: ze moeten de tijd hebben om te vertrekken voordat je actie onderneemt.'

'Begrepen,' zei Devine. Hij begreep het uitgangspunt voor het bevel, maar hij hoefde het niet leuk te vinden.

'Ik heb op twintig minuten van waar jij zit back-up klaarstaan.'

Hij bromde een bedankje en Shore en hij waagden zich over het pad, steeds dekking zoekend, totdat het grote, drie verdiepingen tellende huis in zicht kwam. De Porsche en een bordeauxrode Range Rover stonden ervoor geparkeerd.

Devine zag de twee bewakers die hun respectievelijke routes met kracht en aandacht liepen. Hoog tijd dat Devine en Shore zich opsplitsten om dat probleempje aan te pakken.

De eerste bewaker had net contact opgenomen via zijn portofoon toen het mes tegen zijn nek werd gezet. Eén haal en het bloed gulpte uit de doorgesneden aderen. Hij viel dood neer aan Devines voeten.

Snel, schoon, geen gedoe. Devine was dusdanig op de missie gericht dat hij niets voelde toen hij de man zijn portofoon had afgenomen en hem naar een bosje kreupelhout sleepte, alleen dat hij één stapje verder was in het reddingsplan. Hij luisterde naar het gepraat en verkreeg waardevolle informatie.

Hij liep dichter naar het huis toe en hurkte neer achter een groepje groenblijvende struiken. Hij keek omhoog naar het huis. Er brandde licht in een kamer boven. Dat moest de plek zijn waar ze Betsy vasthielden, concludeerde Devine. Hij nam contact op met Shore en vertelde hem waar ze elkaar konden ontmoeten.

Een minuut later zag hij beweging aan zijn rechterkant en wachtte terwijl Shore naar hem toe sloop en uiteindelijk naast hem hurkte. Hij merkte op dat er een kras van een mes en wat bloed op de voorkant van zijn kogelwerende vest te zien waren.

'Problemen?' vroeg Devine.

'Alleen voor de andere kerel,' antwoordde Shore kortaf.

Devine hield de radio omhoog. 'Zo te horen zijn er nog acht extra bewakers die ons van haar scheiden.'

'Dat boeit me niets,' zei Shore. 'Die klootzakken kunnen beter hun borst natmaken.'

'Er is gewapende back-up onderweg. Maar we moeten wachten tot King en Dawkins weg zijn voordat we in actie komen.'

'Wat?! Waarom kunnen we ze niet gewoon allemaal meteen aanpakken?'

'Omdat ze hier niet allemaal zijn.'

'Stel dat er iets met Betsy gebeurt?'

'Er gaat niets gebeuren met Betsy, want ze hebben haar nodig om Glass te beïnvloeden. En ze laten Betsy vanavond haar oom bellen om de boodschap te versterken dat ze zal sterven als hij praat. Waarschijnlijk heeft ze dat al moeten doen.'

'Dus Glass blijft zwijgen en die klootzakken komen ermee weg? Maar op een gegeven moment hebben ze Betsy niet meer nodig.'

'Daar gaan zij van uit, Nate, maar wij niet. Het enige wat we vanavond in handen moeten krijgen is Betsy. Concentreer je daarop.'

Ze zakten dieper weg achter hun dekking toen King en Dawkins uit het huis kwamen en op de veranda bleven staan. Toen kusten de twee elkaar en omhelsden elkaar langdurig, en Devine filmde het met zijn telefoon.

'Was zij niet getrouwd?' fluisterde Shore.

'Ja.'

'Dan houdt ze vast niet echt van haar man.'

'Ik denk dat zijzelf de enige is van wie die vrouw houdt.'

Terwijl de Porsche en Range Rover allebei wegreden, keek Devine naar Shore. 'Klaar?'

'Klaar,' antwoordde Shore.

82

Ze bereikten de achterkant van het huis zonder problemen. De deur daar had een nachtslot, maar er was ook een zijraampje. Devine sneed het glas eruit, stak zijn hand erdoor, trok de grendel terug, maakte de deur open en ze glipten naar binnen. Hier stond geen bewaker. De mensen in het huis hadden er ongetwijfeld op gerekend dat hun beveiliging zou waarschuwen als er iemand naderde.

De mannen slopen door de gang. Devine hield de voorkant in de gaten en Shore dekte hun achterflank. Devine had het volume van de portofoon die hij had meegenomen zachter gezet en nu hoorde hij het geluid van een andere porto, waardoor duidelijk werd dat er verderop iemand stond.

Ze sloegen de hoek om en zagen de man daar onderaan de trap staan. Hij sprak zachtjes in zijn portofoon. Hij stopte hem terug in de houder aan zijn riem en keek naar links.

Devine knikte naar Shore, die zich gereedmaakte voor de sprong. Devine richtte en schoot. Zijn wapen had een geïntegreerde demper en een subsonische kogel werd afgevuurd met een minimum aan geluid. Het klonk meer als een flinke klap. De kogel raakte de man in zijn nek. Toen hij dood neerviel, ving Shore hem op en schoof hem opzij.

Ze liepen zij aan zij de trap op, waarbij Shore hun opnieuw rugdekking gaf.

Op de overloop stond een volgende bewaker geposteerd. Shore haalde het mes van zijn riem, mikte en zwaaide ermee. Het mes raakte de nek van de man en bleef daar steken. Hij kokhalsde en probeerde te schreeuwen, maar het mes had zijn stembanden doorgesneden.

Voordat zijn val van de trap de anderen kon waarschuwen, greep Devine hem vast en hij legde de dode man op de grond. Devine trok Shores mes los, veegde het bloed eraf en gaf hem het mes terug.

'Nog steeds een Delta in hart en nieren,' merkte Devine op.

'Dat raak je nooit kwijt, pas als je dood bent.'

Ze gingen verder naar boven. Toen ze de bovenste overloop bereikten, keek Devine de lange gang in aan zijn linkerhand. Hij knikte naar Shore en ze deden hun oordopjes in.

Devine pakte de flitsgranaat, activeerde die en gooide hem de gang in.

Een paar seconden nadat de granaat was afgegaan, renden Shore en hij door de gang. Daar lagen vijf gedesoriënteerde mannen in foetushouding in de rook, met suizende oren en hun ogen tijdelijk verblind door de flits.

Devine pakte de wapenstok uit zijn rugzak en sloeg ieder van de mannen ermee op het hoofd, waardoor ze bewusteloos raakten.

'Er is nog een bewaker,' zei Devine.

Het volgende moment hoorden ze Betsy vanuit de kamer schreeuwen: 'Help!'

Shore schopte tegen de deur, waardoor die helemaal uit zijn scharnieren vloog. Samen met de deur vloog Shore de kamer in. Devine volgde hem naar binnen en zag de achtste en laatste bewaker bij het open raam staan. Hij probeerde Betsy erdoorheen te trekken. Devine zag ook een uiteinde van een touwladder over de vensterbank.

Devine richtte zijn pistool op de man. 'Ga nu bij haar weg.'

De man haalde een mes uit zijn riem. Voordat hij er iets mee kon doen, schoot Devine een kogel door zijn hoofd.

Betsy schreeuwde toen de man zijn evenwicht verloor en

door het open raam verdween, waarbij hij drie verdiepingen naar beneden viel.

Shore rende naar voren en omhelsde Betsy. Er zat bloed van de laatste bewaker op haar.

'Gaat het goed, Bets?' vroeg Shore angstig. 'Ben je niet gewond?'

Snikkend schudde ze haar hoofd en zakte op haar knieën. 'Is... Is hij...'

Devine stopte zijn wapen in de holster en knielde voor haar neer. 'Het is oké, Betsy. Alles is goed nu. We halen je hier weg.' Toen ze probeerde op te staan, lieten haar benen het afweten. Shore tilde haar op. 'Ik draag je wel,' zei hij.

Buiten de kamer bond Devine snel de nog steeds bewusteloze mannen vast met kabelbinders.

Voordat ze de overloop bereikten waar de eerste dode man lag, zei Devine: 'Doe je ogen dicht, Betsy. En hou ze dicht totdat ik je vertel dat je ze weer open kunt doen.'

Ze vroeg niet waarom; ze sloot ze gewoon.

Toen ze buiten waren, zei Devine dat ze haar ogen weer mocht openen en hij meldde Campbell via de portofoon dat Betsy veilig was.

'Oké, er is versterking ter plaatse, die zal alles netjes achterlaten,' antwoordde Campbell.

'Waar is Kor?' vroeg Betsy. 'Ik weet nog dat hij vocht met de mannen die mij hebben meegenomen.' Ze keek angstig van de een naar de ander.

Devine keek naar Shore, die zijn blik neersloeg. 'Hij heeft het niet gehaald, Betsy,' zei Devine.

Er welden onmiddellijk tranen op in haar ogen. 'Is hij... Is Kor dood?'

'Ja,' mompelde Shore.

'Hij gaf zijn leven om mij te helpen,' zei Betsy, alsof het een misdaad was. 'Dat had hij niet hoeven doen.'

'Hij wílde het doen, Bets,' zei Shore. 'Die gast hield van je.'

Er kwamen nog meer tranen in haar ogen. 'Dat... Dat ben ik niet waard...'

'Hij vond van wel,' zei Devine. 'En dat is wat telt. Nu moeten we gaan.'

Ze passeerden het back-upteam toen ze naar hun busje liepen en Devine nam een momentje de tijd om ze te briefen.

Toen Shore wegreed, keek Devine naar Betsy, die zich als een balletje had opgerold op de achterbank en zachtjes huilde.

Uren later, toen ze Seattle naderden, klonk Campbells stem in Devines oortelefoontje.

'We hebben een probleem, Devine.'

'Wat dan?'

'Danny Glass is verdwenen.'

83

De volgende dag zat Dennis Hastings nors in Danny Glass' hotelsuite. Zijn gezicht was nog steeds opgezwollen van de klappen die hij van Devine had gekregen. Hij zat tegenover Devine, Campbell, Saxby, Braddock en Walker. Nate Shore was weer in het hotel met Betsy en een stuk of vijf, zes federale agenten.

'Wat is er in vredesnaam gebeurd?' blafte Saxby.

Hastings keek haar dreigend aan. 'De baas wilde uit eten. We hebben het team verzameld. We gingen naar een plek die nog tot heel laat openbleef. Hij moest naar de wc. Ik stuurde één man met hem mee. Toen hij niet binnen een paar minuten terugkwam, ging ik hem zoeken. Joe, een van mijn mannen, was bewusteloos en meneer Glass was weg.'

'Hebben jullie naar hem gezocht?' vroeg Saxby.

'Nee, ik ben op mijn reet gaan zitten en heb nog een drankje besteld. Natuurlijk hebben we naar hem gezocht!'

'En?' hield Saxby aan.

'Hij was weg. Van de aardbodem verdwenen. Niemand heeft iets gezien. En jullie mensen konden hem ook niet vinden, dus rot een eind op.'

'Wat zei Joe?' vroeg Devine.

'Iemand heeft hem knock-out geslagen.'

'Hij heeft niets gezien en niets gehoord?'

Hastings schudde zijn hoofd. 'Hij was van de wereld totdat ik een karaf water over hem heen gooide.'

Devine keek naar Braddock. 'Hebben jullie de camera's gecontroleerd en iedereen ondervraagd?'

'We zijn er één keer doorheen gegaan, maar we doen het opnieuw voor het geval we iets gemist hebben. Er was camerabewaking, maar die was uitgeschakeld.'

'Dus dit was gepland?' zei Saxby.

'Blijkbaar wel.'

'Het moeten dezelfde mensen zijn,' merkte Walker op. 'Ze hebben hem meegenomen om te voorkomen dat hij zou getuigen.'

'Het probleem met deze theorie,' zei Devine, 'is dat ze Betsy al hadden om hem ervan te weerhouden te getuigen. Ze konden niet weten dat we haar hadden bevrijd toen ze Glass ontvoerden.'

'Waarom hebben ze hem dan ontvoerd?' vroeg Saxby.

'Dat hebben ze niet gedaan,' zei Campbell. 'Hij heeft zijn eigen ontsnapping geregeld. Dat is de enige logische gevolgtrekking.'

Hastings leek beledigd door deze suggestie. 'Waarom zou meneer Glass dat in vredesnaam doen?'

Devine onderbrak hem scherp en zei: 'Omdat hij een controlefreak is en enorm ongeduldig. Maar misschien heeft hij nu wel alles verpest.'

'Wat betekent dat in vredesnaam? En waarom zou hij zijn eigen verdwijning regelen?' vroeg Saxby.

'Hij is ontsnapt om te onderhandelen over Betsy's vrijlating. Hij rekende er niet op dat ik of iemand anders dat voor hem zou doen. Dus besloot Danny zelf de touwtjes in handen te nemen.'

Saxby keek verbijsterd. 'Wil je beweren dat hij naar die gestoorde klootzakken toe is gegaan om zichzelf aan te bieden in ruil voor haar vrijheid?'

'Hoe zou hij dat dan moeten doen?' vroeg Braddock. 'Hoe pak je zo'n ruil aan als alleen hij erbij betrokken is? Ze gaan haar niet vrijlaten totdat ze hem hebben. En er is niemand aan wie ze haar kunnen uitleveren. Dat klopt gewoon niet.'

'De baas zou dat nooit doen,' protesteerde Hastings. 'Daar is hij veel te slim voor.'

'Ja, maar liefde zorgt er soms voor dat je domme dingen doet,' zei Devine.

'Oké,' zei Saxby. 'Als je gelijk hebt, wat doen we dan? We moeten hem terughalen.'

'Worden alle voor de hand liggende vluchtwegen bewaakt? Luchthavens, treinstations?' vroeg Devine.

'Ja, alles volgens het boekje.'

'Dit gaat niet volgens het boekje, Ellen.' Hij wierp Hastings een blik toe. 'Breng me naar het restaurant waar het gebeurd is.'

'Waarom?' snauwde Hastings.

'Omdat ik het met eigen ogen wil zien.'

'Hij is allang weg, Devine,' blafte de man. 'Je verspilt tijd die we niet hebben.'

Devine nam Hastings grondig op en begreep moeiteloos wat er door het hoofd van de andere man ging.

'Niemand vindt het leuk om in elkaar geslagen te worden,' zei Devine. 'En niemand vindt het leuk om de baas kwijt te raken als hij de wacht heeft.'

Hastings vertrok zijn gezicht bij het horen van deze botte, maar juiste woorden.

'Maar ik probeer Danny's leven te redden. Dus breng je me ernaartoe, of niet?'

Hastings stond op. 'Schiet op, ik breng je.'

84

Campbell, Saxby, Braddock en Walker reden met Devine en Hastings mee. Ze stopten voor het restaurant.

Devine keek Hastings aan. 'Heeft hij deze plek uitgekozen?'

'Ja. Hij zei ineens dat hij uit eten wilde. We moesten ons verzamelen. Ook de feds.'

'Had hij niet gegeten?' zei Campbell. 'Was er een reden dat hij zo laat nog wat wilde eten?'

Hastings haalde zijn schouders op. 'De helft van de tijd moet ik hem eraan herinneren om te eten. Dat heeft voor hem geen prioriteit.'

'Hij moet iemand ontmoet hebben,' zei Campbell. 'En zij kozen de plek.'

'Mee eens, meneer,' antwoordde Devine.

Ze gingen allemaal naar binnen en lieten hun badge zien aan de vrouw die hun tegemoetkwam. Het restaurant was nog niet open en zou niet meer opengaan totdat het niet langer bestempeld werd als plaats delict. Hastings leidde hen door de eetzaal naar de tafel waaraan ze hadden zitten eten. Hastings wees de plaatsen aan waar zijn mannen en de feds waren gestationeerd.

'Oké, en toen werd opgemerkt dat hij vermist was, wat gebeurde er toen?' vroeg Devine aan Hastings.

'Alle beveiliging, zowel wij als de feds, verzamelde zich bij de toiletten. Van daaruit hebben we ons verspreid en alles gecontroleerd.'

Ze volgden Devine door een gang naar de achterkant van het gebouw.

Er was een deur naast de keuken. Hij opende die en zag een opbergkast. Een korte wandeling door de gang leidde naar de achteruitgang. Devine opende de deur naar een brede steeg achter het gebouw, die vol stond met afvalcontainers. Via een straat aan de oostkant kwam je de steeg in en die leidde naar het volgende blok.

'Ruim genoeg voor een auto,' merkte Braddock op.

'Waarschijnlijk voor alle bezorgdiensten,' merkte Saxby op.

'Zijn de bewakers die hier gestationeerd waren ook naar de toiletten gekomen?' vroeg Devine.

'Ja, het was echt alle hens aan dek,' antwoordde Hastings.

'Hoe lang duurt het voordat iedereen zijn post verlaat en er een cordon wordt gevormd?'

Hastings dacht even na. 'Misschien een minuut.'

'Dus als ik Glass was, zou ik mijn eigen mannetje knockout slaan en me verstoppen in die opbergkast. Dan is het alle hens aan dek en hoort hij iedereen langsrennen. Hij komt tevoorschijn, gaat via de achterdeur naar buiten en...'

'En wat dan?' vroeg Hastings. 'Gaat hij aan de wandel? In dat geval zouden we hem gezien hebben.'

Devine liep de keuken in. Ze volgden hem allemaal.

Hij vroeg dezelfde vrouw die hen had begroet waar het personeel pauze nam.

'In het steegje,' antwoordde ze. 'Korte rookpauzes.'

'Ik weet dat ze hier nog zijn voor verhoor. Ik moet met iedereen praten.'

Een minuut later, toen het personeel voor hem in de rij stond, vroeg Devine wie er op dat moment in het steegje was geweest.

Een jongeman, volgens eigen zeggen een hulpkelner, had rond die tijd een sigaretje opgestoken. Hij was begin twintig, had een klein sikje, een slank postuur en hij zag er uitgeput uit.

Devine hield zijn telefoon omhoog met een foto van Glass op het scherm.

'Heb je deze man naar buiten zien komen?'

'Nee, meneer.'

'Heb je iets ongewoons gezien?'

'Wat bedoelt u met ongewoon?'

'Iets wat je nog nooit eerder in dat steegje hebt gezien,' antwoordde Devine.

'O, nou ja, dat wel.'

'Wat dan?' vroeg Devine geduldig.

'Bijna alle voertuigen die je daar ziet zijn bezorgauto's. Voor eten, wijn, dat soort dingen.'

'En gisteravond?' vroeg Devine.

'Nou, er kwam een heel luxe wagen aan terwijl ik een sigaret rookte.'

'Kun je die beschrijven?'

'Het was een Tesla.'

'Heb je gezien wie erin reed?'

De jonge kelner knikte.

Devine hield zijn telefoon weer omhoog met een andere afbeelding erop.

'Was zij het?'

De man keek naar de foto van Mercedes King. 'Ja.'

'En wat gebeurde er?'

'Er kwam een gast naar buiten met een hoody aan. Ik heb zijn gezicht niet gezien.'

'Waar ging hij heen?'

'Hij stapte in de auto en die scheurde hier weg.'

Devine keek naar Braddock. 'Heeft niemand deze vragen eerder gesteld?'

'Jawel,' zei Braddock verbijsterd en Hastings knikte instemmend.

'Ik heb hier wat verhoren afgenomen, maar ik kan me niet herinneren dat ik jou hier heb gezien,' zei Walker.

Devine keek weer naar de kelner. 'Wil je het uitleggen?'

'Mijn dienst was afgelopen en ik ben vertrokken nadat ik de auto had gezien. Ik rookte mijn sigaret op en ging naar huis. Ik kwam zojuist terug en hoorde van een van mijn vrienden wat er was gebeurd. Ik was er gisteravond dus niet om vragen te beantwoorden.'

Devine nam even de tijd om hierover na te denken.

Mercedes King, ook wel bekend als Anne Cassidy, had Danny Glass in handen. Maar zij was gisteravond in Ricketts. Dus hoe kon...

'Wanneer is je baas precies verdwenen?'

Hastings vertelde het hem.

Devine rekende wat in zijn hoofd uit en wendde zich toen tot Campbell.

'Ik neem aan dat Nick Dawkins een privéjet heeft?'

'Inderdaad. Een Dassault Falcon. Hoezo?'

'Ik wil dat je controleert of er gisteravond een vlucht is geweest. Van Ricketts naar Seattle.'

'Wie is Nick Dawkins, Devine?' vroeg Braddock.

'Een van de geldschieters van de Termieten, ook wel bekend als 24-12.'

Campbell belde iemand en twee minuten later had hij duidelijkheid.

'Zijn privéjet landde in Seattle twee uur voordat Glass vermist raakte.'

'Ik hoorde Mercedes King zeggen dat ze Betsy gisteravond haar oom zouden laten bellen,' zei Devine. 'Betsy was gisteren niet in staat vragen te beantwoorden, maar ik vermoed dat ze haar oom heeft gesmeekt om te doen wat haar ontvoerders wilden. Vervolgens belde King waarschijnlijk op de vlucht hierheen met Glass, maakte de afspraken en voerde het plan uit,' zei Devine.

'Welk plan?' vroeg Hastings geërgerd.

'Haar eigen plan, in plaats van dat van de Termieten.'

‘Waarom zou Mercedes King de contactgegevens van Glass hebben?’ vroeg Saxby.

‘Omdat zij Glass informatie heeft verstrekt. Voor haar bestwil, niet voor die van hem.’ Devine draaide zich om naar de anderen. ‘Ik heb jullie hulp nodig. We hebben niet veel tijd.’

‘Heb je een plan?’ vroeg Saxby.

‘Ja.’

‘Weet jij waar ze Glass vasthoudt?’ zei Saxby.

‘Ik denk het wel, ja. Maar ik moet het eerst zeker weten.’

‘Hoe wil je dat bewerkstelligen?’ vroeg Braddock.

‘Ik moet even met iemand praten.’

85

De SUV hield halt naast het trottoir en Devine sprong erin.

'Heb je het meisje?' vroeg Pru Jackson, terwijl ze wegreed.

'Ja, maar je "vriendin" heeft Danny Glass.'

'Je vertelde me aan de telefoon dat Anne informatie had gelekt naar Glass.'

'Ik heb inmiddels met Betsy gesproken. King heeft haar Glass laten bellen en laten smeken om te doen wat de ontvoerders wilden. Betsy zei dat ze daar geen vrouw had gezien, dus King heeft zichzelf nooit aan Betsy laten zien. Dat is logisch, want dan kan Betsy haar later niet identificeren als de boel uit de hand loopt. Ze heeft dus iemand anders de duimschroeven laten aandraaien bij Betsy om haar oom te bellen. Ik denk dat King kort daarna Danny belde, waarschijnlijk met een aanbod om Betsy te helpen bevrijden. Geen van beiden wist op dat moment dat Betsy al bevrijd was. Haar handlangers in het huis waar Betsy werd vastgehouden, hebben al verklaringen afgelegd en King erbij betrokken. Toen ze vanmorgen vroeg met die lui communiceerde om te checken hoe het met hun "gevangene" ging, lieten we ze doen alsof alles in orde was.'

'Waarom zou ze Glass dan ontvoeren?'

'Ze heeft hem erin geluisd en heeft hem waarschijnlijk teruggebracht naar 24-12 om flink wat geld te vangen. Ze moeten dus op de plek zijn waarvandaan je de helikopter hebt zien vertrekken.'

Jackson schudde haar hoofd. 'Ik denk niet dat ze Glass heeft teruggebracht naar 24-12 vanwege het geld.'

Devine keek geschrokken. 'Waarom niet?'

'Probeer Anne Cassidy te begrijpen. Ze werkte al samen met die lui van de KKK, dus waarom zou dat haar extra geld opleveren? Toen ik haar en Nick Dawkins hoorde praten in het restaurant, heeft ze nooit gezegd dat ze in het geheim communiceerde met Glass. Ze gaat te werk zoals ze bij alle operaties bij de CIA te werk ging, ze laat zich niet in de kaart kijken en gaat voor haar eigen gewin. Dat vertelt ons iets belangrijks.'

'Wat dan?'

'Wat heeft Danny Glass dat Anne Cassidy misschien wil?'

Devine dacht even na. 'Om te beginnen een crimineel imperium ter waarde van enkele miljarden.'

'Ik denk niet dat ze een imperium wil runnen.'

'Geld, dan. Dat heeft hij genoeg.'

'En als ze dat kon incasseren door Glass te laten denken dat ze Betsy voor hem in handen kon krijgen? Of misschien verkoopt ze Glass aan een van zijn andere vijanden die meer geld bieden. Dan neemt ze het geld aan en verdwijnt. Deze rotzooi laat ze dan mooi voor een ander achter.'

Hij dacht hierover na en keek haar toen aan. 'Jij moet een geweldige agent bij de CIA zijn geweest.'

'Ik deed gewoon mijn werk. Heb jij een team samengesteld?'

'Dat kan ik vrij snel regelen. Wil je erbij?'

'Waarom zou ik?'

'Omdat Anne Cassidy deel uitmaakt van de buit.'

'Dus ze wordt gearresteerd en komt waarschijnlijk onder alle aanklachten uit dankzij de duurste advocaten die ze kan betalen. Waarom zou ik mijn leven daarvoor riskeren?'

'Stop hier maar.'

'Wat?'

'Stop nou maar gewoon!'

Ze reed richting de stoeprand en parkeerde de auto. 'Wat?'

‘De enige persoon die mij interesseert is Danny Glass. Ik pak hem en vertrek. Wat er met iemand anders gebeurt, is niet mijn zorg.’

Ze staarden elkaar een paar seconden aan.

‘Wacht, zeg je wat ik denk dat je zegt?’

Hij antwoordde: ‘Doe je mee of niet?’

‘Ik doe mee,’ zei ze. ‘En hoe ga je die bitch hierbij betrekken?’

‘We gaan het haar vragen.’

‘Het haar vragen?’ herhaalde Jackson ongelovig.

‘Op zo’n manier dat ze niet kan weigeren.’

‘En hoe dacht je erachter te komen waar Glass wordt vastgehouden?’

‘Gebaseerd op wat je me net vertelde, blijven er maar twee mogelijkheden over.’

‘Hoe weet je welke van de twee het is?’

‘Dat laat ik iemand anders voor me uitzoeken.’

86

De volgende dag liep Mercedes King naar haar Cayenne, die geparkeerd stond bij het overheidsgebouw in Ricketts.

Voordat ze naar binnen kon gaan, verschenen de agenten Braddock en Walker achter haar. 'Politie,' zei Braddock. 'U bent gearresteerd en u moet met mij meekomen. Nu.'

Ze draaide zich om en blafte: 'Politie? Waarvandaan?'

Braddock liet zijn badge zien. 'Seattle.'

'U bent hier niet bevoegd. Dus u kunt mij nergens toe dwingen.'

Een stem riep: 'Eigenlijk wel.'

Ellen Saxby liep naar haar toe en hield een stuk papier omhoog, samen met haar legitimatie. 'Special agent Ellen Saxby, FBI. Ik heb een federaal arrestatiebevel voor ene Mercedes King. Deze lokale collega's hier assisteren me.'

'Op basis waarvan word ik gearresteerd?' riep King uit.

Saxby hield haar telefoon omhoog en raakte het scherm aan. Er begon een video te spelen van Mercedes en Eric King, waarop ze het hadden over de dood van de man die vastzat in het overheidsgebouw, en over de ontvoering van Betsy Odom. Een minuut later begon er een andere video waarop te zien was dat King en Nick Dawkins uit het huis kwamen waar Betsy was vastgehouden.

'Bovendien hebben we vijf van jullie mensen in hechtenis die in het huis waren waar Betsy gevangen werd gehouden. Ze hebben lekker gebabbeld. Dus wettelijk gezien bent u de pineut. Uw man is al gearresteerd en uw vriend, Nick Dawkins, ook zodra we hem te pakken hebben. Betsy is overigens veilig.'

'Maar ik...'

'Maar u hebt van uw mannen gehoord dat alles in orde was?' vroeg Saxby. 'Ja, we hebben ze precies verteld wat ze moesten zeggen als ze u spraken. Dat is nog een bewijsstuk tegen u, aangezien dat gesprek is opgenomen.'

King keek naar Saxby en toen naar de anderen. Ze leek iets te begrijpen. 'Waar is Travis Devine?'

'Hij hielp Betsy Odom te redden,' zei Saxby. 'Helaas werd hij gedood tijdens de missie. We zijn van plan om u aan te klagen als medeplichtige aan de moord op hem.'

King deed een stap achteruit. 'Luister, ik heb geen idee wat er allemaal op die telefoon staat, maar digitaal kan er van alles worden gemaakt. En die vijf mensen? Ik weet niet waar je het over hebt.'

'Nou, dan staat nog altijd de aanklacht voor medeplichtigheid aan de moord op een federale agent,' klonk nog een andere stem.

King draaide zich langzaam om en staarde naar Will Chambers en Angela Davenport, die zich bij het gezelschap voegden.

Davenport vervolgde: 'Dan zijn er nog aanklachten op het gebied van spionage en verraad. Je krijgt levenslang, Anne, of heb je liever dat we je Mercedes noemen? Je had altijd al een dure smaak.'

Voor het eerst keek de vrouw bezorgd. 'Hoe heb je...'

'De CIA is een inlichtingendienst,' riep Chambers.

'Welke federale agent heb ik helpen vermoorden?'

'Prudence Jackson,' zei Davenport. 'Door jouw schuld werd ze gevangengenomen door vijanden van dit land. Ze werd gemarteld en stierf.'

King keek om zich heen en, toen ze wat van haar arrogantie had teruggevonden, zei ze: 'Vijf mensen om mij te arresteren?

En wij ons maar afvragen waarom de staatsschuld zo hoog is.'

Saxby zei: 'Eigenlijk kwamen we om u een aanbod te doen. Een aanbod dat u waarschijnlijk niet kunt weigeren, tenzij u echt heel erg dom bent.'

'Wat voor aanbod?' vroeg King snel.

'Als u ons helpt, kunt u een deal sluiten,' antwoordde Saxby.

'Wat voor deal?' zei King scherp.

'Een nieuwe identiteit en een ander leven.'

'Geen gevangenisstraf?'

'Als u echt een heel brave meid bent,' zei Saxby. 'We willen 24-12 pakken. U bent gewoon een lastpak. Als u hen aan ons uitlevert, komt u overal mee weg.'

Terwijl Saxby naar de vrouw staarde, kon ze de radertjes in Kings hoofd bijna zien draaien.

'Wat moet ik doen?' vroeg King een paar momenten later.

'Mijn hemel, ik heb altijd al zoveel bewondering gehad voor je loyaliteit,' merkte Davenport op.

'We willen Danny Glass terug. Levend,' zei Saxby.

'Glass? Ik weet helemaal niks...' Ze zweeg toen Saxby haar hand opstak.

'Als u liegt, passen we de boel gewoon aan naar levenslang en zorgen we ervoor dat u er nooit meer uit komt. Als Glass echter al dood is, hebt u niets om over te onderhandelen.'

'Hij is nog niet... dood... nog niet,' zei King.

'Dus 24-12 is nog steeds bezig met de ondervraging?' vroeg Chambers.

King aarzelde even, maar knikte toen.

'Dan moeten we er zo snel mogelijk heen,' zei Saxby. 'En u helpt ons binnenkomen.'

'Het wordt zwaar bewaakt,' zei King nadrukkelijk. 'En deze mensen zijn fanaten. Ik moest met ze samenwerken. Ik ben door ze bedreigd.'

'Je hebt altijd al gezellige vrienden uitgezocht, Anne,' merkte Davenport op.

'U zult wel moeten,' zei Saxby. 'U helpt ons naar binnen, anders is er geen deal.'

King keek even onzeker, maar toen verscheen er een sluwe uitdrukking op haar gezicht.

'Ik bel ze en zeg dat ze Glass in leven moeten houden tot ik er ben. Bij een gebouw achter het overheidscentrum moet ik wat spullen ophalen die ik nodig heb. Daarna kan ik jullie wel binnen krijgen.'

'Ik wist dat we op u konden rekenen,' zei Saxby.

87

Mercedes King reed langzaam de weg af in haar Cayenne en sloeg toen af naar het terrein waar Pru Jackson in de donkere nacht de helikopter had zien opstijgen met de twee lijken. Twee bewakers in uniform hielden hun handen op om haar tot stoppen te manen. Naast het hoofdgebouw waren er verschillende grote bijgebouwen, waaronder een enorme schuur. Achter de schuur stonden rijen voertuigen in militaire stijl geparkeerd, naast een stuk of zes quads.

Een van de bewakers doorzocht de auto vanbinnen, terwijl de ander met een speciaal apparaat onder het chassis van de Porsche keek op zoek naar alles wat er niet hoorde te zijn.

'Alles in orde, mevrouw King,' zei de eerste bewaker beleefd. 'Zoals ik al wist.'

Ze glimlachte. 'Bedankt, Earl.'

Ze reed weg en parkeerde bij de schuur. Ze stapte uit en stopte haar sleutels in haar handtas.

Ze gebruikte een beveiligingsbadge om de schuurdeur te openen. Deze schoof open en de hydrauliek maakte een licht sissend geluid. King liep naar binnen en keek om zich heen. De grote hal stond vol met afgeschermde bureaus waar tientallen mensen op computers werkten, terwijl anderen in gesprek waren bij smartboards waarop grafieken en kaarten werden weergegeven. Maar interessant genoeg bevatte de grote ruimte ook een gevechtsring, waar een stuk of zes mannen met ontbloot bovenlijf bezig waren met oefeningen. Aan de muren hingen rekken met wapens. Dozen met munitie stonden achter met hangsloten afgesloten gaasdeuren.

King zei gedag en knikte naar een aantal mensen die ze passeerde. Ze bereikte een stel dubbele deuren en klopte aan. Nick Dawkins deed open in een op maat gemaakt bruin militair uniform met sterren op de schouders.

'Mercedes, kom binnen. Ik had niet verwacht je hier te zien. Ik dacht dat je nog in Seattle zou zijn.'

'Bedankt dat ik je privéjet mocht gebruiken. Mijn zaken zijn afgerond. En ik hoop dat je van verrassingen houdt.'

'Als jij er een van bent, dan zeker.'

Hij deed de deur achter haar dicht en ze ging op een stoel zitten, terwijl hij achter een groot bureau plaatsnam.

Hij zei: 'Ik ben eigenlijk blij dat je er bent. We moeten echt naar Danny Glass. We kunnen zijn nichtje niet voor altijd vasthouden. Je zei dat je daaraan zou werken.'

'Na het telefoontje van zijn nichtje heb ik hem te pakken.'

'Zo ken ik mijn meisje weer.'

'Dat klopt,' zei King. 'Dat ben ik.' Haar hand ging naar haar jaszak, waarin een klein apparaatje zat. Ze drukte op de knop.

Een explosie buiten deed de schuur op zijn grondvesten schudden toen de bom in de motorruimte van de Porsche ontplofte.

'Wat gebeurt er in vredesnaam?' riep een paniekerige Dawkins, terwijl hij opsprong en verwilderd om zich heen keek.

Hij keek naar King toen ze een pistool uit haar tas haalde.

'Wat is er aan de hand, Mercedes?' riep Dawkins uit, die duidelijk doodsbang was.

'Dat noem je het beperken van verliezen, lieve, lieve Nick. En als je dat uniform draagt, probeer je daar dan ook naar te gedragen en stel je niet aan als een schoothondje. Dat is echt een afknapper.'

Ze richtte het pistool op hem.

Hij deed een stap achteruit. 'Wat doe je in vredesnaam?'

'Zie mij maar als een van je aanhangers die niet tegen haar wil tot een volgeling gemaakt wil worden.'

Ze schoot hem in zijn hoofd en Dawkins viel dood op de grond, terwijl het bloed over zijn gezicht stroomde en vlekken maakte op zijn uniform.

King deed de deur open en rende naar buiten, de grote hal in.

Te midden van de chaos renden mensen rond en schreeuwden terwijl ze geweren van de muren en munitie vanachter de gaasdeuren pakten. Naast meer explosies waren er nu buiten ook schoten te horen.

King gebruikte de verwarring in haar voordeel en sloop via een achterdeur naar buiten. Ze trok haar pumps uit en verving ze door een paar flatjes die ze uit haar jaszak had gehaald. Vanuit elke richting hoorde ze sirenes en het gebrul van krachtige motoren. Ze ging ervan uit dat de volledige staatspolitie van Washington was uitgerukt, evenals de FBI. Gelukkig had ze daar rekening mee gehouden. Nu zou ze haar noodplan uitvoeren. Ze nam een quad en reed een onverharde weg af aan de achterkant van het terrein. Na een kleine kilometer sloeg ze af en reed ze een andere weg op, die langs een vijver kronkelde. Ze reed naar een beveiligingshek, schoot het slot eraf en reed door. Ze stopte, keek om en zag rookpluimen opstijgen vanaf het terrein. In de verte weerklonken geweerschoten en kleine explosies.

Totale chaos, daar hield ze van.

King glimlachte, gaf gas en reed met brullende motor weg.

88

Devine en Nate Shore hurkten voor het huis van Mercedes King neer. Ze hadden haar nu zelf de keuze gelaten of ze hen in de armen zou lopen of niet.

'Dus ze is naar het hoofdkwartier van die klootzakken gegaan, en dat was niet de plek waar ze Glass vasthielden?' zei Shore.

Devine knikte en bekeek de achterkant van het huis. 'Inderdaad, en iemand die haar goed kende, vertelde me dat King haar eigen operatie leidde, dus dat ze Glass nooit aan die gasten zou geven. Ze wilde een persoonlijke beloning en Glass voor de gek houden was de enige manier om dat te krijgen. Ik denk niet dat ze ooit geloofd heeft in de onzin die Dawkins en zijn kornuiten uitkraamden. Ze ging altijd haar eigen weg. Ze is nu waarschijnlijk in hun hoofdkwartier om de boel op te blazen en te doden wie ze moet doden om haar hachje te redden. En Danny Glass is haar goudhaantje.'

'Dit soort shit komt altijd weer neer op geld,' zei Shore vol walging.

'We hebben de plattegrond van het huis. Ze hebben een paniekkamer achter een wand op de bovenste verdieping. En ze hebben een satelliet voor ons geregeld als extra paar ogen.' Devine sprak in zijn microfoon. 'Klaar voor actie.'

Campbell kwam aan de lijn. 'De satelliet is op zijn plaats en we krijgen nu de beelden. De beste route om binnen te komen is via de buitendeur aan de zuidkant. We hebben het alarmsysteem uitgeschakeld en de beveiligingscamera's bevroren. Op die manier ben je onzichtbaar, maar denk aan de ramen, neem voorzorgsmaatregelen. Zet je camera aan, dan kan ik met je meekijken.'

'Begrepen.'

Devine zette zijn camera op zijn hoofd aan en wachtte op de bevestiging van Campbell dat hij beeld had.

Devine draaide zich om naar Shore. 'Laten we gaan.'

Ze baanden zich een weg door het bos tot ze de deur aan de achterkant van het huis bereikten.

Devine gebruikte zijn lockpick gun om de deur te forceren en ze glipten naar binnen.

Het was stil, te stil, vond Devine. Hij keek naar Shore en zag dat hij hetzelfde dacht.

Ze liepen door de keuken en de woonkamer op de begane grond.

Campbells stem weerklonk weer in Devines oor. 'Twee verdiepingen hoger zien we op de thermische beelden vijf gewapende bewakers die zich bij de paniekkamer ophouden, aan het einde van de gang. Er is een stalen deur ingebouwd in de muur met onzichtbare scharnieren. We hebben nog een beeld van één persoon in de paniekkamer. Dat moet Glass zijn. Er is niemand anders in het huis. Wees uiterst voorzichtig. Ze hebben misschien boobytraps gezet.'

'Begrepen,' antwoordde Devine.

Ze bereikten de trap en tuurden omhoog. Hun doel bevond zich twee verdiepingen hoger. En vijf zwaarbewapende mannen stonden tussen hen en Danny Glass in.

Devine zette zijn voet op de eerste trede en verstijfde toen. Hij had net op tijd naar beneden gekeken om een millimeter voor zich een kleine verstoring in de zwevende stofdeeltjes te zien. Als de onderkant van zijn broekspijp ook maar enigszins zou bewegen, zou hij die raken.

Shore zag het ook en keek Devine dringend aan. 'Laserdetectie?'

Devine knikte en zei zachtjes: 'Ga naar mijn linkerkant, kniel neer en trek mijn broekspijp naar achteren. Langzaam.'

Shore deed dat en Devine stapte voorzichtig van de eerste trede af en keek nauwkeurig hoe ze deze uitdaging het hoofd konden bieden.

'Oké, volg mij,' zei hij uiteindelijk.

Hij klom op de trapleuning, die aan de muur was bevestigd. Met één hand tegen de muur klauterde hij omhoog tot hij ongeveer zes treden verder was. Shore kwam vlak achter hem. Devine haalde een infraroodlamp van zijn riem en scheen ermee op de treden eronder. De eerste drie treden hadden allemaal lasers. De rest van de trap niet. Hij liet zich stilletjes terugzakken naar de trap en Shore volgde hem net zo stil. De twee mannen keken elkaar aan en slaakten een zucht van opluchting.

Ze bereikten de eerste overloop, gingen de bocht om en beklommen de trap verder, nadat ze de treden voor hen hadden gecontroleerd op meer vallen.

Toen ze de bovenste overloop naderden, stak Devine een hand op en hielden ze allebei halt.

Devine fluisterde in zijn microfoon. 'Op de bovenste overloop. Graag een update.'

Campbell kwam weer terug. 'Nog steeds vijf mannen bij de deur van de paniekkamer. Ze staan dicht op elkaar in het midden van de hal.'

Devine gaf deze informatie door aan Shore. Toen zei hij in zijn microfoon: 'Schakel de afleiding over vijf tellen in.'

'Begrepen,' zei Campbell.

Devine telde tot vijf. Toen de sirenes van buiten de stilte verstoorden, hoorden ze voetstappen boven zich en het opgewonden gepraat van mannen.

Met dit geluid als dekking renden Devine en Shore tegelijkertijd de trap op, sloegen de hoek om en richtten hun wapens op de mannen die aan de andere kant van de overloop stonden.

'Federale politie, wapens neer,' brulde Devine.

De mannen maakten de fout om hun wapens niet neer te leggen en begonnen in plaats daarvan in het wilde weg te schieten.

Zowel Devines als Shores wapen blafte. Ze schoten met precisie.

De mannen vielen dood of stervend op de grond.

'Danny?' riep Devine. 'Danny Glass? Travis Devine hier.'

Ze hoorden een gedempte stem die vanachter de muur leek te komen.

Devine en Shore fouilleerden snel de dode mannen. Shore hield een kleine sleutelhanger omhoog die hij in een van hun zakken had gevonden.

'Probeer eens,' zei Devine.

Shore drukte op de knop en een deel van de muur zwaaide naar buiten.

Danny Glass verscheen in de deuropening.

'Betsy?' vroeg hij angstig.

'Die is veilig.'

'Godzijdank. Jij ook bedankt, Devine.'

'Bewaar die gezellige praatjes maar voor later, laten we nu maken dat we wegkomen hier,' riep Shore uit.

Ze sleepten de dode mannen naar de paniekkamer en Shore drukte op de knop op de afstandsbediening om de deur weer te sluiten. 'Dat wordt een flinke poetsbeurt hier,' merkte Glass op terwijl ze de trap af renden, waarbij ze de treden met de laserstralen ontweken door eroverheen te springen naar de vloer eronder.

'Dat is niet ons probleem,' zei Devine.

'En wat dacht je van Mercedes King? Zij heeft me erin geluisd.'

'Dat is geregeld,' antwoordde Devine toen ze het huis verlieten.

89

Mercedes King bracht de quad tot stilstand voor haar huis en sprong eraf. Ze had hier niet veel tijd voor. Haar Porsche was total loss, maar er stond nog een Lexus in de garage die ook voldeed. Ze had vooraf afspraken gemaakt en het telefoontje dat ze onderweg had gepleegd, had die afspraken in gang gezet. Het enige wat ze hoefde te doen, was op een bepaald tijdstip op een bepaalde plaats aankomen met een bepaalde persoon genaamd Danny Glass in haar kielzog. Dan zou ze in een helikopter stappen die hen naar een privévliegveld zou brengen, waar een privéjet wachtte om hen het land uit te brengen. Dan zouden al haar dromen over een leven vol rijkdom hopelijk uitkomen, zodra ze Glass had verkocht aan diegene van zijn vijanden die het hoogste bedrag bood, en die zijn criminele imperium zou overnemen. Ze had besloten om het bieden te laten beginnen bij een half miljard dollar en te kijken waar het zou uitkomen.

Ze ontgrendelde de voordeur en riep naar de mannen die ze hier gestationeerd had. Zij maakten geen deel uit van 24-12. Deze mannen waren alleen loyaal aan haar. Maar toen ze niet antwoordden, vond ze dat geen goed teken.

King pakte haar pistool en haar telefoon. Ze belde ze. Niemand nam op.

Ze probeerde het opnieuw. Hetzelfde resultaat.

Ze haastte zich de trap op nadat ze een telefoonapp had gebruikt om de lasers uit te zetten.

Ze bereikte de bovenste overloop en zag het bloed op de vloer en langs de muren. Ze gebruikte haar eigen sleutel om de paniekkamer te betreden.

Toen de deur openzwaaide en King de lichamen zag liggen, draaide ze zich om en rende naar haar slaapkamer. Ze pakte de spullen die ze voor geval van nood had klaargezet en vloog de trap weer af.

Toen begon haar telefoon te trillen. Het was geen gewoon telefoontje; het was een video-oproep.

Wat is dit nu weer?

Ze nam op en zag een vrouw met een zonnebril op, hoewel het inmiddels donker begon te worden buiten.

King probeerde dit allemaal te verwerken, maar het lukte niet. 'Wie ben je?' riep ze uiteindelijk uit. 'En hoe kom je aan mijn nummer?'

De vrouw zette haar zonnebril af.

'Hallo, Anne,' zei Pru Jackson. 'Ik had niet gedacht dat ik ooit de kans zou krijgen om terug te komen en je op te sporen, maar dit maakt duidelijk wat je kunt bereiken als je nooit de moed opgeeft.'

Kings gezicht toonde een uitdrukking van verwarring, en toen veranderde dat in angst.

'Pru?'

'In levenden lijve.'

'Ik... Daar ben ik zo blij om. Ik was bang dat er iets met je was gebeurd toen je jaren geleden verdween.'

'Fijn dat je om me geeft, Anne.' Ze wees naar haar nek. 'We koesteren geen wrok, toch? Ik vind overigens dat je heel sexy klinkt met die beschadigde stembanden.'

King keek omhoog en toen weer naar de telefoon. 'Je bent in mijn huis geweest. Je hebt iets meegenomen wat van mij was. Iets wat ik echt nodig had. Ik wil het terug. Misschien kunnen we een deal sluiten. Die zal lucratief zijn, dat kan ik je vertellen.'

'Ik ben nog nooit in jouw huis geweest.'

'We kunnen weer samenwerken. Net als vroeger. Ik zal ervoor zorgen dat het de moeite waard is.'

'Ik ben altijd geïnteresseerd in dingen die de moeite waard zijn.'

'Mooi, maar ik heb niet veel tijd om te onderhandelen. Ik moet gaan en...'

Jackson onderbrak haar. 'Misschien is het goed om te weten dat het enige wat me al die tijd op de been hield de droom was dat ik ooit in deze situatie zou geraken en met je zou praten. Nu is die droom eindelijk uitgekomen.'

'Ik weet niet wat er met je is gebeurd, maar ik kan je verzekeren dat ik daar niets mee te maken had.'

'Jij had er alles mee te maken, Anne. Alles.'

'Luister, ik heb hier nu geen tijd voor. Waar ben je?'

'Veel dichterbij dan je denkt. En ik heb veel tijd met een sluipschutter van wereldklasse doorgebracht, Anne. Ik kan vanaf vijfhonderd meter afstand de vleugels van een vlieg af schieten.'

King liep snel weg van een raam. 'Nou, tenzij je door muren heen kunt schieten, Pru, denk ik niet dat het iets uitmaakt, of je er nu van gedroomd hebt of niet. Dus als je geen deal wilt, hebben we niets te bespreken.'

'Jawel, dat hebben we wel. Ik wil namelijk dat je toegeeft dat jij degene was die mij heeft verraden.'

'Ik heb geen tijd voor dit soort shit.'

'Het duurt maar een paar seconden.'

'Prima. Ja, ik heb je verraden. Ben je nu tevreden? Je sneed mijn keel door en liet me voor dood achter. Het enige waar ik spijt van heb is dat je niet meer in die gevangenis zit en elke minuut van de dag gemarteld wordt. Waarom ben je niet gewoon doodgegaan?'

'Ik wilde een kans om wraak te nemen. Ik heb er zelfs al over gedroomd.'

'Die kans zul je nooit krijgen, Pru. Daar ben je niet toe in staat.'

'Je begrijpt het verkeerd. Ik heb die kans al genomen, Anne, toen ik de vorige keer bij je thuis was.'

'Je zei dat je nooit in mijn huis bent geweest.'

'Dat is waar. Ik ben alleen maar buiten geweest.'

Jackson hield een klein zwart doosje omhoog met een enkele rode knop.

'En ik kan je vertellen, Anne, de realiteit zal echt veel beter worden dan de droom.'

Kings ogen werden iets groter. 'O, shit.' Ze gooide de telefoon weg en begon te rennen.

Pru Jackson wachtte een seconde en drukte toen op de knop van het apparaat.

Het explosief dat ze eerder had begraven, precies onder de gasleiding die naar het huis liep, ontplofte. In combinatie met het aardgas blies de ontstane explosie Mercedes Kings grote villa in tienduizenden kleine stukjes, evenals de vrouw die binnen was.

Vanaf ruim een kilometer afstand zag Jackson het vuur en de rook in de verte opstijgen boven de boomgrens. Ze bleef daar nog een paar seconden staan en nam het allemaal in zich op, elk moment ervan. Toen ademde ze diep de frisse berglucht in.

Dank je wel, voormalig kapitein Travis Devine. Je bent een gentleman en een man van je woord.

Ze zette haar bril weer op, stapte in haar auto en reed langzaam weg.

90

Devine klopte op de deur van Lynn Martins appartement; zij was de oudere buurvrouw van Perry Rollins. Devine had een man bij zich, gekleed in een verbleekte overall en met een tas vol gereedschap.

Martin deed de deur open en Devine zei: 'Weet u nog wie ik ben?'

'Nee.'

Ze stond op het punt de deur dicht te doen toen Devine zijn voet ertussen zette.

'Hé!' snauwde ze.

'Weer aan het streamen?' vroeg Devine.

'En wat dan nog, klootzak?'

Devine haalde een stuk papier uit zijn zak. 'Dit is een cheque van de federale overheid voor vijfduizend dollar, op uw naam. Interesse?'

'Waarvoor?' vroeg ze wantrouwend. 'Belastingteruggave?'

Devine keek naar de man naast hem. 'We moeten iets in de muur hier controleren. Mijn vriend hier zal de honneurs waarnemen en dan alles repareren. En u krijgt het geld.'

'In mijn muur?'

'De plek waar Perry Rollins die heeft gestuukt. Weet u nog, dat u me daarover vertelde?' Hij wapperde verleidelijk met de cheque. 'Wilt u liever verdergaan met streamen of klinkende munt ontvangen?'

'Een federale cheque?' vroeg ze.

'Ja.'

‘Is die wel gedekt?’ vroeg ze spottend.

‘Ik denk niet dat u zich daar zorgen over hoeft te maken.’

‘Natuurlijk, ze drukken gewoon meer geld,’ zei ze vol afschuw.

Mevrouw Martin liet ze binnen en liet ze de plek zien waar Rollins haar muur had gerepareerd.

‘Ik vond een bonnetje voor gipspleister in Rollins’ portemonnee,’ zei Devine, terwijl hij samen met de oudere vrouw toekeek. ‘Het kwam vreemd op me over dat zo’n man voor niks iemands muur zou repareren, of andere reparaties zou uitvoeren. Hij leek me niet zo’n altruïstisch type.’

Plotseling leek mevrouw Martin het te begrijpen. ‘O, denkt u dat hij daar iets heeft verstopt?’

‘Dat hoop ik echt.’

De man gebruikte zijn gereedschap om een gedeelte uit de muur te verwijderen en deed toen een stap achteruit.

Devine gebruikte een lamp om de opening te controleren. Tegen een van de stutten in de wand zat een USB-stick geplakt.

‘Wat is dat voor ding?’ vroeg Martin, terwijl Devine het eruit trok.

‘Iets wat veel meer waard is dan vijfduizend dollar voor een bepaalde kennis van mij.’ Hij gaf haar de cheque. ‘Veel plezier met streamen.’

Nadat hij het appartementengebouw had verlaten, reed Devine naar het plaatselijke politiebureau, waar hij Braddock en Walker trof, die daarheen waren gekomen.

‘Twee van de mannen die werden gearresteerd op de plek waar ze Betsy Odom vasthielden, hebben de moord op Perry Rollins bekend,’ zei Braddock.

‘Ik weet zeker dat dat stelletje nog veel meer te bekennen heeft.’

‘O, en zij waren ook degenen die Rollins’ appartement afluisterden, omdat hij had rondgesnuffeld. Zo kwamen ze erachter dat hij van plan was zijn informatie over Danny Glass te verkopen. Ze hebben hem uitgeschakeld voordat hij die kans kreeg.'

'Klinkt logisch.'

'En welke informatie was er zo schadelijk over Glass?' vroeg Braddock.

'Ik wilde dat ik het wist.'

Braddock knikte, maar het was duidelijk dat hij hem niet geloofde. 'Je methoden zijn onorthodox, Devine, maar je boekt wel resultaat, dat geef ik toe.'

'Ik waardeer het dat je het bewijs hebt gevolgd.'

'Zoals je weet, hebben we samen met de FBI het complex van de Termieten doorzocht,' zei Walker. 'Nicholas Dawkins werd dood aangetroffen. Hij was neergeschoten.'

'Ik durf te wedden dat Mercedes King dat heeft gedaan.'

'Ze is ontsnapt; ik weet niet hoe,' zei Braddock. 'Maar alle anderen hebben we te pakken gekregen. En nu Glass weer aan onze kant staat, zit het ministerie van Justitie al te watertanden vanwege de aanklachten die daaruit voortkomen. Er gaan een hoop belangrijke koppen rollen, begreep ik. Ik denk dat ze allemaal advocaten en bekende pr-bureaus inhuren. Als ze dat doen, weet je dat ze schuldig zijn.'

'Het huis van de Kings is ontploft,' zei Walker. 'Er zijn resten van lichamen gevonden. Het lijkt erop dat het om meerdere mannen en minstens één vrouw gaat. We wachten op de identificaties, als we die kunnen krijgen. Weet jij daar meer van?'

Braddock en zij staarden naar Devine.

'Het huis stond er nog toen we Glass bevrijdden. Misschien een gaslek.'

Braddock nam afscheid en Beth Walker begeleidde Devine naar buiten.

'Denk je dat je hier op een gegeven moment weer terugkomt?' vroeg ze hoopvol.

'Als dat zo is, ben jij de eerste die het weet.'

'Jij weet wat er met Mercedes King is gebeurd, toch?' zei ze.

Hij keek haar aan en zijn gezichtsuitdrukking werd serieus. 'Als ik moest speculeren, zou ik zeggen dat er eindelijk een vreselijk onrecht was rechtgezet. En dat er gerechtigheid is geschied. Dat is waar ons werk om draait, toch? Gerechtigheid?'

'Ja, dat is zo,' zei Walker verbaasd.

'Laten we het daar dan maar op houden, Beth.'

91

Op de luchthaven van Seattle hadden Devine en Campbell een ontmoeting met Glass, Saxby en Betsy Odom in een beveiligde privéruimte. Ook Nate Shore was er, gekleed in een chic pak dat de gespierde man uitstekend stond.

Shore had Devine eerder laten weten dat Glass hem had ingehuurd om hen te vergezellen in hun nieuwe leven, iets waar Betsy dolblij mee was.

Betsy omhelsde Devine stevig. 'Dank je wel, Travis.'

'Ik ben blij dat ik kon helpen,' zei Devine, terwijl hij haar omhelzing beantwoordde.

'Oom Danny zei dat we een tijdje naar een ander land gaan tot de rust is weergekeerd. Misschien moet ik wel een andere taal leren.' Ze klonk opgewonden bij het vooruitzicht.

'Nou, dat klinkt als een heel avontuur. Daar zou het leven vol van moeten zijn.'

'Denk je dat je me kunt komen bezoeken?'

Devine keek eerst op naar Saxby, die knikte, en daarna naar Glass, die zelfs een glimlach wist te tonen en ook knikte. 'Deal.'

'O, en ik had deze nog,' zei ze, terwijl ze hem een stuk papier gaf.

Het was een behoorlijk goede tekening van Devine die hand in hand liep met… Betsy.

'Het leek me leuk als je een herinnering aan mij had,' zei ze.

'Dank je wel, maar ik zal je nooit vergeten, Betsy Odom. Je bent immers al dertien, en binnenkort tweeënveertig.'

Ze lachte en gaf hem nog een knuffel.

'Hé, als je later echt FBI-agent wilt worden, zoek me dan op als je bent afgestudeerd. Ik kan je helpen.'

'Deal,' zei ze.

Devine schudde Shore de hand en wenste hem het beste.

'Denk je dat ik het juiste doe, gast?' zei Shore zachtjes.

'Volgens mij is het voor Betsy en jou perfect. En als onderdeel van de deal heeft Glass al zijn zaken moeten opgeven. De klootzakken die hij in dienst had, zijn allemaal verdwenen. Hij heeft nog steeds bakken met geld om van te leven, maar ik denk dat hij echt veranderd is. En als het er raar uitziet, bel me dan.'

'Afgesproken, Devine.'

Vervolgens trok Devine Glass even terzijde.

'Een kind onder je vleugels hebben is een grote verantwoordelijkheid, Danny,' zei Devine.

De man knikte en zag er een beetje geschokt uit. 'Mijn vorige zaak runnen was hiermee vergeleken een fluitje van een cent.'

'Het was een goede zet om Nate mee te nemen.'

'Betsy krijgt al genoeg te verduren. Het leek me goed voor haar om een bekend gezicht in haar omgeving te hebben. En dat is het enige wat ik wil: doen wat goed is voor Betsy.'

'Vergeet dat nooit,' zei Devine vastberaden.

Glass wierp hem een blik toe en Devine stak zijn hand naar hem uit.

Toen Glass zijn hand terugtrok, zat daar een USB-stick in. Hij keek verward naar Devine.

'Ik betwijfel of er iets belangrijks op staat, maar het leek me beter als je dat zelf even bekeek.'

Glass stopte de stick in zijn zak en zei zachtjes: 'Ik weet dat ik er een hele kwestie van heb gemaakt dat jij me iets schuldig was voor Irak. Maar nu ben ik jou meer verschuldigd dan ik ooit kan terugbetalen. Dat meen ik.'

'Je kunt me eenvoudig terugbetalen, Danny, door je leven te wijden aan je dochter. Help haar een geweldige volwassene te worden op wie we allemaal trots kunnen zijn.'

'Ik zal mijn best doen, beloofd.'

Daarna gaf Devine Saxby een knuffel. 'Ik hoop dat je snel weer bij je gezin bent.'

'Ik zie ze vanavond.'

'Veel succes, Ellen.'

Campbell en hij lieten ze daar achter en liepen naar hun gate.

Campbell ging op een stoel zitten en opende zijn laptop.

'Nog steeds aan het werk?' vroeg Devine.

Campbell keek hem ongelovig aan. 'Devine, ik heb elke dag, de hele dag, te maken met zes problemen op het niveau van Danny Glass.'

'Maar iedereen heeft wat tijd nodig om uit te rusten.'

'Dat kan altijd nog als ik dood ben. En dat geldt ook voor jou.'

'Nou, nu ik nog leef, ga ik koffie halen.'

'Haal er voor mij ook eentje. En een bosbessenmuffin. Je kunt het allemaal op rekening van de staat zetten.'

Devine kwam even later terug en zette een van de bekertjes koffie en de muffin bij Campbell neer, die nog steeds op zijn laptop zat te werken.

Zijn telefoon begon te trillen. Devine pakte hem en las het bericht dat zojuist binnen was gekomen.

Ik wilde alleen maar zeggen dat ik van veel dingen spijt heb gehad in mijn leven, maar jou tegenkomen staat niet op dat lijstje. Je bent een goede man die in een vreselijke wereld werkt, en je doet dat naar eer en geweten. Maar je bent ook niet te beroerd om de regels te buigen als de rechtvaardigheid op het spel staat, wat ik het meest bewonder aan jou. Ik ben van plan om te gaan reizen, me dan ergens in een

dorpje te vestigen en gewoon niets te doen. Ik weet niet hoe lang dat zal duren, maar ik wil gewoon eens kijken hoe dat voelt.
Ik hoop dat je leven lang en bevredigend zal zijn, en dat je alles bereikt wat je wilt.
Maar als je me ooit nodig hebt, hoef je me maar te bellen, voormalig kapitein Devine.
XOXO, *deze keer gemeend.*
De vrouw in de trein

Devine glimlachte breed en stopte de telefoon terug in zijn zak.

Campbell merkte dit op en keek hem aan.

'Alles goed, Devine?'

'Uitstekend, meneer.'

Dankwoord

Dank aan Michelle, jouw suggestie om een reisje naar Washington te maken inspireerde Travis Devine tot een nieuwe locatie om zijn magie te laten werken.

Dank aan David Shelley, een hartelijk welkom, en op naar vele jaren van voortdurend succes.

Dank aan Ben Sevier, Kirsiah Depp, Jonathan Valuckas, Matthew Ballast, Beth de Guzman, Ana Maria Allessi, Rena Kornbluh, Karen Kosztolnyik, Albert Tang, Andy Dodds, Joseph Benincase, Alexis Gilbert, Andrew Duncan, Alana Spendley, Tiffany Porcelli, Lauren Sum, Bob Castillo, Rebecca Holland, Mark Steven Long, Marie Mundaca, Nita Basu, Lauren Monaco, Chrissy Heleine, Melanie Freedman, Elizabeth Blue Guess, Rachel Hairston, Tishana Knight, Jennifer Kosek, Derek Meehan, Donna Nopper, Rob Philpott, Barbara Slavin, Rich Tullis, Mary Urban, Avi Molder, Fantasia Brown, Julie Hernandez, Laura Shepherd, Dominic Stones, Leah Collins Lipsett, Jeff Shay, Carla Stockalper, Ky'ron Fitzgerald en alle anderen bij Grand Central Publishing. Bedankt allemaal voor het harde werk en de toewijding.

Dank aan Aaron en Arleen Priest, Lucy Childs, Lisa Erbach Vance, Frances Jalet-Miller, Kristen Pini en Natalie Rosselli. Het is altijd een sensatie om met jullie samen te werken.

Dank aan Mitch Hoffman, die me altijd vertelt wat ik moet weten.

Dank aan Joanna Prior, Lucy Hale, Francesca Pathak, Stuart Dwyer, Leanne Williams, Raphaella Demetris, Sara Lloyd,

Claire Evans, Jamie Forrest, Laura Sherlock, Jonathan Atkins, Christine Jones, Andy Joannou, Charlotte Williams, Rebecca Kellaway, Charlotte Cross, Lucy Grainger, Holly Martin, Becky Lloyd en Neil Lang van Pan Macmillan, die altijd voor het hoogste niveau gaan.

Dank aan Praveen Naidoo en het geweldige team van Pan Macmillan in Australië. Ik kan niet wachten om jullie allemaal te ontmoeten.

Dank aan Caspian Dennis en Sandy Violette, van wie ik hou.

Dank aan de winnaars van de liefdadigheidsveiling, Betsy Odom (Amelia Island Book Festival) en Nate Shore (Share Our Strength/No Kid Hungry). Ik hoop dat ik jullie trots heb gemaakt. Dank aan de vrienden en families van de overleden Korey Rose (Camp Korey) en de overleden Stephen Braddock (Amelia Island Book Festival), ik hoop dat jullie genoten hebben van de personages die gebaseerd zijn op jullie dierbaren.

En dank aan Kristen White en Michelle Butler, die alles tot in de puntjes doen, dag in dag uit.